MERITARE REESE

Il Rifugio, Libro 3

SUSAN STOKER

Titolo originale: *Deserving Reese*

Traduzione dall'inglese di Patrizia Zecchin per One More Chapter Translations

Editing di Mimma Maio

La forza di Aspen
La forza di Jayme (15 Giugno)
La forza di Riley (15 Agosto)
La forza di Devyn (15 Settembre)
La forza di Ember (1 Novembre)
La forza di Sierra (7 Dicembre)

Armi & Amori: verso il futuro

Soccorrere Caite
Soccorrere Brenae
Soccorrere Sidney
Soccorrere Piper
Soccorrere Zoey
Soccorrere Avery
Soccorrere Kalee
Soccorrere Jane

Mercenari di Montagna

Difendere Allye
Difendere Chloe
Difendere Morgan
Difendere Harlow
Difendere Everly
Difendere Zara
Difendere Raven

Delta Force Heroes

Salvare Rayne
Salvare Emily
Salvare Harley
Il Matrimonio di Emily
Salvare Kassie
Salvare Bryn

Salvare Casey
Salvare Sadie
Salvare Wendy
Salvare Mary
Salvare Macie
Salvare Annie

Armi e Amori
Proteggere Caroline
Proteggere Alabama
Proteggere Fiona
Il Matrimonio di Caroline
Proteggere Summer
Proteggere Cheyenne
Proteggere Jessyka
Proteggere Julie
Proteggere Melody
Proteggere il Futuro
Proteggere Kiera
Proteggere i figli di Alabama
Proteggere Dakota

Ace Security
Il riscatto di Grace
Il riscatto di Alexis
Il riscatto di Bailey
Il riscatto di Felicity
Il riscatto di Sarah

Una raccolta di storie brevi
Un momento nel tempo

CAPITOLO UNO

Gus "Spike" Fowler aggrottò le sopracciglia irritato, mentre sistemava il suo corpo massiccio sul sedile troppo piccolo dell'aereo e cercava di calmare i pensieri cupi. Da quando aveva ricevuto la telefonata di Bubba, un ex compagno di squadra dell'esercito che gli aveva chiesto se avesse avuto notizie di Woody, un altro membro della loro unità, era tormentato da un brutto presentimento.

A Spike mancava il suo team, ma non le cose che avevano fatto come operatori della Delta Force. Avevano messo in gioco la loro vita più volte di quante se ne potessero contare ed era stato un sollievo lasciarsi tutto alle spalle e unirsi a Brick e agli altri uomini del Rifugio.

Ma quando Bubba lo aveva chiamato per dirgli che Woody era andato in Colombia dopo aver parlato con la donna che aveva fatto loro da interprete in una missione e che da allora non si era più fatto sentire, gli si erano rizzati i peli sulla nuca. Quel senso di inquietudine lo attanagliava ancora.

Era peggiorato quando aveva saputo che Reese, la

sorella minore di Woody, stava pensando di andare in Sud America a cercarlo.

Spike aveva sempre ammirato il rapporto tra i due fratelli, anche se non lo capiva completamente dato che non era molto legato alla sua famiglia. Non si vedevano da anni e l'ultima volta che era tornato a casa per le vacanze se n'era pentito. I suoi genitori non sapevano perché si stesse "nascondendo" nei boschi del New Mexico, e con sua sorella non aveva assolutamente nulla in comune e quindi poco di cui parlare.

Jack Woodall e Reese erano però molto legati. Lei aveva due anni in meno del fratello, che era estremamente protettivo nei suoi confronti. Durante le missioni, nei tempi morti, aveva intrattenuto la squadra con storie sulla sorella, e quando aveva detto che stava andando alla grande dopo essersi laureata, l'orgoglio nella sua voce era stato evidente. Lei, da parte sua, gli aveva mandato costantemente mail quando si trovava fuori dal Paese e, quando possibile, si era recata ovunque lui fosse di stanza per dargli il bentornato dalle missioni.

Dopo aver lasciato l'esercito si era trasferito a Kansas City, nel Missouri, e Reese lo aveva seguito.

Spike invidiava il legame che i due condividevano. L'aveva anche incontrata qualche volta e ne era rimasto decisamente colpito. Era piuttosto alta, solo qualche centimetro in meno rispetto al suo metro e ottanta. Di solito teneva i capelli biondi raccolti in uno chignon scompigliato e aveva sempre un sorriso sul volto. Il suo corpo formoso la faceva spiccare. Era amichevole, allegra e appassionata nel suo lavoro... e lui aveva la sensazione che portasse quell'ultimo aspetto anche in camera da letto.

Era bellissima, dentro e fuori. Ma Spike non aveva mai fatto capire di esserne attratto, né lo avevano fatto i suoi compagni di squadra, per rispetto sia verso di lei sia verso il fratello. Non che a Woody sarebbe dispiaciuto se uno dei suoi amici fosse uscito con lei, più che altro il problema era l'instabilità del loro lavoro. In quanto Delta, erano più spesso in missione che a casa, e sapevano che una relazione seria sarebbe stata estremamente impegnativa per loro e per le compagne.

Inoltre, quando erano in missione, *parlavano*... delle donne con cui erano usciti, delle conquiste sessuali, delle cose che avevano fatto e di quelle che avrebbero *voluto* fare. Considerato tutto ciò che si erano rivelati l'un l'altro durante le lunghe notti in trincea, sarebbe stato estremamente imbarazzante uscire con la sorella di un compagno di squadra.

Eppure, negli anni trascorsi da quando aveva lasciato l'esercito, gli era capitato di pensare a Reese. Si era chiesto se vivesse ancora a Kansas City vicino al fratello, se si fosse sposata, se avesse avuto dei figli.

A quanto pareva, le risposte erano sì, no, e no. Dopo aver parlato con Bubba, Spike aveva appreso che era ancora single, viveva sempre nel Missouri ed era sempre molto legata al fratello.

Quello era il motivo per cui si stava recando lì, per incontrare Reese, scoprire il più possibile riguardo a dove era diretto Woody e qualsiasi altra informazione, prima di rassicurarla sul fatto che il fratello molto probabilmente stava bene e si stava godendo un po' di tempo con Isabella, l'interprete che a quanto sembrava non era mai riuscito a dimenticare.

Ma sotto sotto era preoccupato. Non era da Woody sparire in quel modo, e il fatto che non avesse mantenuto i contatti con la sorella non faceva che aggravare la sua apprensione.

«Smetti di preoccuparti» disse Tiny, seduto accanto a lui.

Guardò il suo amico e comproprietario del Rifugio e sospirò. «Non posso farci niente. E ti ripeto per la centesima volta che non c'era bisogno che venissi con me.»

Tiny scrollò le spalle. «Ma ho voluto comunque farlo. Tonka e Brick non volevano lasciare le loro donne, e abbiamo seguito lo stesso addestramento nelle forze speciali. Se ci sarà un problema, potremo lavorare insieme per trovare il tuo amico e riportarlo a casa sano e salvo.»

Spike non poteva negare che se avesse dovuto recarsi in Colombia, averlo al suo fianco sarebbe stato positivo. Anche se Tiny era stato un SEAL e lui un Delta, non si sbagliava sul fatto che avevano avuto un addestramento simile.

«Parlami di Woody, della sorella e dell'interprete che è andato a cercare» gli ordinò.

«Woody è più giovane di me di qualche anno, ma era un ottimo Delta. Sempre pronto a fare tutto il necessario per portare a termine la missione. A volte era impulsivo, ma di solito riuscivamo a tenerlo a freno.»

«Quindi non ti sorprende che sia andato in Colombia quando ha saputo che l'interprete poteva essere nei guai» osservò il suo amico.

Spike scosse la testa. «No, ma non per la sua natura impulsiva. Lui e Isabella hanno creato un legame fin dall'inizio, ce ne siamo accorti tutti, ma entrambi hanno fatto del loro meglio per mantenere le cose professionali. Il lavoro che stavamo svolgendo laggiù non era particolarmente pericoloso. Eravamo in una missione congiunta con l'Esercito Nazionale, nello specifico con l'AFEAU, la sua unità di forze speciali. Isabella era stata assegnata al nostro gruppo per tradurre quando necessario. Una volta lasciato il Paese, si sono scambiati i contatti. Per quanto ne sapevo, la cosa si era limitata a questo. Ma Bubba mi ha detto che da allora si sono sentiti costantemente, che Woody sta studiando lo spagnolo e che lui e Isabella hanno sempre pensato di rivedersi prima o poi. Immagino che quando ha saputo che lei aveva bisogno di aiuto non abbia esitato a recarsi lì.»

«Aiuto per cosa?»

«Non lo so. Non lo sa nemmeno Bubba, e a quanto pare Woody non ha detto a Reese quale fosse esattamente il problema. Solo che Isabella ha chiesto il suo aiuto per far uscire lei e il fratello dal Paese» rispose Spike.

«Questa cosa non mi piace» disse Tiny scuotendo la testa. «Quanti anni ha suo fratello?»

Spike aggrottò la fronte cercando di ricordare. «Non ne sono sicuro, ma credo che ora abbia diciotto o diciannove anni.»

«Quindi non è un bambino.»

«No, decisamente. Era un adolescente quando ci trovavamo lì, ma non ricordo che Isabella abbia detto molto di lui, se non che lo stava crescendo dopo la morte dei loro genitori.»

«Quindi se ha tradotto per la vostra squadra mentre eravate in Colombia, deve avere delle conoscenze piuttosto importanti. L'AFEAU è molto riservata. Potrebbe essersi messa contro il loro governo per qualche motivo?» chiese Tiny a bassa voce per non farsi sentire. Non che fosse probabile. L'aereo era abbastanza vuoto e i posti intorno a loro non erano occupati, il che era un sollievo.

«Tutto è possibile. Mi preoccupa di più il fatto che Woody non abbia contattato Reese. Non è possibile − e intendo dire proprio che è *impossibile* − che faccia preoccupare di proposito sua sorella. Sono molto legati.»

«Già, non è certo un buon segno» concordò.

Rimasero in silenzio mentre continuavano il viaggio verso la loro destinazione. A un certo punto Tiny domandò: «Allora, qual è il piano?»

Spike scrollò le spalle. «Parlare con Reese. Scoprire cosa le ha detto Woody, *se* le ha detto qualcosa. Stabilire se la sua reazione è esagerata, magari chiedere a Tex di vedere se riesce a trovare l'indirizzo dell'interprete e, se necessario, andare in Colombia per verificare di persona che Woody stia bene.»

Non fu sorpreso quando il suo amico si limitò ad annuire. «Reese sa che stiamo arrivando?»

Lui sospirò. «No. Bubba mi ha dato il suo numero, ma non ha risposto quando ho chiamato. Però mi conosce, ci siamo incontrati un paio di volte.»

«Probabilmente penserà che sei lì per portarle cattive notizie» lo avvertì.

Si accigliò. Merda. Non ci aveva pensato. L'ultima cosa che voleva fare era causarle angoscia. Gli sembrava semplicemente... *sbagliato* che una donna con quella personalità solare dovesse provare anche solo un breve attimo di paura. «In questo caso, la prima cosa che uscirà dalla mia bocca sarà la rassicurazione che non siamo lì per una notifica di morte» decise.

I due amici rimasero di nuovo in silenzio e Spike non poté fare a meno di tornare con la mente a Woody. Dov'era? Era nei guai o si stava semplicemente godendo del tempo con la donna che aveva imparato a conoscere nel corso degli anni? Non riusciva a decidere e pensò che entrambe le opzioni potessero essere valide. Non credeva che sarebbe stato così sconsiderato da far preoccupare la sorella, ma se i due stavano recuperando il tempo perduto dopo anni di lontananza, era possibile che per lui il resto del mondo fosse semplicemente sparito... o che non sentisse il bisogno di parlarle della sua vita sentimentale.

Ma Spike sentiva nel profondo che non era così, visto il legame che aveva con Reese.

Il viaggio in aereo sembrò durare un'eternità. E più rimanevano in volo più diventava teso, e più scenari sul motivo per cui Woody non comunicasse con la sorella e gli amici gli passavano per la testa.

Quando atterrarono era nervoso e agitato. Era da molto tempo che non si sentiva così e non gli piaceva.

Quando era diventato un operatore della Delta e aveva cominciato ad andare in missione, era molto equilibrato e niente lo turbava. Ma missione dopo missione, e considerando la morte e la distruzione che la maggior parte comportavano, era lentamente cambiato. I suoi nervi saldi avevano cominciato a logorarsi, e a ogni incarico riusciva solo a pensare sempre più spesso a tutti i modi in cui le cose sarebbero potute andare storte.

Due diversi psicologi gli avevano assicurato che quello che provava era normale... ma non era normale immaginare costantemente i suoi compagni di squadra che saltavano in aria o chiedersi come ci si sarebbe sentiti a calpestare una mina. Quando a un certo punto non era più riuscito a liberarsi dai pensieri negativi, e il suo corpo aveva cominciato letteralmente a cedere prima delle missioni, tanto da causargli tremori, vomito e incapacità a concentrarsi, Spike aveva capito che era arrivato il momento di andarsene.

Odiava abbandonare. Non era stato educato a essere uno che mollava, ma l'ultima cosa che aveva voluto era che il suo stato mentale potesse influire sulla vita dei suoi compagni di squadra. Quando alla fine aveva spiegato loro la situazione, era stato sorpreso di scoprire che *tutti* avevano avuto a che fare con alcuni di quei problemi: nessun sintomo fisico, ma la realtà di essere un Delta, di essere costantemente inviato in missione e di mettere a repentaglio la propria vita, aveva avuto un impatto sull'intera squadra.

Erano usciti tutti dall'esercito più o meno nello stesso periodo, e sebbene Spike non si tenesse regolarmente in contatto con i suoi ex compagni, quando li *sentiva* era felice di sapere che se la passavano bene.

Fece un respiro profondo. Doveva mantenere la calma. Per Woody. Doveva assicurarsi che Reese non vedesse in lui nulla di cui preoccuparsi. Che si fidasse del fatto che avrebbe scoperto cos'era successo al fratello.

Quella non era una missione Delta. Poteva farlo. Non aveva scelta.

CAPITOLO DUE

«Non è qui» disse Bubba inutilmente.

L'ex compagno di squadra di Spike era andato a prendere lui e Tiny all'aeroporto, per poi portarli direttamente all'appartamento di Reese. Ma lei non aveva risposto alla porta e nemmeno al telefono.

Aveva un brutto presentimento. Una cosa era la scomparsa del fratello, ma il fatto che anche lei non fosse raggiungibile non era positivo.

Bubba iniziò a telefonare alle persone che conosceva in città, cercando di capire se Reese fosse al lavoro. Avevano già parlato con un vicino, che non ricordava di averla vista di recente. Spike sapeva che non l'avrebbero trovata a Kansas City.

Se c'era una cosa di cui Woody si era sempre lamentato era la testardaggine della sorella. Era impulsiva e agiva senza pensare, soprattutto se era preoccupata per qualcun altro. Sospettava che si fosse stancata di starsene con le mani in mano ad angustiarsi per il fratello e che avesse deciso di andare in Colombia per scoprire da sola se stava bene.

Tirò fuori dalla tasca il proprio cellulare e compose il numero di Tex, un ex SEAL e un genio dell'informatica. Diceva sempre ai proprietari del Rifugio che se avessero avuto bisogno di qualcosa, *qualsiasi cosa*, non avrebbero dovuto esitare a chiedere la sua assistenza. Era il motivo principale per cui il Rifugio esisteva... quell'uomo aveva aiutato Brick, l'ex SEAL che aveva ideato il posto, a entrare in contatto con tutti gli uomini che alla fine erano diventati suoi comproprietari.

«Che problema c'è?» chiese subito Tex, con il leggero accento del sud che non aveva mai perso anche se non viveva più in Texas da anni.

Spike spiegò il più rapidamente possibile dove si trovava e perché, e per finire disse: «Non riusciamo a trovare Reese, la sorella di Woody. La sua auto non è nel parcheggio del suo condominio, non risponde al telefono e un vicino ha detto che non la vede da qualche giorno.»

«Pensi che sia andata in Colombia?»

«Spero tanto di sbagliarmi, ma sì.»

«Ok, aspetta...»

Spike resistette all'impulso di picchiettare il piede quando sentì il rumore delle dita di Tex che digitavano su una tastiera. Si rese conto che la mano con cui teneva il telefono all'orecchio tremava... e che il suo battito cardiaco era più veloce del normale. *Odiava* le reazioni fisiche che aveva il suo corpo davanti a un pericolo.

Tuttavia, l'ansia del momento lo fece riflettere. Non si era sentito così quando Jasna, la figlia della psicologa del Rifugio, era scomparsa e tutti l'avevano cercata disperatamente. Le pulsazioni non erano salite oltre a cento quando avevano scoperto che un pervertito si aggirava nella proprietà per cercare di rapire Alaska, la donna di Brick.

Pensava di aver finalmente risolto e superato i suoi

casini mentali. Era estremamente scoraggiante rendersi conto che così non era. Che il suo corpo lo stava ancora abbandonando quando aveva bisogno di essere al massimo delle sue forze. Era particolarmente confuso riguardo al motivo per cui si sentisse così proprio in *quel momento*, quando aveva gestito bene gli ultimi strazianti eventi di Alaska e Jasna.

Ma non ebbe il tempo di rimuginarci a lungo perché Tex parlò.

«Ok, sembra che sia partita quattro giorni fa. Ha preso un volo notturno da Kansas City a Dallas e poi per la Colombia, arrivando in tarda mattinata. Ti sto mandando l'indirizzo dell'albergo dove ha prenotato.»

Spike era sollevato che Reese non fosse morta e finita in un obitorio di Kansas City, ma non era affatto contento di vedere i suoi sospetti confermati. «Hai idea di dove viva Isabella?»

«Ho l'indirizzo dell'interprete ma è vecchio di parecchi anni. Ti mando anche quello.»

«Grazie.» Fece un respiro profondo. «Altri movimenti per quanto riguarda Reese? Nessun volo di ritorno prenotato? Riesci a rintracciare il suo cellulare?»

«No, no e no» rispose Tex, infrangendo le speranze di Spike di risolvere rapidamente la situazione.

«Merda» imprecò.

«Ho prenotato un volo per te e Tiny. Parte tra tre ore. Continuerò a fare quello che posso da qui per aiutarvi, ma credo che recarti laggiù e cercare Reese all'hotel o parlare con gli impiegati per vedere cosa puoi scoprire, ti porterà molto più lontano di qualsiasi cosa io possa fare da remoto.»

Era ciò che pensava anche lui. «Vero.»

«Tieni il telefono acceso» gli ordinò con fermezza. «Mi

assicurerò che le tariffe internazionali siano attive e mi aspetto che mi contatti spesso. Posso anche rintracciarti se non lo spegni. Se non ti sentirò con regolarità o smetterai di comunicare, manderò rinforzi.»

Spike si sentì estremamente sollevato. In passato, durante le missioni, lui e la sua squadra avevano dovuto contare solo su loro stessi. Il più delle volte, quando la situazione era precipitata non era arrivato alcun aiuto, perché gran parte delle loro operazioni erano state top secret. Erano andati in paesi in cui non avrebbero dovuto trovarsi, come la Corea del Nord, l'Iran, la Russia e la Cina, e gli Stati Uniti non potevano rischiare un incidente internazionale se fossero stati scoperti.

Sapere che Tex gli copriva le spalle gli toglieva un peso enorme, anche se non era una sorpresa. La missione di quell'uomo sembrava essere quella di aiutare quante più persone possibili, in ogni modo possibile. Era conosciuto letteralmente in ogni circolo militare, per quanto segreto. Sembrava avesse una connessione con quasi tutte le persone del Paese.

«Spike?» chiese Tex. «Hai sentito?»

«Sì» rispose. «E grazie.»

«Perché la gente vuole sempre ringraziarmi?» brontolò. «Ti manderò ogni nuova informazione che troverò. Fate attenzione.» Poi chiuse la chiamata.

Spike fece un respiro profondo e si rivolse a Tiny. «Sembra che siamo diretti in Sud America.»

Lui non sembrò sorpreso e nemmeno troppo preoccupato. Si limitò ad annuire e a chiedere: «Cos'ha detto Tex?»

«Reese è andata in Colombia» informò entrambi gli amici. «Ho l'indirizzo dell'albergo in cui ha prenotato e l'ultimo indirizzo conosciuto di Isabella. Nient'altro.»

«Dannazione!» esclamò Bubba, mettendo in tasca il telefono. «Cosa vuoi che faccia?»

«Se hai notizie di Woody o di quello che sta succedendo, fammelo sapere» rispose.

«Questo è scontato. Ti serve qualche attrezzatura?»

Merda. Avrebbe dovuto portare un po' della sua roba. Quella era solo un'altra cosa che dimostrava che non pensava lucidamente come avrebbe dovuto. «Sì, sarebbe fantastico. Il nostro volo parte tra tre ore» lo avvertì. «Quindi dobbiamo fare in fretta.»

Bubba si limitò ad annuire e a scendere le scale verso il parcheggio.

«Pensi che le cose si metteranno male?» chiese Tiny, mentre seguivano l'ex Delta.

«Diciamo che non ho una bellissima sensazione» gli rispose.

L'altro annuì, come se Spike avesse confermato le sue stesse impressioni riguardo alla situazione.

Tre ore più tardi, dopo aver preso in prestito l'attrezzatura da Bubba ed essersi imbarcato sull'aereo per la Colombia, Spike aprì il telefono e cliccò sul file inviato da Tex. Scorse le pagine del testo e si fermò su una foto di Reese Woodall. Se possibile, era diventata ancora più bella dall'ultima volta che l'aveva vista.

Aveva gli occhi azzurri e i suoi capelli erano sempre biondi e lunghi, ma aveva più curve. E Spike approvava. Il suo corpo era davvero *meraviglioso*. Aveva sempre avuto un debole per le donne in carne. Non aveva nulla contro quelle magre, ma secondo lui non c'era niente di meglio che poter affondare le dita nel sedere morbido di una donna mentre si muoveva su e giù sul suo cazzo... e vedere le sue tette rimbalzare.

Gli piaceva che avessero un po' di carne sulle ossa, e tra

aspetto, personalità e intelligenza, Reese era letteralmente la quintessenza di tutto ciò che voleva in una compagna.

Leggendo il profilo che Tex aveva stilato, provò un senso di orgoglio. Sapeva già che era molto intelligente, ma aveva fatto carriera nella società di ingegneria dove lavorava e si occupava di progetti sempre più difficili. Inoltre, nel tempo libero faceva volontariato in un rifugio per animali, in un centro per donne e in un Club Boys & Girls. Tex aveva persino scovato un video di un suo discorso a un evento di beneficienza; era stata divertente, coinvolgente e il suo sorriso aveva illuminato il palco.

Ovviamente, nessuno era perfetto. Ricordava che Woody si lamentava continuamente del fatto che sua sorella non si preoccupava abbastanza della propria sicurezza. Che non ci pensava due volte a raggiungere la sua auto al buio dopo un turno di volontariato in un rifugio per senzatetto, in una zona non molto bella della città. Che si rifiutava di ammettere di aver sbagliato. Che amava troppo le borse firmate e la sua collezione stava raggiungendo proporzioni ridicole.

Spike non poteva commentare sulla maggior parte di quelle cose, ma considerando che si trovava su un volo per la Colombia proprio in quel momento, era chiaro che l'indifferenza di Reese verso la propria sicurezza persisteva.

Era quasi imbarazzato per quante volte aveva guardato quel video. Per fortuna Tiny era seduto qualche fila più avanti e non poteva interrogarlo sul suo improvviso interesse per la sorella di Woody.

Ma più la sua ammirazione per quella donna cresceva, più si preoccupava. Dov'era? Aveva trovato il fratello? Qualcuno aveva fatto del male a lei o a lui? Aveva troppe domande e poche risposte.

Il breve viaggio fin nel Missouri per rassicurare se

stesso e Reese che il suo vecchio amico stava bene e non correva alcun pericolo, si era trasformato in qualcosa che sembrava molto più urgente. Nella mente di Spike quello non era più un viaggio per trovare Woody, ma per assicurarsi che Reese stesse bene. Che non si fosse cacciata in guai seri.

Non sapeva perché fosse così preoccupato per una donna che conosceva appena... ma lo era. Aveva la strana sensazione che se le fosse successo qualcosa di brutto, si sarebbe perso qualcosa di importante.

Non erano normali quell'attrazione e quella preoccupazione per una donna con cui non parlava da anni, ma il fatto che gli tremassero le mani, che avesse la nausea e il cuore gli battesse forte, significava che se non l'avesse trovata e riportata negli Stati Uniti sana e salva, se ne sarebbe pentito per il resto della vita.

Fece un respiro profondo e cercò di tenere a freno la reazione di attacco o fuga del suo corpo. Doveva controllare le emozioni per essere al massimo della forma una volta atterrati. Reese contava su di lui. Così come Woody. Forse anche Isabella e suo fratello.

Ma qualcosa non quadrava. Ne era certo come lo era del suo nome. Lui e Tiny avrebbero scoperto di cosa si trattava... e fatto il necessario per riportare tutti a casa.

Reese si chiese per la centesima volta cosa diavolo stesse facendo. Cosa l'avesse spinta ad andare in Colombia da sola.

Suo fratello, ecco cosa... o meglio, *chi*. Si era sempre preoccupata per lui quando lavorava nell'esercito e partecipava a innumerevoli missioni. All'epoca non era insolito non avere sue notizie per settimane.

Ma stavolta era diverso.

Woody non faceva più parte dell'esercito, e le aveva promesso, *promesso*, di tenersi in contatto. Aveva detto che sarebbe andato in Colombia per incontrare Isabella, la donna di cui era innamorato da sempre, per portarla nel Missouri.

Il primo giorno Reese non si era preoccupata più di tanto per non averlo sentito, ma quando ne era passato un altro, poi un terzo, e lui non aveva risposto ai suoi messaggi scritti o vocali, dentro di sé aveva sentito che c'era qualcosa che non andava.

Aveva persino chiamato Bubba, uno dei vecchi compagni di squadra di Woody che viveva a Kansas City, e nemmeno lui lo aveva sentito, e sebbene avesse fatto del suo meglio per rassicurarla che probabilmente stava bene e che era perfettamente in grado di prendersi cura di se stesso, di Isabella e del fratello, Reese non ne era così sicura. Più tempo passava senza avere notizie, più pensava che stessero torturando suo fratello o lo avessero gettato in una cella buia da qualche parte.

Non era razionale. Non c'era alcun motivo per cui qualcuno avrebbe dovuto rapirlo, ma non riusciva comunque a smettere di pensarci. E in realtà, serviva davvero un motivo per rapire qualcuno? Non aveva idea di cosa avrebbe potuto fare se fosse successo qualcosa di brutto, ma aveva sentito comunque un bisogno profondo di trovarsi nello stesso paese di Woody.

Così, d'impulso, aveva comprato un biglietto e preso un volo per la Colombia. Era stata una sciocca a non dire a nessuno dove sarebbe andata. Aveva mandato una mail al suo capo, spiegando di aver bisogno di una settimana di ferie, e dato che raramente prendeva giorni di malattia o di vacanza, la sua richiesta era stata approvata subito.

La cosa peggiore era che aveva lasciato il telefono nel bagno dell'aeroporto di Dallas e se n'era accorta solo durante il volo. A volte avrebbe potuto giurare di essere perseguitata dalla sfortuna.

Aveva preso una camera in un hotel a Bogotà e poi un taxi fino all'indirizzo di Isabella che le aveva dato Woody, ma in casa non c'era nessuno. Aveva provato a parlare con i vicini, che però non avevano risposto alla porta oppure non conoscevano l'inglese. Aveva chiamato decine di hotel della città, cercando di scoprire se suo fratello avesse prenotato una stanza da qualche parte. Anche in quel caso, la sua scarsa padronanza dello spagnolo aveva reso lo sforzo infruttuoso.

Ora non sapeva più cosa fare. Non aveva idea di come rintracciarlo. Era frustrante, ma non poteva tornare nel Missouri. Woody era da qualche parte in quel Paese e lei non se ne sarebbe andata finché non lo avesse trovato.

Tuttavia, ciò avrebbe subito una pausa temporanea. Al suo secondo giorno di permanenza aveva mangiato qualcosa che le aveva fatto male, ed era bloccata nella stanza d'albergo da un giorno e mezzo, alternando vomito e diarrea; aveva paura di allontanarsi troppo dal bagno.

Era una cosa imbarazzante e disgustosa. Era andata fino in Sud America per trovare il fratello scomparso, solo per essere messa in ginocchio da uno stupido hot dog comprato in strada.

D'accordo, non era stato esattamente un hot dog... anche se ne aveva avuto un po' l'aspetto.

La sua pancia brontolò mentre era sdraiata sul letto matrimoniale di quella piccola camera a fissare il soffitto. Aveva di nuovo fame, ma non voleva rischiare di mangiare qualcosa e aggravare i suoi problemi di stomaco. Era piuttosto sicura che qualsiasi sostanza irritante ingerita avesse già fatto il suo corso nel suo organismo, grazie al cielo. Ma meglio essere prudenti. E comunque non sarebbe deperita.

Reese era ben consapevole di essere in sovrappeso. Aveva provato vari modi di allenarsi, ma li aveva odiati tutti. Aveva provato a camminare, a fare cyclette, jogging (che era stato ridicolo), a nuotare, a fare pilates, acquagym... persino yoga. Aveva finito per abbandonarli tutti, e quello era un problema per una persona che amava tanto il cibo.

Dato che aveva bisogno di perdere peso, forse quella gastroenterite era una cosa positiva.

Sospirò pensando alla *vera* causa della sua relazione con il cibo; mangiava quando si sentiva sola e infelice. E ogni anno che passava, ogni appuntamento fallimentare, la portavano a mangiare sempre di più.

Aveva provato a uscire con dei colleghi, con risultati disastrosi. Aveva tentato la via degli appuntamenti online, ed era stato ancora peggio. Non si era abbassata a chiedere a Woody di farle incontrare qualcuno dei suoi amici... ma ci stava seriamente pensando.

Il problema era che Reese non aveva idea di dove trovare un uomo che cercasse veramente qualcosa di più del sesso. Anche quelli più vecchi con cui era uscita non avevano avuto alcun desiderio di impegnarsi in una relazione a lungo termine. Le sue poche amiche avevano avuto la fortuna di incontrare i mariti all'università, ma lei cominciava a pensare che sarebbe rimasta single per sempre.

Il che era uno schifo. Si considerava una brava persona. Faceva beneficenza, offriva il suo tempo per aiutare gli altri, aveva un lavoro ben pagato, la testa sulle spalle... e anche con i chili di troppo non pensava di essere orribile da guardare, ma ogni volta gli uomini non si preoccupavano di contattarla di nuovo dopo il primo appuntamento.

Si vergognava di ammettere che aveva persino messo da parte le sue riserve di sempre e si era concessa un paio di avventure di una notte, nella speranza che la sintonia sessuale potesse scatenare sentimenti più profondi per lei o per il suo partner. Ciò l'aveva fatta solo sentire una donna facile, così aveva smesso praticamente subito.

Inoltre, spogliarsi di fronte a uno sconosciuto non era esattamente la sua idea di divertimento. Gli uomini dicevano sempre le parole giuste, sostenevano di trovarla sexy, ma vedeva la delusione, a volte persino il disgusto, nei loro occhi e nel linguaggio del corpo.

Reese sospirò quando le brontolò di nuovo la pancia. Doveva andare a cercare qualcosa da mangiare; sarebbe stata più intelligente e avrebbe preso solo del cibo confezionato. Niente dai venditori ambulanti, nonostante il profumo invitante. E niente ghiaccio nelle bevande, una delle prime cose che Woody le aveva inculcato dopo tutti i suoi viaggi all'estero.

Si alzò a sedere, decisa a trovare qualcosa da sgranocchiare, anche solo una barretta di cioccolato del piccolo negozio sotto all'hotel, poi avrebbe deciso dove andare a cercare suo fratello.

Non si era nemmeno alzata dal letto che qualcuno bussò alla sua porta.

Reese si bloccò, fissando l'anta di legno dall'altra parte della stanza. Non aveva idea di chi potesse essere, non conosceva nessuno in Colombia. Per un attimo si chiese se Isabella o Woody avessero scoperto che lei era lì a cercarli e fossero andati a dirle che stavano bene e che poteva tornare a casa.

Si afflosciò depressa al pensiero. Woody l'avrebbe chiamata subito, le avrebbe fatto sapere che era lui.

Si alzò e si avvicinò in punta di piedi alla porta, il più silenziosamente possibile. Aveva tutte le intenzioni di fingere di non esserci, ma era comunque curiosa di sapere chi aveva bussato.

Si appoggiò al pannello trattenendo il respiro, e sbirciò attraverso lo spioncino.

Riuscì a vedere solo un occhio verde.

Ansimando, indietreggiò spaventata e fissò la porta chiusa.

«Reese? So che sei lì. Ho visto la luce cambiare mentre guardavi dallo spioncino. Apri la porta. Dobbiamo parlare.»

La voce dell'uomo era profonda e sexy, come quella dei narratori di alcuni dei suoi audiolibri preferiti. Rabbrividì, cercando freneticamente di capire cosa fare.

«Reese? Mi conosci. Sono Gus Fowler. Sono un amico di tuo fratello. Eravamo nella stessa squadra Delta.»

Sbatté le palpebre confusa e rimase immobile. *Gus?*

Lo conosceva, aveva una cotta per quell'uomo da sempre.

Ricordava ancora la prima volta che lo aveva visto. Era andata a dare il bentornato a casa da una missione a suo fratello e aveva conosciuto tutti i suoi compagni di squadra, ma l'unico che le era rimasto davvero impresso era stato Gus... che tutti chiamavano Spike. Non aveva parlato o sorriso molto, ma aveva avvertito il suo sguardo su di lei per tutta la sera.

Erano andati a cena fuori tutti insieme e si era ritrovata seduta tra lui e Woody. Si era sentita così a disagio a stargli vicino che aveva finito per ordinare un'insalata. Era ridicolo; si sforzava di non farsi influenzare dall'opinione pubblica, e invece aveva ordinato un'insalata quando in realtà avrebbe voluto un hamburger... ma lui l'aveva disorientata.

Quando le aveva offerto una patatina fritta, non aveva saputo resistere, e prima che se ne rendesse conto, lui aveva tagliato in due la sua enorme bistecca e aveva diviso le patatine con lei. In seguito si era sentita molto in imbarazzo per aver mangiato metà del suo pasto. Quando Woody l'aveva presa in giro, Gus gli aveva detto di chiudere il becco e di lasciarla in pace.

Aveva un mento forte, gli zigomi alti e gli occhi più verdi che avesse mai visto. L'ultima volta che si erano incontrati aveva notato che era un po' più stempiato, ma ciò non aveva attenuato la sua attrazione. Era impossibile che succedesse dato che era l'uomo più virile che avesse mai conosciuto. E quando si era tolto la giacca, rivelando i tatuaggi che gli coprivano il braccio destro dalla spalla al polso, si era quasi sciolta.

Ma uscire con uno degli ex compagni di squadra di suo fratello era l'ultima cosa che Reese avrebbe potuto prendere in considerazione. Erano... potenti. Autoritari. E fisicamente perfetti. Non sarebbe mai stata all'altezza, e non voleva nemmeno provarci.

Ciò non significava che nel corso degli anni non avesse pensato a Gus. Non aveva avuto il coraggio di chiedere informazioni a Woody, ma una volta le aveva accennato di sfuggita che lui e altri sei uomini si erano uniti per aprire una specie di resort per persone affette da disturbo post-traumatico da stress. Non aveva mai detto al fratello di aver subito cercato e visitato il sito web del Rifugio.

Da quello che aveva capito, Gus e i suoi nuovi amici se la stavano cavando molto bene, ed era orgogliosa di lui per il fatto che aiutasse altre persone a combattere i loro demoni.

«Reese?»

Merda. Era rimasta lì a fissare il vuoto e l'uomo a cui stava pensando era dall'altra parte della porta.

«Che ci fai qui?» sbottò, poi si rimproverò. Avrebbe dovuto rimanere in silenzio. Alla fine se ne sarebbe andato. Forse.

«Mi ha chiamato Bubba. Ha detto che non avevi notizie di Woody. Sono andato a Kansas City per parlarti, ma eri già partita. Per favore, apri.»

Era sbalordita. Era andato a Kansas City? Era l'ultima cosa che si aspettava dicesse. Senza pensarci, si riavvicinò alla porta, la sbloccò e la aprì.

E fissò l'uomo di fronte a lei.

Buon Dio, gli anni erano stati clementi con lui. Maledizione.

Perché? Perché gli uomini sembravano invecchiare con grazia, mentre le donne... ok, *lei*, non faceva altro che avere sempre più rughe?

Le sorrise, ma non si mosse per entrare nella stanza.

E quel sorriso...

Reese sentì una contrazione tra le gambe e fece il possibile per ignorarla. Quell'uomo non faceva per lei. Semmai, vederlo dopo tutti quegli anni rendeva ancora più evidente quanto fosse fuori dalla sua portata. E doveva concentrarsi sulla ricerca di Woody.

«Questo è Tiny, un mio amico. Possiamo entrare?»

Notò solo in quel momento l'uomo dietro le sue spalle. Aveva la sensazione di essere rimasta a bocca aperta, ma non poteva farne a meno. Gus era bello, ma il tizio con lui era... bellissimo. Con i capelli scuri e i penetranti occhi nocciola le ricordava un attore famoso, ma al momento le sfuggiva quale.

Poi si rese conto di averlo visto in una foto sul sito web del Rifugio; l'aveva fissata abbastanza spesso da sapere che era uno dei sette proprietari del resort.

«Ehm... sì. Venite dentro» balbettò, facendo un passo indietro.

I due entrarono, chiusero la porta, ma non si spostarono, come se volessero lasciarle spazio e non farla sentire a disagio in alcun modo. Reese lo apprezzò. Si sentiva scombussolata. Si fidava di Gus, era un amico di suo fratello, ma era strano che fosse *lì*.

«Sul serio, Gus, cosa ci fai *qui*?» gli chiese, avanzando nella stanza per sedersi sul letto.

Le sue labbra ebbero un guizzo. «Oh, sai, abbiamo deciso che Bogotà poteva essere un ottimo posto in cui venire in vacanza.»

Reese aggrottò le sopracciglia e poi sbuffò. «Stai scherzando, vero?»

«Sì, sto scherzando. Abbiamo saputo che sei venuta qui per cercare Woody e volevamo aiutarti.»

«Aiutarmi?» chiese scettica. «Non trascinarmi a casa?»

«Ci andresti se ti chiedessi di farlo?» le domandò, inclinando un po' la testa.

«No» rispose con fermezza.

«Bene, allora siamo venuti ad aiutarti a trovare tuo fratello, così possiamo tornare *tutti* a casa.»

Il suo rispetto per quell'uomo aumentò in modo esponenziale. Il modo più veloce per farla arrabbiare e impuntare era dirle che non poteva fare qualcosa. Supponeva che Gus lo sapesse, dato che era una delle cose di cui Woody si lamentava spesso. Non aveva dubbi che non fosse entusiasta che lei si trovasse lì, ma almeno non stava provando a convincerla a rinunciare dicendole che era stata una stupida ad andarci.

«Che cos'hai scoperto? È da un po' che sei qui.»

Sentì il viso andare in fiamme e odiò il fatto di essere arrossita. «Sì, ehm, be'... il primo giorno sono andata all'indirizzo di Isabella e lei non c'era. Non sono riuscita a convincere nessuno a parlare con me. Be', nessuno che parlasse inglese» disse, sperando che quell'informazione fosse sufficiente a far sì che Gus non le chiedesse cosa aveva fatto da allora. Ma naturalmente non ebbe fortuna.

«E poi? Dove hai cercato negli ultimi due giorni?»

Reese si guardò le mani. Non doveva essere imbarazzata. Il suo corpo stava solo reagendo, come succedeva a tanti quando si trovavano in paesi stranieri e mangiavano prodotti di carne discutibili comprati per strada da un venditore ancora più discutibile.

«Sono rimasta qui.»

Lanciò un'occhiata ai due uomini e vide che la stavano guardando con attenzione.

«Qui?» chiese Gus. «Nella stanza d'albergo? Stai male?»

Sospirò. Doveva dire loro perché era rimasta lì invece di uscire a cercare Woody. «Ho mangiato qualcosa che mi ha fatto male. Ma ora sto bene. Benissimo. È tutto ok.»

«La vendetta di Montezuma» mormorò Tiny con comprensione.

Invece di sorvolare sul fatto che aveva avuto la diarrea negli ultimi due giorni, Gus si avvicinò al letto e le si sedette accanto. «È terribile. Colpa del ghiaccio?»

Reese *non* voleva parlarne, ma se lui riusciva a farlo con tranquillità, poteva farlo anche lei. Scosse la testa. «No. Woody mi ha detto di non prendere mai del ghiaccio quando sono in un paese straniero. Avevo fame ed ero frustrata quando sono tornata dalla casa di Isabella. C'era un tizio che vendeva degli hot dog per strada e non ho resistito.»

Gus fece una smorfia.

«Sì, lo so» disse scuotendo la testa. «È stato stupido.»

«Non necessariamente. Ci sono anche molti venditori ambulanti sicuri.»

«Quand'è stata l'ultima volta che hai mangiato un panino con carne sconosciuta da un venditore ambulante?» gli chiese.

Le labbra di Gus guizzarono di nuovo. «Ehm... mai.»

«Appunto» replicò Reese alzando gli occhi al cielo. «Comunque, sono rimasta qui perché, be', lo sai.» Indicò il piccolo bagno. «Ma ora sto meglio. Qual è il piano per trovare Woody?»

«Non abbiamo mangiato» disse invece lui ignorando la sua domanda. «Siamo venuti direttamente qui dall'aeroporto. Che ne dici di scendere al ristorante e prendere qualcosa? Possiamo parlare delle nostre prossime mosse mentre mangiamo.»

Aprì la bocca per dire che non aveva fame, ma il suo stupido stomaco scelse proprio quel momento per brontolare. Forte.

«Bene, ecco la risposta. Probabilmente sei anche disidratata. Tiny, puoi scendere e prendere un tavolo? Noi arriviamo subito.»

Il suo amico sorrise e annuì prima di voltarsi per uscire. Reese non poté fare a meno di chiedersi perché Gus volesse parlarle in privato.

Non appena la porta si chiuse, si girò e le prese la mano. Stranamente, lei non si arrabbiò. Se fosse stato un altro, l'avrebbe tirata via chiedendogli perché l'avesse toccata senza permesso. Era la sua reazione abituale verso chiunque si comportava in modo eccessivamente familiare.

Ma... quello era Gus. Lo conosceva. Più o meno. Soprattutto... era lì perché si preoccupava per suo fratello.

Nel suo intimo poteva ammettere che essere toccata da lui era tutt'altro che offensivo.

Quando passò l'indice sul polso dove si sentiva il battito, le venne la pelle d'oca sulle braccia. Pregò che non se ne accorgesse, mentre faceva di tutto per tenere a freno quella reazione.

«Stai davvero bene?» le chiese a bassa voce. «Ci sono passato anch'io. Eravamo in missione in Venezuela e ho stupidamente accettato un drink da un abitante del luogo su cui stavamo cercando di fare colpo. Ho passato i due giorni successivi desiderando di essere morto. Non potevo allontanarmi più di tre metri dal bagno. I ragazzi sono stati comprensivi, ma mi hanno anche preso tanto in giro.»

Reese era troppo distratta dal suo sorriso per rispondere.

«Comunque, mi ci è voluto un po' per sentirmi di nuovo normale. Non essere imbarazzata per questa cosa. Davvero.»

Va bene. *Niente* imbarazzo. Impossibile! «Ok» disse, cercando di farlo con disinvoltura e di comportarsi come una donna che non si vergognava di parlare di problemi di diarrea dopo aver mangiato del cibo in un paese straniero. *Sì... certo.*

«Troveremo Woody» continuò Gus.

Reese era consapevole che le stava ancora tenendo la mano, ma non aveva intenzione di interrompere quel momento... o qualsiasi cosa stessero sperimentando. «Certo che sì» replicò con più sicurezza possibile.

Le sorrise. Un sorriso vero e proprio, non solo un guizzo delle labbra o un ghigno ironico. Poi si fece serio.

«Hai fiducia in me e Tiny sul fatto che lo ritroveremo e lo riporteremo nel Missouri?»

«Sì. Ma se mi stai chiedendo di andarmene, la risposta è no.»

Sospirò. «Dovevo provarci.»

«Sapevi che avrei risposto così?» non poté fare a meno di chiedere.

«Già. Da tutto ciò che Woody ha detto di te, avevo la sensazione che avresti insistito per essere coinvolta.»

Era bello e allo stesso tempo strano avere la conferma che suo fratello aveva parlato di lei ai suoi compagni di squadra. A quell'uomo. «Non sono stupida. So di non avere le capacità che avete tu o mio fratello. Ma non sono nemmeno inutile. A volte le persone si sentono più a loro agio a parlare con una donna piuttosto che con un uomo. E senza offesa, ma voi due intimidite. Forse posso essere una risorsa per te e Tiny.»

Apprezzò il fatto che Gus non avesse liquidato subito le sue parole. «Forse. Mangiamo qualcosa, ci assicuriamo che tu sia adeguatamente idratata e poi possiamo pianificare le nostre prossime mosse. Spero che non ti offenda se io e Tiny torniamo all'indirizzo di Isabella e bussiamo a qualche porta.»

«Niente affatto. Forse negli ultimi due giorni è tornata. Lei e Woody potrebbero essere stati in vacanza o altro e ora sono tornati.» Non ci credeva, ma poteva almeno sperare.

Gus non scartò quell'osservazione, ma non disse nemmeno di essere d'accordo. Reese doveva ammettere che era stato molto diplomatico e lo apprezzò. «Speriamo di poter ottenere qualche informazione in più dopo essere stati lì... o che il mio amico negli Stati Uniti, che da parte sua sta facendo il possibile, si faccia vivo. Forza. Andiamo a mangiare.»

Si alzò tenendole sempre la mano e usandola per tirarla in piedi. Reese non protestò mentre la conduceva verso la porta.

A dire il vero era sollevata che Gus fosse lì, non solo perché si sentiva al sicuro con lui, ma anche perché non aveva idea di cosa fare per cercare Woody. Quel sentimento era strano dato che non aveva passato molto tempo in sua presenza, ma visto che era stato un Delta insieme a suo fratello, si perdonò per essersi fidata così in fretta.

Era a corto di idee e poiché non parlava spagnolo, le sue opzioni erano limitate. La presenza di Gus e del suo amico era una benedizione, e rafforzò la speranza di trovare Woody e Isabella sani e salvi.

CAPITOLO TRE

SPIKE SI COSTRINSE A NON FISSARE Reese. Era ancora più bella della foto che Tex gli aveva fornito. Forse perché era più matura e sembrava avere più fiducia in se stessa. Forse perché era arrossita in modo adorabile mentre cercava di evitare di parlare di ciò che aveva fatto negli ultimi due giorni. Qualunque cosa fosse, Spike doveva continuare a ripetersi che era lì per cercare Woody, non per sedurre la sorella.

Inoltre, Reese viveva nel Missouri e lui nel New Mexico. Anche se si fossero piaciuti, nei pressi del Rifugio non c'erano molti lavori che richiedessero una laurea in ingegneria.

Anche se... il Los Alamos National Laboratory *era* proprio lungo la strada. Ed era una delle più grandi istituzioni scientifiche e tecnologiche del mondo. I dipendenti conducevano ricerche sulla sicurezza nazionale, sull'esplorazione dello spazio, sulla fusione nucleare, sulle energie rinnovabili, sulla medicina, sulle nanotecnologie e probabilmente su molte altre cose di cui non aveva la minima idea. Parlando con Woody aveva scoperto che Reese era uno dei migliori ingegneri nel suo campo. Sospettava che un posto come il laboratorio di Los Alamos avrebbe colto al volo l'occasione di assumerla.

Esasperato dai suoi pensieri, si concentrò sul presente. Dovevano trovare Woody e tornare a casa prima di poter iniziare a pensare ad altro... cioè vedere se la scintilla che sembrava essere scoccata tra lui e Reese potesse portare da qualche parte. Non gli era sfuggito il modo in cui lo aveva fissato dopo aver aperto la porta della camera. Come le sue spalle si erano rilassate quando le aveva preso la mano. Né la pelle d'oca sulle braccia quando le aveva sfiorato il polso con un dito per cercare di rassicurarla.

Ordinarono il pranzo e Spike non poté fare a meno di ricordare un altro momento e un altro luogo in cui aveva condiviso con lei la bistecca e le patatine. Ma questa volta era stata prudente, visto lo stato del suo stomaco, e aveva ordinato una zuppa e dei panini.

«Allora, Woody è venuto a trovare Isabella. Cosa sappiamo di lei?» chiese Tiny.

Felice della domanda dell'amico, dato che faceva fatica a distogliere l'attenzione da Reese, tirò fuori il cellulare e consultò le informazioni che Tex gli aveva inviato. «Ha ventotto anni e lavora per il governo colombiano da circa dieci» disse.

«Era giovane quando ha iniziato» osservò.

Spike annuì. «È quello che ho pensato anch'io. Ma quando l'abbiamo conosciuta era estremamente professionale e competente, nonostante all'epoca fosse piuttosto giovane. Stava crescendo suo fratello da sola e quel lavoro le permetteva di guadagnare abbastanza per poterlo fare.»

«Woody ha detto che Angelo, suo fratello, era in difficoltà. È stato uno dei motivi per cui è venuto qui» aggiunse Reese.

«Che tipo di difficoltà?» chiese Tiny.

Lei scrollò le spalle. «Non lo so. Non mi ha detto molto. Solo che finalmente si sarebbe dato una svegliata e avrebbe fatto ciò che avrebbe dovuto fare anni fa. Credo che si sia sempre sentito troppo vecchio per lei… non che otto anni siano poi una grande differenza di età, ma lei amava il suo lavoro di interprete e Woody non voleva allontanarla. E anche se il suo interesse per Isabella non ha fatto altro che aumentare e si sono parlati e mandati mail costantemente, credo che lui volesse lasciarla crescere ancora un po'… che fosse sicura di ciò che voleva.»

Spike sospirò. «Però dev'essere successo qualcosa. Deve avergli detto qualcosa di grosso per farlo venire qui all'improvviso.»

«Non credo sia stato improvviso. Ho la sensazione che ci stesse pensando da parecchio. Qualsiasi cosa gli abbia detto, probabilmente gli ha dato la spinta che gli serviva. Sono felice che abbia finalmente deciso di cedere all'attrazione che prova per lei. Da quando ha lasciato l'esercito non è più uscito con nessuno, ed era più che ovvio che fosse a causa di Isabella.»

«Ma?» chiese Tiny.

Reese lo guardò con le sopracciglia aggrottate. «Ma cosa?»

«Percepisco un po' di reticenza nel tuo tono.»

Sospirò. «Non è che non voglia che lui stia con Isabella, ma lei vive qui e lui nel Missouri. Non lascerebbe mai suo fratello se lui non volesse venire negli Stati Uniti. Non dopo averlo cresciuto praticamente da sola. So che è terribilmente egoista da parte mia, ma non voglio che Woody si trasferisca qui. Mi mancherebbe troppo.»

Spike si stupì ancora una volta del rapporto che avevano i due. Non lo capiva, ma lo rispettava. Woody diceva sempre che la persona più importante della sua vita era la sorella, che se avesse avuto bisogno di qualcosa si sarebbe fatto in quattro per procurargliela.

E poi c'era la promessa che gli aveva estorto...

La sua mente tornò a quella missione particolarmente atroce. Erano bloccati dalle forze nemiche, i proiettili volavano intorno a loro... e Woody si era voltato verso Spike facendogli giurare che se gli fosse successo qualcosa si sarebbe preso cura di Reese. Che si sarebbe assicurato che non avesse mai problemi. Naturalmente glielo aveva promesso senza discutere. Inoltre, prima che Woody tornasse a concentrarsi per cercare di sopravvivere a quella sparatoria, Spike avrebbe *giurato* di averlo sentito borbottare qualcosa sottovoce riguardo a quanto sarebbe stato più facile prendersi cura di lei se l'avesse sposata.

Non aveva avuto la possibilità di chiedergli di ripetere, e nessuno dei due aveva più tirato fuori l'argomento dopo che erano tornati sani e salvi negli Stati Uniti.

Essere accanto a Reese in quel momento, e vedere di persona l'amore che provava per il fratello, la sua testardaggine, il coraggio di essere andata in Colombia quando non sapeva nemmeno da dove cominciare a cercare, gli fece improvvisamente pensare che se avesse dovuto esaudire una richiesta così enorme per *qualcuno*, probabilmente sarebbe stato per lei, che conosceva il sacrificio meglio di chiunque altro.

Aveva amato altre donne in passato, o almeno *pensava* di averlo fatto, ma ora non ne era più così sicuro. Non dopo aver visto cosa Reese fosse disposta a fare per trovare suo fratello. Spike non era molto legato a sua sorella. Certo, avrebbe cercato di trovarla se fosse scomparsa, ma dentro di sé doveva ammettere che forse avrebbe avuto più a che fare con un obbligo familiare che con un profondo legame tra fratelli.

A essere sinceri, era un po' geloso del rapporto tra Woody e Reese.

Si ripromise di fare tutto il necessario per assicurarsi che fratello e sorella si riunissero.

«Lo capisco» stava dicendo Tiny. «Mi sentivo così con mio fratello.»

Guardò l'amico sorpreso. Non lo aveva mai sentito parlare di un fratello prima d'ora.

«È morto» continuò senza mezzi termini, rispondendo alla sua evidente curiosità. «Era un Marine. All'epoca ero in missione e l'ho scoperto solo quando sono tornato a casa. A quel punto era troppo tardi per dirgli addio. Ancora oggi non posso fare a meno di chiedermi se sapesse che non ero lì. E la cosa peggiore è che era completamente solo. Nostro padre è in prigione e nostra madre è morta qualche anno prima. Avrei fatto qualsiasi cosa per lui... ma l'ho abbandonato nel momento più importante.»

Reese si chinò e gli afferrò la mano dall'altra parte del tavolo. «Non l'hai abbandonato» disse quasi con ferocia.

Spike si stupì della veemenza nel suo tono, ed era ovvio che Tiny la pensasse allo stesso modo perché la fissò a occhi spalancati.

«Se era cosciente, sono certa che tuo fratello sapesse che saresti stato lì se avessi potuto. Era un militare, ciò significa che capiva che se eri in missione non potevi tornare a casa di corsa a tuo piacimento. Io non ero nell'e- sercito, ma sapevo comunque che se fossi stata ferita mentre Woody era via, le sue priorità dovevano rimanere la sua squadra e la missione. Nel profondo del mio cuore avrei saputo che era in giro a salvare il mondo, e questo è un compito molto più importante e utile che stare seduto in un ospedale a tenermi la mano sentendosi impotente. E... oserei dire che probabilmente tuo fratello era *contento* che tu non fossi lì.»

«Contento?» Tiny quasi si strozzò.

«Non perché non ti volesse bene o perché fosse arrabbiato con te o altro, ma perché avrebbe voluto che tu lo ricordassi quando era più in forze, non mentre languiva in un letto d'ospedale» gli disse con dolcezza.

Mentre il suo amico metabolizzava quelle parole, Spike non poté fare a meno di mettere la mano sulla coscia di Reese sotto il tavolo. Voleva farle sapere che apprezzava ciò che stava facendo. Aveva bisogno di un contatto con lei in quel momento.

Lo guardò un attimo, poi riportò la sua attenzione su Tiny.

«Già» disse lui con un sospiro, dopo una lunga pausa. Poi le strinse la mano prima di spingere indietro la sedia. «Vado in bagno. Torno subito.»

Spike lo guardò allontanarsi, sapendo che aveva bisogno di un po' di privacy per riprendersi. «Grazie» le disse con dolcezza.

Reese si girò verso di lui e mise la mano sopra la sua, che era ancora posata sulla gamba. «Nutro ammirazione per Woody da che ho memoria. Per me è sempre stato una persona straordinaria. Ero terrorizzata ogni volta che era in missione... e so che ne ha fatte molte di più di quelle di cui ero a conoscenza. Ma sono sempre stata orgogliosa di lui.»

«Anche lui è orgoglioso di te. Non so dirti quante volte ci ha parlato dei tuoi meriti accademici.»

Reese alzò gli occhi al cielo. «Proprio quello per cui una ragazza vuole essere riconosciuta.»

Spike strinse la presa sulla sua coscia. «Devo dire che

preferisco di gran lunga stare con una donna intelligente piuttosto che con una che è bella ma senza cervello.»

Quando lei fece un'espressione ancor più esasperata, capì che pensava le stesse facendo una sviolinata e volle assicurarsi che sapesse che diceva sul serio. «Quando ero al college, un amico usciva con una ragazza che si è lamentata del fatto che il nome Pittsburgh Steelers – ovviamente non *stealers* nel senso di ladri – fosse un nome offensivo per una squadra di football... perché secondo lei la gente che ruba non può farne a meno.»

Le labbra di Reese si contrassero.

«Un'altra invece ha detto che non capiva proprio perché chiamassero *virgin* i cocktail analcolici, visto che una bevanda non può essere vergine.»

Fece un piccolo sorriso.

«E un'altra ancora ha voluto sapere perché la gente che muore di fame nel mondo non andasse semplicemente al Walmart più vicino a comprare del ramen, visto che costa pochissimo.»

Reese scoppiò a ridere. «Ok, ok, ti credo» disse, quando riuscì a riprendere il controllo.

«E quando una donna è intelligente *e* di bell'aspetto» continuò Spike, «è totalmente irresistibile.»

Si fissarono a lungo, voleva assicurarsi che ciò che intendeva fosse chiaro, poi lei arrossì e abbassò lo sguardo sul piatto vuoto.

Rimproverandosi per averla messa a disagio e sapendo che la sua priorità doveva essere trovare Woody, le strinse ancora una volta la coscia prima di sfilare la mano da sotto la sua e prendere il tovagliolo per pulirsi la bocca.

Decise che quello era un buon momento per cambiare argomento e disse: «Quando avremo finito qui andremo da Isabella. Vediamo se riusciamo a sapere qualcos'altro dai vicini e poi partiamo da lì. Se vuoi restare qui a riposare, visto che ci sei già stata, torneremo a prenderti prima di andare altrove.»

«No.»

«No? No cosa?»

«Non resto qui. Verrò dovunque andrete voi. Non scapperete a fare le vostre cose militari top-secret senza di me.»

Spike non poté fare a meno di sorridere. «Cose militari top-secret?» chiese, con una piccola risatina.

«Sì, qualsiasi cosa sia ciò che fate. So che vi liberereste di me in un attimo, e io non ci sto.»

«Prima di tutto, non è che andremo a buttare giù le porte e a tenere la gente sotto tiro per avere delle risposte. Credo che la tua immaginazione sia piuttosto sfrenata. Faremo la stessa cosa che hai fatto tu... cercheremo di comunicare con le persone per capire se hanno visto Woody o Isabella di recente. E non ci libereremo di te.»

Gli lanciò un'occhiata scettica.

«Sul serio. Rispettiamo il tuo bisogno di trovare tuo fratello. Non saresti venuta fin qui se non fossi preoccupata e non volessi aiutare.»

Spike alzò una mano quando lei aprì la bocca per parlare, continuando prima che potesse interromperlo. «Detto questo, se le cose dovessero mettersi male, ti nasconderò in un posto sicuro così in fretta che nemmeno te ne renderai conto. Woody stesso mi ucciderebbe se ti venisse torto anche un solo capello. Quindi, mi sta bene che tu venga con noi mentre cerchiamo informazioni, ma se penso che le cose stiano diventando pericolose – in *qualsiasi* modo – sei fuori.»

«Non mi piace» disse accigliata.

«Quando è stata l'ultima volta che hai sparato con un'arma?» le chiese.

Reese strinse le labbra.

«Come pensavo. E che dire del fatto di correre per fuggire da qualcuno che è deciso a metterti le mani addosso per farti del male?»

«Non è giusto» protestò lei.

«Certo che non lo è. Avere a che fare con persone malvagie e stronze non è *mai* giusto. Ho bisogno che tu sia tutta intera e al sicuro quando troveremo Woody. Se non sarà così perderà la testa. E se Isabella dovesse essere ferita, lui dovrà dividere la sua lealtà tra voi due, il che potrebbe renderlo abbastanza imprudente da fare qualcosa di stupido, che a sua volta potrebbe danneggiare qualcuno di noi o tutti.»

«Ora sei proprio cattivo» si imbronciò Reese.

«Sono realista. Woody andrà comunque fuori di testa quando scoprirà che sei qui. Anche se la Colombia non è pericolosa quanto una zona in guerra attiva, c'è molta corruzione e molte persone coinvolte nel mondo della droga che non ci penserebbero due volte a prendere una bella americana per le loro nefaste intenzioni. Ti ho già promesso di tenerti aggiornata, tutto ciò che ti chiedo è che se la situazione dovesse precipitare, lascerai che ce ne occupiamo io e Tiny e rimarrai in qualsiasi posto sicuro ti metteremo.»

Lei lo fissò per un lungo momento e Spike trattenne il respiro. Avrebbe voluto poterla chiudere nella sua stanza d'albergo e farla rimanere lì finché non avesse trovato il fratello, ma dopo tutto quello che Woody aveva detto negli anni su di lei, non aveva il minimo dubbio che non fosse un'opzione.

«Va bene.»

Aspettò che dicesse altro, e quando non lo fece, le chiese: «Va bene? Farai ciò che ti diremo e sarai d'accordo se non ti porteremo con noi perché la situazione è troppo pericolosa?»

Reese sospirò. «Sì. Ascolta, non sono stupida, Gus. Non ho idea di cosa farei se qualcuno mi puntasse una pistola in faccia. Sono molto brava a fare i calcoli o a usare la meccanica quantistica elementare per risolvere un'equazione che dà come risultato uno, tipo nella derivazione della legge di Stefan-Boltzmann, ma correre non è il mio forte. Nemmeno liberarmi da manette incatenate a un muro dietro la mia schiena, mentre un signore della droga filma le mie ultime parole da inviare a mio fratello per cercare di estorcergli trenta milioni di dollari.»

Spike scoppiò a ridere. «Appunto» disse fissandola.

«Che c'è?» gli chiese in tono un po' bellicoso.

«Mi piaci» sbottò lui.

Sembrò sorpresa, poi confusa, poi scettica. «Non mi conosci.»

«Il tuo programma preferito quando eri piccola erano le repliche di *Wonder Woman* con Lynda Carter. Ti piace lo yogurt alla ciliegia, ma non ai frutti di bosco. Sei una persona mattiniera. Hai letto un milione di libri perché li preferisci alla TV o al cinema, e hai dato più di diecimila dollari in beneficenza negli ultimi tre anni» elencò senza perdere un colpo.

Reese rimase a bocca aperta. «Cosa... come... porca miseria!»

Spike sorrise. «Ti conosco. Woody è un chiacchierone, ma ci sono ancora centinaia di altre cose che *mi piacerebbe* sapere di te.»

Aspettò, sapendo che non sarebbe riuscita a lasciar correre la sua affermazione. Era un'altra cosa che conosceva di lei. Aveva una curiosità esagerata. Era ciò che la rendeva un ottimo ingegnere.

«Tipo?»

«Quello che ti piace fare al primo appuntamento. Se dormi o meno con il lenzuolo sotto il piumino. Qual è il tuo libro preferito. Qual è il tuo dolce preferito. Se prenderesti mai in considerazione l'idea di uscire con un ex militare che a volte fatica a vivere una vita normale dopo tutto quello che ha visto.»

Non aveva intenzione di spiattellare l'ultima parte, ma dopo una lunga pausa lei scrollò le spalle e disse: «Che cos'è la normalità?» Poi aggiunse: «E il lenzuolo sotto il piumino non ha senso. Non capisco nemmeno a cosa serva.»

Spike sorrise.

«Tutto bene qui? Siamo pronti ad andare?» chiese Tiny sedendosi.

Sobbalzò sorpreso. Merda, il suo amico l'aveva colto alla sprovvista, il che non era affatto da lui. Di solito era consapevole di ciò che lo circondava. Subire tante imboscate, come gli era successo con il suo lavoro, faceva quell'effetto a una persona.

«Tutto bene» disse Reese. «*Tu*, stai bene?»

«Sto bene» rispose Tiny con un piccolo sorriso. «Quante volte abbiamo intenzione di dire "bene"?»

«Ancora un bel po' di volte, direi, va bene?» replicò Spike.

La risatina di Reese lo avvolse come una coperta calda. Gli piaceva vederla felice.

«*Bene*. Vado a pagare e poi possiamo andare» annunciò Tiny con un altro sorriso... questa volta rivolto a Spike. Ed era più che altro un sorrisetto compiaciuto.

«Fallo mettere sul conto della camera» gli disse Reese alzandosi.

«Non se ne parla proprio» ribatté lui, dirigendosi verso il banco della direttrice di sala.

Lei si girò verso Spike e borbottò: «Siete proprio come Woody.»

«Già. Forza, andiamo a vedere cosa possiamo scoprire su tuo fratello e Isabella.» Le tese la mano... e fu travolto da qualcosa di estremamente soddisfacente quando lei la prese e si lasciò aiutare ad alzarsi.

Quella donna era talmente fuori dalla sua portata che non aveva idea del significato delle parole che aveva espresso poco prima. O di chi fosse Stefan-Boltzmann, o cosa diavolo avesse a che fare la sua legge con la matematica. Ma non aveva importanza. Più tempo passava con lei, più cose voleva sapere.

Ma prima... dovevano trovare Woody. Poi si sarebbe preoccupato del fatto di sentirsi attratto da Reese Woodall più di quanto lo fosse stato da qualsiasi altra donna.

CAPITOLO QUATTRO

REESE FATICAVA A CONCENTRARSI sul suo compito. Non faceva altro che fissare il sedere di Gus mentre saliva le scale dell'appartamento di Isabella. Non solo quell'uomo era robusto e muscoloso, ma era anche divertente. E premuroso. Quando le aveva messo una mano sulla gamba mentre lei confortava Tiny, le ci era voluta tutta la sua forza di volontà per non appoggiarsi contro di lui.

Era anche stimolante che non sembrasse essere scoraggiato dalla sua intelligenza. Molti uomini nel suo passato avevano affermato di non essere infastiditi dalla sua cultura, per poi dire o fare qualcosa che smentiva le loro parole.

Ma ora non era il momento o il luogo di sentirsi tutta eccitata perché un uomo come Gus le prestava tanta attenzione.

Rabbrividì guardandosi intorno. Quel quartiere non era tra i migliori, ma nemmeno tra i peggiori. Aveva solo la strana sensazione di essere osservata. L'aveva provata anche quando era stata lì da sola, ma ora sembrava più forte. Era grata della presenza dei due uomini, la facevano sentire più protetta.

Non era entusiasta del fatto che Gus le avesse detto che sarebbe dovuta rimanere in albergo se le cose si fossero fatte pericolose, ma non voleva nemmeno essere un peso. La verità era che Tiny, Gus e Woody erano stati addestrati a essere letali quando una situazione si aggravava. Anche se Tiny era stato un Navy SEAL, pensava che fosse capace quanto i due Delta.

Lei, d'altra parte, era senza speranza. Prima gli aveva accennato che quando Woody aveva cercato di insegnarle come liberarsi dalle manette, aveva fallito miseramente. Era appena uscito dall'esercito e aveva deciso di farle apprendere alcune mosse avanzate di difesa personale.

Non era riuscita a liberarsi dalla sua presa quando l'aveva afferrata, per quanto si fosse sforzata e per quanti trucchi le avesse mostrato. Le fascette le avevano procurato dei lividi ai polsi e non era stata in grado di liberarsi nemmeno da quelle. Alla fine, dopo ore di pratica, le aveva semplicemente detto che sarebbe stato meglio se non si fosse trovata in situazioni in cui avrebbe avuto bisogno di difendersi fisicamente, altrimenti sarebbe stata fregata.

In quel momento si era arrabbiata, ma aveva avuto ragione. Era molto più brava a usare il cervello che la forza bruta per uscire dalle situazioni. Quindi, se Gus e Tiny pensavano di trovarsi in un contesto pericoloso, le andava più che bene non seguirli mentre loro si occupavano di cose più fisiche.

Non che le facesse piacere pensare a Woody in pericolo, ma conosceva i suoi limiti.

«Resta vicina» le disse a bassa voce, mentre si avvicinavano alla porta di Isabella. Era evidente che sentisse la tensione nell'aria. Si chiese se anche lui percepisse degli occhi puntati su di loro e pensò che probabilmente era così.

Gus bussò alla porta, e come era successo a lei qualche giorno prima, nessuno rispose. Ma a differenza sua, che se n'era andata quando non aveva ottenuto risposta, Tiny tirò fuori qualcosa dalla tasca, si avvicinò alla serratura e la sbloccò in pochi secondi.

«Cosa... come?» balbettò lei mentre Gus le metteva un braccio intorno alla vita e la conduceva all'interno dell'appartamento.

«Resta qui» le ordinò, prima di andare a controllare furtivamente le stanze con Tiny. Fu l'unico termine che riuscì a trovare per descrivere come si muovevano. Nessuno dei due aveva un'arma, ma era evidente che fossero molto cauti e che avrebbero potuto disarmare chiunque incontrassero.

Si guardò intorno mentre i due erano in un'altra stanza. Il posto era piccolo e pulito. Ma non sterile. Aveva un che di vissuto... di accogliente. C'erano alcune foto qua e là. Un paio di scarpe sul pavimento, probabilmente dove qualcuno le aveva calciate quando era arrivato a casa. Un piccolo televisore era appoggiato su un tavolino contro una parete e di lato c'erano alcuni DVD impilati in modo disordinato. C'era una coperta appallottolata sopra un divano marrone chiaro un po' logoro. La cucina aveva alcuni vecchi elettrodomestici sul bancone, ma non c'erano stoviglie sporche nel lavandino.

Nel complesso, ebbe l'impressione che le persone che vivevano lì non fossero ricche, ma che avessero creato una casa confortevole con ciò che potevano permettersi.

Gus e Tiny tornarono nella zona giorno.

«Sono qui?» chiese titubante, perché se erano lì, non era positivo.

«No, la casa è vuota» rispose Tiny.

«Respira, Reese» disse Gus, entrando nel suo spazio vitale. I loro occhi erano quasi alla stessa altezza e fece del suo meglio per rilassare i muscoli. «Non sono qui. Perlustreremo le stanze in modo più approfondito per vedere se riusciamo a trovare qualcosa che ci aiuti a capire dove potrebbero essere andati.»

Fece un respiro profondo e annuì.

«Credo che non abbiamo molto tempo» osservò Tiny. «È probabile che ci abbiano visti entrare.»

«Anche tu hai percepito degli occhi fissarci?» chiese Gus.

«Oh, sì.»

«Anch'io. Più dell'ultima volta che sono stata qui» affermò Reese.

Gus annuì. «C'è qualcosa che non quadra. Non so cosa, ma c'è della tensione nell'aria. Come se i residenti fossero spaventati e in attesa che accada qualcosa.»

«Allora cerchiamo e poi andiamocene da qui» suggerì Tiny.

«Reese, tu occupati della cucina e del soggiorno, noi cercheremo nelle camere da letto» decise Gus.

Per un attimo fu sorpresa che le permettesse di aiutarla, ma poi raddrizzò le spalle. *Perché* non avrebbe dovuto aiutare? Era lì e conosceva suo fratello meglio di chiunque altro.

Gus la guardò e per un attimo sembrò che volesse dire qualcos'altro, ma si limitò ad annuire e a tornare nel corridoio che portava alle camere.

Dieci minuti dopo, Reese era frustrata. Le due stanze erano piccole, quindi la ricerca era stata rapida e non aveva notato nulla che fosse utile a capire dove Woody e Isabella potessero essere andati. Tutto ciò che aveva trovato era cibo avariato nel frigorifero e una dispensa sorprendentemente vuota. Aveva avuto l'impressione che Isabella se la cavasse bene da sola. Aveva un buon lavoro con il governo e, da quanto le aveva detto Woody, guadagnava bene per quell'area del Paese.

Ma osservando il cibo in cucina e persino i pochi mobili del soggiorno, sembrava non fosse così. Sentì Tiny e Gus parlare in fondo al corridoio mentre dava un'altra occhiata alla stanza.

E qualcosa catturò la sua attenzione.

Camminando verso un angolo del soggiorno, si chinò e raccolse dal pavimento un orologio rotto. Era di Woody. Ci avrebbe scommesso tutto quello che possedeva. Glielo aveva comprato il loro padre quando suo fratello era diventato un operatore della Delta Force, e lo aveva indossato ogni giorno dicendo che gli ricordava la sua famiglia.

Era stato in quella casa e doveva essere successo qualcosa se lo aveva lasciato lì per terra.

Esaminandolo più da vicino, vide che il cinturino era rotto. Il perno che lo teneva attaccato al quadrante era saltato via. In apparenza non significava molto... però era comunque preoccupata.

Si voltò per chiamare Gus, ma lo vide uscire insieme a Tiny dal corridoio con aria allarmata.

«Andiamocene» le disse bruscamente, tendendole la mano.

Senza nemmeno pensarci, si diresse verso di lui e lasciò che le cingesse la vita con un braccio mentre la faceva voltare verso la porta.

«Che cos'avete trovato?» chiese.

«Guai» mormorò Tiny.

«Che cos'è?» le domandò Gus, senza rispondere alla sua domanda, ma indicando con la testa la sua mano.

Reese la sollevò. «È...»

«L'orologio di Woody» concluse lui.

«Era sul pavimento vicino al muro. Non se lo toglie mai. Lo prendo sempre in giro perché ha un cerchio bianco perfetto sulla pelle del polso.»

«Già» disse distrattamente Gus mentre si metteva in tasca l'oggetto.

Tiny guardò dallo spioncino della porta e si accigliò. «Abbiamo compagnia» li informò.

«Merda. Quanto sono vicini?»

«Stanno salendo le scale. Dobbiamo uscire dal retro.»

Dal retro? Cosa? Erano al secondo piano. Non c'era *nessuna* uscita sul retro.

Reese guardò i due uomini, ma non ebbe il tempo di fare alcuna domanda che Gus la girò e la spinse lungo il corridoio.

Entrarono nella camera da letto matrimoniale e Tiny andò subito alla finestra. Sbirciò con cautela dalle persiane e annuì. «Libero.»

Mentre lui apriva la finestra ridicolmente piccola, Gus le mise le mani sulle spalle. «Dobbiamo uscire da questa parte.»

Reese avrebbe voluto dire "ovvio", ma si trattenne.

«Abbiamo trovato alcune cose preoccupanti nella stanza di Angelo. Immagino che chi ci stava osservando quando siamo arrivati abbia fatto una telefonata per far sapere a qualcuno che eravamo qui.»

«Qualcuno con cui non vogliamo parlare» dedusse Reese.

«Esatto. Ma abbiamo trovato un indirizzo, quindi, quando ti riporteremo in hotel, io e Tiny andremo a controllarlo.»

Il suo primo istinto fu quello di protestare, di implorare di portarla con loro, ma aveva fatto una promessa. Così si limitò ad annuire.

«Grazie» disse Gus con fervore e, nonostante le circostanze, Reese non poté fare a meno di sentire un piccolo brivido dentro di sé per averlo accontentato.

«È un'apertura molto stretta.»

Lei si voltò alle parole di Tiny e guardò la finestra installata sulla parte alta della parete. «Stretta? È impossibile che voi due ci passiate.» Accidenti, non era sicura di entrarci nemmeno *lei*. Era molto più... rotonda di loro, che però avevano più muscoli e le spalle larghe.

Poi pensò a un'altra cosa. «Ti prego, dimmi che c'è una scala antincendio là fuori.»

«No. Ma c'è una bella grondaia che potrebbe anche sembrare una scala. Io andrò giù per primo, poi uscirai tu e ti aiuterò nella discesa. Spike scenderà per ultimo così ci proteggerà dall'alto.»

«Aspetta, proteggerci? Da cosa?» chiese, proprio mentre dalla parte anteriore dell'appartamento arrivava un forte tonfo.

«Merda. Andiamocene» ordinò Tiny, afferrando il davanzale e saltando su, riuscendo a portare le gambe fuori dalla finestra come una sorta di acrobata da circo. Pochi secondi dopo la sua testa scomparve.

«Non so, Gus» disse Reese, ma lui non le diede il tempo di pensare a ciò che dovevano fare. Si limitò a chinarsi e a prenderla in braccio, come se lui fosse stato Rhett Butler e lei Rossella O'Hara di *Via col vento*.

Completamente scioccata, perché nessuno in tutta la sua vita l'aveva *mai* trasportata in quel modo, gli avvolse un braccio intorno al collo mentre lui le sistemava le gambe fuori dalla finestra.

«Girati verso l'edificio quando esci. Usa i piedi contro la grondaia per rallentare la discesa.»

«OhmioDioOhmioDioOhmioDio» mormorò, mentre si teneva aggrappata al davanzale. Stava per dirgli che non poteva farlo, quando sentì un forte botto provenire dall'interno dell'appartamento. Chiunque fosse alla porta d'ingresso l'aveva ovviamente sfondata e, se non si fosse data una mossa, c'era la grande possibilità che facessero del male a Gus... o peggio. Non aveva una pistola ed era probabile che chi era entrato ce l'avesse.

Più velocemente di quanto credeva fosse possibile, Reese si girò in modo da essere rivolta verso l'edificio e si costrinse ad allentare la presa spietata sul davanzale. Sentì la mano di Tiny sul polpaccio e ciò le diede il coraggio di aggrapparsi alla grondaia e di scivolare lentamente verso il basso.

Non osò guardare né su né giù, quindi, più che vedere, percepì Gus sopra di lei. Tirò un sospiro di sollievo al pensiero che lui fosse fuori dall'appartamento e continuò la discesa. Non erano molto lontani dal suolo, visto che erano solo al secondo piano.

Udì un grido sopra la sua testa e ciò bastò a farla accelerare. Allentò la presa e scivolò giù per la grondaia come se la sua vita fosse dipesa da quello. Quando sentì altre grida forti e rabbiose in spagnolo, pensò che fosse proprio così.

Prima che i suoi piedi toccassero terra, Tiny la afferrò per la vita e la spinse davanti a sé, allontanandola dall'edificio. «Vai!» le disse con urgenza.

«Gus!» protestò lei.

«Sono qui.»

Non si era mai sentita così sollevata nel sentire la voce

di qualcuno. Poi lui le posò la mano sulla schiena, esortandola a correre.

Aveva così tante domande. Cosa avevano trovato nella stanza di Angelo? Chi erano gli uomini che si erano introdotti nell'appartamento? Dove stavano andando? Dov'era Woody? Ma non era il momento di farle.

Quando un forte rumore di spari risuonò intorno a loro, Gus la esortò a correre ancora più velocemente.

Reese non se la cavava bene nella corsa, su quello non aveva mentito, ma in quel momento ebbe la sensazione che avrebbe potuto dare del filo da torcere a qualsiasi campione olimpico. Il fatto che qualcuno le stesse *sparando* addosso le diede la motivazione necessaria per darsi una mossa.

Corsero intorno agli edifici, lungo le strade e persino attraverso un parco alberato. Gus non le permise di rallentare, e ora che erano lontani dal pericolo, dato che non sentiva più gli spari dietro di sé, si rese conto che stava respirando come la trentaquattrenne fuori forma e in sovrappeso che era, il cui unico esercizio fisico consisteva nel camminare per andare e tornare dalla macchina un paio di volte al giorno.

«Ancora un po'» le disse Gus, suonando disgustosamente *non* affannato.

Reese annuì per risparmiare fiato. L'ultima cosa che voleva era rallentare quegli uomini. Se fosse successo loro qualcosa, non se lo sarebbe mai perdonato. Erano lì per colpa sua. Perché era andata a cercare suo fratello da sola.

Avrebbe dovuto chiedere aiuto, invece aveva pensato di andare in Colombia e di riuscire a trovarlo nel giro di poche ore. Per essere una donna intelligente era stata incredibilmente stupida. Gli amici di suo fratello erano delle forze speciali. Avrebbe *dovuto* chiamare uno di loro.

Ma ormai era troppo tardi. Aveva combinato il guaio e ora doveva gestirlo. Ignorò la fitta su un fianco e il fatto che la zuppa che aveva mangiato minacciava di risalire. Doveva affrontare la situazione nel miglior modo possibile, senza essere un peso.

Ma era più facile a dirsi che a farsi. Soprattutto quando le sembrava di non riuscire a far entrare ossigeno nei polmoni.

«Ci fermiamo qui per un momento» disse Gus, e Reese non era mai stata così contenta in vita sua quanto di sentire quelle parole. Si appoggiò all'edificio vicino a cui si erano fermati e si chinò, facendo del suo meglio per riprendere fiato mentre i due uomini parlavano sopra di lei.

«E adesso?» chiese Tiny. «Potremmo fare il giro e tornare indietro per prendere l'auto a noleggio.»

«Penso che l'abbiano già trovata.»

«Già. E se sono chi pensiamo siano, sapranno già chi *siamo* e perché ci troviamo qui.»

Reese si raddrizzò. «Chi sono?» chiese, nel modo più calmo possibile. Li vide scambiarsi uno sguardo. «Per favore, non mentitemi» implorò. «Immagino che non fosse una festa di benvenuto del vicinato visto che siamo usciti da una maledetta finestra e la gente ci sparava addosso.»

Gus si avvicinò e lei lo guardò. «Possiamo dire, pur non sapendolo con certezza, che sono del cartello.»

Si impose di non mostrare alcuna reazione. Voleva essere dura e forte, ma dentro di sé era spaventata. «Cioè un cartello della droga?» chiese.

Lui accennò un sorrisetto, ma poi si fece serio. «Sì.»

Deglutì a fatica. «Ok. E adesso?»

La fissò per un momento con uno sguardo che non riuscì a interpretare.

«Che c'è?»

«Non dai di matto?» le chiese.

«Sarebbe d'aiuto se lo facessi?»

«No.»

«Se ti fa sentire meglio darò di matto più tardi, quando avremo trovato Woody, Isabella e suo fratello, e ce ne saremo andati da qui.»

«Bene. Quindi... immagino che sappiano chi siamo, e dato che abbiamo preso una stanza nello stesso hotel in cui alloggi tu, non ci metteranno molto a capire che siamo con la stessa donna che è andata all'appartamento un paio di giorni fa.»

«Quindi non è sicuro tornare lì.»

«Esatto» replicò Gus.

«Allora, qual è il piano?»

«Penso che dovremmo andare a prendere Woody e gli altri» disse Tiny accanto a loro.

Reese sussultò. Si era quasi dimenticata che fosse lì. Con Gus così vicino che la osservava con tanta attenzione, si era a malapena accorta di lui.

Tiny sollevò un foglio di carta.

«Cos'è?»

«Era nella stanza di Angelo, dentro a una scatola con della droga.»

«Aveva della droga in camera?»

«Sì» rispose cupo.

«Non è una buona cosa» mormorò, ed era proprio l'eufemismo dell'anno.

«Dove dobbiamo andare?» chiese Gus all'amico.

Tiny indicò il cellulare che aveva usato per cercare l'indirizzo. «Nei boschi fuori Bogotà.»

«Quanto fuori?»

«Circa cinquanta chilometri a est della città.»

Reese si sentì rimescolare la pancia.

«Merda. Ci serve un mezzo di trasporto» dichiarò Gus.

«Penso che sarebbe utile anche telefonare a Tex per sapere in cosa ci stiamo cacciando» osservò Tiny.

«Però non vogliamo dar loro molto tempo per prepararsi al nostro arrivo» ribatté Gus. «Quindi non sarebbe intelligente aspettare fino a domani.»

Lei girava la testa di qua e di là mentre gli uomini discutevano le mosse successive.

«Dove possiamo trovare un'auto?» chiese Tiny.

Gus si strinse le labbra pensieroso.

«Che ne dite di quello?» sbottò Reese, indicando un vecchio pick-up malandato parcheggiato in un vicolo dall'altra parte della strada.

Entrambi gli uomini si girarono verso di lei.

Scacciò l'imbarazzo per ciò che stava per ammettere. «Voglio dire, sono sicura che anche voi sapete farlo... ma i modelli vecchi come quello sono abbastanza facili da far partire armeggiando con i circuiti. Potremmo lasciare dei soldi sul posto.»

«Sai come mettere in moto un'auto in quel modo?» le domandò Tiny incredulo.

Scrollò le spalle e annuì.

«Sposami» scherzò, e lei sorrise.

Gus si accigliò. «Non lo so.»

«Come altro potremmo arrivare lì? Avevi ragione, dobbiamo andare a vedere com'è la situazione prima che abbiano il tempo di organizzarsi. Sai bene quanto me che quelli dell'appartamento non si accontenteranno di averci lasciati andare via. Vorranno sapere perché siamo stati lì. Ed è probabile che la droga sia collegata alla scomparsa di Woody.»

«Pensi che il fratello di Isabella spacci?» domandò Gus.

«Non ne ho idea. Ma da queste parti, far parte del cartello è considerato una buona rete di sicurezza. E avere una persona come Isabella che traduce per loro sarebbe un vantaggio.»

«Come credi si sia trovato coinvolto Woody?» chiese Reese.

«Tempismo sbagliato?» rispose Tiny con un'alzata di spalle. «Non lo so. Ma al momento non abbiamo altre piste. Se arriviamo a questo indirizzo e non c'è nulla, o se Woody e gli altri non si vedono da nessuna parte, possiamo tornare a Bogotà e continuare a cercare.»

Gus portò lo sguardo su di lei e poi di nuovo sull'amico.

«Se mi lasciate all'hotel, quegli uomini potrebbero venire a prendermi e cercare di ottenere informazioni su di voi.» Non voleva essere drammatica o manipolatrice, era veramente preoccupata di rimanere da sola. «Se non ci foste stati voi non sarei riuscita a uscire da quell'appartamento. Sarò più al sicuro con voi due che da sola. Prometto che vi lascerò il compito di sparare e nasconderci. Rimarrò dove vorrete, ma vi prego, non lasciatemi qui.»

Gus guardò il suo amico.

«Dipende da te» disse Tiny.

Lui sospirò e si voltò a guardarla. «Se ti dovesse succedere qualcosa, Woody non mi perdonerà mai.»

«Non mi succederà nulla se sarò con te.» Non era una veggente, non aveva idea di cosa sarebbe successo in futuro, ma di una cosa non aveva alcun dubbio: credeva fermamente a ogni parola che aveva detto.

«Va bene. Ma se ti dico di fare una cosa, la fai. Subito. Senza fare domande. Capito?»

Reese annuì.

«Me ne pentirò» borbottò più a se stesso che a lei, ma

controllò la strada in entrambe le direzioni. Non c'era nessuno in giro.

«Forza. Facciamolo. Potrai mostrarci le tue abilità nel bypassare i circuiti» le disse.

«E lascerai dei soldi al posto della macchina?» chiese lei, mentre attraversavano in fretta la strada e si infilavano nel vicolo.

«Hai un cuore tenero» mormorò Gus, voltandosi per assicurarsi che nessuno si avvicinasse.

Lei scrollò le spalle mentre si chinava all'interno del lato del guidatore del pick-up per mettersi al lavoro.

«Non dico che sia una cosa negativa, è solo un'osservazione. E sì, lascerò qualche pesos. Non saranno sufficienti a coprire il costo del veicolo, ma sarei sorpreso se questo affare funzionasse.»

Reese riuscì ad avviare il motore in pochi secondi e lui la fissò con ammirazione. «Sei stata veloce.»

«Sono brava, eh?» non poté fare a meno di vantarsi.

Gli altri due ridacchiarono.

«Mettiti al centro» disse Tiny. «Guido io.»

Avrebbe voluto protestare, ma aveva promesso di fare ciò che le avrebbero chiesto senza discutere. Così si spostò al centro del sedile e si ritrovò stretta tra i due uomini enormi. Tiny portò l'auto fuori dal vicolo e Reese trattenne il respiro finché non furono ben lontani dal luogo in cui lo avevano rubato.

«Chiama Tex. Vedi cosa riesce a scoprire sul posto dove siamo diretti. Più informazioni abbiamo meglio è.»

Reese rimase in silenzio mentre uscivano dalla città proseguendo verso est. Non aveva idea di dove stessero andando, ma pregava fosse da Woody.

CAPITOLO CINQUE

A Spike non piaceva quella situazione. Proprio per niente.

Avere Reese con sé aveva cambiato tutto. Non si era mai preoccupato troppo di mettersi in pericolo quando era nel team, aveva fatto ciò che doveva essere fatto e basta. Ma vedere la paura e la determinazione negli occhi di Reese, mentre praticamente la gettava dalla finestra, non era qualcosa che voleva ripetere.

Era stata così coraggiosa ed era orgogliosissimo di lei, ma ciò non significava che volesse che continuasse a cercare suo fratello insieme a loro. Avrebbe preferito nasconderla in un posto sicuro. Ma era quello il problema: al momento non aveva idea di quale posto fosse "sicuro".

Anche se si preoccupava di ciò che avrebbero potuto trovare una volta arrivati all'indirizzo recuperato nella stanza di Angelo, Spike si rese conto che non gli tremavano le mani, che non aveva la nausea.

Non ne conosceva il motivo. Si trovava in un contesto pericoloso, come tutte le altre volte che aveva avuto quel tipo di reazione fisica. Se non peggiore. L'unica differenza stava nel fatto che non c'era solo la sua vita o quella di

Tiny in pericolo, ma anche quella di Reese. Semmai il suo corpo avrebbe dovuto reagire *più* intensamente in quel momento. Invece era come se la sua mente si fosse resa conto dell'importanza di mantenere la calma per assicurarsi che lei fosse protetta.

Qualunque fosse la ragione, era sollevato di sembrare calmo almeno esteriormente, anche se era ancora preoccupato per l'intera situazione.

Lanciò un'occhiata a Reese e avrebbe voluto prenderla tra le braccia. Era seduta dritta e rigida tra lui e Tiny nel vecchio pick-up. Aveva gli occhi spalancati e stringeva le mani in grembo. Sembrava angosciata, e lo odiava.

Tex aveva dato loro tutte le informazioni possibili riguardo a dove erano diretti, in base alle immagini satellitari che aveva controllato. C'era una casa in mezzo alla foresta. Non era una villa, ma nemmeno una baracca fatiscente come la maggior parte delle abitazioni del villaggio vicino. E considerando che nella stanza di Angelo Hernandez avevano trovato droga del valore di diverse migliaia di dollari, era molto probabile che si stessero dirigendo verso una sorta di covo.

Arrivati a quel punto Spike poteva solo fare delle ipotesi, ma durante una breve chiacchierata con Tiny, avevano convenuto che era probabile che Angelo si fosse ritrovato coinvolto in una situazione da cui non riusciva a tirarsi fuori, che probabilmente doveva dei soldi al cartello e loro erano andati a riscuoterli. Magari sapevano del bilinguismo di Isabella e avevano deciso che sarebbe stata una risorsa per la loro organizzazione. O avevano preso la sorella per assicurarsi che Angelo facesse ciò che volevano.

O forse l'avevano presa per motivi più spregevoli.

Ma che avessero portato via anche Woody non era un buon segno. Aveva sicuramente reagito. Rapire un cittadino americano poteva rivelarsi una miniera d'oro... se fosse stato pagato un riscatto. Ma Reese non aveva ricevuto alcun tipo di richiesta.

A Spike faceva male pensare a ciò che poteva essere successo al suo amico. C'era anche la possibilità che i tre non fossero nemmeno a quell'indirizzo. Per quanto ne sapevano, Woody e Isabella potevano essere rintanati in un posticino romantico, mentre Angelo era in giro con gli amici.

Ma non credeva fosse così. Nemmeno Tiny e Reese, se era per quello.

Guardando ancora una volta la donna accanto a lui, pensò alla facilità con cui era riuscita a mettere in moto il pick-up su cui stavano viaggiando. Al fatto che avesse insistito perché lasciasse dei soldi al proprietario. Lo sbalordiva in continuazione.

La cosa più sorprendente, però, era che Spike si sentiva più vivo in quel momento di quanto non lo fosse da anni, e non a causa dell'adrenalina o perché la sua vita era in pericolo.

Spostò la mano senza pensarci, portandola sopra quelle che Reese si stava tormentando. Toccarla stava diventando una necessità, non solo un modo per cercare di tenerla calma.

«Allora... macchine, eh?» le chiese, volendo distogliere la sua attenzione da ciò che avrebbero potuto trovare alla fine del loro viaggio.

Lei scrollò le spalle. «Woody armeggiava sempre su qualche tipo di motore quando eravamo piccoli, e siccome lo adoravo e volevo fare tutto ciò che faceva lui, ho imparato il più possibile sulle auto.»

«Ti immagino mentre sgambetti dietro di lui» disse Spike con un piccolo sorriso.

«Lo infastidivo, vorrai dire. Ti ha raccontato di quella volta che ho seguito lui e la sua ragazza al drive-in?»

Tiny ridacchiò dal posto di guida, ma Spike non distolse lo sguardo da Reese. «No.»

«Be', era in seconda liceo e aveva appena preso la patente. Odiavo la ragazza con cui usciva. Era una vera stronza, e anche se avevo solo due anni meno di lei, mi trattava come se fossi stata una bambina. Inoltre, davanti a Woody si comportava in un modo e alle sue spalle in un altro. Fingeva di essere la persona più buona del mondo quando c'era lui, ma quando non era presente, litigava con le altre ragazze e le maltrattava fino a farle piangere. Ho cercato di mettere in guardia mio fratello, ma non mi ha ascoltato. In fondo ero solo la sua sorellina fastidiosa.»

«Quindi cos'hai fatto?»

Reese fece un sorrisetto e lui non poté fare a meno di pensare che fosse assolutamente adorabile.

«Ho detto ai miei genitori che sarei andata di sopra a studiare per un compito che avrei avuto la settimana successiva. Poi sono uscita di nascosto e sono andata al drive-in con la mia bici da cross. Mi sono infilata sotto la recinzione e ho trovato il pick-up di Woody. Ovviamente erano seduti dietro a pomiciare. Sapevo quanto lei odiasse gli insetti, i ragni e creaturine simili, così... avevo portato con me alcuni ragni che avevo catturato in casa e li ho liberati nel veicolo attraverso il finestrino anteriore rotto, mentre erano troppo impegnati a baciarsi per notarmi. E per "alcuni" intendo una cinquantina.»

Tiny scoppiò a ridere per la sua audacia.

Reese fece un sorriso più ampio. «È andata completamente fuori di testa. E mentre Woody è corso a prendere i tovaglioli di carta al chiosco per pulire il casino che lei aveva fatto rovesciando la sua bevanda, lei è rimasta fuori accanto al pick-up, dove io mi ero nascosta sotto. Le ho afferrato la caviglia e a quello ha perso *davvero* la testa. Quando Woody è tornato, lei stava farfugliando di un assassino in agguato al drive-in. Dopo che mio fratello ha controllato, non trovando nessuno appostato lì vicino, la tipa ha deciso che quel posto era infestato e di essere stata afferrata da un fantasma!

È stato esilarante. Anche immaturo da parte mia, lo so... ma all'epoca lo ero. E credetemi, quella ragazza se lo meritava. Quando Woody è tornato a casa, io ero già nella mia stanza a studiare. L'ha lasciata circa una settimana dopo perché non sopportava che lei parlasse continuamente dell'accaduto e insistesse sul fatto che un fantasma avesse cercato di rapirla. Gli ho confessato ciò che avevo fatto solo quando eravamo entrambi all'università.»

«Si è arrabbiato?» chiese Tiny con un enorme sorriso sul volto.

«No. Ha detto che aveva sempre saputo che era una stronza, ma siccome lui era un adolescente e lei era nota per non aver problemi a fare sesso, all'epoca non gli importava» rispose con una risatina.

Spike riusciva a immaginare una giovane Reese dispettosa che tormentava la ragazza del fratello.

Si voltò a guardarlo, il sorriso era scomparso. «Pensi che stia bene?»

E proprio in quel momento, l'atmosfera nel veicolo passò da allegra, grazie alla sua storia divertente, a qualcosa di più inquietante.

«Sì» le disse senza esitazione.

«Non puoi saperlo.»

«Invece sì. Tuo fratello e io ne abbiamo passate tante insieme. *Tantissime*. E sai che non posso svelarti alcun dettaglio, ma ti basti sapere che la capacità di Woody di tirarsi fuori, e tirar fuori chi gli sta accanto, da un disastro colossale è leggendaria. Comunque potremmo anche non trovare lui, Isabella o Angelo all'indirizzo in cui siamo diretti.»

«Non ci credi» insistette, senza il minimo dubbio nella voce. «Altrimenti non saremmo qui a perdere tempo.» Gli lanciò un'occhiata. «Mi rendo conto che tu e Tiny potreste sapere più di quanto mi state dicendo, potreste aver trovato qualcos'altro in quell'appartamento che non volete svelare. E onestamente non mi interessa, voglio solo trovare Woody e assicurarmi che sia a posto.»

La stima di Spike per quella donna aumentò.

«Parleremo di un piano quando saremo lì o cosa?» gli chiese poi.

Lui incontrò per un attimo lo sguardo di Tiny sopra la sua testa, prima che l'amico riportasse l'attenzione sulla strada.

«Il piano prevede di parcheggiare questo catorcio in un posto sicuro e nascosto e poi di andare in ricognizione. Mentre noi entriamo, sperando di trovare Woody e svignarcela da lì, tu starai nel pick-up.»

Reese alzò gli occhi al cielo. «Certo, sarà proprio così facile» ribatté con sarcasmo.

Spike scrollò le spalle. «A volte lo è.»

Lei strinse le labbra e fissò il parabrezza.

Non gli piacque che lo avesse liquidato così facilmente. «Non sto mentendo o cercando di minimizzare la situazione. Sai bene quanto me che avere a che fare con il cartello non è piacevole. Ma davvero, a volte non pensarci o non pianificare troppo è il modo migliore per affrontare un problema.»

Lo guardò di nuovo e annuì poco convinta.

«Una volta ho partecipato a una missione» si intromise Tiny, «in cui l'obiettivo era entrare in una casa piena di ribelli, identificare uno specifico obiettivo importante e riportarlo alla base per essere interrogato. Abbiamo trascorso dodici ore a escogitare un piano molto complicato, non solo per entrare nella casa, ma anche per capire quale fosse il nostro uomo e portarlo fuori senza uccidere nessuno, cosa che avrebbe scatenato un incidente internazionale e forse uno scontro a fuoco che non avremmo vinto, dato che saremmo stati in inferiorità numerica di dieci a uno.

Alla fine, il nostro leader ha detto: "Fanculo". Si è avvicinato a quella dannata porta, ha bussato, ha chiesto di parlare con il nostro obiettivo e lui si è presentato lì con la massima semplicità. Dopo aver scambiato qualche parola, ha accettato di venire con noi alla base per fare una chiacchierata con il nostro comandante. È stata una cosa incredibile, ma ha funzionato.»

«Quindi stai dicendo che se bussiamo alla porta e chiediamo di Woody, lo faranno uscire?» chiese Reese con un'espressione che faceva chiaramente capire che pensava fosse completamente pazzo.

Lui ridacchiò. «No. Dico solo che potremmo starcene seduti qui a esaminare un milione di scenari, ma senza sapere la disposizione della casa, quante persone ci sono, com'è l'area circostante e un centinaio di altri piccoli dettagli, qualsiasi piano potremmo elaborare andrà a farsi benedire prima ancora di cominciare.»

«Non mi piace improvvisare» borbottò lei.

Spike non poteva che essere d'accordo. Non era entusiasta di tutte quelle incognite, ma Tiny aveva ragione. Non potevano pianificare nulla senza avere informazioni. Le stava ancora tenendo la mano e strinse le dita intorno alle sue. «Lo troveremo.» Non era bravo con le rassicurazioni, ma con suo grande sollievo Reese sospirò e annuì.

«Ok, siete voi i professionisti qui, vi lascio fare le vostre cose. Ma per favore, non escludetemi. Posso aiutare.»

Non ignorò le sue parole, perché c'era la possibilità che avessero davvero bisogno del suo aiuto in qualche modo. Le probabilità non erano buone. Anche se erano operatori delle forze speciali altamente addestrati, erano solo in due e se le cose si fossero messe male sarebbero stati decisamente fottuti.

«Certo» replicò lui dopo un lungo momento. «Credimi, quando sarà il momento se avremo bisogno di te non esiteremo a chiedere il tuo aiuto.»

Non aveva idea di che tipo di aiuto potesse dare. Non l'avrebbe mai e poi mai messa in pericolo intenzionalmente. Non sarebbe entrata in casa con loro, su quello era irremovibile, ma non aveva intenzione di scartare l'idea che lei potesse fare qualcosa. Dopotutto, anche se sarebbero stati in grado di mettere in moto il pick-up, lei lo aveva fatto molto più velocemente di quanto avrebbe potuto fare lui.

Non le lasciò la mano per il resto del viaggio e fu sollevato che lei non sembrasse turbata dalla forza con cui la teneva. Forse perché la sua presa era altrettanto stretta.

Quando si avvicinarono alle coordinate, Spike era più che pronto all'azione. Non gli era mai piaciuto stare con le mani in mano, e rimanere in auto per così tanto tempo, senza avere la minima idea di quello in cui si stavano per cacciare, lo rendeva davvero nervoso.

Tiny imboccò una strada sterrata, anche se chiamarla strada era generoso. C'erano solo due profondi solchi creati da altri veicoli che l'avevano percorsa prima di loro. Il fatto che il pick-up fosse verde e marrone, e molto arrugginito, giocava a loro favore, in quanto si mimetizzava in modo naturale tra gli alberi e i cespugli.

Un paio di minuti dopo, Tiny si allontanò dal sentiero, portandoli il più possibile in mezzo alla natura selvaggia, il che non era affatto lontano.

«Siamo a circa ottocento metri dalla casa. Ho bisogno che tu rimanga qui, ma non dentro il veicolo. Se qualcuno dovesse passare e vedendolo decidesse di indagare, è meglio che tu non sia all'interno» le disse Spike. «Ti *prego*, resta qui qualunque cosa accada. Se torniamo con Woody e non ci sei, sarà un disastro.»

Reese annuì mentre lo fissava a occhi spalancati.

«Non ho un'arma da lasciarti, quindi la cosa migliore da fare a questo punto è rimanere nascosta. Non farti vedere da nessuno. Capito?»

Lei annuì di nuovo.

La fissò per un lungo momento. Poi guardò Tiny. «Posso avere un minuto?»

Loro due non erano mai stati in missione insieme, ma come all'hotel, l'altro capì subito che Spike voleva stare un po' da solo con Reese e annuì. «Vedo se riesco a trovare delle frasche o altro per cercare di nascondere meglio il veicolo.» Poi scese senza aspettare risposta.

Non appena la portiera si chiuse, Spike si girò in modo da vederla bene in viso e le mise una mano sulla guancia. Era un gesto intimo, ma non riuscì a trattenersi. «Se Woody è qui, lo troverò.»

«Va bene» replicò lei sommessamente.

«Ma devi capire una cosa. Se torniamo qui e tu non ci sei, io sarò...» la sua voce si affievolì. Gli vennero in mente un sacco di parole, ma non sapeva quale usare. Incazzato. Preoccupato. Furioso. Sconvolto. Devastato.

Non aveva senso il legame che sentiva con quella

donna. Sì, aveva avuto la sensazione di conoscerla un po' dopo aver sentito Woody parlare di lei per anni, ma era passato molto tempo dall'ultima volta che l'aveva vista di persona. Ciononostante, fin dal momento in cui lei aveva aperto la porta dell'hotel, nel profondo aveva capito che Reese era diversa da tutte quelle con cui era uscito. E voleva, anzi, *aveva bisogno* di avere la possibilità di conoscerla meglio.

Se lei fosse stata ferita, o peggio, sapeva che avrebbe perso l'opportunità di avere ciò che Brick e Tonka avevano trovato. Ne era certo al cento per cento.

Ma se avesse cercato di spiegarglielo, probabilmente si sarebbe spaventata.

«Prometto di non fare nulla di stupido» gli disse, fissandolo con i suoi splendidi occhi azzurri. «Anche se farei di tutto per riavere Woody sano e salvo, non voglio che tu e Tiny vi sacrifichiate per farlo succedere. Se arrivati a quella casa pensate che sia troppo pericoloso entrare... non fatelo.»

Spike ripensò a una missione che, tra le tante compiute, gli era rimasta impressa e lo aveva fatto sentire inadatto a frequentare la normale società dopo aver chiuso con l'esercito. Erano stati in un paese... diavolo, ora non riusciva nemmeno a ricordare quale, ma intorno a loro c'erano bombardamenti e sparatorie a non finire. Gli fischiavano le orecchie per il rumore costante e sentiva solo l'odore della polvere da sparo e del fumo degli incendi causati dai lanciarazzi che facevano esplodere gli edifici. Una donna era apparsa dal nulla, piangente e isterica. Parlando un inglese stentato, si era avvicinata a lui e gli aveva afferrato il braccio. Stava quasi per colpirla con il gomito per romperle le ossa del viso, essendosi imbattuto più di una volta in donne usate come esche, quando lei lo aveva implorato di salvare suo marito. A quanto pareva, era rimasto intrappolato sotto le macerie di una casa vicina.

Non era stato tanto il fatto che fosse così disperata da avvicinarsi a lui e al suo team di soldati dall'aspetto letale... erano state le sue parole a rimanergli impresse dopo tutti quegli anni.

Militare vieni. Tu soldato. Tu muori per salvare marito! Lui meglio di te.

Era stupido dare ancora peso alle sue parole. Non avrebbe dovuto importargli che quella donna avesse pensato che la sua vita valeva meno di quella del marito semplicemente perché era un soldato; era disperata e spaventata a morte. Ma Spike non aveva potuto fare a meno di pensare che avesse ragione. Si trovava nel *loro* Paese, stava uccidendo delle persone... e per cosa? Ancora oggi non lo sapeva.

Perciò, significava molto che Reese gli avesse detto che non voleva che si sacrificasse per suo fratello, che conosceva da tutta la vita e che amava così tanto da andare in un paese straniero da sola per cercare di trovarlo.

No, significava tutto.

Quelle parole lenirono parte del dolore che si era tenuto dentro per anni.

«Nessuno si sacrificherà» le disse in tono roco. «Ce ne andremo tutti da qui.»

Lei strinse le labbra e poi fece un respiro profondo. «Io non... voglio... *accidenti*.»

«Cosa? Puoi dirmi tutto.»

«Ho una cotta per te da sempre» sbottò. «So che è stupido e che è uno stereotipo il fatto che a una ragazza piaccia l'amico del fratello maggiore... ma è così. Volevo solo che sapessi che ti ammiro. E sono orgogliosa di quello che tu e la tua squadra Delta avete fatto per il nostro

Paese. Penso che siate straordinari e ho dato un'occhiata al sito del Rifugio ed è fantastico. Qualunque cosa accada... non dimenticherò mai che sei venuto fin qui per cercare Woody.»

Le sue parole lo inondarono di calore. Ma lui e Tiny dovevano muoversi. Più a lungo rimanevano lì, maggiori erano le probabilità di essere scoperti e più alta la possibilità che chi li aveva seguiti nell'appartamento di Isabella e Angelo si facesse vivo e informasse tutti di ciò che era successo. Però non riusciva ancora ad allontanarsi da lei.

«Non sono venuto qui per Woody» ammise.

Reese aggrottò le sopracciglia confusa. «Ah, no?»

«No. Sono venuto qui per *te*.»

La osservò leccarsi le labbra mentre un rossore le infiammava le guance. «Oh.»

Spike non poté fare a meno di sorridere. «È tutto quello che hai da dire?»

Annuì. «Credo di sì.»

«Va bene. E per la cronaca... anch'io penso che tu sia davvero straordinaria. Quando tutto questo sarà finito e saremo tornati negli Stati Uniti sani e salvi, mi piacerebbe esplorare qualsiasi cosa stia accadendo tra noi.»

«Davvero?»

Odiò che sembrasse sorpresa. Quella donna non avrebbe mai dovuto mettere in discussione il suo fascino. Mai. «Davvero.»

«Mi piacerebbe.»

Spike annuì. Avrebbe voluto dire altro, ma vide Tiny che aspettava un po' impaziente fuori dal pick-up. «Devo andare.»

Reese gli rivolse un sorriso preoccupato, poi si portò la mano sulla guancia posandola sopra la sua, girò la testa e gli baciò il palmo, poi la lasciò cadere.

Lui sentì le sue labbra sulla pelle e fu come se quel bacio lo avesse marchiato a fuoco. «Fai attenzione» le disse con voce soffocata, prima di cercare alla cieca la maniglia per uscire. Doveva andarsene *subito*, prima di cambiare idea e rimanere.

Non si voltò verso il veicolo dopo aver richiuso la portiera. Non poteva. Sapere che Reese aveva una cotta per lui gli faceva venire voglia di lanciare un urlo esultante come se fosse stato un ragazzino. Era più che mai determinato a tornare da lei, con il fratello al seguito. Aveva accettato di vederlo quando fossero stati al sicuro e, anche se avrebbero avuto problemi di logistica, non si sarebbe lasciato sfuggire l'occasione.

«Sei pronto?» chiese Tiny quando si avvicinò.

«Sì.»

«Sta bene?»

«Sì. Facciamolo.»

Il suo amico annuì e i due si avviarono tra gli alberi verso il loro obiettivo. Non avevano idea di cosa avrebbero trovato una volta arrivati, ma Spike sperava che Woody, Isabella e Angelo fossero vivi e illesi.

CAPITOLO SEI

«MA CHE DIAVOLO!» esclamò Tiny mentre erano sdraiati sotto alcuni cespugli vicino alla casa.

Spike aggrottò le sopracciglia. Aveva pensato la stessa cosa. Si erano aspettati di trovare delle guardie armate, gente che si aggirava, un covo di spaccio attivo. Invece sembrava che stessero osservando una struttura abbandonata. Per quanto potevano vedere, non c'era nessuno.

«Che sia una trappola?» chiese Spike.

«Non ne ho idea. Ma penso che questa sia una buona occasione per entrare, vedere se c'è Woody e filarcela» rispose Tiny.

Gli si rizzarono i peli sulla nuca. C'era qualcosa che non quadrava, ma non avevano tempo né dovevano attendere rinforzi.

Muovendosi in modo rapido ed efficiente, i due uomini passarono dalla copertura degli alberi, a dietro una vecchia auto, fino al retro della casa. Non c'erano recinzioni, dato che la vegetazione della foresta fungeva da barriera naturale. Tiny aveva già in mano il suo attrezzo per scassinare le serrature; non andava mai da nessuna parte senza.

«Pronto?» chiese.

Spike annuì e si concentrò sul compito da svolgere. Entrare, eliminare ogni resistenza, sperare di trovare Woody e andarsene. Nessuno dei due aveva un'arma, ma sperava ce ne fossero in casa.

Muovendosi come se avessero lavorato insieme per tutta la vita, i due si diressero verso la porta sul retro. Tiny la aprì in pochi secondi e percorsero silenziosamente il corridoio.

La casa era grande. C'era un'enorme cucina, che era vuota. Un open space come zona giorno, deserto anche quello. C'erano tazze, piatti e un po' di spazzatura sparsi dappertutto, a indicare che qualcuno era stato lì di recente... più di qualcuno.

I due continuarono a muoversi silenziosamente. Il piano terra era vuoto, così salirono le scale fino al primo. Ci vollero solo cinque minuti per perlustrarlo. Trovarono diverse pistole in una delle stanze, ma ogni volta che aprivano una porta senza trovare nessuno, la preoccupazione di Spike aumentava. Sembrava che l'indirizzo trovato nella stanza di Angelo avesse portato a un vicolo cieco.

L'ultima porta che aprirono al primo piano era un'altra camera da letto e c'era una scala a chiocciola in un angolo che portava al piano inferiore. Era un posto strano per una scala.

La cosa ancora più strana era che giù non ne avevano vista nessuna che conducesse a quella stanza.

Spike guardò Tiny e gli fece un cenno con il capo, mentre il battito del suo cuore accelerava. Era quello il posto. Doveva essere così. Non c'era alcun motivo perché ci fosse una scala. Scendeva a spirale nell'oscurità, e non aveva dubbi che stavano per trovare qualcosa. Sperava si trattasse di Woody, Isabella e Angelo.

Strinse con forza la pistola che aveva preso da una delle camere da letto e scese lentamente i gradini. A un certo punto sentì delle voci. Erano basse, maschili, e pregò di non ritrovarsi davanti a una stanza piena di membri del cartello che sarebbero stati più che felici di sparare agli intrusi.

Quando giunsero in fondo alla scala, si resero subito conto di trovarsi in un bunker sotterraneo o in una sorta di seminterrato. La luce era a malapena sufficiente per vedere nelle immediate vicinanze. C'era un piccolo open space con un corridoio a destra e uno a sinistra.

Quello di destra, nella direzione da cui proveniva la luce, conduceva a una stanza che non riuscivano a vedere, e si sentivano delle voci che parlavano in spagnolo dietro l'angolo creato dall'ingresso. Spike pensò che lì dietro ci fosse un'altra via per entrare e uscire dal seminterrato.

Nel corridoio a sinistra c'erano due porte. Tiny si avvicinò silenziosamente alla prima e vi appoggiò l'orecchio.

Si voltò verso Spike e sollevò il pollice prima di mettersi al lavoro sulla serratura. Non sapeva cosa avesse voluto dire con quel gesto. Significava che non aveva sentito nulla o il contrario?

Più teso di quanto non fosse da tempo e desiderando avere il giubbotto antiproiettile che aveva indossato durante le missioni dei Delta, trattenne il respiro mentre l'amico sbloccava la serratura. Quando aprì la porta con cautela gli fece cenno di precederlo all'interno.

Spike sentì un piccolo fruscio appena varcò la soglia e si girò istintivamente verso quel rumore, sollevando un braccio per proteggersi il viso.

E fu un'ottima mossa, perché meno di un secondo dopo qualcuno lo colpì con forza. La stanza era buia. Non c'erano finestre che potessero aiutarlo a vedere mentre combatteva contro chi lo aveva attaccato.

Tiny armeggiò con il cellulare e accese la torcia. La luce intensa trafisse l'oscurità e Spike fece una smorfia mentre i suoi occhi cercavano di adattarsi, pur continuando a proteggersi.

«Delta» sussurrò il suo amico. «Delta!» ripeté.

A quello, la persona che lo aveva attaccato si bloccò.

Quando vide che era il suo ex compagno di squadra, tirò un sospiro di sollievo. «Woody» mormorò, mentre incontrava il suo sguardo.

Entrambi stavano respirando a fatica a causa del breve combattimento corpo a corpo. Spike si guardò intorno e individuò Isabella in un angolo della stanza, lontana dal pericolo. Woody aveva ovviamente pianificato di combattere contro chiunque fosse entrato nella stanza, e aveva fatto un ottimo lavoro.

Studiò attentamente il suo amico. Aveva un occhio nero e un taglio sulla fronte, ma per il resto sembrava muoversi senza problemi, il che era un enorme sollievo.

«Porca puttana, Spike, sei tu?» gli chiese, con evidente incredulità nella voce. «Perché diavolo sei qui?» Nel frattempo si girò verso Isabella e le tese il braccio. Lei gli si avvicinò senza esitare, sistemandosi al suo fianco mentre lui le cingeva le spalle.

«Mi ha chiamato Bubba» gli rispose. «Tua sorella ha deciso di venire in Colombia a cercarti quando non hai risposto alle sue chiamate. Ho pensato che sarebbe stata una buona idea assicurarmi che non si mettesse nei guai. Così, eccomi qui. Woody, questo è Tiny, un ex SEAL che lavora con me nel New Mexico. Non è della Delta, ma ho pensato che fosse meglio di niente.»

Le squadre dei corpi speciali avevano una rivalità

amichevole e sapeva che lui non si sarebbe offeso per le sue parole.

Ma sembrò che Woody non avesse sentito quella parte. «*Reese* è qui? Cazzo! Merda! *Maledizione*! Quella ragazza non ragiona. Perché diavolo è venuta?»

Anche se Spike provava gli stessi sentimenti, non era il momento di parlarne. Dovevano svignarsela alla svelta.

«Presumo che lei sia Isabella Hernandez. Dov'è Angelo? È qui?» chiese Tiny in rapida successione.

«Sì, sono Isabella. E non sappiamo dove sia Angelo.»

«È stato rapito insieme a voi?»

«Sì» rispose Woody. «Mi hanno un po' malmenato, poi ci hanno trascinati tutti in un'auto e portati via. Nessuno ha detto molto e non hanno risposto alle nostre domande. Quando siamo arrivati qui, ci hanno separati.»

Spike scambiò uno sguardo con Tiny. Dovevano controllare l'altra stanza. Avevano avuto fortuna con la prima, forse avrebbero trovato il ragazzo dietro la seconda porta.

«Bene, ecco il piano. C'è un numero imprecisato di uomini in una stanza all'altra estremità del corridoio, ma la scala che porta al primo piano è fuori dalla loro visuale. Voi due salite, percorrete la casa, uscite dal retro e andate a est attraverso il bosco. Reese sta aspettando con un pick-up a circa ottocento metri da qui. Noi cercheremo Angelo nell'altra stanza e vi seguiremo subito.»

«Non me ne vado senza mio fratello» insistette Isabella.

Spike non poté fare a meno di pensare a Reese e scosse la testa. Due donne, entrambe leali e testarde come muli.

«Vai. Io mi assicurerò di tirarlo fuori» disse Woody alla donna.

«No!» replicò lei scuotendo la testa. «Ne abbiamo già parlato. È tutto ciò che ho. Non posso perderlo!»

«E non lo perderai. Ho detto che lo tirerò fuori» replicò con fermezza. Poi sospirò quando Isabella raddrizzò la schiena e lo fissò con uno sguardo deciso. «Va bene, ma resta attaccata a me. Capito?»

Lei annuì subito.

Spike avrebbe voluto sorridere per l'espressione frustrata dell'amico, ma dovevano sbrigarsi. Sfilò dalla cintura dei pantaloni una delle due pistole che aveva preso durante la perlustrazione delle camere da letto e gliela porse.

L'amico la prese e lo ringraziò con un cenno.

Tiny spense la torcia e tutti aspettarono che gli occhi si adattassero di nuovo all'oscurità, mentre lui si metteva all'ascolto alla porta. Passarono alcuni minuti, ma gli uomini continuavano a conversare. Sembrava non avessero idea di ciò che stava succedendo all'estremità opposta del corridoio.

«Bene, usciamo. Non fate il minimo rumore» disse Tiny. L'avvertimento era più che altro per Isabella.

Aprì piano la porta e fece cenno agli altri di seguirlo. Uscirono in fila e Spike notò che Woody e la donna camminavano senza difficoltà.

Tiny andò alla seconda porta e provò a girare la maniglia.

Non fu una sorpresa che fosse chiusa a chiave. Forzò in fretta la serratura ed entrarono con cautela.

Non servì la torcia perché nella stanza c'era una piccola lampada e un giaciglio sul pavimento. Era più di quanto avevano concesso agli altri due nella loro prigione.

Quando l'uomo all'interno si alzò, Spike si irrigidì. Quello non era un ragazzo. Era chiaro che fosse Angelo perché Isabella andò subito da lui e lo abbracciò forte, ma era diverso da ciò che si era aspettato. Era enorme. Alto, muscoloso, con la barba folta.

I due si misero a parlare in spagnolo e Spike si accigliò, perché anche se stavano sussurrando era evidente che stessero discutendo.

«Dobbiamo andare» disse Tiny, a bassa voce ma con fermezza.

Angelo gli lanciò un'occhiata, poi tornò a guardare la sorella quando lei disse qualcosa. Il giovane annuì. Sembrava terrorizzato e non poteva biasimarlo. Fino a quel momento erano stati fortunati che nessuno avesse sentito il rumore che avevano fatto. Le possibilità che tutti riuscissero a salire le scale, attraversare la casa e tornare al pick-up senza essere scoperti erano scarse o nulle, ma Spike preferiva prendersi dei rischi nella foresta piuttosto che all'interno di quel bunker o della casa stessa, dove avrebbero potuto rimanere intrappolati.

Tiny prese il comando e condusse Isabella e Angelo su per la scala, seguiti da vicino da Woody e Spike. A ogni lieve colpo sui gradini di metallo, si aspettava che uno degli uomini dietro l'angolo li sentisse e accorresse ad armi spianate, ma non accadde. Riuscirono a risalirla e poi a scendere al piano terra, percorsero in punta di piedi la casa ancora vuota, fino alla porta sul retro. Si fermarono un attimo e si guardarono intorno con attenzione prima di scivolare fuori e ripararsi dietro a un'auto e poi nella foresta.

Proprio quando pensò di aver praticamente vinto la lotteria liberando gli ostaggi e uscendone indenni, risuonò un grido da un grosso camion che si era fermato lungo un lato della casa.

Con suo grande sconcerto, degli uomini uscirono dal

retro coperto da un telo. Dovevano essere almeno una dozzina e sembravano incazzati neri.

Risuonarono degli spari mentre il loro gruppetto di cinque persone si addentrava tra gli alberi.

C'erano andati vicini. *Dannatamente vicini!* Spike non sapeva come avrebbero fatto a seminare gli uomini che li inseguivano e che sembravano un po' troppo felici di sparare.

Mentre zigzagava tra la vegetazione pregando che nessuno dei proiettili che volavano nell'aria riuscisse a colpire lui o qualcun altro del gruppo, si prese un momento per essere grato che Reese non fosse con loro. Era preoccupato per Isabella e gli altri, ma non come lo sarebbe stato se *lei* fosse stata lì a cercare di non farsi sparare.

Ormai non tentavano nemmeno più di fare silenzio, non ce n'era bisogno, invece corsero il più velocemente possibile per tornare al pick-up dove avrebbe dovuto esserci Reese ad aspettarli. Pregò che nessuno avesse individuato il loro veicolo.

Altrimenti... erano fregati.

———

Reese si costrinse a mantenere la calma. Era rannicchiata dietro ad alcuni alberi e piante a circa dieci metri dal pick-up. Avrebbe voluto avere un repellente per gli insetti, perché la stavano mangiando viva. Probabilmente stavano trasmettendo una sorta di feromone ai loro compagni succhiasangue per avvisarli che c'era carne fresca a disposizione per il loro banchetto.

Stava anche sudando nei punti in cui odiava sudare, sia a causa dell'ansia sia per l'umidità della foresta. Non c'era nulla di lontanamente attraente nel sudore delle tette. O delle chiappe. Aveva la sensazione che quando alla fine si sarebbe rialzata, avrebbe avuto macchie bagnate sui vestiti in punti molto imbarazzanti.

Ma per quanto si sentisse a disagio, si rifiutava di muoversi dal suo nascondiglio.

Soprattutto in quel momento.

Non sapeva da quanto tempo fosse nascosta lì, quando vide un grosso camion militare percorrere rumorosamente il sentiero. Trattenne il respiro e pregò che proseguisse, ma ovviamente non fu così. Si fermò a diversi metri dal loro pick-up rubato, ancora ben visibile nonostante fosse parcheggiato in mezzo agli alberi, al di fuori di quel sentiero accidentato. Scesero due uomini, uno da ciascun lato della cabina, mentre un terzo sollevò un lembo del telo sul retro per sbirciare fuori.

Dal suo punto di osservazione, vedere così tanti occhi guardare dal camion le fece quasi venire un infarto. Se fossero scesi tutti e avessero iniziato a perlustrare la zona, l'avrebbero sicuramente trovata. Cercò di farsi ancora più piccola e maledisse i suoi chili di troppo.

I due uomini scesi dalla cabina si avvicinarono al vecchio pick-up scassato, ma che aveva funzionato senza problemi, sbirciarono all'interno ed ebbero una breve conversazione.

Poi, con suo grande stupore, tornarono di corsa al camion e salirono.

Reese tirò un enorme sospiro di sollievo. Aveva rischiato grosso.

Il mezzo partì in fretta, come se l'autista sapesse che il vecchio pick-up era un segno che stava accadendo qualcosa nella casa verso cui era ovviamente diretto.

Mordendosi il labbro, Reese rimuginò sul da farsi. Di

certo non poteva seguirli. E non voleva infrangere la promessa fatta a Gus, andando verso il punto in cui lui e Tiny erano scomparsi nella foresta.

Se tutti gli uomini che erano appena passati fossero entrati nella casa e li avessero sorpresi all'interno, non avrebbe potuto fare altro che tornare a Bogotà a cercare aiuto. Avrebbe potuto chiamare Bubba o andare all'ambasciata americana, ma probabilmente sarebbero arrivati troppo tardi.

No. Se voleva fare qualcosa per aiutare, non doveva tornare in città.

Si diresse al pick-up muovendosi lentamente e facendo il possibile per rimanere in ascolto di eventuali rumori, nonostante il frastuono del battito del suo cuore nelle orecchie. Doveva essere pronta a partire; non aveva alcun dubbio che quando Gus e Tiny fossero tornati, sperava con suo fratello, Isabella e Angelo al seguito, lei doveva essere pronta a partire. All'istante.

Riuscì ad avvicinarsi senza che nessuno balzasse fuori da dietro un albero urlando: "Beccata!". Era ridicolo pensare all'uomo nero che saltava fuori dal nulla nel bel mezzo della foresta, ma era talmente fuori dalla sua zona di comfort che non riusciva a ragionare.

Il veicolo avrebbe fatto rumore una volta acceso, ma doveva girarlo e prepararlo per fuggire. Con il sudore che le colava sul viso e negli occhi, prese i fili sotto il piantone dello sterzo e lo avviò. Il rombo del motore era davvero troppo forte, ma lo ignorò e fece retromarcia, sistemando il muso del pick-up verso la strada da cui erano arrivati.

Era seduta lì tremante e preoccupata, chiedendosi cosa fare, quando notò un movimento alla sua destra.

Spalancò gli occhi quando vide Tiny correre a tutta

velocità verso di lei. Lo seguivano una donna, un uomo che non riconobbe, Woody e Gus.

Fu talmente sollevata che si accasciò sul sedile.

Ma il sollievo durò poco, perché Tiny le stava urlando di spostarsi, di lasciarlo guidare. Woody praticamente gettò quella che suppose fosse Isabella sul sedile del passeggero, e poi salì sul pianale con lo sconosciuto.

Tiny, davanti alla portiera, le faceva freneticamente cenno di spostarsi.

«Sali!» gli urlò Woody dal retro. «Lasciala guidare!»

«Non credo...»

Ma qualsiasi cosa stesse per dire fu interrotta da altre grida provenienti dagli alberi alla loro destra. Poi qualcosa rimbalzò sul metallo del pick-up, facendola trasalire.

Gus sbatté la portiera del passeggero dietro di sé dopo essere saltato dentro accanto a Isabella e urlò: «Vai, vai, vai!»

Reese aspettò un secondo per assicurarsi che Tiny fosse sopra il pianale e schiacciò sull'acceleratore, facendo balzare in avanti il veicolo. Gli pneumatici posteriori girarono a mille, facendolo sbandare mentre cercavano la trazione, poi il pick-up partì a razzo.

Lanciò uno sguardo dietro e vide che tutti e tre gli uomini sul pianale erano abbassati, mentre tre degli *altri* erano in mezzo alla strada sterrata e le gridavano contro in spagnolo, sparando nel tentativo di farla fermare.

Ma non si sarebbe fermata. Non se ne parlava proprio.

Gus si teneva al cruscotto con una mano, mezzo girato sul sedile per guardare fuori dal lunotto posteriore. «Merda, ci stanno inseguendo!» urlò. «Vai più veloce, Reese. Portaci via da qui!»

Lanciando un'altra occhiata dietro, vide il camion militare di prima lanciarsi all'inseguimento lungo il sentiero.

Non c'era bisogno che le dicesse di accelerare. Nonostante andasse già troppo veloce per le condizioni della strada, premette di più sull'acceleratore. Socchiuse gli occhi e si concentrò solo sul percorso davanti a lei. Poteva farcela.

Si era praticamente *allenata* per quel preciso momento.

C'era una piccola apertura nel lunotto posteriore, che permetteva a Gus di parlare con gli altri sul pianale. «Accosta e lasciami guidare!» urlò Tiny.

Ma Reese non l'avrebbe fatto. Assolutamente no.

«È brava!» gli gridò suo fratello.

«Non è addestrata per questo!» protestò l'altro.

«Col cazzo che non lo è! Ti assicuro che ce la farà.»

La fiducia che aveva in lei le diede una bella sensazione e nonostante fosse abbastanza sicura delle sue capacità, non si era mai trovata in una circostanza in cui le sue abilità di guida fossero una questione di vita o di morte. I proiettili che gli uomini sparavano dal camion non erano a salve. Se uno di loro fosse riuscito a colpire una gomma, sarebbero stati fottuti.

Isabella si piegò in due, coprendosi la testa e pregando sottovoce.

«Stai andando bene, Reese» disse Gus con un tono di voce quasi normale.

L'adrenalina le scorreva nelle vene e all'improvviso le sembrò di essere tornata a molti anni prima, quando aveva partecipato al Grand Prix della sua università. Tuttavia sentì il bisogno di spiegare perché suo fratello era sicuro che sarebbe riuscita a fuggire dai bastardi che li inseguivano. Se non altro per rassicurare Gus.

«Ero una delle poche donne partecipanti alla gara annuale di go-kart della mia università» disse, a voce abbastanza alta da essere udita al di sopra del rumore del vento che attraversava l'abitacolo. «Ho ricevuto un sacco di insulti da parte dei piloti maschi. La Purdue University prende sul serio il suo Gran Prix. È un evento importante e il mio club di ingegneria ha deciso di partecipare. Tenetevi!» urlò all'improvviso.

Schivò un'enorme buca che li avrebbe fatti volare se l'avesse presa. Diede un'occhiata alle sue spalle per assicurarsi che tutti e tre i ragazzi fossero ancora sul pianale, e tirò un sospiro di sollievo quando li vide. Riportò l'attenzione sulla strada e continuò il racconto.

«Fui scelta come pilota per il nostro club e alla fine mi classificai terza... con grande stupore degli altri partecipanti. La nostra macchina non era la più appariscente, la più costosa e nemmeno la più veloce, ma io sono stata il miglior pilota su quella pista.» Non si stava vantando. Ok, era una bugia, un po' sì. Era davvero bellissimo il ricordo di quanto tutti fossero stati sorpresi che una donna fosse arrivata sul podio, soprattutto non facendo parte delle confraternite e sorellanze popolari che di solito dominavano la gara. Le piaceva fare cose che nessuno si aspettava da lei... e avere successo.

Ma quello non era un go-kart e lei non era una studentessa universitaria che partecipava a una competizione divertente e innocua.

Usò tutto ciò che aveva imparato sulle auto e sulle corse, oltre alla determinazione a non lasciare che il fratello venisse rapito di nuovo, per sfuggire ai loro inseguitori. Non le interessava che fossero sballottati come popcorn in un microonde, le importava solo di scappare.

«Nel caso mi dimenticassi di dirtelo dopo, sei maledettamente straordinaria. Siamo quasi tornati alla strada principale. Gira a sinistra» disse Gus con calma.

Era un bene che sapesse dove si trovavano, perché Reese poteva anche essere una brava autista, ma aveva un senso dell'orientamento terribile. Non si ricordava da che parte doveva andare e probabilmente avrebbe preso la destra invece che la sinistra.

Fece la curva, evitando a malapena che il furgone scivolasse dal ciglio della strada e dentro a un fosso, e schiacciò sull'acceleratore quando furono di nuovo sull'asfalto.

Pochi secondi dopo, dal pianale del pick-up arrivarono delle grida eccitate e guardò con timore nello specchietto retrovisore.

«Non sono riusciti a svoltare! Sono finiti nel fosso! Brava, Reesie!»

Odiava quel soprannome. «Ti ho detto un milione di volte di non chiamarmi così!» gridò irritata al fratello.

Lo sentì ridere di gusto.

Dieci minuti più tardi, quando imboccarono l'autostrada che li avrebbe riportati a Bogotà, il cuore le batteva ancora forte. Si sentiva tremante e un po' debole, ma pensò che fosse il calo dell'adrenalina.

«Va tutto bene» le disse Gus. «Fai un respiro profondo. Brava. Ora un altro.»

Averlo lì a tranquillizzarla fu un sollievo. Si concentrò sulla cadenza della sua voce piuttosto che sul rivivere nella mente ciò che era appena accaduto. «Woody sta bene? E tu Isabella?» chiese.

«Sto bene» rispose la donna sommessamente.

Reese la sentì a malapena sopra il fruscio del vento proveniente dal finestrino rotto dietro le loro teste. Odiava che i tre ragazzi fossero sul pianale perché non era sicuro, ma non avevano avuto altra scelta, visto che quel pick-up non aveva i sedili posteriori.

«Per la cronaca... quando avrai voglia di guidare, per me non ci sarà alcun problema. Credo che nessuno avrebbe potuto tirarci fuori da lì tutti interi come hai fatto tu» dichiarò Gus.

Il suo elogio le fece davvero piacere. Aveva voluto fargli vedere che sapeva il fatto suo e dimostrargli che non era indifesa. Fino a quel momento era stata un peso e lo sapevano tutti. Magari non era in grado di sparare o non era abbastanza in forma per correre per un chilometro, ma era riuscita a portarli via da quei criminali grazie alla sua esperienza. Pensò che quello facesse pendere l'ago della bilancia a suo favore, almeno un po'.

«Dove andiamo?» chiese, costringendosi a concentrarsi sui passi successivi. Poteva anche averli allontanati dagli uomini del cartello, ma non aveva idea di cosa sarebbe successo ora.

Invece di rispondere, Gus si rivolse alla donna seduta tra loro. «Isabella, tu e tuo fratello dovete scegliere. Volete venire con noi o rimanere qui?»

Lei lo guardò. «Voglio restare con Woody.»

Gus annuì, poi si voltò per urlare dal finestrino posteriore. «Woody?»

«Sì?»

«Isabella e suo fratello staranno da te?»

«Ovvio che sì!»

«Spike, abbiamo un problema» disse Tiny.

«Cioè?»

«Woody è stato colpito.»

Le si gelò il sangue e d'istinto tolse il piede dall'acceleratore nello stesso momento in cui Isabella sussultò e si girò, cercando di guardare fuori dal lunotto posteriore.

«Sto bene!» Woody urlò. «Gli avevo detto di non dire nulla!»

«Quanto è grave?» chiese.

«Abbastanza» rispose Tiny mentre l'altro urlava: «È un graffio!»

«Dirigiti verso l'aeroporto» le disse Gus con fermezza.

Reese distolse lo sguardo dalla strada per lanciargli un'occhiata interrogativa. «Non dovremmo portarlo in ospedale?»

«Preferirei andarmene da qui. Non abbiamo idea di che tipo di conoscenze abbiano quei tizi, e se fanno parte del cartello, immagino siano molte. Andare in ospedale attirerebbe troppo l'attenzione su di noi. È impossibile nascondere un americano con una ferita da arma da fuoco.»

«Ma Tiny ha detto che era abbastanza grave» protestò.

«Woody è un figlio di puttana duro, e Tiny non ha detto che è in una condizione critica. Lo aiuteremo appena possibile.»

Avrebbe voluto continuare a protestare, ma non le andava di trovarsi in mezzo a un'altra sparatoria. O essere nel mirino di un cartello della droga.

«C'è qualcosa che ti dispiace di aver lasciato con i tuoi bagagli?» le chiese. «Non possiamo certo tornare in hotel a prenderli.»

Ci pensò un attimo, poi scosse la testa. «No.»

«Bene.»

«Ma non ho il passaporto. È nella cassaforte della camera dell'hotel» disse, aggrottando la fronte.

«Se ne occuperà Tex.»

«Davvero? Può farlo?»

«Quell'uomo è in grado di fare qualsiasi cosa» rispose, senza la minima preoccupazione nella voce.

«E Woody, Isabella e Angelo? Immagino che nemmeno loro abbiano il passaporto. E nemmeno tu e Tiny, se è per questo.»

«I nostri ce li abbiamo. Abbiamo una tasca segreta

cucita nella gamba dei pantaloni. Abbiamo imparato che è sempre meglio essere preparati a tutto.»

«Vorrei aver pensato anch'io a una cosa del genere» rifletté un po' malinconica.

«Non è un problema.» Poi si rivolse a Isabella. «Mi dispiace, ma è troppo pericoloso tornare nel tuo appartamento.»

«Lo so» replicò con tristezza. Poi scrollò le spalle. «Ma gli oggetti non hanno importanza. Io e mio fratello siamo al sicuro ed è questa la cosa che conta.»

Gus annuì d'accordo.

La mente di Reese era un turbinio di pensieri. Non sapeva come avrebbero fatto a uscire dal Paese senza passaporto, ma se lui aveva detto che se ne sarebbe occupato il suo amico, gli avrebbe creduto. Era davvero sollevata che fossero riusciti a trovare Woody, Isabella e suo fratello e che presto, sperava, sarebbero tornati tutti a casa.

Alla fine fecero una sola sosta sulla strada verso l'aeroporto, per permettere a Tiny di entrare in un negozio di souvenir per comprare una maglietta a Woody, dato che la sua era ricoperta di sangue.

Reese colse l'occasione per abbracciare forte il fratello. Non avrebbe voluto più lasciarlo andare e si commosse quando poté finalmente toccarlo e vedere con i suoi occhi che stava bene. Grazie al cielo il proiettile non era rimasto conficcato nella spalla, ma la ferita sanguinava ancora. Tuttavia, da vero duro qual era, aveva insistito che sarebbe stato bene durante il viaggio fino agli Stati Uniti.

Quando tornarono al pick-up, Tiny pretese di guidare, mandando Gus sul retro con Angelo e Woody.

Una volta all'aeroporto si recò al banco della compagnia aerea per parlare con un addetto. Reese si aspettava che li avrebbero cacciati, visto che non avevano né biglietti né bagagli e quattro di loro nemmeno il passaporto, ma rimase scioccata quando vennero rapidamente scortati attraverso i controlli di sicurezza fino a un gate dove sostava un aereo mezzo pieno di passeggeri. Li fecero accomodare su due file di sedili nella parte posteriore; Reese accanto al finestrino, Gus al suo fianco e Tiny sul posto che dava sul corridoio. Suo fratello, Isabella e Angelo nella fila davanti a loro.

L'adolescente era rimasto tranquillo, non aveva detto molto, anche se lui e Isabella avevano avuto una lunga conversazione in spagnolo prima di passare i controlli di sicurezza. Non aveva idea di cosa si fossero detti, dato che non parlava quella lingua, ma era stato un dialogo piuttosto intenso. I due erano sembrati spaventati. Forse avevano temuto di venire fermati dalla sicurezza aeroportuale.

Woody si era preoccupato per entrambi, ma era anche bianco come un lenzuolo, quindi probabilmente non se l'era sentita di chiedere dettagli a Isabella.

«Non posso credere che siamo entrati in aeroporto venti minuti fa e ora siamo su un volo per Dallas» disse Reese.

«Te l'avevo detto che Tex è bravo.»

«Non ti sbagliavi. Anche se è un bene che non siamo seduti accanto a degli sconosciuti, perché devo puzzare terribilmente.»

Con sua grande sorpresa, Gus si chinò verso di lei sfiorandola dietro l'orecchio con il naso e provocandole un'ondata di brividi su tutto il corpo. La annusò a lungo e profondamente prima di raddrizzarsi e sorridere. «No, hai un buon odore.»

Lei ridacchiò. «Certo, dice l'uomo che probabilmente puzza quanto me. Tanto per essere chiari, non sono una fan delle foreste calde come l'inferno, con insetti grandi come la mia testa e che amano succhiare il sangue.»

«Lo terrò a mente» replicò con un piccolo sorriso. Poi andò con la mano sul suo collo e strofinò con il pollice un punto che le prudeva. «Hai qualche morso. Mi dispiace che ci abbiamo messo così tanto.»

Lei sgranò gli occhi. «Guarda che non mi stavo lamentando in modo passivo-aggressivo del tempo che hai impiegato per infiltrarti in una casa, liberare non solo mio fratello e la sua ragazza, ma anche il *suo* enorme fratello che sembra avere trent'anni anziché diciotto, *e* uscire da lì tutto intero.»

«Buono a sapersi. Ma devi sapere che...» cominciò, ma non finì la frase.

«Cosa?»

Gus sospirò. «I biglietti che Tex ha comprato sono tutti per Santa Fe.»

Lo fissò confusa.

«Immagino abbia pensato che sareste venuti tutti al Rifugio. E per la cronaca, credo sia una buona idea. Woody ha bisogno di cure mediche e non c'è un posto migliore al mondo delle nostre montagne per guarire. Ma se vuoi davvero tornare a Kansas City, vedrò di cambiare il tuo biglietto quando arriveremo a Dallas.»

Reese non sapeva cosa dire. La parte di lei che da sempre aveva una cotta per Gus saltellava su e giù per l'eccitazione, ma quella pratica urlava che era una pessima idea passare altro tempo con quell'uomo di cui si stava innamorando sempre più intensamente a ogni minuto che passava.

«Woody cos'ha intenzione di fare?» gli chiese.

«Tiny ha parlato con lui prima dell'imbarco e non ha problemi ad andare nel New Mexico. Probabilmente è una buona idea che se ne stia tranquillo per un po', per ogni evenienza.»

«Aspetta... cosa? Pensi che quelli del cartello verranno a cercarlo?»

«Non lo so.»

«Merda.»

«Al Rifugio sarà al sicuro. Come anche Isabella e suo fratello. Il cartello non sa nulla di Tiny o di me, quindi non avranno modo di risalire a noi. Ma probabilmente *sanno* dove vive Woody e se dovessero decidere di cercarlo, sarà il primo posto in cui andranno.»

Reese fissò fuori dal finestrino, assorta nei suoi pensieri, mentre l'aereo si dirigeva verso la pista. Sentì la mano di Gus sul braccio e si voltò di nuovo verso di lui.

«Ti giuro che lì sarete tutti al sicuro. E ho *detto* che volevo vedere come sarebbero andate le cose tra noi una volta tornati negli Stati Uniti. Per come la vedo io, tu puoi assicurarti che tuo fratello guarisca adeguatamente, lui può avere un po' di tempo con Isabella per capire quali saranno i loro prossimi passi, e noi possiamo conoscerci meglio.»

«C'è posto per tutti? Da quello che ho letto su internet siete sempre pieni» disse lei, prendendo tempo mentre cercava di capire cosa fare.

«Hai cercato informazioni su di noi?»

Si sentì infiammare le guance e scrollò le spalle. «Be', ti ho detto che ho visitato il vostro sito web. Ogni ragazza che si rispetti, con una cotta e una leggera tendenza allo stalking, farebbe la stessa cosa.» Fece del suo meglio per sdrammatizzare quell'ammissione spontanea, mentre dentro di sé era più che spaventata.

Tiny si unì alla conversazione. «Tuo fratello, Isabella e Angelo possono prendere il mio chalet. Ha due camere.

Sono sicuro che posso stare da uno degli altri ragazzi per un po', a loro non dispiacerà.»

«Anch'io ho due camere» disse Gus, prima che lei potesse fare la domanda successiva. «Puoi stare da me.»

Reese socchiuse gli occhi fingendosi sospettosa.

Lui ridacchiò, ma poi si fece serio. «Sei al sicuro con me» le assicurò.

«Lo so» replicò con convinzione. Ed era così. Se aveva imparato qualcosa nell'ultimo... giorno? Cavoli, erano davvero passate solo poche ore da quando lui e Tiny avevano bussato alla sua porta d'hotel?

Come se avesse avuto lo stesso pensiero, Gus le chiese: «Come va la pancia? Chiederemo all'assistente di volo un po' d'acqua in più quando verrà. Devi essere ancora disidratata dopo che... sai... ti hanno succhiato il sangue nella foresta.»

Oh, signore, per fortuna non aveva detto la parola diarrea. Era già abbastanza imbarazzata. «Ne hai bisogno anche tu.»

«Tutti abbiamo bisogno di idratarci e di un buon pasto» aggiunse Tiny con un piccolo sorriso. Aveva gli occhi chiusi e la testa appoggiata allo schienale, ma quello fu un buon promemoria del fatto che lei e Gus non erano esattamente soli e non avevano privacy.

Il pilota annunciò che stavano per decollare. Pochi minuti più tardi, mentre l'aereo si alzava in volo, Reese fece un lungo sospiro di sollievo. All'improvviso era esausta. La giornata alla fine si stava facendo sentire e non riusciva a tenere gli occhi aperti. I suoi muscoli erano indolenziti perché li aveva contratti a causa del terrore, e non si sentiva molto bene dopo non aver ingerito cibo per praticamente due giorni e aver corso in giro come una specie di Soldato Jane.

«Dormi» le ordinò Gus, mettendole un braccio intorno alle spalle e attirandola contro di sé.

Lo lasciò fare. Si dimenò sul sedile per cercare di stare un po' più comoda e lui si spostò solo il tempo necessario per alzare il bracciolo tra di loro, prima di sistemarsela di nuovo contro.

Reese sospirò e chiuse gli occhi.

«Pensaci. Ti prometto che amerai il Rifugio. Alaska e Henley saranno entusiaste di conoscerti. E adorerai Melba, Scarlet Pimpernickel e tutti gli altri animali.»

Sorrise. Aveva visto le foto della mucca e della vitellina sul sito web, e fu pervasa da un brivido di eccitazione. «Se ci andrà Woody, lo farò anch'io» borbottò assonnata.

Gus strinse il braccio intorno a lei per un attimo prima di rilassarsi. «Bene.»

Aveva delle faccende da sistemare. Tante. Tipo far sapere al suo capo della situazione, comprare dei vestiti, pagare le bollette da remoto, sostituire le carte di credito e il cellulare, fare un nuovo documento d'identità e probabilmente un centinaio di altre cose... ma per il momento era esaurita. Mentalmente e fisicamente.

Si rilassò. Era al sicuro, suo fratello era al sicuro... ed era tra le braccia dell'uomo che gli piaceva da sempre e che onestamente non si era aspettata di rivedere. Del futuro si sarebbe preoccupata in seguito.

CAPITOLO SETTE

«NON SIETE PARTITI TIPO, IERI?» chiese Brick, quando Spike entrò nel lodge del Rifugio con Tiny, Woody, Isabella, Angelo e Reese.

«E perché non mi sorprende che siate tornati con quattro persone in più?» aggiunse Stone con una risata.

Spike si sarebbe sentito in colpa se non avesse saputo che i suoi amici stavano scherzando. La prima cosa che Brick aveva fatto quando li aveva visti entrare era stata andare in cucina e chiedere a Luna e a Robert di preparare un po' di cibo in più per la colazione.

Avevano fatto scalo a Dallas senza problemi, ma poi si erano dovuti occupare di un po' di burocrazia per far entrare Isabella e Angelo nel Paese. Ma si era intromesso di nuovo Tex, e dopo qualche trattativa e qualche mail, avevano concesso loro asilo e il permesso di proseguire con il volo successivo per Santa Fe.

Il sole era appena sorto, e nonostante Spike fosse esausto, era anche eccitato ed entusiasta che Reese e suo fratello avessero accettato di andare al Rifugio. Isabella e Reese avevano voluto che Woody promettesse che sarebbe andato in ospedale non appena arrivati a Santa Fe, ma come previsto lui si era rifiutato, dicendo che una ferita da arma da fuoco avrebbe provocato domande a cui non gli andava di rispondere. Non voleva fare nulla che potesse attirare l'attenzione su di sé o su Isabella e il fratello.

Così Spike e Tiny avevano fatto il possibile per pulire e ricucire la ferita all'aeroporto di Dallas. Era stato fortunato. Anche se il braccio gli avrebbe fatto male per un po', per fortuna il proiettile era passato da parte a parte senza colpire nessuna vena o arteria. Woody era sempre stato un duro figlio di puttana e ciò aveva dimostrato che non era cambiato molto da quando avevano lasciato il team.

E sua sorella era altrettanto tosta. In effetti era lei la ragione per cui si trovavano tutti lì. Se non fosse stato per Reese, che aveva sistemato il pick-up pronto a partire, e per la sua incredibile abilità di guida, sarebbero tutti morti o tornati in quel covo, ma da prigionieri.

Furono accompagnati in una delle sale conferenze più grandi del lodge, e Reese e Isabella si sedettero a un tavolo dall'altra parte della stanza con Alaska e Henley che le ricoprivano di attenzioni. Jasna, la figlia di Henley, iniziò a fare avanti e indietro dalla cucina per portare acqua, piatti, posate e succo d'arancia appena spremuto. Robert e Luna da lì a poco avrebbero portato la colazione, in modo che tutti potessero mangiare prima di andare nei loro chalet per riposare un po'.

Angelo si sedette in disparte, con le braccia incrociate e lo sguardo incerto. Spike odiava non poter comunicare con il ragazzo, perché aveva molte domande da fargli. Domande a cui solo lui poteva rispondere. Non aveva senso ciò che era successo, e aveva la sensazione che Angelo sarebbe stato in grado di riempire molti vuoti.

«Vi va di farci un riassunto di tutta questa storia?»

chiese Brick, quando vide che le donne erano occupate a far altro. Non che stessero cercando di proposito di non farsi sentire, ma erano abituati a tenere per loro ciò che facevano. Per non parlare del fatto che non volevano turbare Isabella e Reese rievocando l'incidente.

«Woody? Vuoi iniziare tu?» disse Spike.

Il suo ex compagno di squadra annuì. «Come ormai saprete, sono andato in Colombia perché Bella mi ha chiamato in preda al panico. Mi ha detto che pensava che l'appartamento fosse sorvegliato e che aveva paura per lei e per Angelo. Al lavoro le erano giunte voci che certe persone non erano contente dei suoi incarichi con il governo. Temeva di essere rapita lei stessa o che usassero suo fratello per costringerla a dare informazioni su alcuni dei clienti per cui aveva tradotto in passato.» Si passò una mano tra i capelli, agitato. «Farei qualsiasi cosa per lei. La amo da sempre, ma entrambi abbiamo inventato scuse su scuse per convincerci che tra noi non avrebbe funzionato. Questo, però, non ci ha impedito di chiamarci e scriverci regolarmente.

Comunque, ho detto a Reesie le mie intenzioni e ho preso il primo volo. Poi sono andato dritto all'appartamento di Isabella. Non ho visto persone gironzolare nei paraggi, né ho avuto l'impressione che qualcuno mi stesse osservando. Ho pensato stupidamente che avesse esagerato. Ma è chiaro che il mio istinto si sia affievolito da quando ho lasciato l'esercito.» Scosse la testa. «Ho trascorso un giorno e una notte perfetti con Bella prima che scoppiasse il caos.»

Woody sospirò. «Gli uomini che ci hanno presi... sono entrati tranquillamente nell'appartamento e mi hanno malmenato un po' anche se non era necessario. Non avrei mai messo a rischio la sicurezza di Isabella facendo qualcosa di stupido. Abbiamo fatto quello che ci hanno chiesto senza protestare. Ci hanno portati tutti e tre in quella casa dove ci avete trovati. Hanno chiuso me e Bella in una stanza e Angelo nell'altra.»

«Perché hanno preso anche te?» chiese Pipe.

«Non ne ho idea» rispose scuotendo la testa. «Questa è la parte più strana. Non hanno chiesto nulla.»

«Abbiamo trovato della droga nella camera di Angelo» disse Spike a bassa voce. «*Molta*. È così che vi abbiamo trovati, perché c'era un indirizzo insieme alla roba.»

Woody spalancò gli occhi. «*Cosa*? No. Angelo non è coinvolto in queste cose. Isabella lo ha avvertito per anni di stare lontano dai reclutatori del cartello.»

«Ti sto solo dicendo cosa abbiamo trovato.»

«Cazzo!» imprecò lui accigliandosi.

«Woody?»

Si voltarono e videro Isabella accanto a loro, con un'aria molto nervosa. Il loro piano per tenerla fuori dalla conversazione era ovviamente fallito.

«È tutto ok» la rassicurò senza esitazione, afferrandole la mano.

«Ho parlato con Angelo all'aeroporto di Bogotà. Di quello che è successo. Lui... ha detto di essere stato reclutato dal cartello» confermò con voce tremante. «Ha giurato di aver detto loro che non era interessato, finché non mi hanno minacciata. È stato costretto a diventare un corriere, ma non l'ha fatto. Stava cercando di trovare un modo per uscirne. Ha nascosto la droga in casa invece di consegnarla a chi doveva, ed è per questo che il cartello è venuto nell'appartamento e ci ha presi.»

Tutti si accigliarono. Spike resistette all'impulso di guardare il giovane seduto in disparte. Capiva che si fosse trovato con le spalle al muro, ma le sue azioni avevano fatto sì che la sorella e Woody venissero rapiti. E il risultato avrebbe potuto essere molto peggiore.

«Che cos'è successo quando sei arrivato in quella casa?» Tiny chiese a Woody.

Lui sospirò. «Non molto. Abbiamo visto qualcuno solo quando ci hanno portato cibo e acqua, il che non è accaduto spesso. Stavo ancora cercando di capire come comportarmi quando siete arrivati voi due» concluse, indicando Spike e Tiny.

«Non ha molto senso» affermò Owl. «Quando io e Stone siamo stati fatti prigionieri, ci hanno interrogati e torturati subito. Non che volessero davvero delle informazioni, ma solo farci soffrire per poter filmare il tutto e vantarsi di aver catturato due piloti di elicottero americani.»

Spike odiava sentire parlare della loro prigionia. Avevano passato l'inferno dopo che il loro elicottero era stato abbattuto durante una missione. Erano stati estremamente fortunati a venire salvati, e lo sapevano entrambi. La loro storia era stata trasmessa su tutti i notiziari. L'intera nazione aveva visto i filmati in cui venivano torturati dal nemico.

«È ciò che ho pensato anch'io» disse Woody. «Continuavo ad aspettare che entrassero, ci separassero e, francamente... che mi uccidessero. Sarei stato solo un'altra vittima della guerra al narcotraffico. Invece non hanno fatto nulla. Ci hanno lasciati in pace.»

«Forse vi stavano usando per minacciare Angelo. Per ricattarlo.»

Woody sospirò. «È probabile.»

«Qualcuno ha pensato che la nostra fuga sia stata un po' troppo facile?» domandò Tiny.

Spike aveva la sensazione che se Reese avesse sentito

quella domanda non sarebbe stata d'accordo, ma lo aveva pensato anche lui. Perché la casa era vuota? Erano riusciti a far uscire tutti e tre i prigionieri da quel bunker senza che nessuno se ne accorgesse. Erano stati silenziosi, ma così tanto che *nessuna* delle persone dietro l'angolo li aveva sentiti? Non pensava proprio. Se non fosse stato per quel camion pieno di uomini, se ne sarebbero andati senza essere notati... il che sembrava impossibile.

«È come se ci avessero *lasciati* andare via» concordò Woody.

«E perché mai, visto che hanno fatto lo sforzo di catturarvi e rinchiudervi?» chiese Tonka.

«Non lo so» replicò accigliato.

«Ho pensato la stessa cosa di Tiny» affermò Spike. «È una delle ragioni per cui vi ho invitati a restare qui per un po'. Se il cartello aveva qualche motivo nefasto per lasciarvi andare via tranquillamente, qui non saranno in grado di rintracciarvi.»

«Dite che avere Angelo qui sarà un problema?» chiese Tiny.

«No!» Fu Isabella a rispondere. «Sa che quello che ha fatto è sbagliato, e si è sentito sollevato di essere stato salvato. È contento di essere lontano da tutte quelle persone. Non è possibile che faccia di nuovo qualcosa che possa nuocermi.»

«Non mi piace l'idea di portare problemi a casa vostra» disse Woody.

Spike fissò l'amico. «Se pensavi che ti avrei lasciato a Kansas City senza pensarci due volte, non mi conosci così bene come credevo.»

«È solo che questo posto... accidenti, Spike, si chiama *Il Rifugio*. Che cazzo di rifugio potrà mai essere se i membri del cartello verranno a cercarci?»

«Se dovesse succedere non sarebbe la prima volta che i problemi arrivano qui, e probabilmente nemmeno l'ultima» replicò Brick con fermezza. Gli fece un breve resoconto delle recenti situazioni in cui si erano trovate coinvolte Alaska e Jasna. Poi continuò dicendo: «E sebbene gli ospiti cerchino tranquillità, nessuno di loro è ingenuo. Sanno che alle persone buone possono accadere cose brutte, indipendentemente dal luogo in cui si trovano. In effetti lo sanno meglio della maggior parte della gente. Abbiamo sempre più ospiti che sono stati vittime di atti di violenza, o di incidenti sul posto di lavoro dove qualcuno ha dato in escandescenze.

Nonostante questo *sia* un rifugio, è anche un luogo in cui quasi tutti coloro che vengono qui sono pronti e disposti a fare ciò che è necessario per mantenere gli altri al sicuro. Lo abbiamo sperimentato di persona. Inoltre, questo posto è molto più difendibile di un appartamento a... Kansas City, giusto?»

Woody annuì.

«Giusto. Siamo in mezzo al nulla, abbiamo installato altre telecamere e conosciamo questo territorio come le nostre tasche. Se qualcuno riuscisse ad avvicinarsi di soppiatto, scoprirebbe che non siamo un gruppo di pezzenti che si nasconde nei boschi. Ma tutto ciò è irrilevante, perché come ha detto Spike, le persone che vi hanno rapiti non conoscono questo posto. Potete restare qui quanto volete. Gratis.»

«Oh, no accidenti, ho intenzione di pagare.»

«Non credo proprio» obiettò Pipe. «Sei un membro del team di Spike, e i compagni di squadra alloggiano gratis. Così come le persone che li accompagnano. Cioè Isabella, Angelo *e* Reese.»

«Non posso... è... *merda*, Spike. Di' loro che non è giusto.»

Ma lui si limitò a sorridere. «Benvenuto al Rifugio, fratello.»

Tutti diedero una pacca sulla spalla a Woody mentre tornavano a occuparsi di ciò che stavano facendo prima dell'arrivo del gruppo. Tiny disse che si sarebbe assicurato che il suo chalet fosse pronto e che avrebbe preparato i bagagli per andare a stare con Pipe. Brick si diresse verso Alaska che era ancora seduta con le altre donne. Isabella andò ad aggiornare Angelo sulla situazione, Tonka uscì per andare alla stalla e Pipe andò a controllare Robert e ad aiutare a portare il cibo nella stanza. Infine, Owl e Stone andarono a radunare gli ospiti che avrebbero fatto un'escursione da lì a mezz'ora.

Rimasero Spike e Woody.

«Dimmi davvero come stai. Quel braccio deve farti un male cane» disse Spike.

«È ok. Dobbiamo parlare di qualcos'altro adesso» replicò l'altro con un'espressione seria.

«Cosa? C'è qualcosa che non va?»

«No. Forse... ho visto come ti guarda mia sorella» dichiarò senza mezzi termini. «E non credere che in passato non abbia notato il *tuo* interesse quando raccontavo aneddoti su di lei.»

Lo fissò sorpreso. «Non so cosa vuoi che ti dica» ammise.

«Voglio che tu mi dica che la tratterai bene. Che sarai l'uomo che si merita. È una donna troppo buona. Intelligente, laboriosa, leale. Accidenti, quando non l'ho contattata, dato che avevo detto che l'avrei fatto, ha rischiato tutto per venire nella cazzo di Colombia a cercarmi. Avrebbe potuto chiamare Bubba o qualsiasi altro mio amico, ma probabilmente non ci ha nemmeno pensato. Ha fatto ciò che riteneva giusto. Non troverai mai una migliore di lei.»

«Le sono stato vicino solo per ventiquattro ore o poco più» gli ricordò.

«Sì, e hai quasi perso la testa quando ci stavano sparando addosso e pensavi che avrebbero potuto ferirla. Mi hai praticamente spinto via per raggiungere la cabina di quel pick-up e poter stare con lei. Sei rimasto al suo fianco all'aeroporto, ti sei assicurato di avere il posto accanto a lei sull'aereo.

Non prendermi in giro, Spike, ti piace. E a me va benissimo. Se tu diventassi davvero mio "fratello", ne sarei assolutamente entusiasta. Ti dico *anche* che non sei degno di lei, ma lo direi di chiunque finisse con Reesie. Quindi, quello che in realtà voglio dirti è... non farla soffrire. Se lo farai, mi arrabbierò.»

«Non la farei mai soffrire» sibilò.

La voce di Woody si addolcì. «Non ha avuto molta fortuna con gli uomini. E non posso credere di essere qui a parlare della vita sentimentale di mia sorella, ma la adoro così tanto da volermi assicurare che tu sappia che quei bastardi l'hanno trattata di merda perché lei non rientra nei canoni della società riguardo a come dovrebbe essere una donna. E questo mi fa infuriare.»

«Non c'è niente che non va nel suo aspetto» ringhiò Spike.

Woody lo fissò per un lungo momento. Poi sorrise. «Sarò lo zio migliore del mondo.»

«Cosa?» sbottò confuso, dato che un attimo prima il suo amico si stava comportando da duro e protettivo nei confronti della sorella, e quello successivo era... *cosa?* Non lo sapeva.

«Sarà perfetta per te» continuò. «Ti terrà sempre sul chi va là. Inoltre, aiuta il fatto che a Los Alamos ci sia quel laboratorio. Avrà bisogno di qualcosa che le stimoli la mente. E prima che tu mi dica che il mercato del lavoro è difficile e che non ci sono garanzie che venga assunta qui, ti sbagli. Faranno i salti mortali pur di averla con loro. È davvero brava in ciò che fa.»

Spike era scioccato. «Quindi tu... cosa? Ci vedi già sposati? E con quel commento sullo zio ti aspetti che avremo dei figli? Pensavo che avresti voluto spaccarmi la faccia al pensiero di me che faccio sesso con tua sorella.»

Woody scrollò le spalle con un sorriso. «Mi piace confondere le persone. Reese non è una ragazzina, amico. Se fosse una sedicenne in questo momento ti starei puntando un fucile sulle palle, avvertendoti di non toccarla. Ma non lo è. E sarà una mamma e una moglie fantastica. Ti conosco, Spike. Sei uno dei miei migliori amici, anche se negli ultimi cinque anni ci siamo a mala-pena parlati. Non può trovare qualcuno migliore di te.»

«Ripeto, le sono stato vicino solo per *un giorno*. Non credo sia il caso che ti immagini dei nipotini.»

Woody si fece serio. «Come ho detto all'inizio di questa conversazione, ho visto come ti guarda e come tu guardi lei. Ho perso un sacco di tempo con Isabella e avrei potuto perderla. Quindi, quello che ti dico è... non aspettare. Non rimuginarci su. Quando lo sai, lo sai.

Ascolta, ti sto solo dando il permesso di farlo. Se poi le cose non dovessero funzionare, pazienza, ma non tratte-nerti perché è mia sorella o perché pensi che le relazioni debbano muoversi in un certo modo. Ti tratterà come la cosa più preziosa. Non troverai mai un'altra donna che ti amerà così intensamente.»

Spike provò un'ondata di desiderio. Era uscito con un

discreto numero di donne, ma non aveva mai sentito un legame immediato come con Reese. «Lo terrò presente» replicò, facendo un piccolo cenno del capo.

«Bene. Ora, il braccio mi fa un male cane, sto morendo di fame e sono esausto. Accidenti, non so nemmeno che ora sia visto che ho perso l'orologio. Vado a sedermi e a fare colazione con Isabella e mia sorella.»

Spike rimase un attimo confuso, poi sorrise e si mise la mano in tasca. Si era dimenticato dell'orologio che Reese aveva trovato nell'appartamento di Isabella. Con tutto ciò che era successo da allora, gli era completamente passato di mente. Lo tirò fuori e lo porse all'amico. «Intendi *questo*?»

Sorrise all'espressione incredula sul volto del suo amico. «Ma che diavolo? Dove l'hai trovato?»

«A casa di Isabella.»

«Pensavo che non l'avrei più rivisto. Era un regalo di mio padre. Grazie, amico.»

«Non ringraziare me. L'ha trovato Reese. E che tu te lo rimetta per coprire quell'inquietante macchia bianca sul polso sarà un ringraziamento sufficiente» scherzò.

«Se lo dici tu.» Woody si fece serio e tornò a parlare a bassa voce. «Non sto ignorando ciò che hai detto sulla droga nella stanza di Angelo e che Isabella abbia spiegato che suo fratello è stato costretto... ma non sono entusiasta che le sue azioni ci abbiano fatto rapire. Abbiamo avuto fortuna a fuggire e mi assicurerò che tutti i suoi legami con quei bastardi vengano tagliati di netto. Dopo aver riposato un po', parlerò con il ragazzo e vedrò se riesco a fare breccia in quella corazza dura, gli chiederò come diavolo gli è saltato in mente di farsi coinvolgere dal cartello nonostante le loro minacce.»

Woody fece un enorme sbadiglio, chiaramente esausto.

«Accetterò anche la generosa offerta del tuo amico di ospitarci nel suo chalet. Ma stai sicuro» aggiunse, agitando un dito mentre si alzava, «non ce ne staremo con le mani in mano. Metteteci al lavoro. Sono serio. Se dobbiamo restare qui finché le acque non si calmeranno e saremo sicuri che nessun membro del cartello si presenterà a casa mia a Kansas City, allora devo contribuire. Isabella la penserà allo stesso modo.»

«C'è sempre qualcosa da fare da queste parti» gli assicurò.

«Grazie. Davvero. Se fosse successo qualcosa a lei o a mia sorella... non credo che me lo sarei mai perdonato.»

Spike si alzò e andò a dare un breve abbraccio all'amico. Quando era nell'esercito aveva imparato che non era una cosa negativa mostrare le emozioni.

Woody ricambiò la stretta con il braccio buono, poi si voltò e si diresse verso il tavolo dall'altra parte della stanza. Non appena si sedette, Reese si alzò e si avvicinò a Spike. Aveva la fronte aggrottata e sembrava molto preoccupata.

«Cosa c'è che non va?» le chiese subito.

«Era la domanda che volevo farti io. Woody sta bene? Cos'è successo?»

«Sta bene e non è successo nulla. È solo grato di avere un posto dove stare per un po' finché non si calmano le acque.»

«Oh... sei sicuro?»

«Assolutamente» replicò con fermezza. Mentre Reese rilassava le spalle, notò quanto fosse stanca, come se una folata di vento avrebbe potuto farla cadere. «Ho del cibo nel mio chalet» sbottò.

Lei aggrottò le sopracciglia. «Okaaay?»

Si rimproverò mentalmente. «Quello che voglio dire è che potremmo andare lì adesso, potresti fare una doccia mentre io preparo qualcosa da mangiare, poi potresti dormire un po'.»

Lei lo fissò a lungo. «Sono stanca» ammise. «Ma ho un milione di cose da fare.»

«Possono aspettare.»

«Non sai nemmeno quali sono» protestò lei.

«Spese, telefonate, lavoro, carte di credito...» ipotizzò. «Possono aspettare. A casa mia c'è shampoo e sapone, ho delle magliette e dei pantaloni della tuta che puoi mettere per andare a letto. Posso chiedere ad Alaska e Henley di portarti a fare shopping e credimi, ne saranno entusiaste, e sull'aereo mi hai detto che il tuo capo non ti aspetta prima di qualche giorno. Puoi prenderti qualche ora di riposo, Reese.»

«Be', se la metti in questo modo» disse con un piccolo sorriso, «non mi dispiacerebbe una pausa da tutti. Non che non voglia bene a mio fratello, e mi sta piacendo conoscere Isabella e gli altri, ma sono abituata a passare molto tempo per conto mio e ho bisogno di stare un po' da sola per ricaricarmi.»

Cogliendo il sottinteso, Spike disse: «Ti lascerò alle tue cose una volta che ti avrò accompagnata nel mio chalet.»

«Oh! Non mi riferivo a te. Tu puoi restare. Cioè... se vuoi. Merda! Non voglio cacciarti da casa tua. Immagino che tu sia stanco quanto me. Hai detto che non hai dormito molto in aereo, e ti ho usato come cuscino su entrambi i voli. Devo anche ammettere che non sono un granché come cuoca. C'è il rischio che dia fuoco allo chalet se mi lasci a disposizione la tua cucina.»

Spike sorrise. «Davvero? Allora è un bene che io sia un cuoco decente, no?»

«Già» replicò con un timido sorriso.

«Vuoi salutare tuo fratello prima di andare?»

«A Robert dispiacerà se non rimango?» gli chiese, aggrottando la fronte preoccupata.

Spike si sentì pervadere da un senso di calore. Gli piaceva che fosse premurosa. Nella sua vita aveva avuto a che fare con la sua buona dose di persone egoiste, che gli avevano sempre fatto venire il voltastomaco per quanto se ne fregavano dei sentimenti altrui. «Niente affatto. Avrai un sacco di occasioni per mangiare il suo cibo e dirgli quanto è delizioso.»

Senza dire altro, si voltò e tornò al tavolo, e lui la seguì. Reese salutò tutti con la mano. «Scusatemi se vi pianto in asso, ma sono a pezzi. Spike mi ha fatto un'offerta che non potevo rifiutare... una doccia calda, del cibo che non devo preparare e un letto.»

Alaska sollevò le sopracciglia e Henley ridacchiò.

Reese arrossì. «Ehm.... credo che mi sia uscita nel modo sbagliato.»

«Vai!» esclamò Alaska con un enorme sorriso. «Ci aggiorniamo più tardi.»

«Pensate di potermi indicare qualche buon negozio dove io e Isabella possiamo comprare dei vestiti e altro, dopo che avrò dormito?» chiese.

«Certo» rispose Henley sorridendo. «Mi piacerebbe mostrarvi i dintorni e portarvi in tutti i migliori posti della città.»

«E c'è un negozio di prodotti inglesi che vende i cioccolatini più deliziosi» aggiunse Alaska.

Reese sorrise. «Fantastico.»

«Grazie mille a entrambe» disse dolcemente Isabella.

«Torna al lodge quando sei pronta. Probabilmente sarò alla reception a sbrigare roba amministrativa» le disse Alaska.

«Lo farò, grazie.»

«È bello avervi qui» aggiunse Henley.

«Grazie. È bello essere qui. Ci vediamo più tardi. Woody, se il braccio inizia a farti male, fatti portare in una clinica in città. Se non vuoi andare in ospedale, dovresti almeno andare da un medico per farti controllare.»

«Sì, mamma» le disse il fratello, alzando gli occhi al cielo.

«E a proposito di mamma, dovresti telefonare ai nostri genitori per informarli della situazione. Non ho il telefono da cinque giorni, quindi non so se hanno chiamato. Non sanno che sei andato in Sud America e *decisamente* non sanno che ti ho seguito fin lì. Dovrai fare un bel discorso per spiegare come mai Isabella e suo fratello sono finiti qui negli Stati Uniti.»

«Grazie per non averglielo detto, si sarebbero preoccupati.»

«E io no, vero?» chiese, con un'espressione esasperata.

«Sei la migliore sorella che si possa desiderare.»

«Lo so.»

Si scambiarono un sorriso affettuoso.

«Sistemerò le cose con mamma e papà» le promise.

«E io mi assicurerò che vada dal medico» aggiunse Isabella.

«Bene. Perché può essere testardo.»

Isabella guardò Woody e gli sorrise con amore. «Lo so.»

«Dai, stai per crollare» dichiarò Spike, mettendole una mano sul braccio per stabilizzarla. Aveva la sensazione che lei non si fosse nemmeno resa conto di non reggersi quasi in piedi.

Salutò di nuovo le persone intorno al tavolo, poi si voltò e disse: «*Hasta luego*, Angelo.»

Il ragazzo si limitò ad alzare brevemente lo sguardo.

Mentre si avviavano verso la porta, Reese affermò: «So

che avete trovato della droga nella sua stanza ed è probabile che siano stati rapiti per *quello*, ma comunque mi dispiace per lui. Sono contenta che sia lontano da quella situazione e al sicuro, ma deve essere brutto non capire quello che dicono intorno a te. Lo so perché è così che mi sono sentita in Colombia.»

Eccola, la donna premurosa.

«Già» concordò Spike. Non era sicuro che il ragazzo meritasse la sua preoccupazione, ma non voleva parlare di lui in quel momento. Non era disposto a credere ciecamente alla versione di Angelo riguardo al suo coinvolgimento con il cartello e lo avrebbe tenuto d'occhio, ma probabilmente Reese aveva ragione sul fatto che non capiva l'inglese. Sarebbe stato difficile per chiunque stare negli Stati Uniti senza conoscere la lingua.

Mentre camminavano insieme verso casa sua, le indicò diverse cose del Rifugio. Gli chalet degli ospiti, il sentiero che portava alla Table Rock, dove si trovavano gli chalet dei suoi amici, la stalla. Una volta arrivati aprì in fretta la porta e quando lei entrò studiò la sua reazione. Il posto non era enorme, nessuno degli chalet dei proprietari lo era, ma lui ne aveva fatto la sua casa. Aveva dei quadri di paesaggi alle pareti, delle coperte sullo schienale del divano e sulla poltrona, un televisore a schermo piatto e, naturalmente, molti libri.

Gli era sempre piaciuto leggere, e sebbene fosse passato agli ebook per comodità e per mancanza di spazio, amava ancora la sensazione di tenere un libro in mano.

Trattenne il fiato mentre aspettava di vedere cosa ne pensasse Reese.

«È accogliente» gli disse con un sorriso.

Spike fece una smorfia. «Accogliente nel senso buono

del termine o che non c'è abbastanza spazio e lo dici per educazione?»

Lei ridacchiò. «Accogliente nel senso buono» lo rassicurò. «Anche se non sono sicura di voler vivere in una di quelle casette minuscole, non ho nemmeno bisogno o voglia di avere una casa di mille metri quadrati.»

«Non hai nemmeno guardato la cucina» osservò.

«Ti ho detto che non so cucinare. Voglio dire, è carina, ma sono più impressionata dalla tua libreria che dai tuoi elettrodomestici in acciaio inossidabile.»

Dio, come poteva quella donna migliorare di minuto in minuto? «Lascia che ti mostri dove puoi fare la doccia e dormire» disse, indicando il corridoio appena fuori dalla zona giorno.

Avrebbe potuto metterla nella stanza degli ospiti che aveva un piccolo bagno accanto, ma la portò senza esitazione direttamente nella *sua* modesta camera. Quando entrò, non poté fare a meno di guardare il letto. Non lo aveva rifatto prima di partire per Kansas City, quindi le coperte erano in disordine. Ora riusciva solo a immaginare Reese sdraiata lì, con i capelli biondi sul cuscino e un sorriso sul volto mentre gli faceva cenno di avvicinarsi.

Le sue dita smaniavano per tracciare ogni centimetro del suo corpo, per scoprire cosa la faceva gemere e dimenare e quali erano i punti in cui le piaceva di più essere toccata.

Per distogliere l'attenzione dal letto e interrompere quei pensieri inappropriati e lussuriosi, Spike si diresse verso la cabina armadio. Non aveva un cassettone, ma su un lato aveva costruito degli scaffali dove magliette e jeans erano disposti in modo ordinato, e alcuni cassetti che contenevano i calzini e la biancheria intima.

Senza rendersene conto, iniziò a riorganizzare mentalmente lo spazio per aggiungere gli indumenti di Reese.

Merda, lo stava facendo di nuovo: la immaginava in modo permanente nella sua casa, quando era ancora prematuro.

Prese una maglietta blu e un paio di pantaloni della tuta grigi e uscì dalla cabina. Reese era rimasta dove l'aveva lasciata e si stava guardando intorno con interesse. Si chiese a cosa stesse pensando, ma decise che era meglio non saperlo.

«Saranno grandi, ma Alaska e Henley si occuperanno di te più tardi. Mentre dormi ti laverò i vestiti che hai addosso.»

«Non ce n'è bisogno. Posso farlo io quando mi alzo.»

Spike scosse la testa. «Non è un problema, tesoro, butto la tua roba insieme alla mia.» Il vezzeggiativo gli uscì come nulla fosse e aspettò che glielo facesse notare. Ma lei si limitò a sorridere.

«Va bene. Grazie.»

«Figurati. Ora, cosa vuoi mangiare prima di buttarti a letto? Uova? Pancake? Hamburger?»

«A colazione?» chiese, con una piccola risata.

«Credo che i nostri orologi interni siano così scombussolati in questo momento che non importa cosa mangiamo. Dimmi di cos'hai voglia e la preparerò.»

«In questo caso... magari dei pancake e un'insalata? Ho voglia di carboidrati, ma cerco sempre di bilanciare quello che mangio con un po' di verdura o di frutta» disse lei un po' imbarazzata.

«Perfetto. Fai con calma, c'è molta acqua calda.»

Lei annuì e Spike si costrinse a consegnarle i vestiti e a lasciare la stanza, mentre *in realtà* avrebbe voluto prenderla tra le braccia e stringerla come aveva fatto sull'aereo.

«Un giorno, amico» mormorò tornando in cucina. Doveva continuare a ricordarsi di andarci piano, ma più tempo passava con lei, più ne *voleva* passare. Quello era un territorio sconosciuto per lui. Gli era piaciuto passare del tempo con le donne che aveva frequentato in precedenza, ma non aveva mai sentito quel *bisogno* disperato di stare con loro ogni secondo. Reese era totalmente diversa.

Fece un respiro profondo e andò verso il frigorifero. Sapeva di avere tutto il necessario per prepararle ciò che voleva, perché non era stato via molto e aveva fatto la spesa proprio prima di partire per Kansas City.

Quella era la prima volta che qualcuno avrebbe passato la notte nel suo chalet. Sentì l'acqua scorrere e ciò lo fece sorridere. Era bello non essere soli. Ancora meglio perché c'era Reese lì con lui.

CAPITOLO OTTO

REESE SI SDRAIÒ sul letto di Gus e fissò il soffitto. La doccia era stata meravigliosa, ma ciò che le piaceva di più era profumare come lui. Aveva usato il suo shampoo e il suo bagnoschiuma, che avevano una leggera fragranza di colonia maschile. Non le dispiaceva affatto. Poi le aveva messo davanti un piatto con una pila di pancake, e si sarebbe vergognata di come li aveva divorati in fretta, se lui non avesse fatto altrettanto. Persino l'insalata era sembrata avere un sapore migliore di quelle che in passato aveva preparato per sé.

Finito di mangiare aveva cercato di lavare i piatti, ma lui l'aveva sospinta nel corridoio fino alla sua camera da letto ordinandole di dormire. Era stato adorabile vedere la sua espressione imbarazzata quando si era reso conto di non aver cambiato le lenzuola e si era messo subito al lavoro, ma Reese lo aveva fermato dicendogli che era talmente stanca che non le importava.

In realtà, voleva essere circondata dal suo profumo.

Lui aveva acconsentito a malincuore ed era uscito dalla camera, lasciando però la porta socchiusa in modo da poterla sentire se avesse avuto bisogno di qualcosa. Era stato un pensiero molto dolce e se non fosse già cotta di quell'uomo, di certo lo sarebbe stata dopo quel gesto.

Si girò sul fianco e inspirò profondamente. Il cuscino profumava di lui, così chiuse gli occhi e si rilassò ancora di più. Di solito non dormiva bene lontana da casa. Nell'hotel di Bogotà si era girata e rigirata sobbalzando a ogni rumore. Ma con l'odore di Gus nelle narici, sentì istintivamente di essere al sicuro.

Se una settimana prima qualcuno le avesse detto che si sarebbe ritrovata a dormire nel letto dell'uomo per cui aveva un'enorme infatuazione, avrebbe alzato gli occhi al cielo dicendogli di essere realista. Ma eccola lì. Gus le aveva detto che voleva esplorare ciò che stava accadendo tra loro, ma non poté fare a meno di chiedersi se i suoi sentimenti verso di lei fossero legati alla situazione. Era la sorella di un suo compagno di squadra e si conoscevano da tempo. C'era la possibilità che lui fosse protettivo e preoccupato nei suoi confronti solo a causa di ciò che era successo, e che ora che erano tornati negli Stati Uniti e lei era al sicuro, si sarebbe reso conto di non essere attratto da lei in *quel senso*.

Decise che non era il momento giusto di pensare ai sentimenti che provava Gus per lei, dato che aveva la pancia piena ed era a due secondi dal crollare, e fece del suo meglio per silenziare la mente e mettersi a dormire.

Quando si svegliò guardò l'orologio sul comodino e si stupì che fosse così tardi. Non aveva avuto intenzione di dormire così a lungo. Era l'ora di cena e ormai non c'era più tempo per andare a far compere. Si alzò a sedere, preoccupata di ciò che Alaska e Henley avrebbero potuto pensare...

E gemette.

Nella confusione dell'ultimo giorno non aveva pensato a quanto sarebbe stata indolenzita a causa di tutte le corse, della fuga dalla finestra e dallo stare accovacciata nella foresta. Le faceva male ogni muscolo del corpo. Durante la permanenza in Colombia era stata fisicamente più attiva che mai. Avrebbe voluto sdraiarsi e non muoversi più, invece si alzò lentamente e si trascinò verso la porta. Era ancora mezza addormentata, ma aveva bisogno di vedere Gus e assicurarsi che fosse tutto ancora a posto.

Entrò nella zona giorno e inspirò. C'era un profumo delizioso. Non era buono come quello del suo cuscino, ma ci andava vicino.

«Sei sveglia» disse Gus, andando verso di lei.

Reese non poté fare altro che fissarlo. Indossava un paio di pantaloni della tuta grigi, come quelli che aveva dato a lei, e non riusciva a staccare lo sguardo dal suo inguine; i meme su internet sugli uomini che indossavano pantaloni della tuta grigi erano veri. Non ci aveva mai dato peso prima di quel momento.

Deglutì a fatica. Era grosso... dappertutto. Poteva vedere i muscoli delle cosce sotto il cotone, ma soprattutto poteva vedere il profilo del suo cazzo. Le si inturgidirono i capezzoli involontariamente e riuscì solo a pensare a quanto fosse perfetto e bellissimo quell'uomo.

Però pensò anche al fatto che la roba che le aveva prestato non le andava poi così grande. Erano quasi della stessa altezza e dello stesso peso e si vergognava di come riempiva bene i suoi vestiti.

«Guardami negli occhi, Reese» le ordinò.

Lei sussultò sorpresa e sollevò lo sguardo.

«Per quanto ami i tuoi occhi che osservano il mio corpo, non mi piace l'espressione che ti è appena passata sul viso. A cosa stavi pensando?»

«Ehm... che quei meme sui pantaloni della tuta grigi non erano sbagliati» sbottò, poi fece una smorfia, imbarazzata, mentre guardava ovunque tranne che verso di lui. Era sempre un po' frastornata appena sveglia.

«Mm-mm. È chiaro che ti piace quello che vedi, e io ne sono entusiasta, ma parlo di *dopo* quella parte. Cos'ha provocato quell'espressione di disagio? Non vuoi più stare qui? Ti prometto che sei al sicuro con me, ma se vuoi che trovi un'altra sistemazione per dormire, lo farò.»

«No! Non è questo. È solo che... magari pensavi che i tuoi vestiti mi sarebbero stati grandi, invece non è così» gli disse con sincerità, tirandosi giù l'orlo della maglietta. «La maggior parte degli uomini vuole che le donne siano snelle e minute, *ama* che "nuotino" nei loro vestiti.»

«Io non sono la maggior parte degli uomini, e anche se non ho mai fatto caso a come mi stanno i pantaloni della tuta, devo dire che mi piacciono *molto* di più su di te.»

Lo guardò scettica.

«Adoro le tue curve, Reese. Adoro poterle vedere anche mentre indossi i miei vestiti. È sexy da morire.»

Abbassò la testa per guardarsi e vide i capezzoli spingere contro il tessuto della maglia. La forma delle cosce si notava decisamente nei pantaloni, e poteva solo immaginare come il sedere stesse tendendo la stoffa.

«Ho provato a perdere peso qualche anno fa, e un po' sono dimagrita, ma mi sentivo uno schifo. Mi faceva perdere l'allegria dover contare ogni singola caloria che mi entrava in bocca. Dopo il lavoro sono stanca e il fatto di dover andare a correre o in palestra mi faceva sempre temere il momento di tornare a casa. Ho deciso che se da un lato volevo essere in salute, dall'altro volevo che la gioia tornasse nella mia vita. Di solito sto bene con me stessa e con la mia taglia, anche se a volte la pressione della società mi fa sentire a disagio. Ma in generale mangio ciò che voglio, con moderazione, mi alleno quando posso senza rimproverarmi quando non lo faccio, e cerco di amarmi per come sono.»

«Essere in salute va bene, ma accettarsi è meglio» disse Gus. Aveva fatto un passo verso di lei e ora erano molto vicini. «Dal mio punto di vista non cambierei una sola cosa di te. Per essere chiari, la tua taglia non è qualcosa che mi fa perdere interesse. Devo confessare che sono venuto a controllarti un paio di volte mentre dormivi, e vederti nel mio letto...» Buttò fuori un respiro. «Diciamo che mi è piaciuto... molto. Come ho già detto, il fatto che tu riempia i miei vestiti è sexy da morire.»

Le mise una mano sul collo e la attirò ancora più vicino. I suoi seni gli sfiorarono il petto e gli posò le mani sui fianchi mentre lo studiava.

«Dopo che ho parlato con tuo fratello mi hai chiesto se andava tutto bene.»

Reese si leccò le labbra nervosamente e annuì.

«In pratica mi ha detto quanto sei straordinaria. E che approva che io ti faccia la corte.»

«Ha detto così? Farmi la *corte*?» chiese incredula.

«Be', non esattamente con queste parole.»

«Grazie a Dio. Perché se avesse detto la parola "corte", trascinerei io stessa il suo culo dal medico perché significherebbe che c'è qualcosa che non va» scherzò.

Gus sorrise. «Ma ti dirò una cosa: se mi avesse detto che eri off-limits, l'avrei mandato a quel paese.»

Il cuore di Reese cominciò a battere più velocemente. «Davvero?»

«Sì. Quello che voglio sapere è cosa ne pensi *tu* del fatto di essere corteggiata da me. Mi piacerebbe frequentarti. Conoscerti meglio. Sono attratto da te, ma se ti sembra strano, se non vuoi nient'altro che un'amicizia, lo accetterò.»

Era tutto reale? Stava accadendo davvero? «No!» sbottò. «Voglio dire... non è strano. Anche a me piacerebbe conoscerti meglio.»

Il suo sorriso si fece più ampio. «Bene. Per quanto mi riguarda, puoi indossare i miei pantaloni e la mia maglietta quando vuoi. Ma non in pubblico. Solo qui.»

Lei si accigliò. «Perché?»

«Perché se gli altri ragazzi ti vedessero così, con questo aspetto sexy, assonnato e scompigliato, dovrei ucciderli.»

Reese si sentì attraversare da un brivido. Un bellissimo brivido.

Gli occhi di Gus si incupirono e le accarezzò la mascella con il pollice. «Posso baciarti?»

Lei si leccò di nuovo le labbra. «Sì» sussurrò, trattenendo il respiro quando lui abbassò la testa.

Le sfiorò la bocca con la sua una volta, poi un'altra, prima di fare un respiro profondo e stringerla a sé.

Il bacio fu breve, casto, e lei desiderava di più. Ma non voleva sfidare la sorte. Non riusciva a credere di essere lì tra le braccia di Gus, con i suoi vestiti, e che le avesse detto di volerla frequentare. Decise che si sarebbe presa quello che le avrebbe dato, finché poteva.

«Hai fame?» le chiese, mentre si tirava indietro senza però lasciarla andare.

Non poté fare a meno di sorridere. «Molta» gli rispose, guardandogli il petto.

Lui rise e Reese ne sentì il rimbombo visto che erano appiccicati.

«Di cibo» chiarì lui. «Ho fatto la pasta al forno con cavolfiori e formaggio. In realtà non c'è la pasta, ma cimette di cavolfiore. Ti assicuro che nonostante non abbia il sapore della pasta è comunque deliziosa.»

«Mi sembra fantastica» gli disse con sincerità.

Lui tirò un sospiro di sollievo. «Meno male, temevo che mi avresti detto che odiavi il cavolfiore.»

«No. Cioè, non lo mangerei a ogni pasto, adoro il pane e i carboidrati, ma come ho detto prima, mi va bene mangiare sano, solo che non conto ogni caloria che ingoio.»

«Be', ti dico subito che non sono sicuro di quanto sia salutare. Ho usato una tonnellata di formaggio» ammise lui con un sorriso.

«Il formaggio rende tutto più buono» replicò.

Lui la fissò per un lungo momento.

«Che c'è?» gli chiese.

«Ora sei più sveglia» osservò.

Lei scrollò le spalle. «Sono sempre un po' stordita quando mi sveglio. Ho il sonno pesante.»

«È adorabile. Hai bisogno di caffè al mattino?»

«Bisogno? No. Ma lo voglio.»

«Nero?»

Reese arricciò il naso. «Ehm, no. Panna o latte, zucchero e qualche tipo di aroma.»

«Quindi non vuoi un caffè, ma una tazza di zucchero aromatizzato mascherato da caffè» la prese in giro.

Lei non si offese. «Più o meno.»

«Sarà divertente fare la spesa con te. Imparare cosa ti piace e cosa no, e quali sono i tuoi cibi preferiti.»

«Sei strano.» Doveva far scoppiare quella bolla intima in cui si trovavano. Pensare di fare la spesa con lui, riempire un carrello, ridere e scherzare sugli spuntini e decidere cosa preparare per cena, era troppo in quel momento. In passato era qualcosa che aveva desiderato, non necessariamente con lui, ma con un uomo in generale. Voleva amare ed essere amata. E finora non ci era andata minimamente vicino.

Come se avesse percepito il suo disagio e il bisogno di un po' di distanza, Gus indietreggiò e la prese per mano. «Vieni. È quasi pronto.»

«Posso aiutarti in qualche modo?» gli chiese, mentre si dirigevano verso la cucina. Il collo le formicolava nel punto in cui lui l'aveva toccata.

«Potresti prendere da bere.»

Le chiese dell'acqua ghiacciata e lei si diede da fare per trovare i bicchieri mentre lui serviva i piatti con il cavolfiore e formaggio più soffice e appetitoso che Reese avesse mai visto. Già che c'era prese anche dei tovaglioli di carta e delle forchette, e in breve tempo furono entrambi seduti al suo piccolo tavolo rotondo.

«Oh mio Dio, questa è la cosa più buona che abbia mai mangiato» disse dopo il primo boccone.

«Mi fa piacere che ti piaccia.»

«Mi piace? Sposerò questo cibo e mi rotolerò nel letto con lui!» esclamò, poi chiuse subito gli occhi e appoggiò la fronte sulla mano, imbarazzata. «Scusa, dimentica quello che ho detto.»

Gus ridacchiò. «Dimenticare? Mai. Non riesco a togliermi dalla mente quell'immagine.»

Certo. E ora voleva morire.

Ma lui, essendo l'uomo che era, non le permise di sprofondare nell'imbarazzo. «Io, invece, la cosa più buona del mondo l'ho mangiata in Texas. Ero andato a trovare alcuni amici, anche loro Delta, e mi hanno portato alla Texas State Fair, la fiera statale che si tiene ogni anno, e non avevo idea dell'esperienza che stavo per fare. Quando hanno saputo che non ci ero mai stato e che non avevo mai mangiato cibo fritto, e intendo cibo fritto da *fiera*, hanno insistito perché provassi praticamente tutto: cheeseburger alla banana con burro di arachidi, pancetta, torta di noci, cheesecake e, naturalmente, gli Oreo. Ma la cosa migliore che ho mangiato, e che sogno ancora oggi, è il panino con burro di arachidi e marmellata fritto. Potrei giurare di essere morto e andato in paradiso. Ne ho mangiati due e ne ho pagate le conseguenze. Mi ha fatto male lo stomaco per i tre giorni successivi, ma ne è valsa la pena.»

Reese ridacchiò e lui ricambiò con un sorriso.

«Se avessi potuto, avrei rapito il tizio che me l'ha fatto, l'avrei portato a casa mia e l'avrei costretto a prepararmene uno al giorno. Quindi capisco.» Indicò con la testa il piatto che lei aveva davanti. «Non preoccuparti, ne avanzerà anche per domani.»

«Oh, ci sei andato pesante» scherzò Reese.

«Assolutamente.»

Si scambiarono battute per il resto del pasto e, una volta finito, lui la lasciò aiutarlo a pulire. Poi usò il telefono di Gus per fare una breve telefonata ad Alaska e sentire se avrebbero potuto fare shopping il giorno successivo, e lei rispose che si sarebbe messa d'accordo con Henley, dato che aveva impegni meno flessibili, e che avrebbero organizzato il tutto.

Il resto della serata passò senza problemi. Si sentiva a suo agio con Gus. Non aveva la sensazione di dover stare attenta a ogni parola che usciva dalla sua bocca, come era successo con altri uomini con cui era uscita. Quando andò a dormire, provò un po' di disagio per il fatto di farlo nella *sua* stanza, ma ancora una volta lui le impedì di sentirsi così. Si limitò a fare le sue cose in bagno, poi lo lasciò a lei.

Quando si sdraiò di nuovo sul letto si sentì pervadere da un senso di contentezza. Non sapeva cosa le avrebbero riservato le settimane successive. Doveva parlare con il suo capo e capire se le avrebbe concesso di prendere un congedo prolungato. Le piaceva il suo lavoro, e sapeva che nell'area di Kansas City c'erano diverse aziende che si sarebbero fatte in quattro per assumerla. Quindi, se avesse dovuto licenziarsi e trovare un nuovo posto, non sarebbe stata la fine del mondo. Le sarebbero mancati i suoi colleghi, ma non era che fossero esattamente amici. Si vedevano al lavoro e basta.

A dire il vero avrebbe gradito una pausa; stava iniziando ad annoiarsi e aveva bisogno di una nuova sfida. Forse quella era l'occasione giusta per fare un cambiamento.

Al Rifugio erano stati tutti così amichevoli e accoglienti, e si era innamorata del posto a prima vista. Certo, si era informata parecchio su internet, ma vederlo di persona era completamente diverso. Inoltre, sapere che suo fratello era al sicuro e che finalmente stava con la donna che amava da sempre, dava una bella sensazione anche a lei.

Si girò e inspirò a fondo il profumo di Gus. Sì, era quasi preoccupante che le cose si fossero sistemate così bene. Era andata in Colombia senza sapere cosa sarebbe successo, e ora era lì. Nel suo letto. Certo, lui non c'era, ma non poteva fare a meno di sperare che un giorno avrebbe potuto infilarsi sotto le coperte con lei.

Non curandosi del fatto che qualcuno avrebbe potuto dirle che era ingenua rispetto a ciò che Gus poteva volere da lei, Reese si addormentò con il sorriso sulle labbra e provando una trepidazione verso il futuro che non provava da molto tempo.

CAPITOLO NOVE

SPIKE OSSERVÒ REESE all'altro lato della stanza. Sembrava... felice. Il che a dire il vero lo sorprendeva un po'. Aveva tante cose in ballo in quel momento, molto di cui essere preoccupata e stressata, ma era straordinariamente imperturbabile.

Già il secondo giorno nel New Mexico, Woody aveva fatto in modo che la sua macchina e il SUV di Reese venissero spediti al Rifugio da Kansas City. Erano arrivati in due giorni e lei era stata entusiasta di poter guidare di nuovo da sola... non che andasse molto in giro. Era andata a fare shopping con Alaska e Henley e aveva comprato un nuovo cellulare. Un paio di giorni più tardi era tornata in città a fare la spesa per rifornirgli il frigorifero e la dispensa, con suo grande disappunto dato che non gli piaceva che lei spendesse i suoi soldi per il cibo che avrebbero mangiato entrambi.

Soprattutto ora che non aveva un lavoro.

Una sera, quando era rientrato dopo aver aiutato Tonka ad ampliare il recinto, aveva scoperto che Reese aveva parlato con il suo capo, e dato che non era sicura di quanto tempo sarebbe stata assente, lui a malincuore aveva dovuto lasciarla andare.

Non era sembrata turbata. Si era limitata a scrollare le spalle e a dirgli che se lo aspettava, visto che non poteva pretendere che il suo capo le tenesse il posto senza sapere quando sarebbe tornata. Gli aveva assicurato di avere dei soldi da parte, che per un po' sarebbe stata bene senza un lavoro e che non vedeva l'ora di rilassarsi.

Però non l'aveva vista rilassarsi molto nell'ultima settimana. Era stata al lodge tutti i giorni ad aiutare Robert e Luna in cucina... non a cucinare, ma a servire il cibo agli ospiti e ad assicurarsi che tutti avessero ciò di cui avevano bisogno.

Aveva anche aiutato Carly, Jess e Ryan con il bucato quando non aveva avuto altro da fare. Spike avrebbe voluto opporsi, dirle che non era lì per lavorare, ma visto che sembrava felice di tenersi occupata, non voleva turbarla inutilmente.

Aveva passato anche del tempo con Isabella, per conoscerla meglio. Era ovvio che la relazione tra lei e Woody stava procedendo rapidamente e una sera Reese gli aveva detto che le piaceva l'idea di avere una cognata.

Jasna aveva cominciato la scuola poco prima che lui andasse a Kansas City, così Reese aveva iniziato a trascorrere parte dei suoi pomeriggi ad aiutare Tonka nella stalla fino all'arrivo della ragazza. Praticamente aveva fatto il possibile per conoscere tutti e non aveva problemi a dare una mano quando poteva.

C'erano stati dei giorni in cui Spike non l'aveva vista fino all'ora di cena, quando riappariva nello chalet. Mentre mangiavano parlava a mille all'ora, raccontandogli della sua giornata e di ciò che aveva visto e fatto.

Era vivace e amichevole, e più tempo trascorreva con lei, più si rendeva conto che non voleva che se ne andasse.

Quella mattina, dopo averle preparato un caffè che non era un vero caffè, mentre facevano colazione Spike volle parlare di una cosa a cui aveva pensato negli ultimi due giorni.

«Se oggi non hai già un centinaio di cose in programma, pensavo di portarti a vedere uno dei miei posti preferiti al Rifugio.»

Reese lo guardò con gli occhi scintillanti. «Sì!»

Le sorrise. «Non vuoi sapere dov'è o come ci arriveremo?»

«No. Se è il tuo posto preferito, so che sarà magnifico.»

«E se ti dicessi che implica usare l'attrezzatura per l'arrampicata, saresti ancora così eccitata?» scherzò.

«Sì, anche se non ho mai fatto niente del genere e quindi dovresti insegnarmi come si fa. Aspetta... sono troppo pesante per l'attrezzatura o altro?»

Non sembrava ansiosa, solo curiosa, ma a Spike non piacque quella domanda. «Primo, ti insegnerò tutto quello che vuoi imparare. Secondo, non sei troppo pesante per *nessuna* cosa.» Quando finì di parlare era accigliato.

Reese si avvicinò e gli mise una mano sul braccio per tranquillizzarlo. «Non mi stavo denigrando. Davvero. Ci sono molte cose che non posso fare a causa della mia corporatura. O cose che non sarebbe intelligente fare. Essere legata e appesa a una corda, a un sistema di carrucole o a qualsiasi cosa si usi nell'arrampicata su roccia, mi dà l'impressione che abbia dei limiti di peso. Volevo solo essere sicura, perché non c'è niente di peggio che essere entusiasti di fare qualcosa per poi scoprire che non è possibile.»

«Non c'è niente di sbagliato nella tua corporatura»

ringhiò Spike. «Inoltre, pensi davvero che ti proporrei qualcosa se pensassi che non saresti in grado di farla? Assolutamente no.» Rispose alla sua stessa domanda senza darle il tempo di commentare.

«Non ti importa proprio che io sia grossa... vero?» chiese, inclinando la testa.

«Non sei grossa. Sei perfetta. E no. Sei una delle persone più gentili che abbia mai conosciuto. Da quando sei qui ti sei offerta di aiutare praticamente tutti. Credo che se ci fosse una votazione, io verrei cacciato e tu verresti scelta per prendere il mio posto come comproprietaria del Rifugio. Ti ho anche vista cercare di parlare ad Angelo con quell'app di traduzione sul tuo telefono. Da quando è arrivato qui non è stato esattamente *mister simpatia*, ma ciò non sembra affatto preoccuparti. Continui a sorridere e a fare il possibile per farlo sentire a suo agio e il benvenuto.»

«Si trova in un paese straniero, non parla la nostra lingua ed è un adolescente» replicò Reese, come se ciò spiegasse la freddezza di Angelo. «Da quello che hai detto, si è ritrovato a dover prendere una decisione difficile: vendere la droga per tenere al sicuro sua sorella, o rifiutarsi rischiando che la uccidessero. Era in una situazione di merda e mi dispiace per lui. Inoltre, a quanto pare, Woody e Isabella si stanno innamorando sempre di più, e se si sposeranno in pratica sarà mio parente. Voglio che sappia che ci tengo e che sono qui se ha bisogno di qualcosa.»

Ecco. Quello. Il suo cuore tenero era qualcosa che Spike ammirava e di cui si preoccupava allo stesso tempo, perché avrebbe potuto portarla a soffrire in futuro.

«Non è esattamente un bambino» si sentì in dovere di dire. «È abbastanza grande da comportarsi da adulto e sforzarsi un po'. Non dico che dovrebbe scavare delle buche per la nuova recinzione vicino alla stalla, ma ci sarebbero diverse opportunità se si impegnasse un po'. Il New Mexico ha una grande popolazione che parla lo spagnolo, potrebbe facilmente trovare un lavoro a Los Alamos se lo volesse.»

«È passata solo una settimana» disse Reese con dolcezza. «È stato strappato via da tutto ciò che conosceva, senza nessuno dei suoi averi. Dobbiamo dargli un po' di tempo.»

Si ritrovò ad ammirarla ancora di più. Era estremamente generosa. Gentile. Comprensiva. Ma per quanto riguardava Angelo... non era sicuro che il suo comportamento fosse giustificabile. Sì, era trascorsa solo una settimana dal loro arrivo dalla Colombia, ma Isabella stava andando alla grande. Amava ogni minuto del tempo che stava passando al Rifugio. Suo fratello, non tanto. Non pensava che fosse solo perché lei parlava inglese, anche se ammetteva potesse essere un vantaggio.

«Non abbiamo idea di cosa stiano affrontando le persone che abbiamo davanti» disse Reese con una piccola scrollata di spalle. «All'esterno potrebbe sembrare che stiano bene e abbiano tutto sotto controllo, ma potrebbero cadere a pezzi tra le mura di casa. La loro vita familiare potrebbe essere un disastro, mentre in pubblico fingono di essere felici. Per me non è un sacrificio trattare la gente con gentilezza. Inoltre, mi fa sentire bene aiutare gli altri e lavorare sodo.»

«Ed è per questo che sono così attratto da te» ammise Spike.

Lei gli sorrise timidamente.

In quel momento avrebbe voluto allontanare i piatti, farla alzare, spingerla sul tavolo e scoparla, ma non voleva spaventarla. Non gli pesava rinunciare al letto, e immaginarla lì, sulle sue lenzuola, sotto le sue coperte e sul suo cuscino... suscitava in lui qualcosa di primordiale. Quando gli aveva detto che si sentiva in colpa per aver preso la sua stanza mentre lui usava quella degli ospiti, Spike si era rifiutato anche solo di pensare di far cambio. Voleva che stesse esattamente dov'era.

Il pensiero che fosse sotto la sua doccia, che adoperasse i suoi asciugamani sul corpo bagnato, che camminasse per la sua camera, che usasse le sue cose, lo teneva in un costante stato di eccitazione. Non avrebbe agito di conseguenza a meno che non fosse stato sicuro che lei provasse lo stesso sentimento, ma gli piaceva sapere che era nel suo spazio.

Aveva la sensazione che piacesse anche a lei. Non aveva detto nulla, ma continuava a usare il suo bagnoschiuma, anche se aveva avuto la possibilità di comprarne uno di suo gusto. Gli piaceva un sacco che profumasse come lui. Spike provò una punta d'orgoglio anche in quel momento, mentre le era seduto accanto con la sua stessa fragranza. In realtà era ridicolo, ma sperava che quello fosse un segno sul fatto che, prima o poi, sarebbe stata aperta all'opportunità di intraprendere un rapporto che andava oltre l'amicizia.

«Allora... cosa facciamo oggi?» gli chiese, dopo essersi infilata una ciocca di capelli dietro all'orecchio. «Cosa devo indossare? Ci vorrà tutto il giorno? Ho detto a Jasna che mi avrebbe trovata qui quando fosse tornata da scuola, così potrà raccontarmi tutto della sua giornata. La seconda media non è facile, sai. Almeno la sua amica Sharyn, la ragazza che ha conosciuto al campus a cui hanno partecipato l'estate scorsa, è in classe con lei.»

Spike sorrise. Non era sorpreso che volesse salutare Jasna quando fosse rientrata da scuola. Avevano legato e la ascoltava parlare in continuazione degli animali con cui aveva trascorso l'estate, senza mostrare il minimo di impazienza. «Pantaloni da trekking, maglietta, scarponcini» le disse. «Il posto è a circa cinque chilometri da qui, ma non è un percorso difficile.»

Reese alzò gli occhi al cielo. «Dice l'uomo in forma e con l'aspetto di chi potrebbe percorrere il sentiero degli Appalachi senza mai fermarsi.»

Le sorrise, ma si fece subito serio. «Non te lo proporrei se non pensassi che sei in grado di farlo, Reese. Fidati di me.»

Lei incontrò il suo sguardo. «Mi fido.»

Cazzo. Quella donna lo faceva impazzire. Chiuse le mani a pugno e si aggrappò al suo autocontrollo con tutto se stesso. La desiderava. Ogni centimetro di lei. La sera prima si era masturbato dopo che erano andati a letto. Ogni notte le risatine di Reese gli riecheggiavano nella testa e il suo sorriso era l'unica cosa che riusciva a vedere quando chiudeva gli occhi. Si era preso in mano il cazzo e aveva iniziato ad accarezzarsi. Era esploso in così poco tempo da risultare imbarazzante, ma non era stato così soddisfacente come aveva sperato.

«Io pulisco, tu vai a prepararti» le disse dopo una lunga pausa.

«Stai bene?» gli chiese con dolcezza. «Mi sembri... strano.»

Eccola, premurosa e gentile. «Sto bene. Come potrei non esserlo quando passerò la giornata con te.»

A quel complimento le sue guance si colorarono di un rosa adorabile.

«Mi sembra quasi di doverti rubare agli altri per trascorrere del tempo da solo con te» la stuzzicò.

Reese ruotò gli occhi. «Sì, certo. Hai avuto cose più

importanti che farmi da babysitter.» Si alzò in piedi, ma la mano di Spike le afferrò l'avambraccio, fermandola.

«Non è vero. Se avrai bisogno di un passaggio da qualche parte, ti porterò volentieri. Se avrai fame, ti preparerò qualcosa. Se ti sentirai nervosa per quello che è successo in Colombia, sarò felice di parlarne con te. Sei più di un'ospite, Reese. Sei più della sorella del mio amico. Abbiamo girato intorno all'attrazione che proviamo l'uno per l'altra, ma non credo che tu ti renda conto che praticamente hai il controllo su di me. Basta che tu lo dica e mi farò in quattro per te.»

«Gus» sussurrò.

Spike voleva baciarla più di qualsiasi altra cosa nella vita, ma si trattenne. Non le avrebbe fatto pressione, anche se era più difficile che mai non attirarla contro di sé e dimostrarle con qualcosa di più delle parole quanto lei stesse cominciando a significare per lui. Quanto avesse bisogno della sua bontà e della sua indole solare nella vita.

«Vai a cambiarti, così posso mostrarti uno dei tanti motivi per cui mi sono innamorato di questo posto» le disse con dolcezza.

Reese annuì e lui tolse la mano dal suo braccio. Rimase a guardarlo a lungo prima di voltarsi e dirigersi verso la camera da letto.

Spike si alzò e fece per seguirla, ma si fermò rendendosi conto di ciò che stava facendo. La visione che aveva in testa, di spingerla nella sua stanza e sopra il suo letto per poi buttarsi su di lei, aveva quasi avuto il sopravvento sul suo buonsenso.

Fece un respiro profondo e si costrinse a raccogliere i piatti vuoti della colazione e a portarli in cucina. Era già vestito e pronto per uscire, ma volle preparare un sacchetto con degli snack e dell'acqua per la loro escursione.

Dopo qualche minuto aveva ripreso il controllo di sé. All'inizio non aveva pensato a quanto sarebbe stato difficile vivere con Reese mantenendo le cose per lo più platoniche. Accidenti, era passata solo una settimana ed era attratto da lei come non gli era mai successo con nessuna delle ragazze che aveva frequentato in passato.

Ogni parola che Woody aveva detto su sua sorella era vera. Era proprio tutto ciò che aveva sempre desiderato in una donna e non voleva fare nulla che potesse spaventarla o renderla diffidente nei suoi confronti. Spike aveva giurato di essere un perfetto gentiluomo, così lei non avrebbe avuto motivo di rimpiangere la decisione di rimanere nel suo chalet.

«Va bene così?» gli chiese, facendolo sobbalzare. Non riusciva a ricordare l'ultima volta che qualcuno era riuscito ad avvicinarsi a lui di soppiatto... e Reese non lo aveva nemmeno fatto di soppiatto. Era talmente perso nei suoi pensieri che non l'aveva sentita. Si voltò e fece scorrere gli occhi lungo il suo corpo.

Indossava un paio di pantaloni da trekking color kaki che aveva comprato qualche giorno prima quando era andata a fare shopping con Henley, Alaska, Jasna e Isabella. Gli scarponcini non erano nuovi. Provenivano dalle scatole che erano state spedite da Kansas City insieme alla sua Ford Escape. Portava una maglietta verde chiaro che faceva risaltare l'azzurro dei suoi occhi, con l'immagine di un bradipo appeso a un ramo e la scritta: "La vita è bella, prendila con calma".

Le sorrise. «Sei perfetta» rispose, lasciando che il desiderio che gli scorreva nelle vene trasparisse nelle sue parole, perché davvero non riusciva a trattenerlo.

Non fu sorpreso quando Reese alzò gli occhi al cielo. «Non proprio, ma grazie. Non credo che avrò freddo, ma ho una giacca che pensavo di legare intorno alla vita, per ogni evenienza.»

Spike non si aspettava che piovesse, ma approvò il fatto che lei ci avesse pensato. «La infilerò nello zaino, così non dovrai preoccupartene» le disse avvicinandosi, incapace di starle lontano.

«Quello sul pavimento? È enorme!» esclamò ridendo. «Cos'altro hai lì dentro?»

«Te lo direi, ma poi dovrei ucciderti» rispose impassibile.

Reese ridacchiò e Spike le cinse la vita con un braccio e la attirò a sé. Alla faccia dell'essere un gentiluomo. Era durato ben tre minuti.

Lei emise un adorabile *uff* quando i loro corpi si scontrarono, ma il suo sorriso non si spense.

«Voglio baciarti» le disse con una voce che non assomigliava affatto al suo solito tono pacato.

Passarono alcuni secondi e poi lei gli chiese: «Allora? Cosa stai aspettando?»

«Il tuo permesso.»

«Puoi baciarmi ogni volta che vuoi» replicò senza fiato. «Ok, magari non davanti a Woody, almeno per un po'. Voglio dire, gli ho parlato e a lui sta bene, ma è pur sempre mio fratello e mi sembrerebbe strano. Oh, e magari non davanti a Jasna. È un tipo sveglio, ma baciarti davanti a una bambina sarebbe ancora più strano. A pensarci bene ciò potrebbe...»

Spike non volle aspettare che finisse di parlare. Gli aveva dato carta bianca e non si sarebbe trattenuto un secondo di più. Le mise una mano sulla nuca, l'altra sulla schiena e abbassò la testa.

Sentì le dita di Reese tra i capelli e poi non riuscì a pensare ad altro che alla sensazione delle sue labbra. A quanto era morbida contro di lui. Premette più forte la mano sulla schiena, facendola scivolare intorno a lei per sentire ogni centimetro del suo corpo.

Le loro lingue si intrecciarono e percepì il sapore di menta del dentifricio che aveva usato dopo essersi cambiata. Fremeva dalla testa ai piedi. L'erezione premeva sulla sua pancia e dovette sforzarsi per non strusciarsi contro di lei.

L'aveva già baciata, ma si era trattato di un casto tocco di labbra e niente di più. Questo era... travolgente. Eccitante. In quel bacio poteva assaporare la promessa di un futuro. E quando lei fece un gemito e gli piantò le unghie nel cuoio capelluto, Spike la strinse più forte a sé mentre faceva l'amore con la sua bocca.

Non aveva idea di quanto rimasero lì a baciarsi, ma a un certo punto lei staccò le labbra dalle sue senza però allontanarsi, e seppellì il viso nel suo collo tenendosi aggrappata con forza come stava facendo lui.

Con sua grande sorpresa, Spike si scoprì ad ansimare. Il suo cazzo pulsava ed era a due secondi dal venire nei pantaloni. Non gli era mai successo. Gli piaceva baciare, ma era sempre stato un mezzo per raggiungere un fine. Un precursore del momento migliore.

Con Reese, il bacio *era* il momento migliore.

I suoi respiri gli accarezzavano la pelle, provocandogli brividi sulle braccia. Fece scivolare la mano dal suo collo alla schiena e spostò quella intorno alla vita sul sedere, e non riuscì a trattenersi dal massaggiarle per un momento la carne generosa, prima di afferrarla saldamente e tenerla contro il suo cazzo pulsante.

«Porca miseria» mormorò lei contro il suo collo.

Spike sorrise, sollevato di non essere l'unico a provare quella sensazione. Si leccò le labbra sentendo il suo sapore e replicò: «Già.»

La percepì sollevare la testa così la guardò, e poi non riuscì a impedirsi di spostare lo sguardo sul suo seno. Notò i capezzoli attraverso il reggiseno e la maglietta e si sentì pervadere da un senso di sollievo misto a orgoglio. Era evidente che fosse eccitata quanto lui e ciò lo fece rilassare un po'. Sapeva di piacerle, ma vedere la prova che lei era altrettanto presa dalla loro attrazione lo rese in qualche modo meno disperato.

Si ripromise di godersi la trepidazione e l'eccitazione del loro nuovo rapporto.

Lasciandole a malincuore il sedere, portò la mano sul suo viso e sfiorò con le dita la guancia rosea. Aveva le labbra un po' gonfie e gli piaceva la sensazione delle sue unghie sulla testa e sul braccio, dove si era aggrappata mentre si baciavano.

«Non ti bacerò davanti a Woody. Non è contrario alla nostra relazione, ma tu *sei* la sua sorellina.»

«Quindi abbiamo una relazione?» gli chiese timidamente.

«Sì» rispose con decisione.

«E...»

«Cosa? Puoi chiedermi qualsiasi cosa. Dirmi qualsiasi cosa.»

«Lo so. È solo che è così presto. Ma non mi sono mai sentita così per un uomo prima d'ora. Sai già che avevo una cotta per te, ma ora... siamo... puoi... voglio un rapporto esclusivo» concluse rapidamente.

Spike le prese il viso tra le mani e la fissò. «Come puoi vedere, qui non c'è esattamente un gran numero di donne con cui uscire.»

«Ma ci sono molte ospiti» lo interruppe, prima che potesse continuare. «E ho visto come alcune di loro guardano te e gli altri ragazzi. Immagino che in molte sarebbero felici di avere un'avventura in vacanza.»

«Io e i miei amici non abbiamo mai mischiato, e *mai* lo faremo, gli affari con il piacere» disse serio. «È il modo per rovinare qualcosa di bello. Non ho intenzione di andare a letto con nessuna delle ospiti... e sì, accidenti, il nostro è un rapporto esclusivo. Non voglio nessun'altra oltre a te, Reese. Non riesco a pensare a nient'altro che a te.»

Lei gli sorrise timidamente e gli afferrò i polsi. «Faccio fatica a capacitarmi di questa cosa» ammise. «Voglio dire, so di essere una brava persona, di meritare di essere amata come ho sempre desiderato e di avere un uomo tutto mio. Ma è stato... improvviso. Non hai idea di quante volte ho sognato di essere proprio qui. Di sentirti dire le cose che mi stai dicendo in questo momento. Ma sono anche realista. So che aspetto ho, e non è che ci siamo visti da quando sei uscito dall'esercito.»

«Il tuo aspetto mi fa pensare al paradiso. A una casa accogliente. A una persona che si gode la vita fino in fondo. Che ride molto e che si appassiona anche delle cose più piccole. E nonostante non possa dire di aver avuto una cotta, ti ho pensata *molto*. Ho sempre chiesto a Woody di te quando eravamo nel team. Mi hai intrigato dal momento in cui ci siamo incontrati, ma dato che pensavo non ci fosse alcuna possibilità che tu volessi un vecchio recluso tatuato come me...» Scrollò le spalle.

Gli sorrise. «Non sei vecchio. E non sei un recluso. Hai davvero chiesto a Woody di me?»

«Sì.»

Il suo sorriso si fece più ampio. «Allora facciamo questa cosa.»

«Se con *questa cosa* intendi frequentarci, baciarci, continuare a conoscerci, mangiare insieme, guardare film e, speriamo, un giorno, molto presto, fare l'amore... sì, la facciamo» disse Spike.

Lei deglutì a fatica. «Ok.»

«Ok?»

Annuì.

Le inclinò il viso verso il suo e la baciò di nuovo. Fu meno appassionato e più... tenero. Le loro lingue vorticarono pigramente insieme, mentre imparavano a conoscere il sapore e le sensazioni dell'altro. Fu lui a interromperlo. Era al limite, e se aveva intenzione di mostrarle il suo posto preferito, doveva muoversi e smettere di toccarla e baciarla.

«Sei pronta?»

«Posso fare un caffè da portare via?» gli chiese.

Spike aveva la sensazione che non si fosse resa conto che gli stava accarezzando l'interno del polso con il pollice. Era così sensuale. Quando alla fine avrebbero fatto l'amore, non aveva alcun dubbio che lei lo avrebbe fatto impazzire.

«Te ne ho già preparato uno.»

«Davvero?» chiese sorpresa.

Quella era un'altra cosa che aveva notato. Era sempre scioccata quando faceva qualcosa di carino. Come se nessuno si fosse mai preso cura di lei. Be', quella parte della sua vita apparteneva al passato. Si sarebbe fatto in quattro per assicurarsi di viziarla.

«Sì. Ho anche dell'acqua per dopo... sai, per eliminare dal tuo corpo lo zucchero del tuo cosiddetto caffè.»

Lei rise e gli diede una pacca sul braccio. «Ma dai.»

Gli piaceva quando facevano così. Sì, gli piaceva baciarla e toccarla, ma anche scambiare battute scherzose.

«Andiamo» disse, prendendole la mano e trascinandola verso la cucina. Erano solo pochi passi e non sarebbe servito tenerla per mano, ma adorava toccarla. Adorava averla vicino. Le porse la tazza di caffè da viaggio e la guardò mentre ne beveva un sorso.

«È perfetto» affermò sorridendo.

Fu travolto da un'altra ondata di desiderio e scacciò quell'inaspettato senso di vulnerabilità dicendo: «Certo che lo è.»

Quella donna era la sua kryptonite. Ora capiva perché alcune persone facevano cose stupide in nome dell'amore.

Sobbalzò sorpreso da quel pensiero improvviso, e lo mascherò lasciandole andare la mano per prendere lo zaino. Piegò la sua giacca e la infilò dentro, mentre considerava l'idea.

Amore? *Amava* Reese? Non ne era sicuro. Era passato poco tempo da quando si erano riavvicinati. La rispettava? Sì. La ammirava? Decisamente. Era impressionato da lei? Assolutamente.

Ma... amore?

Forse.

In passato ciò lo avrebbe potuto spaventare, soprattutto così presto. Ma ora, mentre le teneva aperta la porta d'ingresso, sorridendo quando lei lo ringraziò e uscì, era semplicemente... contento.

C'era stato un periodo nella sua vita in cui aveva pensato che non sarebbe mai riuscito a rilassarsi veramente. Le cose che aveva fatto e visto si riproducevano nella sua testa come un film infinito, giorno dopo giorno, anno dopo anno. Gli orrori del suo passato erano sempre lì, in agguato, pronti a balzare fuori e a rovinare una giornata perfetta. Si era rassegnato a essere sempre teso. A stare in allerta.

Ma avere vicino Reese attenuava quei pensieri. Sentirla ridere lo calmava. Il suo piacere per le piccole cose era una gioia per lui. E baciarla. Perdersi in tutta la sua unicità...

Significava tutto.

Se avesse potuto amare *qualcuno*, sarebbe stata quella donna. Ma per il momento si sarebbe goduto tutto il tempo possibile con lei. Le avrebbe mostrato perché amava quella parte del New Mexico. Sì, avevano deciso di avere una relazione esclusiva, ma alla fine il mondo reale si sarebbe intromesso e lei sarebbe tornata a Kansas City, e poi avrebbero dovuto prendere entrambi decisioni difficili. Ma fino ad allora Spike avrebbe fatto tutto ciò che era in suo potere per vivere nel presente e per godersi il piacere di averla vicino.

«Allora, vieni? O restiamo tutto il giorno fuori dallo chalet a fissare gli alberi intorno a noi?» gli disse con aria insolente.

«Arrivo» le rispose con un sorriso, mentre chiudeva la porta a chiave e si voltava verso di lei.

«Perché chiudi la porta a chiave? Hai paura che gli ospiti rubino qualcosa?» domandò, inclinando la testa.

«No. È un'abitudine. Ma nessun posto è sicuro al cento per cento.»

«Ottima osservazione.»

Spike si mise in tasca le chiavi. «Pronta?»

«Pronta» replicò con un enorme sorriso. «Fai strada.»

«Che ne dici di andare insieme?» le chiese, tendendole la mano.

Se possibile, il suo sorriso si fece più grande. «Mi sembra una buona idea.»

Gli diede la mano e lui notò che la sua sembrava avvolgere completamente quella di Reese, cosa che per qualche strana ragione gli piaceva. Non era una donna minuta, ma per lui era delicata e molto femminile; la morbidezza contro la sua durezza.

Camminarono mano nella mano verso gli alberi. Non c'era un sentiero ufficiale per raggiungere la loro destinazione, ma non serviva. Andava in quel posto quando aveva bisogno di pace e tranquillità. Quando voleva ricaricarsi e allontanarsi dai demoni nella sua testa. E non vedeva l'ora di mostrarlo a Reese.

CAPITOLO DIECI

REESE NON RIUSCIVA A SMETTERE di sorridere.

Probabilmente sembrava un'idiota, ma non le importava.

Le labbra erano ancora un po' intorpidite per i baci che si erano scambiati. Non aveva mentito, le era difficile credere che Gus fosse interessato a *lei*. Era l'uomo che ogni ragazza sognava di far innamorare perdutamente al primo sguardo. Il principe delle favole. Il bel miliardario sconosciuto che si sedeva accanto a te in aereo e ti portava nella sua villa dichiarandoti amore eterno.

Ok, forse erano esempi un po' esagerati, visto che lui non aveva una goccia di sangue reale e, per quanto ne sapeva, non era un miliardario.

Ma si sentiva su di giri per il fatto che fosse lì con lei, che le tenesse la mano, che la baciasse come se non ne avesse mai abbastanza e che in generale fosse attento e protettivo. Le piaceva. Molto. Era una donna indipendente, lo era sempre stata, non aveva bisogno di un uomo, ma non poteva negare di *desiderarne* uno.

Le sue mutandine erano ancora umide a causa del

modo in cui l'aveva tenuta stretta contro di sé mentre si baciavano. Aveva sentito il suo cazzo – il suo *enorme* cazzo – contro la pancia e avrebbe voluto strappargli i vestiti di dosso, inginocchiarsi e assaporarlo.

Ma sapeva essere paziente. Forse. Era passato molto tempo dall'ultima volta che aveva fatto sesso e non era mai successo con qualcuno che desiderava quanto Gus. Lui le aveva accennato che lo avrebbero fatto in futuro, lo aveva chiamato fare l'amore... roba da svenire, ma aveva la sensazione che avrebbe cercato di comportarsi da gentiluomo e ci sarebbe andato piano per quanto riguardava l'intimità.

Reese non voleva che ci andasse piano. Desiderava Gus da quella che le sembrava un'eternità, e non poteva fare a meno di pensare che magari l'attrazione che provava per lei sarebbe svanita in fretta. Che avrebbe deciso di non volere una trentenne sovrappeso e di preferire una ventenne magra ed esuberante.

Scosse la testa e cercò di non pensarci. Si era accettata così com'era da tempo e aveva giurato di non cambiare per nessun uomo. Ma era decisamente nei suoi piani assicurarsi che Gus sapesse che era disposta ad accettare l'intimità fisica che comportava frequentarne uno. Non voleva aspettare un determinato periodo per fare l'amore solo perché la società lo riteneva giusto. Era già pronta.

Lo osservò attraverso le ciglia e sorrise. Era nato per stare lì fuori, nella natura selvaggia. Sembrava più rilassato e la sua andatura era sicura. Amò vedere i tatuaggi sul braccio che sembrarono muoversi quando contrasse i muscoli sistemando lo zaino sulla schiena.

«A cosa è dovuto quello sguardo?» le chiese con un piccolo sorriso.

Reese scrollò le spalle. «Sono solo felice.»

«Sei sempre felice.»

Lei aggrottò la fronte. «Non è vero.»

Gus sollevò un sopracciglio.

«Non ero felice quando non riuscivo a contattare Woody, né quando sono dovuta andare in Sud America a cercarlo senza avere la minima idea da dove cominciare, a parte l'indirizzo di Isabella. Non ero felice quando mi sono ammalata e sono dovuta rimanere nella mia stanza d'albergo invece di andare a cercarli. Nemmeno quando ero sola con il pick-up e tu e Tiny vi siete messi in pericolo andando in quella casa. Non ero felice quando ci sparavano addosso e ci inseguivano gli scagnozzi del cartello della droga. Non sono felice quando Angelo non mi parla. Nemmeno quando...»

«Ok, ok» la interruppe ridendo. «Allora sei felice la maggior parte del tempo. Quando non sei terribilmente preoccupata per i tuoi cari. O per tuoi amici.»

Reese ci rifletté e annuì. «Per la mia tranquillità mentale è meglio se mi concentro sulle cose belle della vita piuttosto che su quelle brutte.»

«Il che ti rende diversa da circa l'ottanta per cento del mondo.»

«Non è vero» protestò lei.

«È così. Quando si guardano i social, la maggior parte dei post riguardano roba che accade nella vita delle persone. Si lamentano di una cosa o dell'altra. Ho guardato i tuoi, parli dei fiori che hai visto nel parco, di quanto sei contenta per un collega che ha avuto un aumento, del regalo che hai comprato al figlio di un'amica per il suo compleanno.»

«Mi arrabbio» protestò lei. «Mi preoccupo e mi arrabbio come tutti gli altri.»

«Lo so, ma non ci rimugini. Penso che sia meraviglioso. Alla gente piace starti vicino proprio per questo.»

«Compreso te?» non poté fare a meno di chiedere.

«Soprattutto io. Ma ciò non significa che non puoi essere triste o arrabbiata con me. Non voglio che pensi che mi aspetti che tu sia sempre positiva e allegra. Anzi, ho *bisogno* che tu ti senta a tuo agio con me tanto da permettermi di vedere le parti più oscure di te, oltre a quelle felici.»

«Non sono abituata ad aprirmi con le persone» ammise lei.

«Puoi fidarti di me se vuoi esprimere i tuoi veri sentimenti» le disse stringendole la mano. «Dio sa che ho già abbastanza roba sgradevole che mi vortica per la testa che nulla di ciò che farai o dirai mi turberà.»

«È stato brutto?»

«Cosa?»

«Essere un Delta. Le missioni. Essere sempre in pericolo, venire inviato in posti non sicuri chiedendoti di essere Superman.»

«Non sempre. Ma molte volte sì. È per questo che alla fine ho mollato.»

«Non hai mollato» disse Reese con intensità. Smise di camminare, costringendolo a fermarsi.

Lui buttò fuori un respiro. «Sì, ho mollato.»

«No, ne avevi abbastanza. Sarebbe stato così per qualsiasi persona sana di mente. La psiche non può sopportare più di tanto. Ti ammiro per aver capito quando era il momento giusto.»

«Hai parlato con Henley?»

«Non di te in particolare, ma di alcune cose orribili che i nostri ospiti militari hanno visto e fatto. Sono orgogliosa di te, di mio fratello, del resto della tua squadra e di ciò che avete fatto. Ma sono sollevata che non lo facciate più. Ho odiato ogni secondo di quando eravate in missione.

Temevo di ricevere *quella* telefonata, *quella* visita che mi avrebbe informato che qualcuno era morto. È egoista, lo so, ma ero così entusiasta quando ho saputo che ti saresti congedato. Che lo avrebbe fatto anche Woody.»

«Non è egoista» le disse con dolcezza.

«Sì invece, ma non mi importa. Tu sei qui e sei al sicuro. Anche mio fratello... be', lo sarebbe se non fosse partito per la "terra del cartello della droga" per salvare la sua ragazza e il fratello.»

«Quello che sto cercando di dire è che se posso fidarmi di te con le mie emozioni e i miei sentimenti, tu puoi fare altrettanto con me. Non mi aspetto che mi riveli dei dettagli che possano indurre lo Zio Sam a darti la caccia e a rinchiuderti in galera per anni, ma se avrai bisogno di spazio, te lo darò. Se avrai bisogno di parlare, sarò qui ad ascoltarti. Se avrai bisogno di venire nel bosco e stare in silenzio, potremo fare anche questo.»

Fece un piccolo verso sorpreso quando Gus la strattonò contro di sé, ma si riprese subito e lo circondò con le braccia quando lui la strinse forte.

«Non sono abituato a parlare della merda che ho in testa, ma se dovesse diventare troppo difficile da gestire... te lo farò sapere.»

Reese si abbandonò contro di lui. Sentiva gli uccelli sopra di loro, il vento che faceva frusciare le foglie degli alberi e il battito del cuore di Gus. Se avesse potuto passare il resto della sua vita proprio lì, tra le sue braccia, con la pace che li circondava, lo avrebbe fatto.

Lui si tirò indietro, le diede un lieve bacio, poi le prese la mano. «Andiamo, abbiamo ancora circa un chilometro da percorrere.»

«Come fai a sapere dove diavolo siamo e dove andare?» gli chiese quando ripresero a camminare.

Scrollò le spalle. «Lo so e basta.»

«Il mio senso dell'orientamento fa schifo» lo informò. «So guidare benissimo qualsiasi cosa abbia le ruote, auto, camion, go-kart, moto, ma mi è difficile sapere da che parte andare.»

Gus rise.

«Prima che le auto fossero dotate di GPS mi perdevo sempre.»

«Chiudi gli occhi» le disse.

Fece subito come richiesto senza pensarci due volte.

Lui si fermò e la fece ruotare alcune volte. «Ora riaprili e dimmi dove eravamo diretti.»

Reese rise mentre si guardava intorno. Tutti gli alberi sembravano uguali e non riusciva nemmeno a vedere il sentiero dove avevano appena camminato. «Non ne ho idea.»

«Sul serio. Fai un bel respiro e guardati intorno. Cerca degli indizi. Da dove siamo arrivati?»

«Dico sul serio, Gus. Non ne ho proprio idea. Ogni foglia e ogni ramo sembrano uguali. Non lo so.»

Lui si acciglò. «Non va bene» mormorò, più a se stesso che a lei. «Il Rifugio è ai margini di centinaia di ettari di bosco. Devo insegnarti a usare la bussola e a tenere traccia dei particolari.»

«Puoi provarci» replicò senza convinzione. «Ma Woody ha tentato più di una volta di insegnarmi alcune di queste cose. Sono senza speranza.»

«Non sei senza speranza» disse lui senza la minima esitazione.

Reese sentì un calore pervaderla. Era stata una semplice frase, eppure non poté fare a meno di amare il modo in cui l'aveva difesa. «Ok, intelligentone. Tocca a te.

Chiudi gli occhi, così ti faccio girare e mi dici da dove siamo arrivati.»

Lui acconsentì alla sua richiesta con un piccolo sorriso e si lasciò girare. Quando riaprì gli occhi, gli ci vollero circa due secondi per orientarsi e indicò a sinistra. «Lì è dove abbiamo camminato. Si vede la terra un po' smossa.» Indicò davanti a loro. «Quello è il nord.» Poi puntò il dito verso un'altra direzione. «E quella è Los Alamos.»

«A nessuno piacciono i saputelli» scherzò Reese.

«A te sì.»

Non aveva torto. «Se lo dici tu» mormorò.

Gus rise, la prese dietro la testa e si chinò per darle un altro bacio. Doveva ammettere che le piaceva la libertà che si prendeva per baciarla. No, lo adorava.

«Hai fame? Hai bisogno di fare uno spuntino? Magari vuoi dell'acqua?»

«No, sto bene così.»

«Ok. Faremo un picnic quando arriveremo lì. Andiamo, non manca molto.»

«Ok, grande bussola umana, fai strada.»

«Un giorno ti costringerò a condurci nel luogo che ti sto per mostrare» dichiarò, mentre riprendevano a camminare.

«È una minaccia?» chiese lei sorridendo.

«No. Affatto. Voglio solo che tu sia in grado di orientarti qui. Il pensiero che tu possa perderti nei boschi mi fa stare fisicamente male.»

Gli strinse di nuovo la mano. «Non preoccuparti. Mi piace fare escursioni e stare nella natura, ma non ho intenzione di gironzolare da sola. Mi atterrò ai sentieri prestabiliti o verrò con te.»

«Ma potrei farmi male e tu potresti dover tornare al Rifugio per chiedere aiuto.»

Reese scosse la testa. «No. Non succederà. E non parliamo di te che ti fai male.»

«Va bene. Ma mi asseconderai e cercherai di imparare a orientarti, vero?»

Reese sospirò. «Certo. Ma non sperarci troppo. Non sono brava nemmeno con le indicazioni. Chiedi a Woody, te lo confermerà.»

Gus le strinse la mano e proseguirono per la loro strada.

«Allora, non te l'ho mai chiesto e se non vuoi dirmelo non c'è problema, ma come hai avuto il tuo soprannome?»

Lui sorrise. «Sai che alla maggior parte dei soldati ne affibbiano uno all'addestramento di base, vero?»

«Sì, tranne Woody. È il suo da sempre. I suoi amici alle elementari hanno iniziato a chiamarlo così per via del cognome, e gli è rimasto. Lo chiamano tutti così, anche i nostri genitori.»

«Già. Be', quando ero all'addestramento, una mattina uno degli istruttori ha deciso di fare qualcosa di diverso. Ci ha portati nelle cave di sabbia e ha sistemato una rete. Abbiamo giocato a pallavolo per due ore di fila. E credimi, quella roba è difficile quanto fare flessioni e addominali. A ogni modo, mi hanno messo in attacco e ho schiacciato una palla dopo l'altra, facendo guadagnare punti alla nostra squadra. E i punti erano molto importanti perché ad ogni partita chi perdeva doveva fare dei giri di campo, jumping jack e altri esercizi.» Scrollò le spalle. «Dopo un po' tutti hanno cominciato a chiamarmi Spike per quanto ero bravo a schiacciare.»

Reese smise di nuovo di camminare e lo fissò incredula.

«Che c'è?»

«È *questa* la storia del tuo soprannome?»

«Sì, perché?»

«Non è ciò che mi aspettavo» rispose con una risatina.

Fu il turno di Gus di ridere. «Cosa ti aspettavi? Sempre meglio di Killer, Bubbles o Flat.»

«Flat?»

«Flatulenza.»

«Oh, Signore, no. Ti prego, dimmi che non hanno chiamato qualcuno così.»

«Certo che sì. Anche Bubbles. Capisci perché mi è andato benissimo Spike.»

«Già. Ma mi piace chiamarti Gus.»

«Piace anche a me» disse lui con un piccolo sorriso.

La stava guardando con un'intensità e una tenerezza tali che Reese dovette costringersi a non strattonarlo contro di sé e farlo sdraiare a terra. «È solo che... mi sembrava strano chiamarti Spike dato che non facevo parte del tuo team. La prima volta che Woody mi ha parlato dei suoi compagni di squadra, ho deciso che non avrei mai chiamato nessuno con il suo soprannome.»

«Puoi chiamarmi come vuoi. Forza, andiamo, se restiamo qui tutto il giorno non arriveremo mai.»

Camminarono in un confortevole silenzio per altri dieci minuti. Poi Gus disse: «Siamo vicini. Ho bisogno che tu rimanga qui mentre vado a controllare che sia sicuro.»

«Sicuro?»

«Fidati di me.»

Lei annuì.

«Non. Muoverti. Capito? Soprattutto ora che so quanto facilmente ti perdi. Per favore, resta qui e non spostarti di un centimetro. D'accordo?»

«Certo. Non ho intenzione di girovagare da sola» gli disse, un po' sulla difensiva.

«Lo so. Ma se dovessi iniziare a correre perché qualcosa ti ha spaventata, potresti finire molto più lontano di quanto pensi, e qui vicino ci sono dei punti ripidi. Non voglio che tu cada in un burrone o altro e ti faccia male.»

«C'è qualcosa che potrebbe spaventarmi?» chiese curiosa.

«Immagino che tu non abbia molta familiarità con i boschi, è possibile che possa passare qualche animale.»

«Finché non si tratta di un orso, sarò a posto. Ciò che non ti uccide ti rende più forte... solo che gli orsi ti uccidono.»

Gus ridacchiò e scosse la testa. «Giusto. Non starò via a lungo.» La baciò di nuovo brevemente prima di allontanarsi.

Reese si appoggiò a un albero e sorrise. Poteva davvero abituarsi a essere la ragazza di Gus. La faceva sentire speciale. E i baci...

«Pronta?»

La sua voce la fece sobbalzare. Le sembrava che fosse stato via meno di un minuto, ma evidentemente aveva sognato a occhi aperti più a lungo di quanto pensasse. «Oddio» sussurrò, mettendosi una mano sul petto, sperando di calmare il cuore che batteva freneticamente. «Mi hai spaventata.»

«Scusa.»

«È tutto a posto?»

«Sì.» Invece di prenderle la mano, le avvolse un braccio intorno alla vita. «Chiudi gli occhi. Devo condurti lì ma non voglio che tu lo veda finché non te lo dirò.»

«Non mi lascerai cadere?»

«Mai.»

Lo disse con una tale foga che Reese non esitò a chiudere gli occhi e ad appoggiarsi a lui.

La tenne contro il suo fianco mentre avanzavano. Era un po' sconcertante, ma si fidava del fatto che Gus l'avrebbe protetta, senza farla finire contro un albero o inciampare.

Percepì un leggero cambio di temperatura mentre camminavano e anche dell'odore dell'aria. Non sentiva più la leggera brezza sulla pelle, eppure in qualche modo era più fresco, e riuscì a tenere gli occhi chiusi finché lui non le disse di aprirli.

«Ok, ora puoi guardare.»

Reese obbedì con entusiasmo e dovette sbattere le palpebre un paio di volte per abituarsi all'ambiente. Si era aspettata di trovarsi davanti a un panorama, tipo la Sitting Rock o la Table Rock. Invece era... in una grotta.

Ma non una grotta qualsiasi. C'erano dei disegni su tutte le pareti.

«Porca miseria, Gus!»

«È incredibile, vero?» disse lui con riverenza.

«Sono petroglifi, giusto?»

«Sì. Hanno dai trecento ai duemilacinquecento anni. Non sono un esperto, quindi non ne sono sicuro, ma ho visto quelli del Parco Nazionale dei Petroglifi vicino ad Albuquerque, e questi sono simili. Ce ne sono altri a ovest di Santa Fe chiamati Petroglifi di La Cieneguilla che sembrano come questi.»

«Come hai fatto a trovare questo posto?» gli domandò sussurrando.

«È stata fortuna. Un giorno, mentre stavamo ancora costruendo il Rifugio, stavo facendo un'escursione. Mi dava fastidio il rumore causato dalla costruzione degli chalet e mi sono addentrato nel bosco. Ha iniziato a piovere forte, mi sono imbattuto in questa grotta ed ero felice di aver trovato un riparo. Con mio grande stupore, quando mi sono guardato intorno ho visto tutta questa arte rupestre indigena. Ho passato ore qui dentro a esaminare quante più opere possibili, immaginando chi potesse averle incise e perché.»

Reese si allontanò da lui e si avvicinò a una delle pareti. Non toccò i preziosi disegni, ma mise la mano sulla roccia al di sopra di uno. «È incredibile pensare che degli esseri umani siano stati proprio qui, dove siamo noi, a creare queste opere d'arte. Mi chiedo come fosse la loro vita. Quali fossero i loro sogni...»

Si voltò a guardare altri disegni. C'erano figure umane, cacciatori, soli, una sorta di animale che suonava qualcosa che sembrava un flauto, triangoli intricati, una creatura simile a un tasso con cinque grandi artigli sulla zampa e persino delle facce sorridenti. Ovunque guardasse, c'erano disegni diversi. «Che raccontino una storia?» chiese.

Non riuscì a distogliere lo sguardo dalla parete nemmeno quando Gus si avvicinò, la abbracciò da dietro e appoggiò il mento sulla sua spalla per guardare insieme a lei.

«Ne sono certo» rispose. «Non so quali siano, ma ne ho inventate molte nella mia testa venendo qui nel corso degli anni. Quello, per esempio» disse, indicando una figura umana che teneva in mano qualcosa di lungo e appuntito, «è l'uomo di casa che va a caccia.» Continuò a indicare diverse figure vicino alla prima. «E questa è la pecora che sta cacciando. La porta a casa dalla sua donna, che è davanti al fuoco. Fanno un banchetto e quando il sole tramonta fanno l'amore, generando quel bambino... lì.»

Reese sorrise. Il suo Gus era un romantico. Non era esattamente "suo", ma in quel momento, in quella grotta, aveva la sensazione che lo fosse. I dipinti sulle pareti potevano significare letteralmente qualsiasi cosa. Non era nemmeno sicura di cosa rappresentassero molti dei disegni. Ma se lui voleva pensare che lo scarabocchio vicino al cacciatore fosse un fuoco, non lo avrebbe contraddetto.

Si girò nel suo abbraccio e incrociò le mani dietro la sua schiena. «Grazie per avermelo mostrato.»

«Non c'è di che. Vuoi mangiare?»

«Certo.»

Lui intrecciò le dita con le sue e si addentrò di più nella grotta. Lì era più buio, ma avrebbe dovuto sapere che Gus sarebbe stato preparato. Infatti, si chinò e raccolse la torcia che doveva aver usato prima per assicurarsi che non ci fossero animali, e la accompagnò fino a un lato della parete in cui per terra erano ammucchiati ordinatamente migliaia di aghi di pino.

Come se sapesse quale sarebbe stata la sua domanda, disse: «Te l'ho detto, vengo spesso qui. E il terreno è duro.» Scrollò le spalle. «Ho pensato di poter stare più comodo mentre ero qui.»

La aiutò a sedersi prima di sistemarsi accanto a lei. Rimase sorpresa perché, in effetti, gli aghi di pino erano davvero comodi. Gus prese lo zaino e cercò il sacchetto di snack che aveva preparato. Mentre sgranocchiavano mandorle e un mix di cereali e frutta secca, Reese non riusciva a staccare lo sguardo dalle pareti che li circondavano. Era come essere in un altro mondo.

I problemi del ventunesimo secolo le sembravano così lontani mentre stava seduta lì a pensare alle persone che avevano inciso quei disegni e che probabilmente avevano usato quella grotta come rifugio.

«Aspetta» disse dopo un attimo. «Hai parlato a qualcuno di questo posto? Tipo a degli storici, degli archeologi.»

Gus aveva un'espressione un po' imbarazzata. «No. Avevo intenzione di farlo, ma poi ho pensato a quanta gente si sarebbe aggirata da queste parti, rovinando questo piccolo angolo di paradiso. Prima o poi lo farò, ma ho pensato che questi disegni sono qui da così tanto tempo che aspettare qualche altro anno non farà male a nessuno.»

Reese si appoggiò a lui e sospirò. «Sono d'accordo.»

«Quando sono qui, tutti i miei problemi sembrano svanire» ammise sommessamente. «Le persone che ho ucciso, le esplosioni, gli edifici incendiati dagli RPG, le donne e i bambini traumatizzati, i soldati e i civili rapiti che ho aiutato a salvare... scompaiono. Riesco solo a pensare a chi potevano essere le persone che sono state qui prima di me. A cosa stavano pensando? Disegnavano per intrattenere i loro figli? Stavano lasciando una sorta di diario? Si stavano vantando delle loro abilità di caccia? Stavano riportando la loro storia? Non lo so. Ma la cosa mi affascina.»

«È incredibile» concordò.

La guardò. «Non sei delusa che non ti abbia portato a vedere un bel panorama?»

Lei ridacchiò. «No. Ho paura dell'altezza.»

Gus sembrò sorpreso. «Davvero?»

«Sì.»

«Ma ti sei calata da quella grondaia come una professionista.»

Reese scrollò le spalle. «Avevo altra scelta?»

«Be', non proprio.»

«Esatto. Eri dentro l'appartamento e sapevo che chiunque ci stesse inseguendo era appena entrato. Se non mi fossi mossa ti avrebbero ferito. Quindi ho fatto ciò che dovevo. Ma non significa che mi sia piaciuto. Non mi è piaciuto per niente.»

«Ogni giorno mi sorprendi sempre di più. In senso positivo.»

Prima che potesse ripetere che allora stava solo facendo ciò che doveva essere fatto, Gus si chinò verso di lei e la spinse delicatamente all'indietro fino a farla sdraiare sugli aghi di pino.

«Penso che in questa grotta la gente abbia fatto altro oltre che disegnare» disse con un piccolo sorriso, incombendo su di lei.

«Sì? Mmm... tipo mangiare?»

«Anche quello» mormorò, prima di abbassare la testa.

Reese fu più che felice di sollevarsi un po' per incontrarlo a metà strada, e poi si baciarono. E in qualche modo, da sdraiati la sensazione fu molto diversa.

Passarono alcuni minuti e quando Gus alzò la testa per guardarla, respiravano entrambi a fatica. Mentre si teneva sollevato su di lei, Reese gli accarezzava i bicipiti, e le piaceva davvero tanto il suo sguardo.

«Non faremo l'amore per la prima volta in una grotta» le disse con fermezza.

«Non so... la temperatura non è male, è un posto intimo e, come hai detto tu, scommetto che in passato hanno fatto cose di questo tipo» lo stuzzicò. La verità era che era più che pronta a strappargli i vestiti, a togliersi i suoi, e a lasciarlo darsi fare con lei.

«La prima volta che ti avrò sarà nel mio letto, dove ci ho immaginato fin dal primo sonnellino che hai fatto lì.»

La sua pancia si contrasse per il desiderio mentre lo fissava.

«Ho intenzione di assaggiare ogni centimetro del tuo corpo, metterò la bocca tra le tue gambe e mi godrò l'esperienza. Dopo aver fatto l'amore faremo la doccia insieme... e ti leccherò ancora. Poi ti stringerò tra le braccia per tutta la notte e ringrazierò la mia buona stella per avermi lasciato avvicinare al tuo corpo delizioso.»

Reese aveva la bocca secca. Desiderava tantissimo ciò che aveva descritto. «E io quando avrò l'occasione di fare tutto questo a *te*?» riuscì a chiedere.

Gus chiuse gli occhi e fece un respiro profondo prima di guardarla di nuovo. «Lo vuoi? Succhiarmi il cazzo?»

«Sì» disse lei senza fiato.

«Allora lo avrai. Avrai me.»

Reese sollevò lo sguardo verso il soffitto della grotta. Prima non l'aveva notato, ma c'erano dei disegni anche lassù. Lo guardò di nuovo negli occhi... e quasi si sciolse per il desiderio misto a tenerezza che vide. «Un giorno mi riporterai qui e farai l'amore con me?»

«Qualsiasi cosa tu voglia, l'avrai» rispose solennemente. «Non riesco a pensare a un modo migliore per onorare coloro che sono stati qui prima di noi che prenderti qui, dove centinaia e migliaia di anni fa uomini e donne hanno fatto la stessa cosa.»

Reese sollevò la testa e lo baciò con dolcezza, cercando di dimostrargli senza parole quanto le piacesse e lo apprezzasse.

«Ma...» disse lui, sedendosi e tirandola su con sé. «Se non ti tiro fuori da sotto di me, tutte le mie buone intenzioni andranno a farsi benedire. Però ti ho portato qualcosa...»

Si voltò per frugare nello zaino e Reese ne approfittò per ammirarlo ancora un po'. Alcune persone avrebbero potuto essere disgustate dai suoi tatuaggi. O pensare che l'attaccatura dei suoi capelli non fosse abbastanza virile. O non apprezzare le vene sulle sue braccia o i muscoli massicci. Avrebbero potuto sentirsi insultate dal suo essere protettivo. Ma non Reese. A lei piaceva tutto di quell'uomo. E ancora non ci credeva al fatto che lui sembrasse ricambiare i suoi sentimenti.

Quando si voltò di nuovo aveva qualcosa in mano, lei abbassò lo sguardo e ridacchiò. Era un sacchetto che conteneva tre biscotti con gocce di cioccolato.

«Dimmi che sono quelli di Robert» lo supplicò.

«Sono quelli di Robert» replicò obbediente.

«Dammeli!»

Sorridendo, Gus aprì il sacchetto e gliene porse uno. Lei ne mangiò un pezzo enorme e chiuse gli occhi in estasi. «Non ho idea di cosa ci metta per renderli così buoni, ma sono convinta che sia una sorta di droga illegale per tenerci assuefatti.»

Lui rise. «Non ne dubito.» Finì il suo e le porse l'ultimo.

«Potremmo dividerlo» gli suggerì.

«Rischiando di venire accoltellato?» disse, con un'espressione impassibile. «Non se ne parla proprio, è tutto tuo.»

Non si offese. Nell'ultima settimana l'aveva sentita parlare più di una volta di quanto le piacessero i biscotti di Robert. Forse aveva un po' esagerato con quelle lodi entusiastiche, ma non era stupida. Se Gus glielo voleva offrire, lo avrebbe accettato.

«Ricordamelo più tardi, così potrò ringraziarti come si deve» suggerì in modo allusivo.

Lui si leccò le labbra e disse: «Oh, lo farò.»

Reese finì il biscotto e bevve un lungo sorso d'acqua, poi Gus le si avvicinò e la baciò di nuovo. Non fu un bacio breve. Erano seduti, ma il desiderio tra loro si infiammò con la stessa intensità e velocità di quando erano stati distesi.

«Sai di cioccolato» mormorò, accarezzandole lo zigomo con il pollice.

Normalmente avrebbe provato imbarazzo, se non fosse che in quel momento si sentiva totalmente disinibita. E troppo eccitata. Se le avesse suggerito di gettare al vento la cautela e di farlo subito, avrebbe accettato con entusiasmo. Ma non poteva negare che la allettava di più il pensiero che la prendesse nel suo letto, dove nell'ultima settimana aveva sognato lo facesse.

Gus fece un respiro profondo e si scostò, sdraiandosi sulla schiena e mettendo le mani sotto la testa. «Amo questo posto» disse dopo un attimo.

«Grazie per averlo condiviso con me» replicò Reese, sdraiandosi accanto a lui. Rimasero così per un po'. Nessuno dei due parlò, limitandosi a lasciarsi coinvolgere dalla storia del luogo. Dopo alcuni minuti, lui le prese la mano e continuarono a fissare il soffitto della grotta in silenzio.

Reese non ricordava di essere mai stata così felice.

Alla fine dovettero andarsene. Gus raccolse la spazzatura e si assicurò che non rimanesse alcuna traccia della loro permanenza, e dopo averla abbracciata fece strada per tornare verso il Rifugio.

Le cose tra loro erano cambiate in quella grotta, e sebbene non fosse così stupida da pensare che l'attrazione e il desiderio che provavano li avrebbe portati a sposarsi e a vivere per sempre felici e contenti, non poteva fare a meno di sentirsi ottimista riguardo al loro futuro.

Nessuno dei due aveva mai accennato che lei avrebbe potuto trasferirsi in quella zona, ma sperava che fosse quella la loro direzione. Al momento, vivere nel suo chalet era una sistemazione temporanea, finché Woody non fosse guarito completamente e l'amico di Gus non avesse confermato che era sicuro tornare a Kansas City.

Tuttavia, non per la prima volta, pensò di non andarsene. Non avrebbe avuto problemi a trovare un appartamento a Los Alamos, perché non voleva mettere Gus in una posizione imbarazzante, ma sperava che lui volesse continuare a frequentarla se ciò fosse accaduto.

Avrebbe provato un po' di tristezza nel lasciare lo chalet, ma non voleva nemmeno abusare della sua ospitalità; era abituato a stare da solo, proprio come lei. Ma se dopo essersi frequentati per un certo periodo mentre lei lavorava in città, lui avesse voluto che si trasferisse a casa sua, al Rifugio, non avrebbe rifiutato.

Arrossendo per i pensieri che le passavano per la testa, cercò di pensare ad altro. A come stava andando Jasna a scuola. A quale argomento avrebbe potuto usare per cercare di coinvolgere Angelo quando lo avrebbe rivisto. A come stava il braccio di Woody. Qualsiasi cosa pur di attenuare la sensazione di crescente bisogno che provava nei confronti dell'uomo che al momento la teneva per mano e la conduceva nel bosco.

Come se potesse leggerle nel pensiero, Gus le strinse le dita e si girò per sorriderle.

Sì, poteva proprio dire che la sua cotta si stava rapidamente trasformando in qualcosa di più man mano che imparava a conoscere l'uomo che si celava dietro quei penetranti occhi verdi e l'atteggiamento tranquillo.

Sorrise e decise di seguire la corrente. Ciò che era destino succedesse sarebbe successo e pensarci troppo non avrebbe cambiato nulla. Si sarebbe goduta il fatto di stare insieme a lui finché poteva e poi avrebbe deciso il da farsi.

CAPITOLO UNDICI

«Possiamo parlare?»

Spike si irrigidì. Aveva temuto quel momento, ma a essere sinceri si era aspettato che quella chiacchierata con Woody avvenisse prima.

Da quando lui e Reese erano tornati dalla grotta, non era riuscito a toglierle le mani di dosso. La toccava ogni volta che ne aveva la possibilità. Le posava la mano sulla schiena quando camminavano, le teneva la mano, si sedeva accanto a lei quando mangiavano al lodge, con una mano sul ginocchio... non era sorpreso che il fratello volesse parlargli. Certo, aveva detto che gli andava bene che si frequentassero, ma pensarlo e averne la prova davanti agli occhi erano due cose completamente diverse.

«Certo» rispose, con la massima disinvoltura possibile.

«Ti va di fare una camminata?» gli chiese.

Spike annuì. «Fino alla Table Rock?» Non era un percorso difficile e se il suo vecchio amico aveva intenzione di dirgli che aveva cambiato idea e che non voleva che frequentasse Reese, aveva sicuramente bisogno della tranquillità che quella terra poteva offrire.

I due uomini si diressero con calma verso il sentiero che conduceva a quel punto panoramico. C'era una grande roccia piatta, da lì il nome Table Rock.

«Come va il braccio?» chiese Spike.

«Bene. Ci saremmo già tolti dai piedi se non fosse che Tex ha detto che c'è stato un po' di movimento nel dark web riguardo a me, e che si è parlato di Kansas City. Non ho intenzione di mettere di nuovo in pericolo Isabella o suo fratello.»

«Pensi che sia il cartello?»

Woody scrollò le spalle. «Non saprei chi altro potrebbe essere.»

«Perché si interessano così tanto a te? Voglio dire, senza offesa, ma non sei esattamente un obiettivo importante per loro, e credo nemmeno Isabella.»

«Sono d'accordo.»

Spike considerò di non dire ciò che pensava, ma si trattava del suo amico. Si erano salvati la vita a vicenda più di una volta ed erano sempre stati onesti l'uno con l'altro quando erano nelle forze speciali. Erano trascorse due settimane dal loro ritorno dalla Colombia ed era giunto il momento. «E Angelo?»

Woody rimase in silenzio per un momento, poi sospirò. «Sì, ci ho pensato anch'io. So che ha detto a Isabella di essere stato costretto a lavorare per il cartello... ma se non fosse così?»

Anche se era stato lui a sollevare il dubbio che Angelo potesse essere il motivo delle informazioni sul dark web, Spike si sentì in dovere di dire: «Era chiuso in una stanza proprio come te e Isabella. Se stava lavorando attivamente con loro, non avrebbe dovuto essere insieme agli altri uomini in quel seminterrato e coinvolto in qualsiasi piano stessero elaborando?»

Woody annuì. «Vorrei disperatamente essere d'accordo con te, ma al momento non ne sono sicuro. È stato piuttosto lunatico da quando è arrivato negli Stati Uniti.»

«Forse si sente in colpa per tutto quello che è successo» suggerì.

«Forse» concordò, ma era chiaro che non credesse del tutto a quella scusa.

Era davvero frustrante non avere risposte, ma per Woody doveva essere ancora peggio. «Immagino che ora il grande interrogativo sia: tu, Isabella, i nostri ospiti, il personale e Angelo siete in pericolo se quelli del cartello dovessero venire qui a portare a termine ciò che hanno cercato di fare?»

«No» la sua risposta fu immediata e decisa.

«Non puoi saperlo» replicò Spike con cautela.

«No, lo *so*» ribatté. Avevano raggiunto la Table Rock e si voltò verso di lui. «Senti, so cosa ho detto quando siamo arrivati qui. Avevo le stesse preoccupazioni che stai esprimendo tu in questo momento. Mi rendo conto che Angelo non è stato amichevole, ma non crederò mai che farebbe *qualcosa* che possa mettere Isabella in pericolo, indipendentemente da ciò che stava facendo con il cartello. Sì, farsi coinvolgere nel traffico di droga ha messo a rischio entrambi e non posso sapere con certezza se Angelo si sia reso conto delle conseguenze. Quello che *so* è che quei due hanno passato l'inferno. Sono sempre stati loro contro il mondo fin da quando lui era bambino. Non dico che sia un santo, perché non lo è, ma è impossibile che dica a qualche membro del cartello dove si trova Isabella così che vengano qui a farle del male.»

Spike non ne era così sicuro, ma rispettava la sua difficile situazione.

«E se sarà necessario... li porterò entrambi via da qui.»

«Non è quello che volevo suggerire» disse con fermezza. «Siamo più che in grado di proteggere tutti. Abbiamo imparato molto da quando quello stronzo è venuto a cercare Alaska e da quella faccenda con Jasna. Come ti ho detto prima, abbiamo delle telecamere sulla strada e altre posizionate strategicamente lungo il confine della proprietà. Se qualcuno dovesse entrare nei nostri boschi, lo sapremo.»

«Questo posto è fantastico» affermò il suo amico.

Spike non era entusiasta del cambio di argomento, ma lo accettò. Era ancora confuso riguardo a ciò che era successo in Colombia. Dal rapimento di Woody, Isabella e Angelo, alla droga, al ritrovamento dei tre in casa senza nessuno di guardia, alla loro fuga quasi troppo facile, al non avere risposte su nulla, nemmeno dopo due settimane. Era frustrante, ma era più che felice che nessuno fosse stato ferito gravemente. E il legame che aveva creato con Reese era un sogno diventato realtà.

«Davvero» rispose Spike dopo qualche attimo.

«Apprezzo che tu e i tuoi amici ci abbiate permesso di rimanere per un po'.»

«Figurati. Quando abbiamo iniziato a costruire questo posto, abbiamo discusso e deciso che se qualcuno dei nostri vecchi compagni di squadra ne avesse avuto bisogno, sarebbe stato il benvenuto qui gratuitamente.»

«È necessario» mormorò Woody, mentre fissava gli alberi in lontananza. La vista dalla Table Rock era incredibile in una giornata normale, ma quel giorno, con la temperatura che si aggirava intorno ai ventuno gradi e con l'autunno che si stava rapidamente avvicinando, era particolarmente straordinaria. «Questo posto, intendo. Le cose che abbiamo visto e fatto... possono diventare opprimenti.»

Spike annuì.

Il vento soffiava intorno a loro come se cercasse di scacciare i cattivi pensieri che turbinavano nella loro testa.

Poi Woody si schiarì la gola e gli disse: «Allora, erano due i motivi per cui volevo parlarti. Un attimo fa ti ho detto che se fosse stato necessario per la sicurezza tua e di tutti coloro che vivono e lavorano qui, me ne sarei andato con Isabella e Angelo...»

«E?» chiese quando l'amico fece una pausa.

«La riporterò a Kansas City non appena Tex mi dirà che l'interesse online è cessato.» Sollevò la mano quando Spike fece per protestare. «Sei stato più che generoso. Voglio tornare a casa. Ma soprattutto voglio portare Isabella a casa. A casa *mia*. Il Rifugio è meraviglioso, ma non è mio.»

«Capisco.»

«Darò a Tex ancora qualche settimana perché l'ultima cosa che voglio è metterla in pericolo, ma non possiamo restare qui per sempre. Penso che prima torniamo a Kansas City, prima Angelo si sentirà a suo agio. Potrà trovare la sua strada. Senza offesa, ma qui non c'è molto da fare per lui. Non ci sono persone della sua età con cui fare amicizia e i lavori disponibili sono piuttosto scarsi.»

«Sono sicuro che se chiedessimo in giro potremmo trovargli qualcosa di temporaneo per il prossimo mese» suggerì.

«Dirò a Isabella di parlargliene. Ma in realtà ti ho portato qui per chiederti un'altra cosa. E ho bisogno che tu sia sincero.»

Spike si irrigidì. «Certo.»

«Sarebbe un gran disturbo se io e Isabella ci sposassimo al Rifugio?»

Fissò l'amico per un attimo, senza parole, prima di fare un gran sorriso. «Assolutamente no!» esclamò.

Woody alzò gli occhi al cielo. «Si vede proprio che sei un uomo. Ci sono un milione di dettagli a cui pensare per organizzare un matrimonio. Credo che Alaska, Henley e i tuoi dipendenti potrebbero pensare che sia un disturbo.»

Scrollò le spalle. «Sono sicuro che hai ragione, ma se pensi che a qualcuno dispiacerà, sei pazzo. A essere sinceri alcuni ospiti ci hanno chiesto la stessa cosa, ma non ce la siamo sentita di dire sì, perché era qualcosa a cui non avevamo mai pensato. Se non vi dispiace che sia una cosa di basso profilo, dato che il Rifugio *è* un luogo in cui le persone vengono a rilassarsi e quindi non so quanto possa essere appropriata una grande festa, sono sicuro che non ci saranno problemi.»

«Va bene, ma devi parlarne con i tuoi amici. Assicurati *davvero* che non sia un problema. Voglio dire, potremmo sempre andare in comune quando torniamo a casa, ma volevo dare a Isabella qualcosa da ricordare. Ha lavorato duro per tanto tempo, mi piacerebbe coccolarla e farla sentire speciale il giorno del nostro matrimonio.»

«Sono felice per te, Woody» gli disse con sincerità.

«È un po' frettoloso...»

Spike rise. «Frettoloso? Sei serio? Tu e Isabella avete legato subito anni fa, quando l'abbiamo conosciuta. Sapevamo tutti che eravate destinati a stare insieme.»

«Va bene, te lo concedo, ma stiamo insieme veramente solo da poche settimane» protestò Woody.

«La ami?»

«Così tanto che mi spaventa a morte.»

«Lei ti ama?»

«Sì» rispose senza la minima esitazione.

«Allora chi se ne frega di ciò che pensano gli altri.»

«Hai ragione.»

«Lo so» replicò con un sorrisetto.

«Vogliamo parlare di te e mia sorella adesso?» chiese il suo amico con un luccichio negli occhi.

«Direi di *no*.»

Woody si fece serio. «Sembra... appagata.»

«Quindi?»

«Non fare il protettivo con me. Sto solo dicendo che siete fatti l'uno per l'altra» chiarì. «Probabilmente vorrà tornare a Kansas City quando lo farò io.»

Spike si irrigidì.

«Mi aspetto che tu la convinca diversamente.»

«Ci proverò.»

«Ha già lasciato il suo lavoro. Le piace molto questo posto, è evidente a tutti. Ha legato molto con Alaska, Henley e Jasna. E anche con gli altri dipendenti. Ha un luccichio negli occhi che non vedevo da tempo.»

«Davvero ti va bene che stiamo insieme?»

«Sì, accidenti. Se non posso fidarmi di lasciare mia sorella con una delle persone che mi ha coperto le spalle quando eravamo circondati dai ribelli e a pochi minuti dall'esaurimento delle munizioni, di chi diavolo *dovrei* fidarmi? La farai soffrire?»

«No.»

«La picchierai? Terrai sotto controllo le sue amicizie? La terrai prigioniera nel tuo chalet?»

«Ma che cazzo? No. Come ti viene in mente?» chiese, incazzandosi.

«Allora perché non dovrebbe andarmi bene che tu e lei stiate insieme?» gli domandò, per nulla allarmato dalla rabbia dell'amico.

Spike fece del suo meglio per calmarsi. Woody non voleva allontanarlo da Reese, semmai il contrario. Ma non gli piaceva pensare che qualcuno potesse farle quelle cose. Era una donna indipendente e il pensiero che *qualcuno* la soffocasse o cercasse di controllarla in qualche modo lo faceva stare male.

«Non ho mai conosciuto nessuna come lei» disse dopo un momento. «Potrebbe trovare un compagno migliore di me e lo so. Non sono degno di lei, ma farò tutto ciò che è in mio potere per essere il tipo d'uomo che si *merita*. Non so cosa accadrà in futuro, ma non le farei mai del male, Woody. Ti do la mia parola di Delta che con me è al sicuro.»

«Non ne ho dubitato nemmeno per un momento» replicò serio. «E ti sottovaluti. Voi due siete fatti l'uno per l'altra. Rendila felice e io sarò contento.»

«Farò del mio meglio.»

I due uomini si fissarono per un lungo momento, prima che Woody dicesse: «Hai mai pensato che saremmo finiti qui?»

«Onestamente no» rispose.

«Ti ama.»

Non dovette chiedergli di chi stesse parlando.

«Glielo leggo negli occhi. Non rovinare tutto, Spike. Dico sul serio. Non troverai una donna migliore di Reese.»

«Lo so» concordò semplicemente. E ne era certo. «Grazie.»

«Per cosa?»

«Per non aver rotto le palle riguardo a noi come coppia. Per esserti fidato di me. Per essere un fratello fantastico. Per avermi salvato la vita tante volte. Per essere un amico dannatamente in gamba.»

«Puoi ringraziarmi sposando mia sorella e dandomi un sacco di nipoti.»

«Ancora con questa storia?» Alzò gli occhi al cielo.

«Ehi, stiamo invecchiando, e voglio che i miei figli abbiano dei cugini con cui giocare» disse con un sorriso.

Spike aveva sempre considerato la sua squadra Delta come la sua famiglia. E ora lo pensava anche dei suoi amici del Rifugio. Ma avere dei figli, trascorrere le vacanze insieme, andare a Kansas City a trovare i cugini... erano cose che desiderava. Più di quanto avesse mai immaginato.

«Ok» acconsentì.

Woody gli diede una pacca sulla schiena, poi gemette. «Cazzo, ho dimenticato che mi fa male il braccio.»

Spike alzò gli occhi al cielo. «Che ne dici se torniamo indietro così posso chiedere agli altri della faccenda del matrimonio e tu puoi dire a Isabella di mettersi d'accordo con Alaska e Henley per dare il via alle danze?»

Woody non esitò nemmeno e si avviò lungo il sentiero senza dire altro.

Spike avrebbe riso dell'impazienza dell'amico di tornare da Isabella, ma si sentiva allo stesso modo nei confronti di Reese. Non era passato molto dall'ultima volta che l'aveva vista, ma non vedeva l'ora di sapere come stava andando la sua giornata. Quella mattina si erano baciati sul divano dopo aver fatto colazione e aveva faticato ad alzarsi e uscire. Presto nessuno dei due sarebbe stato più in grado di controllarsi. Desiderava stare con lei con ogni fibra del suo essere, ma si stava anche godendo il preludio. L'attesa.

Ed era impaziente di vedere la reazione di Reese alla notizia che suo fratello si sarebbe sposato. Ne sarebbe stata estasiata.

———

Angelo, annoiato a morte, fissò il ridicolo gioco sul cellulare. Era sollevato che sua sorella gli avesse procurato un telefono, ma odiava quel posto. Odiava essere nel mezzo del nulla e di non essere in grado di capire ciò che gli dicevano. Odiava sentirsi stupido.

Odiava gli Stati Uniti.

Le aveva mentito, una cosa che aveva dovuto fare sempre più spesso negli ultimi mesi. L'aveva convinta di essere contento di allontanarsi dal cartello. Le aveva detto che era stato costretto a vendere droga. Ma niente di tutto ciò era vero.

Voleva essere *qualcuno*. Voleva il rispetto e il potere che avevano i membri del cartello. E sapeva che a lei non sarebbe piaciuto. Sarebbe stata così delusa.

Amava Isabella, ma aveva bisogno di seguire la sua strada.

In Sud America stava diventando importante. Aveva un lavoro *importante* e si sentiva a casa. Lì, negli Stati Uniti, era meno di niente.

Sua sorella nel corso degli anni gli aveva detto innumerevoli volte quanto fosse malvagio il cartello, che doveva a tutti i costi stare lontano da chiunque fosse coinvolto con loro. Ma lei non capiva. Lei si faceva il culo per pochi spiccioli. Il cartello aveva *tanti* soldi. Un sacco. Se lui avesse iniziato a lavorare per loro anni prima, avrebbero già potuto lasciare il loro appartamento di merda per trasferirsi in una casa più bella di quanto avessero mai sognato.

Ma ora aveva diciotto anni, non era più un ragazzino. Isabella non poteva dirgli cosa fare o chi essere. Era arrivato il momento di comportarsi con coraggio e di fare ciò che doveva essere fatto per assicurarsi un futuro. Era arrivato il momento di prendersi cura di sua sorella, ora che era un uomo.

Aveva fatto i primi passi, ma poi aveva combinato un

casino. Non l'aveva fatto apposta, ma aveva sbagliato lo stesso.

Aveva ritirato senza problemi la droga, poi aveva confuso la data di consegna della merce e non si era presentato. Aveva tutta l'intenzione di spiegare l'incidente a Pablo, il suo contatto, ma lui si era *incazzato*. Era andato all'appartamento con altri uomini e lo avevano portato via senza permettergli di dire una parola.

Ma avevano rapito anche Isabella e il suo fidanzato americano, minacciando di ucciderla se Woody avesse reagito.

Angelo aveva avuto paura, ma gli uomini a cui Pablo li aveva consegnati avevano promesso di lasciarli andare tutti... alla fine. Avevano solo voluto dimostrargli qualcosa, che Angelo aveva capito forte e chiaro: se avesse fatto un'altra cazzata, Isabella ne avrebbe pagato il prezzo.

Poi erano arrivati gli americani e avevano rovinato tutto! Avrebbe voluto protestare. Dire a sua sorella che aveva tutto sotto controllo, ma lei non gliene aveva dato la possibilità. Così, per tenerla al sicuro, era andato con loro di sua spontanea volontà quando avevano lasciato il covo degli spacciatori.

A una cosa ne era seguita un'altra e in breve tempo si era ritrovato su un aereo per l'America. L'escalation del "salvataggio" era stata così rapida da lasciarlo confuso.

Non voleva andarsene dalla Colombia.

Voleva restare e diventare qualcuno.

Lì negli Stati Uniti non avrebbe mai avuto il rispetto e il potere che poteva guadagnarsi a Bogotà. Doveva tornare a casa, e sua sorella gli aveva dato i mezzi per farlo. Doveva solo essere paziente. Il che era uno schifo.

Non era facile informare i suoi contatti. Non aveva memorizzato i loro numeri. Perché avrebbe dovuto?

Sarebbe bastato solo cliccare sui nomi fittizi che aveva programmato sul cellulare.

Quello che era rimasto a Bogotà.

Aveva controllato i social e inviato vari messaggi ad alcuni membri, ma non gli aveva ancora risposto nessuno. Angelo sospettava che stessero ancora cercando di dargli una lezione, di assicurarsi che sapesse di trovarsi in basso nella loro scala gerarchica del potere. Lo capiva, ma odiava aspettare.

Nel frattempo, si trovava negli Stati Uniti da una settimana e si era reso conto che avrebbe dovuto almeno fingere che gli piacesse stare in quel luogo desolato. Isabella lo aveva cercato la mattina precedente dopo la colazione, e gli aveva detto di essere preoccupata per lui, sostenendo che lo era anche Woody. Si sarebbe sforzato di essere più amichevole, per accontentarla. Anche se non voleva. Non gli andava di essere commiserato da nessuno, e anche se non capiva l'inglese, sapeva che erano tutti dispiaciuti per lui. Ma insospettirli sarebbe stato molto peggio.

Woody non era stupido. E nemmeno i suoi amici. Se avesse continuato a essere scostante e lunatico, avrebbero cominciato a chiedersi se stesse nascondendo qualcosa. Forse avrebbero scoperto che aveva mentito sul fatto di voler lasciare il Sud America e di essere stato costretto a lavorare per il cartello. Se lo avessero capito, non sarebbe più tornato a casa e sua sorella avrebbe potuto tagliarlo fuori dalla sua vita, cosa che non voleva.

«*Hola!*» disse una voce allegra vicino a lui.

Angelo gemette tra sé e sé. Era Reese. Da quello che gli aveva detto Isabella, era proprio lei la ragione per cui si trovava lì e non a casa a costruirsi la sua nuova vita. Era la sorella di Woody ed era andata in Colombia a cercarlo.

Stupida donna. Non parlava nemmeno lo spagnolo. Come diavolo aveva pensato di trovare il fratello?

Era lei il motivo per cui erano arrivati anche gli altri uomini che alla fine lo avevano "salvato".

Tutta la situazione era stupida! Se solo si fossero fatti gli affari loro, sua sorella e Woody sarebbero stati rilasciati e sarebbero andati negli Stati Uniti, lasciandolo in Colombia a costruire il suo impero.

Reese si avvicinò al portico dello chalet dove alloggiavano Angelo e la sorella armeggiando con il telefono, e lui si preparò. Stava usando quella ridicola applicazione per cercare di parlare con lui. Avrebbe voluto che lo lasciassero in pace; se non era Reese era quella mocciosa di Jasna che cercava di attirarlo nella stalla per vedere le mucche. Come se avesse voluto stare in mezzo a un branco di animali puzzolenti.

Sospirò. Aveva appena deciso di essere più amichevole. Doveva stare al loro gioco in modo che nessuno sospettasse quanto desiderava andarsene.

«Come stai? Robert sta facendo i tamales per pranzo. Vuoi venire a mangiare?»

L'applicazione confondeva sempre le parole. Sì, riusciva a capire quello che Reese chiedeva, ma non voleva avere nessuno intorno. Non voleva avere una conversazione lenta e stentata tramite un'app.

Probabilmente aspettò troppo per rispondere perché Reese disse qualcos'altro nel suo telefono che la voce robotica tradusse. «Mi dispiace che tu non sia felice qui. Sei eccitato per il matrimonio di tua sorella?»

Lui alzò lo sguardo e chiese accigliato: «*Qué?*» Attese con impazienza che l'altra parlasse ancora una volta al telefono e che l'applicazione traducesse.

«Oh, non lo sai? Mi dispiace molto, sono sicura che tua

sorella te ne avrebbe parlato presto. Mi sento in colpa per avertelo detto. La cerimonia si terrà qui al Rifugio tra due settimane.»

Angelo era sbalordito. La donna aveva ragione. Certo che Isabella gli avrebbe detto che si sarebbe sposata con Woody. Forse aveva già cercato di farlo... ma l'aveva evitata perché non gli piaceva mentirle.

Le sorrise, anche se aveva la sensazione che fosse un patetico tentativo.

L'espressione del suo viso sembrò comunque sorprenderla, ma Reese si riprese subito e ricambiò. «Vuoi mangiare?»

Angelo annuì. «Dammi un minuto.»

L'app tradusse le sue parole e lei sorrise ancora di più annuendo più volte.

Si voltò ed entrò nello chalet chiudendosi la porta alle spalle. Fece un respiro profondo. Poi un altro.

La notizia non gli dispiaceva, anzi. Isabella aveva bisogno di qualcuno che si prendesse cura di lei. Un uomo che si facesse carico dei suoi fardelli. Almeno fino a quando non fosse stato in grado di farlo lui stesso. Ma sposare Woody significava che lei sarebbe rimasta *lì*. Negli Stati Uniti. E avrebbe voluto che ci restasse anche lui.

Non era un'opzione. Angelo avrebbe fatto tutto il necessario per tornare a casa.

Guardando fuori dalla finestra, vide Reese aspettarlo pazientemente. Prima di salire al lodge, volle provare ancora una volta a scrivere ai suoi contatti a casa. Alla fine lo avrebbero aiutato, non aveva dubbi. Al suo ritorno le cose sarebbero state intense per un po'. Doveva espiare la colpa di aver mandato all'aria la consegna e di aver permesso alla sorella e all'americano di fuggire, ma avrebbe fatto tutto il lavoro che ritenevano opportuno per rientrare nelle grazie del cartello.

Digitò rapidamente un altro messaggio sui social, rassicurandoli ancora una volta che era dispiaciuto per aver sbagliato la consegna e che stava facendo tutto il possibile per tornare a casa.

Fissando il vuoto, mentre sperava che Pablo rispondesse, Angelo decise di fare tutto il necessario per scalare i ranghi dell'organizzazione il più rapidamente possibile. Sarebbe stato rispettato. *Temuto*. Un giorno la gente avrebbe parlato di lui in tono sommesso, non avrebbe mai osato sfidarlo.

Il suo futuro era a Bogotà, non negli Stati Uniti. Non sarebbe stato una minoranza in un Paese che guardava dall'alto in basso chiunque non avesse la pelle bianca e non parlasse perfettamente la loro lingua. A sua sorella poteva andare bene essere una cittadina di seconda classe, ma a lui no.

Sarebbe tornato a casa, non appena fosse riuscito a capire come.

Fece un respiro profondo e si voltò verso la porta d'ingresso. Sarebbe andato a pranzo con la fastidiosa americana per placare i sospetti, per non esporsi troppo, così quando sarebbe arrivato il momento, sarebbe stato in grado di andarsene senza che nessuno sospettasse nulla.

Uscì e fece un cenno educato a Reese, seguendola in silenzio mentre si dirigevano verso il lodge.

CAPITOLO DODICI

«È FANTASTICO!» esclamò Alaska con un enorme sorriso.

Reese era d'accordo, e non solo perché stavano organizzando il matrimonio di suo fratello. Si trovava a Los Alamos a pranzo con Isabella, Alaska, Henley, Jess, Ryan e Luna. Era più tardi del normale, ma avevano dovuto aspettare che Henley finisse la sessione di gruppo con alcuni ospiti e che Jess e Ryan terminassero i compiti della giornata.

Si erano incontrate tutte alla Rose Chocolatier, un'incredibile cioccolateria specializzata in torte e dolci particolari per gli eventi. Ne stavano assaggiando di diversi tipi per decidere quale servire alla cerimonia di Woody e Isabella.

Il Rifugio era stato travolto dalla frenesia dell'imminente matrimonio. Nel corso dell'ultima settimana erano entrati tutti nello spirito dell'occasione, e dato che sarebbe stato il primo a venire celebrato nella struttura, volevano farlo per bene. Hudson, il paesaggista, stava facendo gli straordinari per realizzare un arco nuziale per la cerimonia, e Robert e Luna avevano trascorso ore con la coppia felice per decidere che cibo servire al ricevimento.

Woody era riuscito a trovare un officiante in città disposto ad andare a sposarli e le pratiche erano già state depositate. I loro genitori erano estasiati; avevano sentito parlare di Isabella nel corso degli anni e avevano già comprato i biglietti aerei e prenotato un albergo. Il matrimonio le avrebbe permesso di rimanere legalmente negli Stati Uniti, e Tex si era assicurato che tutto filasse liscio su quel fronte.

La cerimonia non sarebbe stata enorme. Erano stati invitati tutti gli ospiti presenti al Rifugio quel giorno, così come tutti i dipendenti, oltre ovviamente alla mamma e al papà di Reese e Woody. Ma non era la dimensione che contava, era la gioia per quell'evento che la entusiasmava.

Suo fratello stava per sposarsi.

Era quasi difficile da credere. Era stato categorico per anni sul fatto di non voler frequentare nessuno. E sapeva che era perché era innamorato di Isabella. Reese era così felice che le cose si fossero finalmente risolte per entrambi.

Sorrise e Henley le chiese: «Cosa c'è di divertente?»

«Stavo pensando a mio fratello. Mi è davvero difficile credere che si stia per sposare.»

«Perché?»

«Senza offesa» replicò guardando Isabella. «Ma è un idiota.»

Tutte ridacchiarono.

«Voglio dire, io leggo romance. Vedo le copertine dei libri che hanno come protagonista un Navy SEAL o qualche altro tipo di eroe militare cazzuto... e mi viene da ridere. Perché Woody non ha quell'aspetto. Non è enorme e muscoloso, non è alto più di due metri, e pensa che grugnire sia un modo accettabile di comunicare.»

Le ragazze ridacchiarono di nuovo.

«Vuoi sapere cosa vedo quando guardo tuo fratello?» chiese Isabella.

«Ehm... basta che non accenni a qualcosa di sessuale» rispose storcendo il naso.

L'altra sorrise e scosse la testa. «No. La prima volta che l'ho incontrato, anni fa, sono stata subito attratta da lui per la sua capacità di osservazione. So che non sembra molto romantico, ma era sempre vigile. Il suo sguardo non smetteva mai di scrutare l'area intorno a lui.»

«Mi sembra un po' paranoico» osservò Luna.

Ma Reese capì cosa intendeva Isabella. Aveva visto suo fratello farlo, e anche Gus e il resto della squadra Delta quando si era trovata con loro. Ma Woody sembrava usare quella particolarità a un livello estremo. Non sapeva cosa fosse successo per renderlo così super attento. Forse non voleva saperlo.

«Lo è e non lo è» replicò Isabella. «Stavamo camminando per andare da un edificio a un altro per una riunione, non guardavo dove stavo andando perché ero impegnata a tradurre per un funzionario del governo che era con noi. Sono inciampata, ma Woody mi ha afferrata prima che mi ritrovassi faccia a terra. Aveva visto che il vialetto era accidentato e si è mosso verso di me prima ancora che cominciassi a cadere.

Questo è solo un esempio. Quando parlavamo al telefono, sembrava sempre capire quando avevo una brutta giornata, dal tono della mia voce, credo. Mi faceva ridere e sentire al sicuro e quando facevamo una videochiamata ero sempre al centro della sua attenzione. Pensavo che dopo un anno o due si sarebbe stancato di me, ma non è successo.»

«Parlava sempre di te» disse Reese alla futura cognata. «Ogni volta che ci trovavamo, aveva una storia da raccontare su qualcosa che avevi fatto. Si vantava sempre di te ed era così orgoglioso di tutto ciò che facevi.»

Isabella arrossì e si infilò una ciocca di capelli scuri dietro l'orecchio. «Anch'io sono orgogliosa di lui. Non ho bisogno di un eroe da romanzo rosa. Perché dovrei quando ho Woody? Quando eravamo in quella stanza ero davvero spaventata, ma lui era calmo e concentrato. Continuava a dirmi che mi avrebbe tirato fuori da lì, che mi avrebbe protetta da qualunque cosa fosse accaduta. Non so come sarebbe andata se quegli uomini avessero cercato di farci del male o di portarmi via da lui, ma non ho dubbi che avrebbe fatto tutto ciò che era in suo potere per evitarlo.»

Gli occhi di Reese si riempirono di lacrime. Non riusciva a immaginare a quanto doveva essere stata spaventata Isabella, ma sapere che suo fratello era rimasto calmo, certo che sarebbe andato tutto bene, glielo fece amare ancora di più.

«Ok, ora sto piangendo» disse Alaska asciugandosi le guance.

«Già. Devo trovare qualcuno come Woody» aggiunse Luna.

«Amo mio marito, ma penso che se venissimo rapiti da un cartello della droga Eric non sarebbe altrettanto competente» dichiarò Jess con una risatina.

Tutte scoppiarono a ridere, alleggerendo l'atmosfera.

«Be', per fortuna non dovrai preoccuparti di questo» disse Henley. «Nessuna di noi dovrà farlo. Siamo qui, il Rifugio è sicuro e festeggeremo con un matrimonio tra meno di due settimane!»

«Che ne pensate della numero tre?» chiese Alaska, indicando la fetta di torta sul lato destro dei loro piatti. Ne stavano assaggiando tre diverse alla volta, tutte numerate per non sbagliare.

Mentre parlavano di quale fosse la preferita di ognuna, Reese guardò Ryan. Non conosceva molto bene l'altra donna, ma era sempre gentile e disponibile ad aiutare con tutto ciò che serviva fare al lodge. Era tranquilla e se ne stava per conto suo, ma proprio come i proprietari del Rifugio, sembrava sempre molto attenta a tutto ciò che accadeva intorno a lei.

«Stai bene?» le chiese a bassa voce, mentre le altre discutevano se preferivano la torta al cioccolato o la red velvet.

Ryan la guardò e sorrise. «Certo. Perché non dovrei?»

«Be', io sono molto sentimentale ma posso essere perdonata visto che è mio fratello a sposarsi. L'entusiasmo di Isabella è evidente, Alaska e Henley sono follemente felici con i loro uomini, Jess è sposata con un uomo che adora e Luna è troppo impegnata con l'università per pensare seriamente di sistemarsi. Quindi... manchi solo tu.»

Ryan scrollò le spalle. «Sono a posto.»

«Sei single, vero?»

«Oh, sì. Decisamente single» rispose con fervore.

«Sei bella» le disse. «Voglio dire, *molto* bella, e al Rifugio ci sono un sacco di begli uomini. Hai mai pensato di metterti con uno di loro?»

«No!» esclamò, quasi troppo in fretta.

Reese riuscì a nascondere un sorriso. Si chiese quale dei ragazzi avesse attirato la sua attenzione. «Perché no?»

Ryan alzò le spalle. «Non resterò qui per sempre. Ho accettato questo lavoro per allontanarmi da... be', diciamo che avevo bisogno di una pausa dalla mia vita. E quale posto migliore se non nel bel mezzo del nulla?»

Si accigliò. Non le piaceva la nota di... ansia... che sentì nella sua voce.

«Anche se» proseguì, «finora è stato piuttosto eccitante. E non lo sto dicendo in senso negativo, ma mi aspettavo di venire qui e di annoiarmi a morte. Invece è stato *tutt'altro* che noioso.»

Ryan si girò verso di lei e lo sguardo intenso dei suoi occhi castani la inchiodò sul posto. «Sei fortunata ad avere Woody. È evidente quanto ti vuole bene. Avete un ottimo rapporto. Anche quando vi punzecchiate a vicenda, si capisce che nessuno dei due è seriamente arrabbiato. Io non vado per niente d'accordo con mio fratello, quindi vedere voi due è... bello.»

Reese mise la mano sulla sua, che teneva la forchetta con una presa così stretta da avere le nocche bianche. «So che ci siamo appena conosciute, ma puoi parlare con me. Se c'è qualcosa non va, posso aiutarti. Oppure posso parlare con Woody o Gus e loro...»

Ryan la interruppe ridendo. Fu un suono forzato. Quasi doloroso. «Oh, no, è tutto a posto. Giuro.» Poi si chinò in avanti e chiese: «Pensi che le altre o i proprietari della cioccolateria si ribellerebbero se suggerissi di provare una torta alla vaniglia o alla fragola?» Sorrise, ma l'emozione non raggiunse gli occhi.

Avrebbe voluto dirle che non le credeva e incoraggiarla a parlare con lei, ma se non voleva condividere ciò che la turbava, sospettava che nessuna pressione l'avrebbe fatta aprire. Così lasciò cadere l'argomento... ma si ripromise di tenerla d'occhio. «Io pensavo al plumcake.»

Vide per un attimo il sollievo nel suo sguardo, prima che cancellasse ogni emozione dal volto, a parte il finto sorriso. Poi si voltò verso le altre e disse: «Io e Reese votiamo per provare qualcosa che *non* sia al cioccolato.»

Tutte cominciarono a parlare contemporaneamente, e il proprietario della pasticceria, che si trovava lì vicino, si fece avanti e si offrì di portare una torta marmorizzata che conteneva sia vaniglia sia cioccolato.

Il resto della degustazione si svolse senza problemi e quando furono pronte ad andarsene, Isabella aveva scelto una torta al cioccolato fondente con glassa al cioccolato, e gelato servito insieme a ogni fetta per spezzare l'intensità del sapore.

Una volta uscite si divisero. Henley andò a prendere Jasna a scuola, Alaska e Luna tornarono al Rifugio e Jess e Ryan a casa, mentre lei e Isabella andarono a fare la spesa.

«Ti stai ambientando alla vita negli Stati Uniti?» chiese Reese mentre si dirigevano verso il supermercato.

«Amo questo posto» rispose Isabella con un gran sorriso. «Però è strano non essere in una grande città.»

«Sì, non è proprio come Bogotà, eh?»

«No, ma mi piace.»

«Kansas City non è popolosa come Bogotà, ma c'è molto più movimento che a Los Alamos» le disse Reese. Poi le parlò di alcuni dei suoi ristoranti preferiti e delle cose da fare in città. Si fece seria quando si fermò nel parcheggio e spense il motore. «Pensi di poter essere felice lì?» le chiese.

Isabella si girò verso di lei e annuì. «Posso essere felice ovunque ci sia Woody.»

Le piacque molto la sua risposta. «So che sta già sfruttando alcune delle sue conoscenze per vedere se riesce a trovarti un buon impiego, e naturalmente lui può svolgere il suo lavoro di contabile in qualsiasi posto, e ci sono sempre più persone che parlano spagnolo negli Stati Uniti, quindi non ho dubbi che riuscirai a trovare qualcosa che ti piace e che sia ben pagato.»

«Lo spero. Ma anche se non dovessi trovare qualcosa andrà bene lo stesso, vogliamo crearci una famiglia il prima possibile.»

Gli occhi di Reese si illuminarono. «Davvero?»

Isabella annuì un po' timidamente. «Sì. Ho sempre desiderato avere un bambino, ma crescere da sola Angelo è stato difficile e non volevo ritrovarmi nella stessa situazione. Non fraintendermi, gli voglio bene, ma è stata molto dura. Soprattutto a Bogotà.»

Reese avrebbe voluto saltellare di gioia al pensiero che prima o poi sarebbe diventata zia, ma si trattenne. «Come sta Angelo? Sono stata molto felice che sia venuto a pranzo con me al lodge l'altro giorno, ma sembra... teso. O magari triste.»

Isabella sospirò. «Non gli piace questo posto. Speravo fosse sollevato quanto me di andarsene da quella città, di lasciarsi alle spalle la costante preoccupazione e la paura. Invece sembra perso.»

«Non deve essere facile per lui trovarsi sradicato da tutto ciò che conosceva.»

«È vero, ma conosceva soprattutto la povertà, le bande e le difficoltà. Si sta comportando da... non sono sicura di quale sia la parola corretta... ingrato?»

«Ingrato?» chiese Reese.

«Sì, credo sia la parola giusta. Dovrebbe essere felice di non doversi più preoccupare dei soldi per la cena e di non essere più costretto a lavorare per il cartello. Invece è depresso. Quando gli ho detto che avrebbe dovuto studiare l'inglese, ha accettato, ma in realtà non ha ancora iniziato una lezione.» Isabella si morse il labbro preoccupata e sospirò. «Non so dove sia finito il dolce fratellino che ho cresciuto. È come se non lo conoscessi nemmeno.»

«È ancora un adolescente» la tranquillizzò. «Non ho figli, ma da quello che ho sentito dagli amici, si comportano così. So che è praticamente un adulto, ma è stato portato via da tutto ciò che conosceva. Penso che più starà qui, più si ambienterà. E gli farà bene vivere a Kansas City. Gli sarà un po' più familiare perché è più animata, più frenetica rispetto a qui. Non c'è molto da fare da queste parti, quindi posso capire che non si senta a suo agio.»

«Spero tu abbia ragione. Mi preoccupo per lui, ma allo stesso tempo so che è un adulto. L'ho viziato, gli ho dato tutto quello che potevo semplicemente perché non ho avuto le stesse cose quando ero una bambina.»

Reese non sapeva cos'altro dire. Voleva aiutare i due fratelli, ma non sapeva come.

Isabella fece un respiro profondo. «Basta ora. Grazie per essere venuta con me oggi e per tutto quello che stai facendo. Sono così felice di sposare Woody. Non mi sarebbe importato se fossimo andati in comune e avessimo avuto una semplice cerimonia, ma lui insiste per regalarmi un vero matrimonio.»

«Penso che Woody lo voglia quanto o più di te. Non dirgli che te l'ho detto, ma quando era piccolo era solito sfogliare l'album di nozze dei nostri genitori. Era ossessionato dal vestito di mamma, e credo... no, so che vuole avere gli stessi ricordi.»

Le due donne si scambiarono un sorriso.

«Il mio letale fratello delle forze speciali può essere uno sciocco sdolcinato a volte» disse per prenderlo scherzosamente in giro.

«Lo amo» affermò Isabella seria. «È così buono con me. Non so se sarei riuscita a superare gli ultimi anni senza il suo sostegno. Stare con lui è un sogno che si realizza. Non mi sarei mai aspettata che venisse in Colombia quando gli ho detto che avevo paura, eppure l'ha fatto. Farò tutto il possibile per renderlo felice.»

«Non devi fare *nulla* perché gli basta stare con te per esserlo.»

L'altra sorrise timidamente. Lanciò uno sguardo al supermercato e poi si voltò di nuovo verso di lei. «Tu e Spike sembrate felici insieme.»

«È meraviglioso» replicò, per nulla reticente a parlare di Gus. «Non sono mai stata con un uomo così... attento.»

«Forse è qualcosa che si portano dentro per essere stati nelle forze speciali» suggerì Isabella. «Hanno visto talmente tante cose brutte. Fanno di tutto per proteggerci e prendersi cura di noi perché conoscono il male che c'è nel mondo.»

Pensò che avesse ragione. «Ma stanno con noi per quello che siamo o perché si vogliono aggrappare a qualcosa di buono in un mondo altrimenti malvagio?» si lasciò sfuggire. Probabilmente non avrebbe mai fatto quella domanda a nessun altro che non fosse la donna di suo fratello.

Isabella rimase in silenzio per un momento, cosa che Reese apprezzò. Non rispose subito con le parole che lei avrebbe desiderato sentire, stava riflettendo davvero sulla domanda.

«Credo con tutto il cuore che Woody stia con me per il legame che abbiamo. Non c'è altro motivo per cui mi abbia aspettata. Abbiamo avuto una sorta di relazione a distanza per anni. Avrebbe potuto dire in qualsiasi momento che era troppo complicato. Avrebbe potuto rinunciare, trovare un'altra donna da proteggere e trattare come se fosse la persona più importante del mondo. Ma non l'ha fatto. Ha continuato a mandarmi mail, a telefonarmi e a videochiamarmi. Quando ero triste, mi tirava su il morale. Quando ero arrabbiata, ascoltava le mie lamentele. Quando mi sentivo sola, era lì a farmi compagnia.

Non credo che Woody – o il tuo Spike – uscirebbe con una donna solo per stare con qualcuno. Anche se amo tuo fratello, per molti versi non è un uomo molto paziente. Il fatto che mi abbia aspettata dimostra che sta con me perché anche lui mi ama, non perché vuole dimenticare le cose brutte che ha visto e fatto.»

Reese annuì e chiuse gli occhi per bloccare le lacrime. Voleva credere che Gus stesse con lei per le stesse ragioni, ma non avevano una storia come quella di Isabella e Woody. Sì, si conoscevano da anni, da quando lui e suo fratello facevano parte della stessa squadra della Delta Force, ma non erano mai stati *insieme* se non in quest'ultimo periodo.

Quando sentì la mano di Isabella sul braccio, aprì gli occhi.

«Spike ti guarda come Woody guarda me. I suoi occhi ti seguono quando siete nella stessa stanza ma separati. Dormi nel suo chalet; avrebbe potuto trovarti un'altra sistemazione, ma non l'ha fatto. Non pensa al male del suo passato quando è con te. Sta con te per quello che sei, Reese. E perché non dovrebbe? Sei gentile con me e mio fratello, sei generosa, bella, intelligente e lo fai ridere. Cos'altro potrebbe volere?»

Le sorrise. «Fai bene al mio ego» disse sommessamente.

«Non ti sto... come si dice? Suonando il violino? Dico sul serio.»

Reese ridacchiò e la corresse: «Facendo una sviolinata è la frase che intendi.»

Isabella arrossì. «Conosco la vostra lingua, ma ci sono

molti modi di dire che non hanno senso e che devo ancora imparare.»

«Il tuo inglese è sorprendente. Non ho mai capito perché le persone che lo hanno imparato come seconda lingua siano così dure con loro stesse. L'inglese è davvero difficile, e chiunque lo parli quando non è la sua lingua madre ha il mio massimo rispetto.»

«Vedi? Sei gentile. Non tutti la pensano come te. Sono impazienti e si irritano quando sentono qualcuno con un accento non americano. Spike non è stupido. Ha visto la donna straordinaria che sei. Credo sia sorpreso che tu sia ancora single. Non ci metterà molto prima di farti sua.»

Adorò sentire quelle cose. «Anch'io voglio farlo mio.»

«Sesso» disse Isabella. Le sue guance si infiammarono, ma continuò a parlare. «È la via per il cuore.»

Reese rise. «Non voglio parlare di te e mio fratello che fate sesso, ma... davvero?»

«Sì. Agli uomini piace farlo. Molto. Riescono a esprimere più facilmente le loro emozioni durante l'intimità. Avevo le stesse paure riguardo a Woody, sullo stare con lui. E ora ci stiamo per sposare, e stiamo progettando di metter su famiglia.»

«Perché avete fatto sesso?» chiese scettica.

«Perché facciamo dell'*ottimo* sesso» rispose con un piccolo sorriso misterioso.

«Quindi stai dicendo che dovrei mettere da parte le mie riserve sul fatto di muovermi troppo velocemente e saltare addosso a Gus?»

Isabella si acciglò. «Saltargli addosso? No, potreste farvi male.»

Reese ridacchiò. «Un altro modo di dire un po' scherzoso che significa fare sesso con lui.»

«Ah, allora sì, tu e Spike dovreste saltarvi addosso. Lui vuole farlo. È ovvio.»

«Ah sì?»

«Sì. Avete uno chalet tutto per voi. Dovresti invitarlo nel tuo letto. Per me e Woody è più difficile dato che c'è anche Angelo, ma abbiamo comunque trovato un modo per avere del tempo per noi.»

«Ok, stiamo parlando di te e mio fratello che fate sesso, quindi dobbiamo interrompere subito questa conversazione» disse Reese con una risatina. Ma non riusciva a smettere di pensare alla prospettiva di Isabella. Pensava davvero che sarebbe bastato un po' di sesso per far sì che Gus la amasse? No. Ma... aveva ragione. Gli uomini che tenevano sotto controllo le loro emozioni spesso abbassavano la guardia durante l'intimità.

Le due donne si scambiarono un sorriso proprio quando i loro telefoni iniziarono a suonare.

Reese tirò fuori il suo dalla tasca e vide che era un messaggio di Gus.

Gus: *Tutto bene? Alaska e Luna sono tornate e hanno detto che tu e Isabella sareste andate al supermercato. Volevo solo controllare che fosse tutto a posto.*

Guardò Isabella e la vide sorridere mentre leggeva il messaggio che aveva ricevuto e poi sollevare lo sguardo. «È Woody. È preoccupato e voleva controllare se andava tutto bene.»

«Anche Gus.»

«Te l'avevo detto» disse un po' compiaciuta. «Se non gli

importasse non ti manderebbe un messaggio per sapere come stai.»

«Che ne dici se rassicuriamo i nostri ragazzi che stiamo bene, entriamo, prendiamo le cose che ci sono sulla nostra lista e torniamo al Rifugio?»

«D'accordo.»

Le dita di Reese volarono sullo schermo mentre rispondeva.

Reese: *Tutto a posto. Stiamo solo facendo due chiacchiere tra donne. Discorsi da future cognate prima di fare la spesa. Sarò a casa presto.*

Premette invio, poi si rese conto di quello che aveva scritto.

Casa. Aveva detto che sarebbe tornata a *casa* presto. Per un attimo si preoccupò di aver esagerato. Lo chalet di Gus non era casa sua, ma nelle ultime due settimane le era sembrato proprio così. Stare lì con lui le dava più la sensazione di essere a casa rispetto all'appartamento in cui aveva vissuto per anni a Kansas City. Non riusciva a decidere se fosse una cosa triste o eccitante.

Gus: *Puoi prendere della panna da cucina? È nel banco frigo accanto al latte e alla panna da montare. Ho trovato una ricetta per il pollo alla pancetta e salsa ranch che credo ti piacerà, e voglio provarla.*

· · ·

Non riusciva a smettere di sorridere. Il fatto che Gus avesse pensato a lei quando aveva visto una ricetta e volesse prepararla la faceva sentire davvero speciale. E che avesse dovuto dirle dove trovare ciò che gli serviva era piuttosto divertente, ovviamente sapeva che lei non avrebbe avuto idea di dove diavolo cercare, perché non l'aveva mai comprata. Non aveva mentito sul fatto di non essere una brava cuoca.

Reese: *Certo. Ti serve qualcos'altro?*
   Gus: *No. Solo che torni a casa sana e salva.*

Eccola di nuovo. Quella parola. Casa. Ma questa volta l'aveva detta *lui*. Ripensò a ciò che Isabella aveva suggerito riguardo al sesso. Lei e Gus si erano trattenuti, e all'improvviso non sapeva perché stessero aspettando. Era ovvio che si desideravano. Lui glielo aveva fatto capire chiaramente, toccandola e baciandola di continuo.

Rispose rapidamente al messaggio prima di ripensarci.

Reese: *Mi sento come se fossero passati giorni invece che ore dall'ultima volta che ti ho visto. Ti desidero, Gus. Non voglio più aspettare.*

Attese con ansia i tre puntini sullo schermo, che le avrebbero fatto capire che lui stava digitando una risposta.

Gus: *Se mi vuoi, mi avrai. Guida con prudenza.*

. . .

Guardò Isabella e vide che continuava a sorridere mentre scriveva un messaggio. Non smise nemmeno quando infilò il telefono in borsa. «Vogliamo sbrigarci così possiamo tornare dai nostri uomini e rassicurarli che possiamo allontanarci da loro per qualche ora senza incidenti?»

Non sapeva di cosa avessero parlato lei e Woody nei loro messaggi, ma dal rossore delle sue guance ne aveva un'idea. «Assolutamente sì» rispose, girandosi per aprire la portiera.

La spesa non durò molto, perché erano entrambe impazienti di tornare al Rifugio. Reese sentì un rimescolio nella pancia. Stava davvero per farlo? Stava per fare sesso con Gus Fowler? Spogliarsi con lui, lasciargli vedere il suo corpo senza nulla addosso?

Sì...

Accidenti, *sì*, lo stava per fare. E non vedeva l'ora.

———

«Sta bene?» chiese Woody a Spike dopo aver alzato lo sguardo dal telefono.

«Sì.» Quando Alaska e Luna erano tornate da Los Alamos avevano parlato con loro, ma non vedendo arrivare Isabella e Reese si erano entrambi preoccupati.

Dopo averle scritto per assicurarsi che stessero bene, Spike era ancora più impaziente di qualche minuto prima. Non aveva idea di cosa avessero parlato le due donne, ma se la chiacchierata le aveva dato il coraggio di farsi avanti e dirgli che non voleva più aspettare per stare con lui, ne era felice.

Ma cominciò a dubitare di aver frainteso. E se non

stava parlando di sesso? Se intendeva aspettare per qualcos'altro? Si scervellò cercando di capire a quale altra cosa avrebbe potuto riferirsi, ma non gli venne in mente nulla.

Ora non riusciva più a smettere di pensare di fare sesso con Reese. Voleva toccarla. Voleva sentire le sue curve contro di lui. Aveva bisogno di assaggiarla, di sentirla intorno al suo cazzo, di sentirla gemere mentre la prendeva.

Aveva difficoltà a tenere a bada l'erezione e l'ultima cosa che voleva era che Woody lo vedesse eccitarsi.

«Me ne vado tra meno di due settimane» gli ricordò l'amico.

«Lo so.»

«Hai già parlato con Reese della possibilità che rimanga? Ieri l'ho sentita chiacchierare con Angelo usando quell'applicazione che traduce le sue parole. Gli stava dicendo che il Missouri gli sarebbe piaciuto e gli ha elencato tutti i posti che voleva mostrargli.»

Spike si irrigidì.

«Ho guardato le posizioni attualmente disponibili sul sito del Los Alamos National Laboratory. Ce n'è una da operatore dell'acceleratore di particelle. È nel loro dipartimento di Ingegneria, Operazioni e Fisica. Non è esattamente il suo campo, ma non ho dubbi che sarebbe in grado non solo di convincerli ad assumerla, ma anche di eccellere.»

«Le hai cercato un lavoro?» chiese Spike incredulo.

«Certo. Ha lasciato il suo impiego, il che dimostra quanto siano seri i suoi sentimenti per te. Non ti preoccupare, mia sorella potrebbe trovare lavoro ovunque, ma qui a Los Alamos sarebbe una risorsa per il nostro Paese. Vuoi che rimanga, vero?»

Non dovette nemmeno pensare alla risposta. «Sì.»

«Allora dalle un motivo» disse Woody, con un tono calmo ma intenso. «Odierò non averla più tra i piedi, per così dire, ma se ho fatto funzionare la relazione con Isabella quando lei viveva in un paese a migliaia di chilometri di distanza, posso farlo anche con mia sorella se rimane qui nel New Mexico. Soprattutto se so che uno dei miei migliori amici si prende cura di lei, insieme ad altri sei ex militari spietati.»

Fu pervaso da un senso di impazienza mista a trepidazione. Aveva temuto che Reese dicesse che se ne sarebbe andata fin dal momento in cui erano arrivati al Rifugio. Era sorpreso che fosse rimasta così a lungo, in effetti non aveva una buona ragione. Suo fratello era guarito in modo straordinariamente rapido e nell'ultima settimana non circolavano più voci in rete, il che poteva significare che il cartello colombiano aveva rinunciato all'idea di dare la caccia a Isabella o a suo fratello. Anche se Woody fosse rimasto un altro po'... per Reese probabilmente sarebbe stato meglio tornare alla sua vita nel Missouri.

Invece era ancora lì. Voleva credere che fosse perché era riluttante a lasciare Spike quanto lo era lui a lasciarla andare.

E qualche minuto prima gli aveva confessato di desiderarlo.

Decise di smettere ufficialmente di fare il gentiluomo. O di essere paziente. O qualsiasi cosa stesse facendo. Non aveva mai desiderato una donna come desiderava Reese. Aveva anche l'approvazione del fratello, non che ne avesse bisogno, ma era comunque contento che gliel'avesse data. Al Laboratorio Nazionale c'erano posti di lavoro in cui lei avrebbe potuto eccellere e sembrava felice e soddisfatta di stare al Rifugio.

Se voleva avere tutto ciò che aveva sempre sognato, ciò

che Brick e persino lo scontroso Tonka erano riusciti a trovare, doveva smettere di perdere tempo e darsi da fare.

La cosa peggiore che poteva accadere era che lui e Reese andassero a letto insieme e si rendessero conto che in realtà non erano compatibili in quel senso, cosa che aveva la sensazione non sarebbe successa. Magari avrebbero fatto del sesso eccezionale e sconvolgente che li avrebbe avvicinati ancora di più. Avrebbe potuto incitarla a cercare un lavoro lì e a trasferirsi definitivamente al Rifugio.

Anche se le probabilità che ciò accadesse fossero state solo del dieci per cento, Spike avrebbe corso il rischio.

Woody batté la mano sulla spalla dell'amico e sorrise. «Vedo che finalmente ti è entrato in testa.»

«Cosa?»

«Che mia sorella potrebbe avere qualsiasi uomo al mondo. È un ottimo partito e francamente ero deluso dalle persone del mio sesso dato che nessuno se l'era già accaparrata. Ma ora penso che sia perché stava aspettando te.»

Spike sentì i brividi sulla nuca. Quell'insinuazione gli piaceva. Molto.

«Credo che stasera salterò la cena al lodge» disse.

Woody sorrise. «Ah sì?»

«Già. Voglio cucinare per Reese. Vuoi comunque fare un'escursione sul perimetro della proprietà domani? Te la senti?»

«Sì a entrambe le domande. Ma non troppo presto. Mi piace lasciar dormire Isabella fino a tardi, visto che non è riuscita a rilassarsi veramente negli ultimi dieci anni.»

«Magari andiamo dopo pranzo.»

«Mi sembra una buona idea. E, Spike?»

«Sì?»

«Domattina manderò a Reese il link del sito del laboratorio con le posizioni disponibili.»

Capì l'avvertimento dell'amico. Doveva parlarle seriamente del fatto che voleva che rimanesse prima che lei ricevesse quella mail. Avrebbe dovuto irritarsi per il fatto che Woody interferisse nella sua vita e in quella della sorella, ma non riusciva a trovare l'energia per arrabbiarsi, soprattutto perché desiderava che Reese restasse più di quanto volesse respirare.

Annuì all'amico, poi si voltò e si diresse verso il suo chalet. Non aveva mentito, *aveva* trovato una ricetta per il pollo che voleva preparare per Reese, ma ora non riusciva a pensare ad altro che ad averla sotto di sé, sopra di sé, sotto la doccia, in ginocchio e tutto il resto. Era ufficialmente ossessionato e non gliene fregava niente.

———

Angelo sorrise. *Finalmente* qualcosa stava andando per il verso giusto. Gli avevano risposto. Aveva supplicato abbastanza o in qualche modo era riuscito a far capire di aver lasciato il Sud America contro la sua volontà, che era ancora molto fedele al cartello e che avrebbe fatto di tutto per tornare lì e ricominciare a lavorare. E non avrebbe più sbagliato. Aveva imparato la lezione.

Sì, l'aveva imparata. E Pablo lo aveva contattato.

Pablo: *Dove sei?*
Angelo: *Nella cazzo di America.*
Pablo: *Dove?*
Angelo: *New Mexico. Voglio tornare a casa, ma non ho soldi.*
Pablo: *Tua sorella è con te? E l'americano?*

Angelo: Sì. Si stanno per sposare. Io non voglio averci niente a che fare. Voglio solo tornare a casa e lavorare per il cartello. Non c'è niente per me qui negli Stati Uniti.

Pablo: Perché dovremmo riportarti qui? Hai fatto una cazzata.

Angelo: Lo so, e come ho detto nei messaggi farò di tutto per farmi perdonare. Sono fedele al cartello. Lo giuro.

Pablo: Non sarà facile.

Angelo: Posso farcela.

Pablo: Non ne sono così sicuro. Dovrai dimostrare la tua lealtà. Pronunciare le parole non le rende vere.

Angelo: Cosa devo fare?

Pablo: Come facciamo a sapere che non è una trappola? Che non stai lavorando con l'americano per crearci problemi?

Angelo: Non è così! Lo giuro!

Angelo: Pablo? Sei ancora lì? Non mi piace nemmeno il ragazzo di mia sorella. Odio i suoi amici. Voglio solo tornare a casa. Qui non sono altro che uno stupido straniero. A casa sono rispettato.

Pablo: Va bene. Ti farò un bonifico per comprare un biglietto dell'autobus. Puoi andare fino in Messico e un socio verrà a prenderti.

Angelo: Grazie!!! Davvero.

Pablo: Mi serve un indirizzo.

Angelo: Sono in un posto chiamato Il Rifugio. È letteralmente nel mezzo del nulla. Ma hanno delle telecamere. E non credo che dovrei ricevere posta qui. Sarebbe strano se ricevessi una lettera dalla Colombia. Sono paranoici. Mia sorella dice che il motivo per cui non siamo ancora tornati è perché temono che il cartello li stia cercando. Ho chiesto perché il cartello dovrebbe preoccuparsi di persone così poco importanti come lei o il suo fidanzato. Mi ha guardato come se fossi scemo.

Pablo: Non ti devo mandare una lettera. Intendevo dire che *mi serve l'indirizzo del posto dove posso mandare i soldi. Un bonifico inviato per via elettronica.*

Angelo: *Giusto, scusa. Sono sicuro che c'è un posto del genere nella città qui vicino, Los Alamos. Ti farò sapere.*

Pablo: *Se dici a qualcuno che abbiamo parlato, sei morto.*

Angelo: *Non lo farò! Te lo giuro. Voglio solo andarmene da qui.*

Pablo: *Fallo e farai parte del cartello. Non diamo soldi a chiunque e non ci facciamo in quattro per salvare i membri che ci hanno fregato.*

Angelo: *Lo so, e sono pronto a giurare la mia fedeltà a te e al cartello.*

Pablo: *Vedremo quanto sei leale. Procurami quell'indirizzo.*

Angelo: *Lo farò.*

Per la prima volta dopo settimane Angelo era eccitato. Stava per tornare a casa! Aveva cercato di essere un po' più socievole con le persone che si trovavano lì, ma dentro di sé lo uccideva sorridere, fingere di essere felice e che tutto fosse a posto.

Quando un'auto si avvicinò allo chalet alzò lo sguardo e vide Isabella. Era stata in città con Reese... la causa di tutti i suoi problemi.

Si accigliò. Non gli piaceva quella donna, ma capiva la sua lealtà verso il fratello. Angelo amava sua sorella più di ogni altra cosa, ma non era più un bambino. Lei doveva capirlo. Doveva sapere che era pronto a essere autonomo. Non approvava il cartello, ma non aveva mai dato loro una possibilità, non riusciva a capire quanto sarebbe stata *migliore* la loro vita se lui avesse iniziato a lavorare per loro anni prima. Avrebbero avuto dei soldi. Molti soldi. Avrebbero potuto trasferirsi in una casa più grande, lei avrebbe potuto smettere di lavorare per gli americani e vivere una vita facile.

Invece erano andati avanti con poco, e pur lesinando e risparmiando, non ce n'erano mai abbastanza.

Non voleva abbandonarla, ma una volta tornato a casa, quando avrebbe iniziato a guadagnare bene, l'avrebbe contattata. Le avrebbe detto quanto gli mancava. Sapeva che si sarebbe potuto occupare di sua sorella meglio dell'americano, se fosse stato necessario. Avrebbe avuto più soldi di quanti Woody potesse mai sognare di guadagnare. Forse avrebbe potuto convincerla a tornare in Colombia.

Isabella si era presa cura di lui quando i loro genitori erano morti, privandosi di tutto per anni affinché lui potesse avere di più. Voleva ricambiare la sua lealtà, voleva essere lui a provvedere una volta tanto, ma sua sorella era così testarda! Non gli dava retta.

Sospirò, e un po' della sua eccitazione si affievolì. Sapeva che non sarebbe stato facile chiedere a Isabella di tornare a casa, ma sapeva anche che un giorno si sarebbe pentita delle sue scelte. Quando l'americano si fosse stancato di lei e l'avesse scaricata, quando si fosse trovata sola e al verde e non avesse avuto nessuno, avrebbe cercato lui. E Angelo l'avrebbe accolta di nuovo con gioia. Le avrebbe dimostrato che tutte le sue idee sul cartello erano sbagliate. Che si trattava solo di abili uomini d'affari che fornivano un prodotto molto richiesto.

Cosa c'era di sbagliato nel fare soldi? Niente. Se il cartello non avesse distribuito la droga, lo avrebbe fatto qualcun altro. E qualcun altro avrebbe fatto tutti i soldi di cui Angelo voleva disperatamente una parte.

Era solo questione di tempo prima che potesse tornare dov'era il suo posto. Dove poteva essere *qualcuno*. Ma prima doveva trovare dove farsi trasferire il denaro a Los

Alamos. Avrebbe potuto fare qualche telefonata, ma non sarebbe stato facile perché gli serviva qualcuno che parlasse spagnolo. Poi avrebbe dovuto rimediare un passaggio in città per ritirarlo. Non poteva guidare da solo e non poteva chiedere a sua sorella o a Woody. Avrebbero fatto troppe domande.

Sarebbe riuscito a trovare un modo. Il suo amico Pablo si stava facendo in quattro per riportarlo a casa e Angelo non lo avrebbe deluso. Avrebbe fatto di tutto, compreso sorridere e ridere, per convincere tutti che non aveva intenzione di andarsene da lì il prima possibile per tornare nel Sud America e nel cartello.

CAPITOLO TREDICI

Spike stava faticando a mantenere il controllo, ma anche se aveva un bisogno disperato di Reese, non era sua intenzione comportarsi come un cavernicolo. Quando era arrivata a casa dopo lo shopping era sembrata... timida. Per quanto avesse voluto trascinarla in camera e finalmente, *finalmente*, unirsi a lei nel letto, si era costretto a salutarla con un bacio lungo e lento e poi aveva riportato l'attenzione sulla cena che stava cucinando.

Nello chalet c'era un profumo delizioso di pancetta. Il pasto che aveva preparato non si poteva definire sano, anche se comprendeva pollo al forno. La panna, la pancetta e la crema di funghi ne erano la prova.

Non saltarle addosso appena entrata dalla porta si rivelò essere una scelta giusta, perché Spike la vide rilassarsi man mano che la serata proseguiva. Inoltre, voleva prima parlarle del suo futuro, in particolare di un lavoro a Los Alamos. Dato che Woody le avrebbe inviato il link del sito del laboratorio, voleva essere molto chiaro sui suoi sentimenti prima che lo ricevesse.

Si sedettero a tavola e Reese si chinò e inspirò profondamente il vapore che saliva dal piatto. «Che buon profumo» gli disse sorridendo.

«È vero» concordò lui mentre prendeva il cucchiaio. Aveva tagliato la carne a pezzetti e il risultato era più simile a una zuppa cremosa che a un pollo con salsa, ma non gli dispiaceva. Lo assaggiò e Reese fece altrettanto, chiudendo gli occhi e gemendo mentre masticava.

E a quello il cazzo gli diventò duro. Lei non aveva idea di quanto fosse sexy e Spike stava usando tutta la disciplina acquisita nel suo lavoro per non balzare attraverso il tavolo... e al diavolo il cibo.

«Quindi è buono?» le chiese con un sorriso.

«Buono? Gus, è *eccezionale*.»

Non sapeva perché gli piaceva così tanto che insistesse a volerlo chiamare "Gus". Forse perché lo separava dal soldato che era stato. Non che non fosse orgoglioso di quello che aveva fatto, ma c'erano momenti in cui tutta la merda che aveva in testa era troppo opprimente. L'uso del suo nome gli ricordava che era stato una persona normale *prima* dell'esercito e che lo era anche ora. O almeno poteva esserlo.

E gli piaceva che Reese fosse per lo più separata da quella parte della sua vita.

Durante il pasto chiacchierarono, ma c'era un sottofondo di tensione sessuale. Reese continuava a lanciargli sguardi furtivi, e quando si leccava le labbra doveva metterci tutta la sua forza di volontà per rimanere seduto.

Non appena finì di mangiare mise da parte il piatto, appoggiò i gomiti sul tavolo e si chinò, tenendo lo sguardo fisso su di lei. Non aveva mai dato molto peso al piccolo tavolo della cucina, era rotondo e sufficiente per due persone, ma anche stando uno di fronte all'altra erano vicini come quando erano seduti fianco a fianco in quello enorme del lodge.

Reese si mise in bocca l'ultimo boccone, poi lo guardò. Spike le tese una mano e lei la prese senza esitare.

«Oggi ho parlato con Woody» cominciò... poi perse il filo del discorso quando lei fece scorrere il pollice sulla sua mano. Le sue dita erano morbide e calde ed ebbe un'improvvisa visione di lei che stringeva il suo cazzo nel pugno e lo accarezzava.

«E?» gli chiese, con un sopracciglio inarcato.

Si schiarì la gola e si costrinse a concentrarsi. Prima finiva quella conversazione, prima l'avrebbe portata a letto. «Mi ha detto che dopo il matrimonio tornerà a Kansas City.»

«Sì, è guarito quasi del tutto, e visto che a quanto dice il tuo amico Tex sembra che il cartello non lo stia cercando, pensa che sia sicuro tornare a casa. So che vuole sistemare Isabella e cercare un lavoro per Angelo che lo tenga occupato. È ovvio che sta ancora lottando per ambientarsi, ma ultimamente sembra che si stia impegnando di più.»

«Sì, l'ho notato anch'io.» Non si fidava del tutto del ragazzo, ma si stava impegnando *davvero* di più per inserirsi. Ciò lo aveva fatto ammorbidire un po' nei suoi confronti.

Poi fece un respiro profondo e smise di girarci intorno.

«Voglio che tu rimanga» sbottò, continuando prima che lei potesse dire una parola. «So che vivi a Kansas City da molto tempo, ma non voglio che tu te ne vada. Mi sono abituato alla tua presenza qui e già non riesco a immaginare di svegliarmi senza di te. Woody ha cercato dei posti di lavoro al Los Alamos National Laboratory e pensa che ci siano delle posizioni che potrebbero piacerti. Domani ti manderà un link, ma non volevo che lo ricevessi e che ti chiedessi come la penso sul fatto che tu rimanga. Sono d'accordo. Al cento per cento. Mi trasferirei nel Missouri per stare con te, ma non saprei come fare con la gestione del Rifugio.»

Reese gli strinse la mano e Spike si zittì. Stava blaterando. Trattenne quasi il fiato nell'attesa di sapere cosa ne pensasse lei.

«Ho già dato un'occhiata al sito web del laboratorio» ammise con una scrollata di spalle. «Il mio capo nel Missouri ha detto che mi avrebbe dato un'ottima raccomandazione... e ho lavorato al mio curriculum.»

«Davvero?»

Annuì.

«Quindi vuoi restare?» le chiese, desideroso di sentire quelle parole uscire dalla sua bocca.

«Sì.»

Spike si alzò così velocemente che la sua sedia si inclinò, tanto che si sarebbe rovesciata se non l'avesse afferrata all'ultimo momento con la mano libera. Non lasciò quella di Reese mentre girava intorno al tavolo e la tirava in piedi. «I piatti possono aspettare. Io no» dichiarò.

La sentì ridacchiare, ma, cosa più importante, non protestò quando lui si avviò verso il corridoio, praticamente trascinandola dietro di sé.

Avevano a malapena fatto un metro che gli squillò il telefono in tasca. Avrebbe voluto ignorarlo, ma non riceveva molte chiamate. Quando succedeva, di solito erano importanti.

Smise di camminare e fece un respiro profondo prima di guardare Reese dietro di lui. «Devo rispondere.»

Lei annuì.

Senza lasciarla andare, si mise la mano in tasca e tirò fuori il cellulare. Vide il nome di Brick sullo schermo.

«Che succede?» chiese, invece di salutare.

«Scusa se interrompo qualcosa, ma abbiamo un problema. Uno degli ospiti ha avuto un flashback ed è scappato nel bosco in preda al panico.»

«Merda» imprecò Spike.

«Owl, Pipe e Tiny lo hanno inseguito, ma alcuni degli altri ospiti ora sono agitati. Sono preoccupati e parlano di andare nel bosco a cercarlo. Ho davvero bisogno di te al lodge, per aiutare a mantenere tutti calmi.»

«Sto arrivando» disse senza esitazione.

«Grazie. Lo apprezzo molto.»

«Non serve ringraziare. Ci vediamo tra un minuto o giù di lì» replicò all'amico prima di chiudere la chiamata. Fece un respiro profondo, poi un altro, poi si voltò verso Reese.

«Cos'è successo?»

«C'è un problema con uno degli ospiti e devo salire al lodge.»

Lei aggrottò la fronte. «Stanno tutti bene? Cosa posso fare per aiutare? Posso venire con te.»

Non voleva che stesse vicino a persone potenzialmente instabili. Non che non si fidasse degli uomini e delle donne che si trovavano lì in quel momento, ma chiunque poteva essere un rischio se il disturbo post-traumatico da stress aveva la meglio.

Cercò di ricordare quali fossero le storie degli ospiti che alloggiavano attualmente al Rifugio. Tre veterani di guerra, una donna che era stata rapinata e violentata in un vicolo, un'altra che era stata picchiata a sangue dal marito, un uomo a cui avevano rubato l'auto... e non riusciva a ricordare le storie degli altri. Non sapeva quale fosse quella dell'uomo scappato nel bosco, ma l'ultima cosa che voleva era che Reese fosse in pericolo.

«Staranno bene, e preferirei che restassi qui. Puoi

mettere via gli avanzi e i piatti della cena in lavastoviglie. Poi rilassati. Se tutto va bene, non ci metterò molto.»

«D'accordo» acconsentì subito.

Spike chiuse gli occhi, grato per la sua accondiscendenza.

Come se potesse leggergli nel pensiero, gli disse: «Non voglio essere d'intralcio. Tu e i tuoi amici ne sapete molto più di me su questo tipo di situazioni.»

«Non sei d'intralcio» protestò lui fissandola. «Sono solo frustrato perché siamo stati interrotti.»

Reese sorrise e si avvicinò a lui, che le circondò subito la vita con un braccio e la attirò a sé finché furono appiccicati. Il suo cazzo si contrasse, ma lo ignorò.

«Non c'è fretta. Non vado da nessuna parte. Stasera, domani... dopo il matrimonio di mio fratello.»

Cazzo, che donna. «Non mi dispiacerebbe tornare a casa e trovarti nuda nel mio letto» si lasciò sfuggire.

Lei sorrise in modo seducente, ma non replicò, si limitò a baciarlo. Spike si costrinse a interrompere il bacio prima che le cose gli sfuggissero di mano. Brick e gli altri lo stavano aspettando e non poteva deluderli.

«Devo andare» mormorò a malincuore.

Reese annuì e cercò di uscire dal suo abbraccio, ma lui la strinse impedendole di scappare.

«Questo non è esattamente il posto più eccitante in cui vivere» disse, sentendo il bisogno di metterla in guardia. «Non voglio che tu decida di restare e poi te ne penta.»

«Non me ne pentirò. Sebbene mi sia piaciuto vivere vicino a una grande città, mi piace altrettanto stare qui. La gente in paese mi conosce già. Mi sorride e mi saluta quando passo in macchina. La cassiera del supermercato oggi mi ha persino chiesto se mi stavo ambientando, e quando io e Isabella abbiamo accennato di voler visitare il negozio dell'usato, mi ha detto quali erano i giorni migliori per andarci perché sapeva quando mettevano in vendita roba nuova. Mi piace che mi abbia fatta sentire come una del posto. Ma al di là di tutto questo... tu sei qui.»

Accidenti, a ogni parola che usciva dalla sua bocca Spike desiderava ancora di più restare. Si accontentò di baciarla con forza e poi di allontanarla fisicamente da lui. «Tornerò il prima possibile.»

«Ok.»

Si obbligò a indietreggiare, non volendo distogliere lo sguardo da lei nemmeno per un secondo. Poi, sapendo che se non se ne fosse andato subito non lo avrebbe più fatto, si girò e si diresse verso la porta. «Chiudi a chiave» le ordinò. Non aveva idea di dove fosse l'ospite che era scappato, ma non voleva rischiare che tornasse indietro e magari pensasse che Reese fosse un nemico ed entrasse nello chalet per farle del male.

«Va bene» replicò lei senza protestare.

Le lanciò un'ultima occhiata, aprì la porta e se ne andò.

———

Otto lunghe ore dopo, Spike rientrò a casa. Era stanco. Esausto. Non pensava di tornare così tardi. Erano le tre di notte e gli ospiti erano finalmente tutti sani e salvi nei loro chalet. L'uomo che era scappato nel bosco aveva pensato di essere inseguito da terroristi intenzionati a catturarlo e torturarlo. Spike si era unito alla ricerca e c'erano volute ore per rintracciarlo. Poi c'era voluta un'altra ora per convincerlo che non era in pericolo.

Gli ospiti si erano spaventati e non avevano voluto tornare ai loro chalet finché l'uomo non fosse stato trovato. Non poteva biasimarli. Nessuno voleva trovarsi faccia a faccia con qualcuno che aveva temporaneamente perso il senso della realtà.

Henley era salita al lodge per parlare con l'uomo, ed era ancora lì. Tonka era rimasto al suo fianco per assicurarsi che fosse al sicuro.

Era stata una notte estenuante per tutti ed era più che contento che tutto fosse finito bene e che nessuno si fosse fatto male.

Dopo aver chiuso a chiave la porta, notò che Reese gli aveva lasciato una luce accesa in soggiorno. Rimase a fissare l'evidenza di quel semplice gesto per un lungo momento. Era la prima volta in vita sua che tornava a casa, da una missione o altro, trovando che qualcuno si era preoccupato abbastanza per lui da assicurarsi che entrando non inciampasse.

Stava morendo di fame, ma aveva più bisogno di vedere Reese che di mettere qualcosa nella pancia. Si girò e si diresse verso la camera da letto. Aprì la porta silenziosamente e vide che non aveva lasciato accesa solo la luce del soggiorno, ma anche quella del bagno adiacente alla camera, così riuscì a vederla facilmente nel suo letto, sotto la trapunta. Era stesa su un fianco e stringeva tra le braccia uno dei cuscini.

Avrebbe voluto infilarsi sotto le coperte con lei, chiuderla nel suo abbraccio e finire quello che non avevano nemmeno avuto la possibilità di iniziare. Ma era tardi – o presto – e non voleva disturbare il suo sonno profondo.

Con un sospiro pesante fece per chiudere la porta, ma poi la lasciò socchiusa e si girò per andare nel bagno più piccolo del corridoio. La doccia non era bella come l'altra, ma non voleva rischiare di svegliare Reese. Doveva togliersi di dosso l'odore di quella notte e poi dormire un po'. Ci sarebbero state molte occasioni per fare l'amore con lei. Voleva che il momento fosse giusto. Voleva prendersi il tempo necessario. Assicurarsi che lei sapesse quanto la rispettava e la ammirava. Voleva che entrambi fossero belli svegli la loro prima volta.

Si fece una doccia di pochi minuti pensando a Reese, e si addormentò quasi prima che la sua testa toccasse il cuscino nel letto della camera degli ospiti.

CAPITOLO QUATTORDICI

REESE PORTÒ le mani sotto la maglietta di Gus e gliela tirò su sfilandogliela dalla testa. Erano passati due giorni da quando erano stati a pochi passi dalla sua camera da letto, prima che venisse chiamato al lodge per il problema dell'ospite con il disturbo post-traumatico da stress.

Due giorni da quando si era svegliata da sola, delusa e preoccupata che lui avesse cambiato idea sul fatto di stare con lei. Ma quando aveva visto i suoi vestiti sporchi sul pavimento del bagno degli ospiti e l'aspetto esausto mentre dormiva, aveva capito che doveva essere tornato a casa molto tardi. Era riuscita a rimanere sveglia fino a mezzanotte aspettando il suo ritorno, ma poi si era addormentata.

Si era scusato non appena sveglio, ma lo aveva zittito con un bacio. Non era potuto rimanere con lei perché aveva promesso di controllare l'uomo che aveva avuto quell'episodio, e l'ultimo giorno e mezzo era stato dedicato ad assicurarsi che lui e tutti gli altri ospiti fossero davvero a posto.

Dato che Gus era stato così impegnato, Reese aveva

passato un po' di tempo a compilare il form per la richiesta d'impiego al Laboratorio Nazionale, ad aiutare con i preparativi per il matrimonio e a cercare di parlare con Angelo. Aveva chiacchierato con Isabella e aiutato a sbrigare alcune faccende intorno al Rifugio, trascorrendo anche del tempo con gli ospiti insieme ad Alaska, assicurandosi che tutti avessero ciò di cui avevano bisogno e unendosi a loro in varie attività per distrarli dall'incidente.

Ora, per la prima volta da quella sera, nessuno aveva bisogno di lei o di Gus, e Reese era più che pronta a riprendere le cose da dove le avevano interrotte. Infatti, erano già nel corridoio.

Dopo avergli tolto la maglietta, si chinò a leccargli un capezzolo senza esitare.

«Accidenti, donna!» esclamò lui. Portò una mano sulla sua nuca per incoraggiarla a continuare, mentre con l'altra andò alla cintura dei suoi leggings e la infilò sotto, stringendo la mano grande e calda intorno a una natica quando lei chiuse le labbra intorno al suo capezzolo e lo succhiò con forza.

Gus inarcò la schiena e Reese sorrise mentre continuava a fare del suo meglio per farlo impazzire. Si sentiva un po' selvaggia. Aveva fantasticato su di lui da più tempo di quanto ricordasse e ora che stava accadendo davvero, era quasi disperata.

Gli lasciò andare il capezzolo con uno schiocco e sorrise alzando la testa per guardarlo, mentre lui con la mano che era ancora sotto ai leggings, la attirò di più a sé strusciandole l'erezione contro la pancia. «Ti voglio» le disse, ansimando e facendo il possibile per controllare il desiderio.

«Meno male, perché anch'io ti voglio» lo rassicurò.

Le aveva appena afferrato l'orlo della maglia quando qualcuno bussò alla porta.

Si bloccarono.

«Ignoralo» le ordinò, iniziando a sollevargliela.

Ma chiunque fosse bussò di nuovo, più forte.

«Non posso crederci» mormorò Gus, abbassandole la maglia e appoggiando la fronte contro la sua.

Non poteva crederci nemmeno lei, ma evidentemente c'era qualcuno che aveva bisogno di qualcosa.

«Reese? Sei lì dentro? Sono preoccupata per Scarlet Pimpernickel» gridò Jasna dal portico. «Tonka è in città e lei sta muggendo in modo patetico, e non riesco a trovare nessun altro che mi aiuti!»

Non era sicura che fosse vero, c'era sempre gente in giro e i ragazzi non lasciavano mai la proprietà tutti insieme, non quando c'erano degli ospiti.

«Merda. Vuoi che venga con te?» le chiese Gus.

Lei sospirò. «No. Sono certa che non è niente. È solo un po' paranoica. Andrò alla stalla, mi assicurerò che sia tutto a posto e poi tornerò.»

«Va bene.» Sospirò. «Già che ci sono tanto vale che prepari qualcosa per cena. A meno che tu non voglia mangiare al lodge.»

Reese si morse il labbro e lo guardò da sotto le ciglia. «È martedì, serata tacos» disse con uno sguardo eccitato.

Gus ridacchiò. «Giusto, Taco Tuesday. E lodge sia.»

«Non è che non voglia stare da sola con te, ma qualsiasi cosa Robert e Luna facciano con la carne è eccezionale. E il loro *queso* è da urlo.»

«Non devi convincermi.»

«*Dopo*, però, voglio tornare qui e ignorare tutte le telefonate e chiunque bussi alla porta» lo rassicurò.

Le strinse di nuovo il sedere e le diede un bacio rapido

ma intenso. «Vai con Jas prima che le venga un infarto. Ama quella vitella più di ogni altra cosa.»

Reese gli mise una mano sulla guancia e sospirò quando lui tolse la sua dei leggings. Adorava il modo in cui la toccava. Controllato, ma con passione. E con un po' della stessa disperazione che provava lei.

La girò e le diede una piccola spinta. «Vai, prima che cambi idea» scherzò.

Si sistemò la maglia e gli fece un piccolo sorriso prima di dirigersi verso la porta.

———

Alla fine non riuscirono a godersi insieme il Taco Tuesday al lodge.

Dopo aver rassicurato Jasna che la vitella stava bene, Reese era stata intercettata da Alaska. Le due donne, insieme a Henley e a Isabella, erano andate a cenare in un ristorante messicano a Los Alamos, dove si erano incontrate anche con Ryan. Alaska lo aveva proposto come una sorta di mini festa di addio al nubilato per Isabella. Woody e Spike le avevano accompagnate, e quando due ore più tardi erano tornati per riportarle al Rifugio, le avevano trovate completamente sbronze a causa dei Margarita troppo forti serviti dal ristorante.

E a quanto pareva qualcuno aveva anche avuto la brillante idea di proporre di bere qualche shottino dopo i drink, e quello aveva contribuito a farle passare da brille a ubriache fradicie.

«Sono completamente ubriache» disse Tonka ridendo, quando vide le donne al lodge al loro ritorno.

Non aveva torto.

L'alcol non era permesso nella proprietà del Rifugio.

L'ultima cosa di cui avevano bisogno era che gli ospiti lo usassero per cercare di attenuare ciò che causava il loro disturbo post-traumatico da stress.

«Henley sta lavorando duro» continuò. «Si merita di lasciarsi un po' andare.»

«Non so cosa avremmo fatto senza di lei l'altra sera» concordò Brick.

«È stata fantastica» aggiunse Stone. «È riuscita a calmare il nostro ospite meglio di chiunque altro.»

L'uomo in questione era partito quella mattina e la sua psicanalista abituale aveva già chiamato per parlare con Henley di quanto era successo e di come avrebbe potuto aiutarlo al meglio nelle sedute successive.

«Anche Alaska e Reese sono state fantastiche» disse Tiny. «Ieri hanno passato molto tempo con gli altri ospiti, assicurandosi che fossero tranquilli e felici.»

«Non dimentichiamoci di Isabella, che è stata con Jasna in modo che Henley potesse prendere altri appuntamenti. È stato un grande aiuto» affermò Owl.

Spike era d'accordo con i suoi amici ed era grato che tutti avessero lavorato come una squadra per tenere sotto controllo quella che avrebbe potuto essere una situazione molto instabile. Anche se doveva ammettere di essere un po' frustrato. Quella avrebbe dovuto essere la notte sua e di Reese, ma non avrebbe fatto l'amore con lei quando era così ubriaca, soprattutto non per la prima volta.

Tuttavia, doveva ammettere che era adorabile. Tutte le donne lo erano, sedute lì a ridere e a scherzare tra di loro.

«Penso che sia ora di fermarle» disse Brick divertito, quando Alaska quasi cadde dalla sedia e le altre donne risero così forte da farsi venire le lacrime.

Come se fossero stati lì ad aspettare che qualcuno decidesse di chiudere la serata, Tonka, Woody e Spike si mossero contemporaneamente. Diedero la buonanotte agli altri ragazzi e andarono dalle loro donne.

Spike si avvicinò a Reese e non riuscì a trattenere un sorriso quando lei inclinò la testa all'indietro per guardarlo. «Ciao!» disse allegramente.

«Ciao» rispose lui, mettendole una mano sulla spalla per tenerla ferma.

Lei continuò a sorridergli. «Sei bellissimo» biascicò.

«È ora di andare a casa» continuò, sempre sorridendo.

«Casa» rifletté, chiudendo gli occhi. «Il tuo chalet è casa.»

Quelle parole lo colpirono. Aveva mai provato la sensazione di *essere* a casa? Tra una missione e l'altra aveva dormito in appartamenti che non erano stati altro che un posto dove riporre le sue cose. Anche dopo essersi trasferito nello chalet lì al Rifugio non era sicuro di averla mai considerata veramente una casa. Era il posto in cui dormiva, comodo per andare a lavorare. Ma una vera casa? Non proprio.

Da quando era arrivata Reese, la sentiva sempre più come il posto a cui apparteneva. Dove non vedeva l'ora di tornare alla fine della giornata, semplicemente perché ci sarebbe stata lei. E anche se non si era trasferita ufficialmente, aveva ricevuto dal Missouri alcune scatole con le sue cose, che la sua vicina aveva impacchettato e riposto nella sua auto prima che la trasportassero lì. Avere i suoi vestiti, le sue scarpe e anche qualche soprammobile in giro per lo chalet aveva consolidato la sua presenza. Spike sorrideva ogni volta che vedeva la roba di Reese insieme alla sua.

«Riesci a camminare?» le chiese in tono roco, cercando di nascondere il piacere che provava per il fatto che lei considerasse lo chalet casa sua.

«Pfffui» mormorò, prima di alzarsi e barcollare. Se non ci fosse stato lui a sorreggerla sarebbe sicuramente caduta. «Certo che posso camminare!» insistette, anche se si aggrappò al suo braccio con una presa letale. «È stata una serata fantastica» gli disse. Poi si girò verso le altre donne che come lei si tenevano strette ai loro uomini. «È stata una serata fantastica!» ripeté.

«Fantastica!»

«Super mega fantastica!»

«*Muy bien*!»

«Ricordatevi che domattina ci troviamo tutte qui per fare colazione insieme» disse Henley eccitata.

Gli uomini ridacchiarono. Era più che ovvio che nessuna ce l'avrebbe fatta ad alzarsi presto, figuriamoci a mangiare.

«Ci vediamo domani mattina!» esclamò Alaska, salutando con la mano mentre Brick la conduceva alla porta.

«*Mañana*!» disse Isabella con un enorme sorriso. Era carino il fatto che da ubriaca usasse lo spagnolo. Woody la abbracciò e la guidò fuori dalla stanza, seguendo Brick e Alaska.

«Andiamo giù a controllare gli a-aminali!» disse Henley, guardando Tonka con adorazione.

«È una frase in codice per il sesso?» chiese Reese senza giri di parole.

Henley tentò di fare l'occhiolino, ma in realtà chiuse entrambi gli occhi per poi riaprirli. «Shhhh. Sì! Non vogliamo svegliare Jasna. E Stone è a casa nostra a fare da babysitter, anche se morirebbe se lo chiamassimo così, e non vogliamo di-distrubarlo.»

Spike non riuscì a non sorridere per il modo in cui Henley continuava a sbagliare le parole. E non stava nemmeno parlando a bassa voce.

«Non faremo sesso nella stalla» dichiarò Tonka con fermezza.

Henley mise il broncio. «Perché no? Reese farà sesso con Spike e sono sicura che anche gli altri lo faranno. Perché noi non possiamo?»

«Io farò sesso *di sicuro*» aggiunse Reese, annuendo come i personaggi con la testa a molla. «Continuiamo a essere interrotti e voglio il cazzo di Gus dentro di me. Quindi lo *faremo*. Anche voi due ... ehm... dovreste...» Fece una risatina.

Spike alzò gli occhi al cielo.

«Andiamo nella stalla perché stai facendo troppo rumore» le disse Tonka.

«E per fare sesso» insistette Henley.

«Sì, certo» replicò per placarla.

«Divertiti a fare sesso!» esclamò Reese. L'alcol le aveva tolto completamente le inibizioni.

«Dai, tesoro. Andiamo a casa» disse Spike, chinandosi per metterle un braccio sotto le ginocchia e l'altro dietro la schiena e tirarla su.

Con sua grande sorpresa, Reese smise di parlare e lo fissò a occhi spalancati mentre lui seguiva Tonka e Henley.

«Che c'è? A cosa stai pensando, bellissima?» chiese, quando finalmente furono fuori e diretti verso lo chalet.

«Mi stai portando in braccio.»

Lui annuì. «Già.»

«*Nessuno* mi porta in braccio. Sono troppo grossa. Una taglia forte. Pesante. Grassa.»

«Non sei grassa» ringhiò, incazzato che avesse usato quella parola per descriversi. «Sei formosa. Se vuoi dire che sei una taglia forte, puoi farlo, ma non chiamarti mai più grassa.»

«Gus...» sussurrò.

La guardò e vide le lacrime nei suoi occhi. «*Non* piangere» le ordinò.

Gli aveva messo le braccia al collo e aveva nascosto il viso contro il suo petto mentre la trasportava. «Nessuno mi ha mai portato in questo modo prima d'ora. Non pensavo nemmeno fosse possibile! Ti amo tantissimo, Gus!»

Spike si fermò a metà del sentiero che portava allo chalet. Guardò la donna tra le sue braccia e in quel momento gli sembrò che tutto il suo mondo fosse tornato a ruotare sul proprio asse. Non aveva mai pensato che lui e Reese si stessero frequentando senza impegno, altrimenti non gli sarebbe piaciuto così tanto averla nel suo spazio. E non sarebbe stato così impaziente che lei trovasse un lavoro per legarsi definitivamente a quel posto. Ma il fatto che gli avesse confessato i suoi sentimenti gli aveva praticamente cambiato la vita.

Solo che... era sbronza. Completamente. Ubriaca fradicia.

Ricominciò a camminare.

Lei non disse nient'altro, ma poteva sentire i suoi respiri caldi attraverso la maglia, e ognuno gli faceva contrarre il cazzo nei jeans.

Quando arrivò a casa, disse: «Devo metterti giù così posso aprire la porta.»

Lei si limitò a borbottare.

«Reese?»

«Mmmmm?»

«Tieniti a me» le ordinò, invece di spiegarle le sue intenzioni.

«Lo sto facendo» replicò.

Spike le abbassò lentamente le gambe, la mise in piedi e le cinse la vita con un braccio quando crollò contro di lui. Riuscì comunque ad aprire la porta e a entrare.

«Bene, siamo a casa. Possiamo fare sesso ora?» biascicò lei.

Non le rispose, si limitò a riprenderla in braccio, adorando il mugolio di piacere che le uscì dalle labbra mentre si accoccolava di nuovo a lui. La portò in camera e la adagiò sul letto. Accese la piccola lampada sul comodino e si sedette al suo fianco sul materasso.

Si chinò su di lei e le scostò i capelli dal viso.

Reese chiuse gli occhi e inclinò la testa verso il suo tocco.

«Dormi, tesoro» le sussurrò.

«Facciamo sesso?» chiese assonnata.

«Prima o poi. Ma non stasera.»

Lei mise il broncio e aprì gli occhi. «Ma io voglio farlo.»

«Anch'io, ma ti voglio lucida quando facciamo l'amore.»

Reese sospirò. «Ho bevuto troppo» disse con tristezza.

«Lo fai spesso?» le chiese.

Lei scosse la testa. «Non mi piacciono i bar. Non mi fido dei ragazzi che li frequentano. Ma stasera, con le mie nuove amiche... e con te... mi sono sentita al sicuro.»

Gli piacque molto quella risposta. «Bene. Perché *sei* al sicuro quando sei con me. E qui al Rifugio.»

«Questo è il posto più bello del mondo. Sono così orgogliosa di te. Avresti potuto mandare quell'ospite all'ospedale e invece ti sei preso cura di lui. Lo hai fatto sentire protetto e non in imbarazzo.»

«Non è stata colpa sua. Inoltre, non avremmo mai potuto mandarlo alla clinica di Los Alamos.»

«Lo so. Perché siete straordinari. Ti ho ringraziato per essere venuto a cercare Woody?»

«Sì.»

«Grazie.»

Spike sorrise. Cazzo, era così adorabile.

«Gus?»

«Sì, tesoro?»

«Ti voglio, ma ho paura.»

«Di cosa? Di me?» le chiese, atterrito al pensiero.

«Che tu mi veda.»

Si rilassò. «Non hai assolutamente nulla da temere.»

«Ho i rotolini di ciccia» ammise.

«E io ho delle cicatrici» disse con una scrollata di spalle. «Mi sono fatto tatuare tutto il braccio per coprirne alcune.»

I suoi occhi si illuminarono e fece scorrere la mano su e giù per il braccio in questione, che lui stava usando per sostenersi accanto a lei. «Mi piace.»

«Mi fa piacere. Che altro?»

Reese aggrottò le sopracciglia confusa.

«Cos'altro vuoi dirmi mentre sei senza inibizioni? Dimmi tutto, così non rischio di risvegliare per sbaglio qualche tua insicurezza.» Spike pensò che tanto valeva scoprire quello che poteva mentre era ubriaca. Forse non era giusto o etico, ma non gli importava. Avrebbe fatto tutto il necessario per farla sua.

«Nient'altro» disse, ma non lo guardò negli occhi.

«Dai, Reese. Parlami.»

«Nessuno mi ha mai leccata lì» sbottò. «Non ho mai succhiato il cazzo di un uomo. Voglio farlo, ma non voglio sbagliare o soffocare. I peperoni mi provocano aria. Mi sono masturbata nel tuo letto, ma avevo paura che mi sentissi, così ho nascosto la faccia nel tuo cuscino quando sono venuta. Anni fa, dopo averti conosciuto, ho comprato un romanzo d'amore, ho cancellato i nomi e li ho sostituiti con Gus e Reese. L'ho letto decine di volte. Ho sempre assillato Woody con un milione di domande su di te. Adoro la matematica, anche se non è fico. Al liceo non ero assolutamente popolare e avevo una cotta per uno dei giocatori di football, poi ho scoperto che mi prendeva in giro con i suoi amici e ne ho sofferto molto. Non ho mai dormito con un uomo... nel senso di *dormire*, passare la notte. La prima volta che ho fatto sesso mi ha fatto male, ma al ragazzo non è importato, ha continuato a spingersi dentro e fuori. Voglio dei figli, almeno tre. Avevo il terrore di andare in Colombia, ma ho dovuto farlo perché Woody era scomparso e lui è l'unica persona che mi abbia mai amato e non abbia voluto cambiarmi. E sono così felice qui che ho paura sia solo un sogno e che mi sveglierò e sarà tutto finito.»

Spike la stava fissando con il cuore in gola. Quando l'aveva incoraggiata a parlargli non si era aspettato tutto quello. Era stata una tirata lunghissima, e si sentì indegno di confessioni così sincere.

Si chinò e la baciò con dolcezza. «Non è un sogno. Quando ti sveglierai domattina, io sarò qui.»

«Ok. Bene» disse, chiudendo gli occhi.

«Stai male?» le chiese

«No.»

«Sei sicura?»

«Sì. Sono stanca.»

«Va bene, tesoro. Dormi.»

«Rimarrai?»

Non rispose subito. Sarebbe riuscito a dormire accanto a lei e a controllarsi?

Sì, poteva farlo. «Rimango.»

Lei sorrise. «Bene.»

Quando si addormentò Spike rimase a fissarla lungo. Forse non era comodo per lei dormire con i vestiti addosso, ma non sarebbe stata la fine del mondo. Alla fine si scosse abbastanza da alzarsi. Si tolse le scarpe e i calzini, li tolse anche a Reese – perché, chi voleva dormire con i calzini addosso? – e la coprì con la trapunta. Poi andò in bagno a prepararsi per andare a letto.

Quando rientrò in camera, si mise un paio di pantaloni di flanella che non indossava mai, ma che per qualche motivo aveva ancora nel cassetto, poi si infilò sotto le coperte e si sistemò contro di lei. Era stesa sul fianco e si incollò alla sua schiena, cingendole la vita con il braccio.

Lei borbottò qualcosa e spinse il sedere contro di lui. Invece di eccitarsi, Spike si sentì... soddisfatto. Era la prima volta che dormiva nel suo letto da quando era arrivata Reese, e gli piaceva che le lenzuola profumassero di lei.

All'improvviso ebbe la visione di loro due, vecchi e ingrigiti, sdraiati lì proprio in quel modo.

Si addormentò con il sorriso sulle labbra. Il mondo poteva anche cospirare contro di loro quando provavano a fare l'amore, ma per molti versi stringerla così mentre dormiva era ancora meglio.

CAPITOLO QUINDICI

REESE STAVA GUIDANDO verso Los Alamos con Angelo sul sedile del passeggero, e di tanto in tanto gli lanciava un'occhiata. Ovviamente lui non si voltò mai a guardarla, rimase semplicemente lì a fissare la strada davanti a loro con un leggero cipiglio.

Incredibilmente lei e Gus non avevano ancora fatto l'amore. Sembrava quasi che l'universo stesse cospirando contro di loro. Una sera Jasna aveva avuto bisogno di lei con i compiti di matematica perché Tonka e Henley stavano per impazzire e le avevano chiesto se poteva aiutarla. Quando era tornata allo chalet, Gus stava dormendo sul divano, esausto dopo aver aiutato Hudson tutto il giorno a sistemare il verde.

Un'altra sera, Gus aveva aiutato Tonka a salvare una coppia di pecore che un'accumulatrice compulsiva della città teneva nel seminterrato.

Poi, con suo grande imbarazzo, le erano venute le mestruazioni, e sebbene sapesse che molte persone facevano sesso in quel periodo del mese, non aveva voluto sporcare tutte le lenzuola la loro prima volta.

Gus era stato meraviglioso, l'aveva baciata profondamente e rassicurata dicendole che capiva e che avrebbe aspettato.

La mattina successiva alla cena dove lei e le altre donne si erano ubriacate, era stata allo stesso tempo bellissima e terribile. Non aveva dovuto affrontare i postumi della sbornia, di solito non ne soffriva se le capitava di bere troppo, ma quando aveva ricordato tutte le cose spifferate a Gus, avrebbe voluto morire. Ma lui non lo aveva accennato, e di certo non lo avrebbe fatto lei.

Ricordava persino di avergli detto che lo amava, e nonostante la mortificasse un po' che lui non avesse ricambiato, lo capiva. Le cose si erano mosse molto in fretta tra loro, e anche se era sicura di ciò che desiderava il suo cuore, non era sorpresa che Gus avesse bisogno di altro tempo. O forse pensava che fosse stata colpa dell'alcol, dato che subito dopo gli aveva scaricato addosso un fiume di parole. Probabilmente lo aveva spaventato con quello sfogo emotivo.

Svegliarsi tra le sue braccia era stato un sogno diventato realtà, letteralmente. Lo aveva sognato per tutta la notte con il suo profumo nelle narici. Solo al risveglio si era resa conto del motivo. Dormendo si era girata e aveva sepolto il naso nell'incavo del suo collo. Inoltre, gli aveva circondato il petto con il braccio e appoggiato una gamba sopra la coscia. Si era stretta a lui come se avesse temuto che sparisse da un momento all'altro.

Aveva cercato di sgattaiolare dal letto per riordinare le idee, ma lui le aveva afferrato il braccio e stretto la presa intorno alle spalle. «Resta» aveva borbottato, e Reese si era bloccata subito, perché in realtà non aveva voluto veramente andarsene. Stare tra le sue braccia mentre erano mezzi addormentati era stato bello. Intimo.

Alla fine si erano alzati e non avevano parlato molto della notte precedente, ma da quel momento lui aveva dormito in camera con lei. Anche se non avevano ancora fatto sesso, si erano baciati... molto. Le aveva addirittura tolto la maglia e iniziato a succhiarle i capezzoli prima che la chiamassero per andare ad aiutare Jasna.

La trepidazione e il desiderio che provavano avevano raggiunto proporzioni ridicole e Reese non aveva dubbi che quando alla fine avrebbero fatto l'amore senza venire interrotti, sarebbe stata la cosa più straordinaria che avesse mai sperimentato.

Per il momento, le piaceva trascorrere il tempo con lui a prescindere da quello che facevano. Non aveva *bisogno* del sesso per amare Gus, lo amava già, ma quando finalmente sarebbe successo, i suoi sentimenti si sarebbero consolidati in modo permanente. Ne era certa.

Quella mattina Isabella l'aveva chiamata chiedendole se le dispiaceva accompagnare Angelo a Los Alamos nel tardo pomeriggio per la prova finale dello smoking. Lei doveva risolvere alcune questioni per il suo matrimonio quindi sarebbe andata in città qualche ora prima, ma li avrebbe raggiunti al negozio. Poi Woody sarebbe passato a prenderli e li avrebbe riportati al Rifugio.

Quando era andata allo chalet da Angelo, lui l'aveva fissata per un attimo, poi aveva fatto un respiro profondo e un sorriso. Anche se era stata più che altro una smorfia. Tuttavia, era molto sollevata dal fatto che stesse almeno cercando di ambientarsi. Era passato quasi un mese dal suo arrivo nel New Mexico, e sebbene andasse a mangiare al lodge un paio di volte alla settimana, Reese non sapeva cosa facesse nel resto del tempo.

Avrebbe comunque continuato a dargli fiducia. Non si era mai trovata nella sua posizione e se si fosse ritrovata a vivere, per esempio, in Colombia, in mezzo alle montagne con un gruppo di estranei senza conoscere la lingua e senza capire cosa diceva la gente, probabilmente sarebbe stata riservata anche lei.

Era nella sua natura guardare il lato positivo delle cose. Le lingue straniere non erano il suo forte, ma stava cercando di imparare. Almeno le parole di base. Quando Angelo andava al lodge, non socializzava molto. Si era scaricato l'applicazione di traduzione sul telefono, ma non la usava spesso, preferendo giocare o guardare i social.

Dato che Reese stava guidando, non poteva usare l'app, quindi nell'auto c'era silenzio e un po' di disagio, e lo odiava. Si sentì sollevata quando entrò nel piccolo parcheggio del negozio di noleggio smoking. Si costrinse a sorridere e si voltò verso Angelo. «Siamo arrivati!» disse inutilmente.

Lui annuì e la salutò con un piccolo cenno mentre usciva per poi dirigersi verso il negozio.

Reese scese dall'auto e lo seguì, desiderando che ci fosse un modo migliore per comunicare con lui. Sarebbe entrata a salutare Isabella e poi sarebbe andata nell'ufficio dove avrebbe sostenuto il primo colloquio per un posto al Laboratorio Nazionale. Era rimasta un po' sorpresa che l'avessero contattata così in fretta dopo aver ricevuto la sua domanda, ma Gus aveva detto di non esserne affatto scioccato. Stava vivendo in quella zona e aveva delle credenziali a sostegno della sua competenza.

Angelo e Isabella stavano parlando a raffica in spagnolo, ma quando si avvicinò a loro si fermarono. Lui le lanciò un'occhiata che non riuscì a interpretare, poi si voltò e si diresse verso i camerini.

«Mi dispiace di avervi interrotti» disse Reese.

«Non c'è problema» la rassicurò Isabella. «È in difficoltà, ma sono contenta che almeno ci stia provando. In Colombia aveva degli amici. Era popolare e la sera usciva sempre con qualcuno. Mi preoccupavo anche prima per lui, proprio come adesso, ma in modo diverso.»

Abbracciò l'amica. Le sembrava di conoscerla da anni... e più o meno era così. Aveva parlato con lei al telefono un paio di volte a casa di Woody e aveva sentito così tante storie su di lei e Angelo che era come se fossero già amiche quando si erano incontrate di persona. «Gli passerà. Come non potrebbe con una sorella fantastica come te?»

Isabella fece un respiro profondo e annuì. «Grazie per averlo portato qui. Sei nervosa per il colloquio?»

Reese scrollò le spalle. «Non proprio. Voglio il lavoro, ma andrò anche per fare un colloquio a *loro*. Se ho imparato qualcosa in questi anni, è che i colloqui valgono per entrambe le parti... io voglio assicurarmi che il posto sia adatto a me, loro vogliono assicurarsi che io sia quella di cui hanno bisogno.»

«È un ottimo modo di vedere la cosa.»

«Basta parlare di me. Sei emozionata? Ti sposi tra tre giorni!» disse eccitata.

Lei ridacchiò nervosamente. «Sono spaventata a morte.»

«Di cosa?»

«Di dire o fare la cosa sbagliata.»

Le sorrise. «Nessuno prenderà appunti o ti giudicherà. Soprattutto Woody. Aspetta questo giorno dal momento in cui ti ha conosciuta.»

«Anch'io» mormorò arrossendo.

«Sono felice che diventeremo "sorelle". Ne ho sempre desiderata una.»

Le fece un enorme sorriso.

Quel momento fu interrotto quando Angelo disse qualcosa dall'altra parte della stanza.

Isabella si girò e rispose, poi tornò a guardare Reese. «Devo andare. Ti va di raccontarmi tutto del tuo colloquio più tardi?»

«Certo.»

Abbracciò di nuovo l'amica e poi salutò Angelo, ma non lo sentì rispondere.

Dopo aver parcheggiato davanti all'edificio in cui si sarebbe svolto il colloquio, mise il portachiavi in borsa, tirò fuori il telefono e mandò un breve messaggio a Gus.

Reese: *Sono arrivata. Sto entrando. Augurami buona fortuna.*

Gus: *Non ne hai bisogno. Ce la farai. Chiamami quando hai finito e stai tornando a casa.*

Reese: *D'accordo.*

Le fremevano le dita per concludere il messaggio con "Ti amo", ma si trattenne e premette invio. Impostò il telefono in modalità silenziosa, lo mise in borsa e fece un respiro profondo, poi aprì la portiera e si diresse verso l'edificio.

———

Un'ora e mezza più tardi, sentendosi estremamente sollevata e felice, Reese aprì la porta dello chalet. «Gus?» chiamò.

Fu davanti a lei in pochi secondi. «Allora è andata bene?» le chiese, mentre le prendeva la borsa e la posava sul bancone della cucina.

Lei annuì. «Sì. Mi hanno offerto il lavoro non appena finito il colloquio! La paga è superiore a quella che prendevo nel Missouri. L'offerta è subordinata al superamento di un controllo delle referenze, ma non mi preoccupa affatto.» Sapeva di avere un enorme stupido sorriso sul volto.

Si fece subito seria. «Questa è la tua ultima possibilità di cambiare idea sul fatto che mi trasferisca in questo posto» avvertì. «Quando accetto un lavoro, è fatta. Non sono il tipo da tirarmi indietro di fronte alle mie responsabilità, quindi se ti senti un po' confuso riguardo a noi o ti mette a disagio che io viva e lavori a Los Alamos, questo è il momento di dire qualcosa prima che io lo accetti ufficialmente.»

Non sapeva che reazione aspettarsi da lui, ma di certo non che le afferrasse la mano per trascinarla lungo il corridoio.

«Gus?» gli chiese nervosamente.

Lui non parlò finché non furono in camera, accanto al letto. «Stai aspettando qualche telefonata?»

«Cosa? No.»

«Il tuo ciclo è finito, giusto? Ho visto le tue pillole nella busta in bagno, hai iniziato una nuova confezione.»

Reese arrossì. Non era abituata a parlare di cose così personali con un uomo, ma annuì.

«Non lascerò passare un altro minuto senza averti» le disse in tono basso e roco. «Niente, e intendo *niente*, mi fermerà. Non cambierò idea su di te, Reese, e non vivrai a Los Alamos. Potrai lavorare lì, ma vivrai qui al Rifugio. Con me.»

Come se si fosse reso conto di sembrare prepotente e pazzo, aggiunse un po' a disagio: «Se vuoi.»

Reese sorrise e gli gettò le braccia al collo. «Lo voglio» gli assicurò.

Poi lui abbassò la testa e la baciò. Fu più profondo e appassionato dei baci che si erano scambiati fino a quel momento, come se avesse volutamente tenuto a freno il desiderio fino a quando non fosse stato sicuro che avrebbero potuto finire ciò che avevano iniziato.

Ora non c'era più nulla che li trattenesse.

Reese praticamente gli strappò i vestiti di dosso mentre Gus faceva lo stesso con lei, finché non rimasero solo in biancheria intima.

«Letto!» Gli uscì quasi in un ringhio, e le si inturgidirono i capezzoli sentendo l'impazienza e l'autorità nella sua voce.

Fece un passo indietro e le sue gambe toccarono il materasso. Si sedette, poi si spostò rapidamente indietro. Le si mozzò il fiato quando Gus infilò i pollici nei boxer e li fece scendere lungo le gambe.

Il suo cazzo era duro, la punta quasi viola. Ondeggiava mentre si avvicinava. Reese deglutì. Era... magnifico. Non c'era altra parola per definirlo. I muscoli delle sue braccia si contrassero mentre saliva sul letto, sistemandosi tra le sue gambe. I tatuaggi sembravano ancora più virili contro l'abbronzatura dorata della sua pelle e poteva vedere le vene nell'altro braccio. Non sapeva dove guardare, dove toccare.

«Guardami» le ordinò, e Reese portò subito gli occhi sui suoi.

«Mi sembra di aver passato il tempo come in attesa che succedesse qualcosa... finché non sei entrata nella mia vita» le disse. «Tutto ciò che ho fatto, tutto ciò che ho visto, mi ha portato qui. A te.»

A Reese si riempirono gli occhi di lacrime.

«Non si piange» disse severo, ma con un sorriso dolce.

«Non posso farci niente» sussurrò. «Io... tutto questo...

faccio davvero fatica a credere che questa sia la mia vita. Che sono qui. Che *tu* sei qui. Con me.»

Gus distolse lo sguardo e si spostò in avanti sulle ginocchia, allargandole le gambe. Lei aveva ancora il reggiseno e le mutandine, ma non si era mai sentita così nuda. Le sfiorò la guancia con le dita, poi appiattì il palmo appena sotto il suo collo e lo fece scivolare lentamente verso il basso, passando sullo sterno, lungo la pancia, che lei tirò dentro, poi sul fianco e su una coscia. Su ogni punto toccato le spuntò la pelle d'oca.

«Gus» sussurrò, sopraffatta dalle emozioni e dalle sensazioni.

«Sei mia» dichiarò lui con un ringhio. «Farò tutto ciò che è in mio potere per meritarti. Per renderti orgogliosa di chiamarmi tuo. Per renderti felice.»

«Lo fai già.»

«Sei bellissima» disse con riverenza.

Per la prima volta nella sua vita, Reese si *sentì* bellissima.

Gus si sistemò su di lei, con un gomito appoggiato sul materasso accanto alla sua spalla, finché la sua pelle calda e nuda non la coprì come una coperta, e fece scorrere le dita su e giù per il braccio con pigrizia, come se avessero tutto il tempo del mondo.

«Sembra che tu sia stata creata per essere mia» sussurrò. «Sei così morbida contro la mia durezza, ma non avrò paura di spezzarti o di farti male quando ti prenderò come ho sognato.»

Reese si sentì bagnare alle sue parole. I suoi capezzoli si inturgidirono ancora di più sotto il reggiseno e all'improvviso odiò quel tessuto che le impediva di sentire Gus sul suo corpo. Gli strinse i bicipiti e gli conficcò di proposito le unghie nella pelle.

Il suo cazzo si contrasse contro di lei.

«Per quanto mi piacciano le tue dolci parole, se non ti sbrighi a scoparmi qualcuno ci interromperà e dovremo rimandare tutto... *di nuovo*.»

Gus ridacchiò, e sentire la sua risata contro la pelle fu un'esperienza nuova. Intima.

«Tesoro, come ho detto prima, niente mi impedirà di avere il mio cazzo in profondità nel tuo corpo caldo e bagnato. Il mondo potrebbe letteralmente esplodere e non mi fermerei. Morire mentre sono dentro di te sarebbe un modo fantastico di andarsene. Ti trasferirai. Qui. Con me.»

Fece una pausa e Reese si rese conto che in realtà le stava facendo una domanda, pur formulandola come un ordine. Gli aveva già detto che avrebbe vissuto lì, ma glielo avrebbe ripetuto tutte le volte che voleva.

«Sì.»

«Mi sposerai.»

Lei inarcò un sopracciglio. Non le dispiacevano le sue tendenze autoritarie, ma su quella cosa non era disposta a cedere. «Se me lo chiedi come si deve... forse» affermò in tono irriverente.

Le sorrise. «E avrai dei bambini con me» continuò, ignorando la questione della proposta.

«Ok» disse con un sospiro.

«Sarai un'ottima risorsa nel tuo nuovo lavoro. Si chiederanno come diavolo hanno fatto ad andare avanti senza di te. Ti sei già inserita perfettamente qui e tutti ti amano. Siamo arrivati a questo punto in fretta, ma è giusto così, Reese. Ti prego, dimmi che lo senti anche tu.»

«Lo sento anch'io» replicò senza esitare. «Gus?»

«Sì, tesoro?»

«Ti prego, smettila di torturarmi. Sono anni che sogno

che tu faccia l'amore con me. Ti desidero. Ho bisogno di te. Smettila di parlare.»

In risposta lui abbassò la testa, prese il controllo del bacio e Reese fu più che felice di lasciarglielo fare.

Nel frattempo le spostò le gambe e con una mano le spinse giù le mutandine. Lo aiutò come meglio poté senza staccarsi dalla sua bocca. Alla fine le scalciò via e allargò felicemente le gambe mentre lui tornava a posizionarsi tra di loro. Il suo cazzo era caldo contro la pancia, e gemette quando smise di baciarla.

«Inarca la schiena» le ordinò.

Reese obbedì, e Gus portò una mano sotto e le sganciò abilmente il reggiseno. In pochi secondi fu nuda e lui si sollevò per fissare il suo corpo. Per un attimo si sentì in imbarazzo. La sua pancia non era piatta, le cosce si toccavano quando camminava e senza reggiseno le tette erano cadenti. Ma poi lui ringhiò. Fu un verso gutturale, che arrivò da dentro il suo petto.

Si chinò e strinse le labbra intorno a un capezzolo, facendola ansimare per la sorpresa. Lei si inarcò contro il suo tocco e chiuse gli occhi mentre iniziava già a perdersi nell'estasi. Poi Gus portò l'altra mano tra le sue gambe e Reese le allargò ancora di più.

Era già bagnata e se ne sarebbe vergognata, ma non le diede il tempo di pensare perché strofinò il pollice sul clitoride facendola sussultare, e poi sollevò la testa dal capezzolo per mormorare: «Tranquilla, Reese.»

Lo fissò negli occhi per un momento, mentre lui faceva girare il dito intorno a quel fascio di nervi che si stava indurendo. La sua mano le copriva tutta la fica, e per la prima volta nella vita si sentì quasi minuscola.

Gus andò a giocare con le dita sugli umori tra le sue

pieghe, poi ne infilò uno all'interno del suo corpo e lei gemette.

«Gus, ti prego» gridò.

«Non ancora» disse, quasi tra sé e sé, mentre infilava un secondo dito.

Reese cercò di spingersi contro di lui, ma il suo corpo le lasciava poco spazio per muoversi. Era di nuovo appoggiato sul gomito e, continuando ad accarezzarla, guardava la sua mano tra le gambe.

«È questo che hai fatto quando eri da sola in questo letto?» le chiese, mentre premeva il pollice sul clitoride e infilava il mignolo e l'anulare in profondità nel suo corpo. Era come se si stesse aggrappando a lei nel modo più erotico e sensuale possibile, e Reese amava sentirsi così... sotto il suo controllo.

«Sì» gemette.

«A cosa pensavi mentre ti toccavi, mentre ti facevi venire?»

«A te» rispose senza il minimo imbarazzo. «Ho sepolto il naso nel tuo cuscino in modo da sentire solo il tuo profumo e ho immaginato che fosse la tua mano a toccarmi.»

«Cazzo» mormorò Gus, e lei sentì il suo uccello pulsare contro la coscia.

«E *tu*, ti sei masturbato?» trovò il coraggio di chiedergli.

«Ovvio. Nella doccia, nel letto degli ospiti, ogni volta che potevo» ammise.

La sua pancia si contrasse. Guardò in basso e si leccò le labbra. Riusciva a immaginarlo mentre si accarezzava. Riusciva a immaginare il suo sperma fuoriuscire dalla punta e ricoprirgli la mano e lo stomaco.

«Ti piace» disse lui. E ancora una volta, non era una domanda.

«E a te piace pensare a me che mi masturbo nel tuo letto.»

«Accidenti, sì» replicò senza esitazione. «Anche se mi piacerebbe di più vederlo di persona. Vieni per me, Reese. Ho bisogno che tu sia bella bagnata per poterti prendere come ho sempre sognato. Non voglio farti male, tu sei tanto piccola e io così grande.»

Lo fissò. C'era mai stato qualcuno in tutta la sua vita che l'aveva definita piccola?

No. La risposta era decisamente no.

Lo sentì spostarsi e poi lo vide raddrizzarsi sulle ginocchia. Lei allargò le gambe, senza provare imbarazzo nel farlo.

Gus si prese il cazzo con una mano, mentre con l'altra continuava a strofinarle il clitoride. Anche se si era masturbata quella mattina sotto la doccia, il fuoco della passione la pervase comunque rapidamente. Ma era più intenso ora. Forse perché era lui a occuparsi del suo piacere, e non rallentò all'avvicinarsi dell'orgasmo.

«Gus» mormorò lei allargando di più le gambe. Gli afferrò il polso con una mano senza interrompere il movimento delle sue dita, e con l'altra si aggrappò al bicipite. Sentì il braccio flettersi sotto il palmo mentre lui si accarezzava.

«Ecco. Stai bagnando di umori tutta la mia mano. E le lenzuola. Sentirò il tuo profumo per ore e non vorrò lavarlo via. Vieni per me, tesoro. Fammelo vedere. Preparati per il tuo uomo.»

Il suo uomo. Sì, era *suo* e avrebbe fatto qualsiasi cosa per tenerselo.

Le sue gambe cominciarono a tremare e provò una stretta al petto. «Gus... io... porca miseria...» Non riusciva a pensare lucidamente. Non si era mai sentita così carica, come se fosse sul punto di esplodere. Nessun orgasmo che si era concessa era mai stato così potente. Era una sensazione quasi spaventosa, e cominciò ad andare nel panico.

Ma Gus fu lì. Si chinò fino a portare il viso proprio sopra il suo, mentre le sue dita continuavano il loro deciso assalto.

«Sono qui. Lasciati andare, Reese. Ci penso io a te.»

E quello bastò per far cadere tutte le sue inibizioni e lasciare che l'orgasmo la travolgesse. Tremò e si dimenò tra le sue braccia mentre veniva. Non riusciva a pensare. Non riusciva a vedere. Non riusciva a sentire. Poteva solo lasciarsi andare a quelle sensazioni. Non aveva mai provato nulla di simile in vita sua e non voleva che finisse.

«Bellissima» fu la prima cosa che sentì quando finalmente cominciò a riprendersi. «Maledettamente bella. E mia. Tutta mia.»

Avrebbe voluto alzare gli occhi al cielo per il suo ego, ma era vero. *Era* sua.

«Sei con me?» le chiese, fissandola. Le stava accarezzando pigramente la fica, tenendola in tensione ma senza stimolarle troppo il clitoride sensibile.

«Sì» sussurrò.

«So che prendi la pillola e io sono pulito. Non sono stato con nessuna per molto tempo e ho fatto le analisi dopo l'ultima volta che ho fatto sesso, anche se avevo messo il preservativo.»

Reese si accigliò. «Smettila di parlare di altre donne» borbottò.

Le sorrise. «Scusa. Stavo cercando di chiederti se posso prenderti senza nulla. Non c'è problema se dici di no, ho una scatola di preservativi nel comodino. Ma non farei mai niente per farti del male o metterti in pericolo.»

«Anch'io sono pulita.»

«Non avevo dubbi. Fai la tua scelta, Reese. Ora. Con o senza preservativo?»

«Mi fido di te» disse lei con adorazione.

Aveva appena espresso a malapena l'ultima parola che sentì la punta del cazzo di Gus contro le pieghe. Inarcò la schiena e allargò le gambe al massimo, sentendo tirare l'interno delle cosce.

Lui non ci andò piano. Non entrò lentamente. Si spinse fino in fondo con un unico e rapido movimento. Reese giurò di averlo sentito sulla cervice. Non le fece esattamente male, ma era da molto che non stava con qualcuno in quel modo e il leggero fastidio la fece sussultare.

I peli del pube di Gus le solleticarono la pelle e sentì le sue palle appoggiarsi pesantemente al sedere. Rimase sorpresa quando lui portò una mano sotto e le allargò le natiche sollevandola allo stesso tempo. Incredibilmente, lo sentì andare ancora più a fondo.

Fece un piccolo gemito quando la sua pancia si contrasse e i muscoli interni si strinsero disperatamente intorno al suo cazzo.

«Ok. Va tutto bene. Respira, Reese. Non mi muoverò finché non sarai pronta. Ma è una sensazione bellissima. Non ne hai idea! Mi dispiace di averti fatto male. Non potevo aspettare. Nel momento in cui ti ho sentita stringerti intorno a me, dovevo avere di più. Resterò così finché non mi dirai che posso muovermi.»

Le sue parole la tranquillizzarono. Gli sembrava di avere il sesso in fiamme, ma più stavano in quel modo, più era bello sentirlo così. Fece un respiro profondo, poi un altro. Aprì gli occhi e fissò quelli di Gus che la stavano osservando.

La sua mascella si contraeva mentre digrignava i denti, aveva le sopracciglia aggrottate e sembrava che stesse soffrendo, ma le stava accarezzando i capelli con delicatezza e riverenza. Non aveva mai visto nulla di così bello in vita sua. Il suo Gus era un uomo pieno di contraddizioni. Un attimo prima era duro e inflessibile, quello dopo era tenero e affettuoso.

Amava ogni parte di lui. Ed era suo.

———

Una volta entrato nel corpo di Reese, Spike dovette metterci tutto se stesso per non muoversi; tutto l'addestramento che aveva ricevuto, tutta la disciplina che aveva imparato nell'esercito, ogni grammo della sua forza di volontà per darle il tempo di adattarsi alle sue dimensioni. Era stato un bastardo a non andare più piano. A non averle dato la possibilità di abituarsi a lui in modo graduale man mano che la penetrava.

Ma niente lo faceva sentire bene come essere dentro di lei. Niente. Poteva percepire ogni battito del suo cuore dall'interno, e ogni volta che contraeva i muscoli li sentiva stringere il suo cazzo sensibile.

La verità era che non aveva mai fatto l'amore senza preservativo, ma era stato pronto a metterne uno anche con lei. Era stato uno stronzo a non averne discusso prima di trovarsi nell'euforia del momento. Ma quando era venuta sulle sue dita, aveva avuto troppa voglia di entrare dentro di lei.

Aspettava da sempre di essere proprio dove si trovava ora. Da tutta la vita. Nel momento in cui l'aveva penetrata, Spike aveva capito che era fatta. *Lei* era quella giusta. Non avrebbe mai più fatto l'amore con un'altra donna. Lei era tutto ciò che desiderava. Tutto ciò di cui aveva bisogno. E avrebbe fatto tutto il necessario per assicurarsi che fosse felice e soddisfatta. Non le avrebbe dato alcun motivo per lasciarlo. Avrebbe fatto qualunque cosa fosse servita per far sì che continuasse ad amarlo.

Stava stringendo i denti così tanto che riusciva a malapena a parlare. Ma si rifiutava nel modo più assoluto di muoversi finché Reese non fosse stata pronta. Le aveva fatto male e avrebbe potuto uccidersi per quello. Ma ormai non si poteva più tornare indietro. Tutto ciò che poteva fare era rimanere immobile e lasciare che il suo corpo si adattasse.

Reese cercò di muoversi sotto di lui. «Gus?»

Cazzo, adorava il suono del suo nome sulle sue labbra. «Sì?» riuscì a farfugliare.

«Sto bene. Puoi muoverti.»

Quelle poche parole gli fecero pulsare il cazzo. «Sei sicura?»

«Sì. Ho bisogno che tu ti muova. Ti prego!»

Forse in un'altra occasione gli sarebbe piaciuto sentirla implorare, ma in quel momento lo odiò. Non voleva che dovesse supplicare per avere qualcosa. A malincuore tolse la mano dal suo sedere e la posò sul materasso. Quel movimento spinse il suo uccello un po' più a fondo e gemettero entrambi.

Spike si bloccò. Merda, le aveva fatto male?

«*Muoviti*, Gus. Dico sul serio! Adesso!»

Le sue labbra ebbero un guizzo. Poteva percepire i segni sulla pelle dove gli aveva conficcato le unghie e pensò di andare in un negozio di tatuaggi e farli immortalare, ma il pensiero svanì quando lei portò la mano sul punto in cui erano uniti e gli accarezzò le palle.

Si tirò fuori completamente con un gemito, sentendo le sue dita scivolare lungo l'erezione, poi si spinse di nuovo nel suo corpo.

«Non posso credere che tu ci stia» mormorò stupita.

«Siamo stati creati l'uno per l'altra» ringhiò, penetrandola ancora una volta.

Mentre faceva l'amore con lei con lentezza e tenerezza, Reese si aggrappò al suo braccio. Gli servì tutto il suo autocontrollo per non scoparla con forza. Le sue palle erano pronte a liberarsi, ma non voleva finire così in fretta.

«Più veloce, Gus» gli ordinò.

La ignorò. La sensazione del suo corpo setoso era troppo bella per affrettare i tempi.

«*Gus*» si lamentò.

«Se vado più veloce, vengo» replicò con sincerità.

«E allora? Non è questo lo scopo?» chiese senza fiato.

«Non questa prima volta. Sto memorizzando la sensazione di averti. Di vederti sotto di me. La vista del mio cazzo che scompare nella tua fica bagnata. Vedo i tuoi umori che mi ricoprono ed è la cosa più erotica a cui abbia mai assistito. Mi piace sentire i tuoi gemiti e le tue suppliche. Le tue tette che rimbalzano mi fanno venire voglia di attaccarmi a loro e di non lasciarle più. I tuoi capelli sul mio cuscino sono un sogno che diventa realtà. Permettimi di godermelo. Per favore, Reese!»

A Spike non importava di sembrare patetico. Avrebbe implorato fino allo sfinimento.

Ma la sua Reese non glielo fece fare. Si limitò a rivolgergli un timido sorriso.

Vederla arrendersi ai suoi bisogni gli fece schizzare fuori un fiotto di sperma. Spike lo sentì e gemette, portò una mano tra loro per afferrarsi la base del cazzo ed evitare di venire subito.

Reese ridacchiò e il riverbero gli attraversò l'uccello e gli arrivò dritto al cuore. Pensava di avere il controllo del loro amplesso, ma in quel momento si rese conto che non era lui a comandare. Era lei. Aveva il suo cuore in mano e Spike non voleva che glielo restituisse.

La penetrò di nuovo, poi si raddrizzò sedendosi sui talloni e se la tirò sulle cosce. Non poteva muoversi molto in quella posizione, riusciva a malapena a spingere, il che probabilmente era una cosa positiva. Non era profondamente dentro di lei come prima, ma aveva una visione chiara del punto in cui erano uniti. Di come le sue pieghe si tendevano intorno all'erezione e di quanto fosse bagnata. Ma, soprattutto, entrambi potevano raggiungere facilmente il clitoride.

«Toccati» le ordinò.

«Cosa?» ansimò.

«Fammi vedere come ti masturbi pensando a me.»

La sentì stringersi intorno a lui.

«Non... posso» protestò.

«Sì, puoi. Fallo, Reese. Ti prego. Voglio sentirti venire sul mio cazzo. Fammi vedere cosa ti piace.»

«Mi piace quando mi tocchi *tu*.»

«Allora ti toccherò mentre lo fai anche tu» disse, coprendole con le mani i seni abbondanti. I capezzoli si inturgidirono sotto i suoi palmi senza nemmeno stimolarli.

«Oh, merda! Ok, ma mi aspetto che ricambi.»

«Vuoi guardarmi mentre mi accarezzo l'uccello?» le chiese, volutamente sboccato.

«Sì.»

«Solo se posso venire sulle tue tette.»

Gli sorrise. «D'accordo.»

Il suo cazzo pulsò ancora una volta dentro il suo corpo, come se avesse una mente propria, come se avesse sentito tutto, anche che lei aveva accettato.

«Ora, Reese. Ho bisogno che tu venga su di me.»

Lei fece scivolare una mano lungo il corpo e andò a

toccarsi il clitoride. I suoi fianchi sussultarono quando iniziò a strofinarlo.

Fu una delle cose più carnali ed erotiche che Spike avesse mai avuto il piacere di vedere. Reese che si contorceva nella sua presa mentre lui sentiva ogni contrazione dei suoi muscoli interni. Il mondo avrebbe potuto letteralmente finire in quel momento e non se ne sarebbe accorto. Tutta la sua attenzione era rivolta alla splendida visione di Reese che si accarezzava il clitoride sfiorandogli ritmicamente la pancia con le nocche mentre si dava piacere.

«Sono vicina» ansimò dopo pochissimo. Ma non aveva bisogno di dirglielo, lo sapeva. L'aveva capito da come gli stava stritolando il cazzo. Dal modo in cui cercava di spingere i fianchi verso l'alto, con poco successo visto come la teneva. Dal modo in cui allargò le gambe intorno a lui e dal rossore che le divampò al di sopra del seno.

Tenendo lo sguardo incollato alla sua fica, le pizzicò i capezzoli con forza.

Quello la fece crollare: tolse la mano dal clitoride e venne con un grido.

Spike continuò con le dita quello che lei aveva interrotto, prolungando l'orgasmo. Non ne avrebbe mai avuto abbastanza della sensazione che dava sentirla venire intorno a lui. In quel momento si ripromise di farlo ogni volta che avrebbero fatto l'amore. Sarebbe venuta per prima, mentre era sepolto nel profondo del suo corpo. Non aveva mai provato nulla di simile.

Mentre l'orgasmo di Reese continuava, le riportò il sedere sul materasso. Poi la scopò. Era ancora più stretta di prima, i suoi muscoli lo strizzavano, ma era anche più bagnata, permettendogli di spingersi dentro e fuori velocemente, brutalmente, senza farle male.

I suoi testicoli si ritrassero ancora di più e rimpianse il

fatto che la sua prima volta con lei fosse quasi finita, ma non riuscì più a trattenersi.

Spingendosi dentro di lei il più profondamente possibile, allentò il suo ferreo autocontrollo e venne.

Pensò che non avrebbe mai smesso. Il suo cazzo pulsò per quella che sembrò un'eternità, mentre riversava il suo seme dentro di lei. Venne così tanto e così intensamente che poté sentire i loro umori combinati ricoprirgli le palle. Una volta finito, anche se non era più duro, si rifiutò di tirarsi fuori. Non ce n'era bisogno. Poteva rimanere dentro di lei per tutto il tempo che voleva, visto che non doveva occuparsi del preservativo. Gli piaceva.

No, lo amava.

«Porca vacca» mormorò Reese sotto di lui. «Credo che tu mi abbia ucciso.»

«Ma che bel modo di andarsene, eh?» chiese, sentendosi lui stesso destabilizzato.

«Hai intenzione di spostarti?»

«No.»

«Non riesco a respirare bene.»

Quello lo fece muovere. Ma non si tirò fuori da lei. Si limitò a rotolare tenendola per il sedere, così da averla sopra di sé.

«Mmm» mormorò Reese, accoccolandosi e seppellendo il naso nell'incavo del suo collo.

Spike strinse le braccia intorno al suo corpo sospirando soddisfatto.

«È stato...»

«Stupendo. Sconvolgente. Incredibile. Fantastico. Meravigliosamente straordinario» concluse per lei.

Reese ridacchiò e ancora una volta lo sentì dall'interno. Purtroppo la contrazione dei muscoli fece sì che il suo uccello ormai moscio scivolasse fuori.

«Accidenti» disse lei aggrottando le sopracciglia.

Ora che era stato sfrattato, Spike rotolò fino a portarla di nuovo sotto di lui. Le incorniciò il viso con le mani e la baciò. A lungo, lentamente e profondamente, mostrandole senza parole quanto quell'amplesso avesse significato per lui.

Quando si scostò, cominciò a scendere lungo il suo corpo.

«Gus? Cosa stai facendo?»

«Voglio vedere.»

«Vedere cosa?»

«La tua fica piena del mio sperma. E voglio essere sicuro di non averti fatto male.»

«Non mi hai fatto male. Sul serio, torna qui» disse, cercando di tirarlo su, ma lui si rifiutò di spostarsi.

Si sdraiò tra le sue gambe e le allargò in modo da poter vedere. La vista che lo accolse fece sì che il cavernicolo in lui si risvegliasse e si battesse il petto. La sua fica era gonfia e un po' arrossata. Ma era lo sperma che fuoriusciva piano ciò che lo affascinò completamente.

Reese lasciò cadere la testa sul letto come se fosse rassegnata.

Spike catturò i loro umori con un dito, che fece scorrere tra le sue pieghe prima di infilarlo nel suo corpo.

Lei fece un piccolo gemito. «Sono un po' indolenzita» mormorò.

Gli dispiaceva, ma non si pentì nemmeno per un secondo di ciò che avevano fatto. Era difficile credere che una cosa così piccola potesse ospitare il suo cazzo. Sapeva che il corpo delle donne era nato con una certa elasticità. Diavolo, doveva averla per farle partorire. Ma vedendo la sua piccola apertura così da vicino, gli fece provare ammirazione per madre natura.

Dopo un attimo Reese pronunciò di nuovo il suo nome. Sollevò lo sguardo sul suo viso e vide che le sue guance erano rosse per l'imbarazzo. Voleva dirle che non c'era motivo di sentirsi a disagio, che dopo un po' avrebbe conosciuto il suo corpo meglio di quanto facesse lei stessa, invece si limitò a risalire e a prenderla tra le braccia.

Lei sospirò.

«Spero sia stato un sospiro felice.»

«Lo era.»

Rimasero sdraiati lì con le braccia e le gambe intrecciate per qualche minuto... prima che il telefono di Spike cominciasse a squillare sul comodino.

«No. Assolutamente no» mormorò.

Reese ridacchiò contro di lui.

Spike ignorò il telefono, che però ricominciò subito a squillare.

«Ma che cazzo!» esclamò, girandosi per prenderlo. *«Che c'è?»*

«Scusa l'interruzione. Sono Tex.»

«C'è qualche problema?»

«Forse. Ho appena parlato con Woody e ho pensato che volessi sapere anche tu cosa sono riuscito a scoprire. C'è stato qualche movimento con il cartello, ma niente su Kansas City o sul Rifugio.»

«Cosa intendi per "movimento"?» chiese Spike, mentre le sensazioni piacevoli di qualche istante prima svanivano.

«Sembra che stiano mandando alcuni uomini al confine con il Messico.»

«Non capisco. Significa che attraverseranno illegalmente il confine per cercare Isabella o Woody?»

«Non necessariamente. Spesso mandano gente dall'altra parte, sia per far entrare i loro membri nel Paese in modo da poter intimidire e minacciare chi lavora per loro negli Stati Uniti, sia per farli *uscire*. Tutto illegalmente, ovvio.»

«Quindi cosa mi staresti dicendo?» domandò, desiderando di essere ancora sdraiato a godersi i postumi dell'amplesso con Reese.

«Sto dicendo che penso che il loro attuale movimento probabilmente non ha nulla a che fare con nessuno di voi. Dopo che Woody e Isabella si saranno sposati questo fine settimana, potranno tornare a casa nel Missouri, e tu e Reese potrete fare progetti per il vostro futuro nel New Mexico.»

«Aspetta, come sapevi che sarebbe rimasta?»

Tex ridacchiò. «Ho i miei metodi. E dille che è stata brava a negoziare quello stipendio durante il colloquio... probabilmente sarebbero saliti di altri diecimila, ma è stata furba a non accontentarsi della prima offerta.»

«Sei un inquietante figlio di puttana» gli disse, scuotendo la testa.

«Sai, sto ancora aspettando che qualcuno dia il mio nome al suo primogenito. Penso che Tex suoni bene, non credi?»

Spike scoppiò a ridere. «No.»

L'altro ridacchiò. «Valeva la pena provare. Sono contento per te, Spike.»

Un senso di calore lo pervase. Abbassò lo sguardo e vide Reese fissare il suo viso, mentre faceva scorrere distrattamente le dita sulle varie cicatrici che aveva sul petto, causate da un'esplosione in cui era rimasto coinvolto e che lo aveva dilaniato.

«Grazie. Si sa qualcosa della persona che ha salvato Jas?» chiese.

Sentì Tex fare un sospiro frustrato. «No. Ma alla fine scoprirò chi è stato e come ha fatto a mandare a Tonka quel messaggio impossibile da rintracciare per informarlo in quale bunker si trovava Jasna.»

Non aveva dubbi che quel genio informatico incredibilmente talentuoso ci sarebbe riuscito.

«Divertitevi al matrimonio. Mi farò sentire.» Chiuse la chiamata senza dire altro.

Spike spense il telefono e lo gettò di nuovo sul comodino prima di sistemarsi e riprendere Reese tra le braccia.

«Tutto bene?» gli chiese.

«Sì. Era Tex.»

«L'avevo capito.»

Le riferì ciò che gli aveva detto e lei sospirò felice. «Sono così sollevata. Il pensiero che qualcuno possa dare la caccia a Woody o a Isabella qui negli Stati Uniti è letteralmente il mio peggior incubo che diventa realtà. Ho sempre temuto che qualcuno legato alle vostre missioni potesse venire a cercarvi una volta tornati a casa. So che è irrazionale, ma non potevo farne a meno.»

Non era così irrazionale come poteva pensare. Gli Stati Uniti avevano nemici in tutto il mondo, e nessuno di loro era contento quando le forze speciali entravano nel loro paese e mandavano all'aria i loro piani. Ma dopo essere stato fuori dall'esercito per cinque anni, Spike aveva finalmente smesso di guardarsi sempre alle spalle, anche se era ancora cauto.

Era quasi pronto a iniziare il secondo round – voleva rifare sesso con lei e le aveva promesso di mostrarle come si era toccato mentre la pensava – quando il telefono di Reese squillò da qualche parte per terra tra i suoi vestiti.

«Non ci credo, cazzo!» sbottò.

Lei ridacchiò.

«Giuro che è una cospirazione. Impediamo a Spike e Reese di fare l'amore» si lamentò.

«Ehi, stavolta ci siamo riusciti» disse, allungandosi sopra di lui e sporgendosi dalla sponda del letto per prendere il cellulare dal pavimento.

Quella posizione mise il suo sedere proprio sotto gli occhi di Spike, che non riuscì a impedirsi di toccarla. Tra le gambe era bagnatissima e poteva ancora vedere il suo sperma colare dalla fica.

Reese strillò quando lui infilò di nuovo un dito nel suo corpo, ma non si raddrizzò né gli allontanò la mano con uno schiaffo.

Vederla piegata in quel modo gli fece venire in mente altre idee. Carnali. Voleva prenderla mentre era carponi, tirarlo fuori e venire sul suo sedere e poi strofinarle il suo seme sulla pelle. Marchiarla come sua.

Dopo un lungo momento, lei si raddrizzò e Spike dovette togliere la mano.

«Sei un maniaco» disse Reese scuotendo la testa, ma vide l'eccitazione nei suoi occhi prima che li abbassasse sul telefono.

Divorò il suo corpo nudo con lo sguardo mentre lei si sedeva sul letto e controllava i messaggi vocali, e dovette trattenersi con tutte le sue forze per non spingerla all'indietro, strapparle il telefono e fare tutte le cose che aveva fantasticato nell'ultimo mese.

«Cavoli. Era Isabella. Vuole chiedermi delle cose sulla cerimonia» gli spiegò, mordendosi il labbro inferiore. «Sembra nervosa. L'ultima cosa che voglio è che dia di matto e decida di non essere pronta a sposare mio fratello.»

«Allora dovresti andare» si costrinse a dirle.

«Lo so.» Sospirò. «Gus?»

«Sì?»

«Io... questo... tu sei un sogno diventato realtà. Il *mio*

sogno diventato realtà. Ho amato tutto quello che abbiamo fatto. Tutto quanto. Ogni secondo. E non vedo l'ora di rifarlo.»

«Non aspetterò di nuovo una settimana e mezza, Reese. A prescindere da *chi* ha bisogno del mio aiuto. Anche se dovessi tornare di nuovo a casa alle tre del mattino, mi infilerò nel letto e ti sveglierò per fare l'amore.»

Gli sorrise. «Ok.»

Solo quella parola fece sì che il suo cazzo si risvegliasse; voleva tornare nel corpo di Reese. In quel posto caldo e umido fatto apposta per lui. Si costrinse a muoversi. Portò le gambe fuori del letto e le tese una mano. Lei la prese e si alzò, arrossendo leggermente.

Era nuda davanti a lui e gli ci volle tutta la sua forza di volontà per non spingerla di nuovo sul letto. La strinse forte, poi la baciò. «Vai a parlare con Isabella. Preparerò qualcosa da mangiare per quando avrai finito. Tu usa questo bagno, io vado in quello degli ospiti.»

«Possiamo condividerlo» suggerì timidamente.

«No. Con la nostra fortuna, Isabella verrà qui a chiederti perché ci stai mettendo tanto e se stai bene. Inoltre, sei indolenzita, hai bisogno di un po' di tempo per riprenderti.»

Fece scorrere ancora una volta lo sguardo sul suo corpo e sorrise quando vide una scia di sperma lungo l'interno della coscia. «Succede sempre così?» chiese, facendo un cenno verso la sua gamba.

Lei sospirò. «Non ne ho idea. Nessuno è mai venuto dentro di me prima d'ora.»

Le sue parole glielo fecero diventare duro, e ancora una volta il cavernicolo dentro di lui iniziò a battersi il petto.

«E immagino che con le tue dimensioni probabilmente

vieni più di tanti altri uomini. Quindi sì, con te penso che sarà sempre così. Ciò significa niente sveltine fuori dallo chalet. Per carità, non voglio che succeda una cosa del genere al lodge.»

Non era qualcosa che poteva promettere. Aveva la sensazione che una sveltina con lei sarebbe stata migliore della maggior parte del sesso normale tra altre persone. «Mi assicurerò di pulirti» mormorò, guardando il rivolo di sperma scendere.

Lei lo spinse delicatamente e si diresse verso il bagno.

«Reese?»

Si fermò e lo guardò dalla porta.

«Grazie.»

«Per cosa?»

«Per essere te.»

Gli fece un piccolo sorriso, annuì e si chiuse la porta alle spalle.

Spike rimase a lungo nella sua camera, nudo come il giorno in cui era nato e con un sorriso sul volto. Poi guardò il letto. Le coperte erano completamente sottosopra, c'era una piccola macchia umida sul lenzuolo e qualche capello biondo su uno dei cuscini. Gli piaceva da morire vedere le prove della presenza della sua donna e di ciò che avevano fatto nel posto in cui aveva dormito da solo negli ultimi quattro anni.

Sentendosi più leggero che mai, Spike andò al cassettone. Prese un cambio di vestiti e si diresse verso il bagno degli ospiti, mentre passava mentalmente in rassegna ciò che aveva nel frigorifero e pensava a cosa preparare per cena.

CAPITOLO SEDICI

REESE RIMASE ad ammirare Gus mentre l'acqua gli cadeva sulle spalle, scendeva lungo i suoi addominali scolpiti e sul suo cazzo, che era duro come una roccia e ondeggiava verso di lei. Stavano facendo la doccia insieme. Finalmente. Erano passati tre giorni da quando avevano fatto l'amore per la prima volta.

Tre giorni di pura beatitudine.

Pensava di non essere mai stata così felice. Avrebbe iniziato il nuovo lavoro da lì a una settimana, suo fratello si sarebbe sposato entro poche ore e non aveva mai avuto un fidanzato come Gus. Era premuroso, attento, generoso e sexy. Per la prima volta nella sua vita sentimentale, sentiva davvero di essere con qualcuno a cui lei piaceva esattamente com'era. In passato altri uomini le avevano detto che amavano il suo corpo, che non aveva importanza che fosse in sovrappeso, che le sue curve li eccitavano, ma le loro azioni non avevano corrisposto alle parole.

Ma non aveva dubbi che a Gus piacesse il suo corpo. Non riusciva a fare a meno di toccarla. Le metteva continuamente la mano sulla schiena, le appoggiava il palmo sulla coscia quando erano seduti vicini, le strofinava il pollice sulla pelle quando si tenevano per mano, la baciava... l'elenco poteva continuare all'infinito.

Il giorno in cui avevano fatto l'amore, quando era tornata dopo aver aiutato Isabella, era stata troppo indolenzita per rifarlo, così lui le aveva mostrato il motivo per cui tutti esaltavano il sesso orale.

La sera precedente l'aveva presa di nuovo, ma aveva mantenuto un ritmo lento e tranquillo, nonostante lo avesse implorato di andare più veloce, assicurandogli che l'indolenzimento era passato.

Quella mattina, al suono della sveglia, lui si era alzato ed era andato ad aprire l'acqua della doccia in modo che fosse calda quando lei fosse stata pronta a entrare. Con sua grande sorpresa, era entrato con lei.

E guardandolo ora, così virile e bellissimo, Reese non poté fare a meno di mettersi in ginocchio davanti a lui. Alzò lo sguardo e fece per prendergli in mano l'uccello.

Ma Gus le afferrò il polso prima che potesse toccarlo. «Non sei obbligata» le disse con dolcezza. Gli aveva confessato di essere nervosa al riguardo perché non lo aveva mai fatto. In quel momento si innamorò di lui un po' di più.

«Lo so. Voglio farlo. Ma tu vuoi...» la sua voce si affievolì.

«Sì.» Fu la sua risposta decisa.

«Non sai nemmeno cosa stavo per chiedere» protestò con una piccola risata.

«Non importa. Se vuoi qualcosa o ne hai bisogno, farò il possibile per dartela.»

Chiuse gli occhi per un attimo e si sedette sui talloni, per dare una pausa alle ginocchia dalle piastrelle dure. Quell'uomo la faceva impazzire. Era talmente innamorata persa di lui che era quasi ridicolo.

«Cosa vuoi da me, Reese?» le chiese.

«Mi dirai come darti piacere? Voglio farti sentire bene come hai fatto tu con me l'altra sera, ma non so come fare.»

«Sì, ma non qui. Ti farai male alle ginocchia.» Le tese una mano e l'aiutò ad alzarsi. Poi la spostò in modo che avesse la schiena sotto l'acqua e prese lo shampoo.

Non aveva mai fatto una doccia così sensuale. Gus le lavò i capelli e li sciacquò con cura. Le mise il balsamo, poi usò una spugna con il suo bagnoschiuma e le lavò ogni centimetro del corpo, strofinandosi contro di lei ogni volta che ne aveva la possibilità. Le sciacquò i capelli e lasciò che lei ricambiasse il favore. Quando uscirono dalla doccia si sentiva come gelatina... una gelatina molto eccitata.

Dopo essersi asciugati, la prese per mano e la condusse in camera da letto.

«Non abbiamo molto tempo. Tra un'ora dovresti essere al lodge per aiutare Isabella.»

Reese si accigliò. «Forse dovremmo aspettare e...»

«No» disse Gus scuotendo la testa. «Se ho imparato qualcosa ultimamente, è che devo amarti quando ne ho la possibilità, perché è molto probabile che saremo interrotti.»

Gli sorrise. Non aveva torto.

Lui prese un cuscino dal letto e lo gettò sul pavimento. Poi le fece un cenno. «Inginocchiati, tesoro.»

Non era abituata ad eseguire gli ordini, ma doveva ammettere che quel lato di lui le piaceva. Inoltre, gli aveva chiesto di insegnarle. Si abbassò sul cuscino e lo guardò con trepidazione.

«Apri la bocca» le disse, con un tono basso e roco.

Reese si avvicinò e appoggiò le mani sulle sue cosce

muscolose. Inclinò la testa all'indietro ed eseguì la sua richiesta.

«Accidenti, tesoro. Potrei venire solo guardandoti» mormorò. Poi le prese una mano e la avvolse intorno alla base del suo uccello. «Fai ciò che ti senti di fare» mormorò, «ti garantisco che qualsiasi cosa farai, mi piacerà.»

Non ne era così sicura, ma dato che desiderava dargli tutto il piacere che aveva dato a lei, non esitò a sporgersi in avanti. Glielo prese in bocca e lo guardò.

«Cazzo. Quegli occhi spalancati e innocenti. Le tue labbra intorno a me... è molto meglio delle mie fantasie. Leccami, Reese. Succhiami. Toccami le palle mentre mi accarezzi. Sì, proprio così.»

Abbassò lo sguardo e passò all'azione. Fece scorrere la lingua intorno alla punta, amando la contraddizione tra la pelle morbida e la durezza sotto la mano e la lingua. Sondò la piccola fessura e sentì Gus sussultare contro di lei. Poi gli sollevò il cazzo e leccò la parte inferiore, e lui rabbrividì.

Improvvisamente capì perché alle donne piaceva farlo. Il potere che le dava poteva creare dipendenza. Averlo alla sua mercé, sentirlo fremere di piacere, sapere di esserne lei l'artefice, era inebriante.

Strinse il pugno intorno alla base e usò l'altra mano per toccargli lo scroto, mentre iniziava ad accarezzarlo su e giù per tutta la lunghezza. Lo sentì gemere e infilarle una mano tra i capelli bagnati. Il suo profumo le riempì le narici; un mix di bagnoschiuma e di una fragranza che associava solo a Gus.

«Ecco, così. Merda, donna, sei sicura di non averlo mai fatto? Perché sei una dannata professionista. Davvero... *cazzo*, non riuscirò a resistere a lungo» la avvertì.

Reese strinse la presa su di lui. Non era ancora pronta a

fermarsi. I suoi capezzoli erano turgidi e stava incominciando a bagnarsi. Mentre succhiava con forza uno spruzzo di liquido preseminale le finì in gola, sorprendendola. Tirò indietro la testa e gli esaminò l'uccello. Una piccola goccia cremosa uscì dalla punta, così posò la lingua sulla piccola fessura e fu ricompensata da un'altra prova del suo piacere dal sapore salato e muschiato.

A quel punto Gus si chinò e la tirò in piedi senza nemmeno avvisarla.

Reese lanciò uno strillo prima di ritrovarsi praticamente gettata sul letto. Lo guardò salire sopra di lei, prenderselo in mano e fare un respiro profondo, mentre con le ginocchia le separava le gambe.

«Ho bisogno di te. Adesso. Sei pronta per me?»

«Sì.»

Senza aggiungere altro, si spinse lentamente dentro di lei ed entrambi gemettero di piacere.

«Tu. Sei. La. Cosa. Migliore. Che. Mi. Sia. Mai. Capitata!» Scandì le parole a ogni spinta.

«Non mi hai lasciato finire» disse Reese imbronciata.

«Per quanto amassi la sensazione della tua bocca e della tua lingua su di me, questo è molto meglio. Voglio venire nel profondo di te. Riempirti. Marchiarti dentro.»

Le sue parole le fecero contrarre la pancia.

«Toccati» le ordinò a denti stretti. «Fatti venire. Voglio sentirlo prima di perdere il controllo.»

Evidentemente non si mosse abbastanza velocemente, perché lui si sollevò per portare una mano sul suo clitoride e accarezzarlo con forza.

«Gus!» gridò lei cercando di allontanarsi.

«Prendilo» le disse con fermezza. «Prendi quello che ti do. Ho bisogno che tu vada fuori di testa come lo sono io in questo momento.»

Se la voleva fuori di testa era ciò che avrebbe otte-nuto. Il suo tocco era doloroso e allo stesso tempo la faceva sentire incredibilmente bene. Non sapeva se voleva che continuasse o che si fermasse. Ma non impor-tava, perché non le stava dando scelta. L'orgasmo arrivò senza preavviso, facendola volare oltre il culmine senza pietà.

Si aggrappò a Gus tremando per l'intensità del piacere, mentre lui ringhiava la sua approvazione e si spingeva dentro di lei ancora e ancora. Poi la penetrò fino in fondo e sussultò mentre veniva.

Stavano ansimando entrambi forte, e quando lo guardò negli occhi le parole che teneva nel profondo del cuore le uscirono prima che potesse pensarci. «Ti amo.»

Per un attimo si sentì mortificata, temendo di aver rovinato tutto. Aveva paura che lui si tirasse fuori e le dicesse che stava correndo troppo. Che non era pronto per qualcosa di serio come l'amore.

Invece le rivolse un enorme sorriso e le disse: «Ti amo anch'io, tesoro.»

Il cuore le batteva così forte che era sicura che lui potesse vederlo, ma fu pervasa da un immenso sollievo che le rilassò ogni muscolo del corpo.

Gus rotolò portandola sopra di sé e Reese si sollevò un po' per guardarlo. Era ancora dentro di lei e, come al solito, sentì i loro umori fuoriuscire.

«Non ho mai incontrato nessuna come te. Credo di essermi innamorato quando ti ho vista guidare quel pick-up in Colombia» le disse con un sorriso.

Lei ridacchiò e scosse la testa. «È bastato quello? Un po' di guida spericolata?»

«No, non solo quello. Ma tutto ciò che ti riguarda. Tirati su.»

Con la fronte aggrottata si sollevò mettendosi a cavalcioni su di lui.

«Guarda.» Indicò con un cenno della testa tra le sue gambe.

Lei abbassò lo sguardo e vide che lui era ancora profondamente sepolto nel suo corpo. I loro bacini erano appiccicati e le pieghe rosa della sua fica erano tese intorno al suo cazzo.

«Siamo bellissimi insieme» sussurrò, come ipnotizzato. «Combaciamo in modo perfetto. E non solo fisicamente. Tu non sai cucinare e io sì. Tu hai pazienza, io no. Tu sei amichevole ed estroversa, mentre io sono una specie di eremita. Ma entrambi faremmo qualsiasi cosa per aiutare un amico in difficoltà. Siamo determinati e, a quanto pare, sappiamo riconoscere una bella cosa quando la vediamo. Ti amo, Reese. Non ho mai detto queste parole a un'altra donna in vita mia e non ho intenzione di dirle a nessun'altra che non sia tu.»

«Gus...»

«Mi piace vederti così. Sopra di me, con i capezzoli turgidi e la fica bagnata dei nostri umori. Inclinati indietro.»

Reese non esitò, anche se gli ricordò: «Devo andare al lodge.»

«Lo so. Farò in fretta. Appoggiati alle mie cosce.»

Quella posizione la lasciava alla sua mercé, ma non le importava molto al momento.

Portò le dita tra le sue gambe e ancora una volta sul clitoride, facendola sobbalzare.

«Piano, amore. Ci penso io.»

Invece di usare il tocco ruvido e duro di poco prima, fu delicato. Quasi troppo. Reese si dimenò, volendo di più. Ne aveva bisogno.

«Ancora una volta, tesoro. Voglio sentirti venire di nuovo intorno a me. Non hai idea di quanto sia meravigliosa la sensazione sul mio cazzo. È come se mi abbracciassi dall'interno. Sapere che sono io che ti provoco queste reazioni è meraviglioso e qualcosa di cui non mi stancherò mai.»

Reese non riusciva a parlare. Aveva sognato di stare con un uomo come Gus per tutta la vita... e aveva sognato di stare così con *Gus* da anni. Ancora stentava a credere di essere lì con lui.

Quell'ultimo orgasmo non fu esplosivo. Non fu travolgente. Fu intimo. E poté sentire il suo amore riversarsi su di lei, mentre teneva gli occhi incollati tra le sue gambe, portandola sempre più nell'estasi.

Era di nuovo duro quando lei venne, ma le sorrise e le afferrò i fianchi come se stesse per tirarsi fuori. Reese gli tolse le mani e si chinò, appoggiando le proprie sul suo petto. «Tocca a te» gli disse, iniziando a muoversi su e giù.

«Tesoro, non devi... il lodge...» mormorò, prima di gemere quando ondeggiò contro di lui.

«So che non devo farlo, ma voglio. Lascia che mi prenda cura di te» lo supplicò.

Gus annuì e la fissò in viso mentre cominciava a cavalcarlo con intensità.

Tutte le terminazioni nervose di Reese fremevano mentre si sollevava fino quasi a far uscire il cazzo dal suo corpo per poi cadere di nuovo giù.

«Sì, così!»

Ben presto lo stava cavalcando come immaginava facesse una cowgirl su un cavallo imbizzarrito. Lui la tenne per i fianchi penetrandole la carne con le dita mentre si avvicinava all'orgasmo. La sua mascella si irrigidì e Reese capì che gli mancavano pochi secondi per venire, ma la sorprese spingendola indietro sulla schiena e lasciando scivolare fuori il suo cazzo. Si chinò su di lei e cominciò ad accarezzarsi con forza.

«Gus» riuscì a dire prima che lo sperma schizzasse dalla punta su tutta la sua fica e sulla pancia.

Fu la cosa più erotica che avesse mai visto. Non facevano sesso da un po', ma ogni volta che lui aveva raggiunto l'orgasmo lo aveva fatto dentro di lei.

«Cazzo, è bellissimo» mormorò Gus quando ebbe finalmente finito. Poi la sconvolse strofinando lo sperma sulla sua pelle; sulle pieghe, sui peli pubici, sulla pancia, persino sui seni.

«Abbiamo appena fatto la doccia» disse ridendo.

«Lo so. Scusa» replicò, senza sembrare affatto dispiaciuto. «Ma ho pensato che non volessi avere le mutandine bagnate tutto il giorno.»

Aveva ragione. «Credo che ormai sia troppo tardi» ribatté con ironia, pensando al fatto che pochi minuti prima *era* venuto dentro di lei.

Gus aveva un'espressione un po' imbarazzata. «Va bene, lo ammetto. Era da un po' che sognavo di farlo... non ho potuto farne a meno.»

Reese alzò gli occhi al cielo, ma non riuscì a smettere di sorridere.

«Dai, vai a fare la doccia» le disse, scendendo dal letto e tendendole una mano.

Gli permise di aiutarla e andarono in bagno tenendosi per mano. «Non usciremo mai di qui se entriamo di nuovo insieme» lo avvertì.

«Vado a prepararti qualcosa da mangiare prima che tu vada al lodge.»

«Robert e Luna hanno cucinato senza sosta. Ci sarà una tonnellata di cibo lassù.»

Gus scrollò le spalle. «Sì, ma ti piace come faccio le uova. E ti ho comprato un po' di quelle girelle alla cannella che ti piacciono tanto.»

Reese chiuse gli occhi mentre lui le apriva di nuovo l'acqua.

«Tesoro? Stai bene? Se vuoi mangiare al lodge non c'è problema.»

«No!» esclamò riaprendoli. «È solo che... ti amo così tanto.»

«Ti amo anch'io» replicò con dolcezza. Fece scorrere lo sguardo lungo il suo corpo nudo, soffermandosi sullo sperma che si stava asciugando sulla sua pelle, poi sembrò riscuotersi. «Colazione» mormorò, prima di sporgersi in avanti e baciarla. Non fu un bacio breve, ma del tipo che le fece venire voglia di mandare al diavolo tutti i suoi piani e di portarselo subito a letto.

«Non vedo l'ora di vederti con il vestito, tesoro. E di togliertelo dopo il ricevimento.» Le fece l'occhiolino, poi si girò e uscì dal bagno, e lei osservò i muscoli del suo sedere che si contraevano mentre si allontanava.

Reese ci mise un po' a trovare l'energia per muoversi e si guardò allo specchio prima di entrare nella doccia e sciacquarsi. Non le era mai piaciuto vedersi nuda, ma considerando che Gus adorava il suo corpo, non fu così critica nei confronti di se stessa come lo era di solito.

Fece scorrere una mano sul seno, godendosi la sensazione del suo sperma sulla pelle. Sorrise, poi si voltò verso la doccia. Il tempo stringeva e doveva davvero sbrigarsi.

CAPITOLO DICIASSETTE

«Vuoi tu, Isabella, prendere Jack Woodall come tuo legittimo sposo, per amarlo e onorarlo, in ricchezza e in povertà, finché morte non vi separi?»

Tutti gli occhi erano puntati sulla coppia che si scambiava le promesse sotto l'arco realizzato da Hudson, ma Spike non riusciva a distogliere lo sguardo da Reese.

Era accanto al fratello e Angelo era vicino alla sorella. Reese aveva le lacrime agli occhi mentre guardava Woody sposare la donna che amava. Il suo vestito azzurro svolazzava leggermente nella brezza e non aveva mai visto niente di più bello in vita sua.

Sì, Isabella era una splendida sposa con l'abito bianco e un sorriso felice, ma lui era follemente innamorato di Reese e non gli interessava che si vedesse.

Sobbalzò quando tutti intorno a lui iniziarono ad applaudire e Woody si chinò a baciare Isabella.

Non si era accorto che erano stati dichiarati marito e moglie, ma non gli importava. Tornò con gli occhi sulla sua donna e il suo stato d'animo migliorò ancora di più nel vedere la pura felicità che trasudava.

Guardò Angelo e colse un piccolo sorriso sul suo volto. Gli fece piacere. L'adolescente passava ancora la maggior parte del tempo da solo, ma nelle ultime due settimane gli era sembrato che stesse davvero cercando di socializzare con alcune persone del Rifugio.

Era un sollievo.

Woody e Isabella tornarono indietro lungo la navata improvvisata che andava verso il lodge, un tragitto breve perché non c'erano molte sedie ai lati della piccola radura dove si svolgeva la cerimonia. Erano presenti tutti i dipendenti, i genitori di Woody e Reese e qualche ospite che aveva colto l'occasione di assistere al primo matrimonio in assoluto che si celebrava al Rifugio.

Il ricevimento era stato allestito all'interno, e in bella mostra c'era la torta che le ragazze avevano scelto nella pasticceria in centro. Robert e Luna si erano superati preparando cibo sufficiente a sfamare il doppio degli invitati.

«Non è stata una cerimonia bellissima?» disse Reese avvicinandosi a lui.

Spike le mise subito un braccio intorno alla vita e la attirò a sé. «Sì, bellissima» concordò, fissandola.

«Non credo di aver mai visto mio fratello così felice» continuò con un enorme sorriso, guardando la coppia di sposi andare verso il lodge.

«Mi è piaciuta tantissimo!» esclamò Alaska con entusiasmo, avvicinandosi a loro.

«È stata fantastica» confermò Brick, cingendole le spalle con un braccio. «Anche se non sono convinto che dovremmo trasformare il Rifugio in una location per matrimoni. Non è per quello che abbiamo creato questo posto e non vorrei disturbare gli ospiti che sono qui per rilassarsi e cercare di guarire.»

Alaska annuì. «Per quanto mi sia piaciuto questo matrimonio, *è* molto impegnativo. E comprendo il tuo punto di vista riguardo agli ospiti.»

«Ma forse potremmo fare un'altra eccezione» suggerì Brick con un piccolo sorriso.

Con grande sorpresa di Spike, il suo amico si inginocchiò davanti ad Alaska, tirò fuori dalla tasca una piccola scatola, la aprì e la sollevò verso di lei. «Ti ho detto che avevo un anello e che un giorno ti avrei chiesto di sposarmi. Quel giorno è oggi. Ti amo, Al. Non ho visto ciò che avevo davanti agli occhi per troppo tempo, e sono stanco di aspettare di farti mia ufficialmente. Vuoi sposarmi? Qui al Rifugio?»

Lei lo fissò a occhi spalancati, poi sorrise e allo stesso tempo iniziò a piangere. «Sì! Certo che ti sposerò, Drake!»

Si abbracciarono e Brick la sollevò e la fece girare in cerchio.

Spike guardò Reese e non fu sorpreso di vederla piangere.

«Hai *visto?*» gli chiese.

Resistette all'impulso di prenderla in giro e di dirle che era ovvio che l'avesse visto dato che era proprio lì accanto a lei. Invece, rispose semplicemente: «Ho visto, tesoro.»

Tonka, Henley e Jasna stavano tornando al lodge, ma sentendo quel trambusto si voltarono. E un attimo dopo le altre donne gli portarono via Reese per abbracciarsi intorno ad Alaska.

«È stato epico» disse Spike a Brick.

Il suo amico sorrise un po' a disagio. «So che è un po' da stronzi chiedere la mano il giorno del matrimonio di qualcun altro, ma ho parlato con Woody e Isabella e mi hanno detto che a loro non importava. Avevo pensato di farlo più tardi. Magari quando avremmo ballato o qualcosa del genere, ma mi ha offerto un'opportunità così perfetta che non ho potuto resistere. E tu, Tonka, che mi dici? Quando vi sposerete tu e Henley?»

Il loro amico sorrise. «Abbiamo parlato di farlo durante le feste natalizie. Jasna ha già pianificato tutto. Melba percorrerà la navata con gli anelli al collo, Wally e Beauty saranno i nostri accompagnatori e lo faremo nella stalla, così tutti gli animali potranno guardare e sentirsi partecipi.»

Spike soffocò una risata, ma Brick non si trattenne. «Buon Dio, amico, spero che tu metta il veto a quella roba.»

Lui scrollò le spalle. «Non mi interessa molto come si svolgerà, mi basta che succeda. Ma Henley metterà sicuramente un freno. Infatti credo sia propensa a farci andare in comune e avere una cerimonia civile.»

«A te va bene?» chiese Spike.

«Onestamente, sì. Ho fatto molti progressi e Henley mi ha aiutato a sentirmi più a mio agio con le persone, ma non credo che mi piacerebbe molto essere al centro dell'attenzione e avere gli occhi di tutti puntati addosso.»

«Posso capirlo» disse Spike. Ed era così. Dopo aver ascoltato la storia di Tonka sul cane che lo aveva assistito in servizio e che era stato torturato e ucciso davanti ai suoi occhi mentre lui era impossibilitato a salvarlo, non lo biasimava per il fatto che avesse preferito starsene per conto suo e con gli animali di cui si occupava al Rifugio.

«Sono contento per te» affermò Brick serio. «Henley è straordinaria e credo di essere geloso perché tu avrai una famiglia già pronta quando la sposerai.»

«Jas è una monella, ma è una brava ragazza» replicò annuendo.

«È stata un'ottima aggiunta al Rifugio» concordò Spike.

«E tu?» gli chiese Tonka.

«Io cosa?»

«Non credere che ci sia sfuggito il fatto che non riesci a tenere le mani o gli occhi lontani da Reese. Immagino che sia ufficiale e che non tornerà in Missouri con suo fratello.»

«No. Rimane. Ha ottenuto quel lavoro al laboratorio.»

«Davvero? Non lo sapevo» disse Tonka.

«Questo perché passi la maggior parte del tempo giù alla stalla» lo prese in giro Brick.

«Ehi, sono migliorato, sono venuto a pranzare al lodge tutti i giorni.»

«Perché Henley mangia lì» ribatté l'altro.

Tonka scrollò le spalle. «Pensi che mi piacerebbe venire a mangiare con il tuo brutto muso ogni giorno?»

Gli uomini si spinsero scherzosamente, poi Brick si rivolse a Spike. «Sul serio, però. Pensi che lei sia quella giusta per te?»

«Sì» rispose senza esitazione.

Dovette dar credito ai suoi amici per non aver rimarcato che non stavano insieme da molto tempo, o che forse non era una mossa intelligente far trasferire a casa sua una donna che frequentava da pochissimo. Non che potessero disapprovarlo, visto come si erano comportati loro.

«Forse Alaska avrà qualche altro matrimonio da organizzare» riflette Brick.

Prima che Spike potesse rispondere, sentì un braccio circondargli la schiena e Reese accoccolarsi contro il suo fianco. «Dovremmo andare al lodge per non perderci nulla.»

«Cosa c'è da perdere?» chiese Brick, abbracciando Alaska quando si avvicinò. «Ci siederemo, ci rimpinzeremo di cibo, mangeremo la torta, poi Woody e Isabella torneranno nel loro chalet e faranno sesso da coppia sposata.»

«Drake!» lo rimproverò Alaska, dandogli uno schiaffo sul braccio. «È scortese.»

«Come può essere scortese se è ciò che hanno intenzione di fare?»

Lei alzò gli occhi al cielo. «Non importa. Forza, andiamo.»

Spike trattenne Reese quando fece per seguire gli altri.

«Qualcosa non va?» gli domandò, aggrottando la fronte.

«Niente affatto. Volevo solo un momento con te per dirti che sei bellissima con questo vestito. Non ho avuto modo di farlo prima dell'inizio della cerimonia.»

«Anche tu sei bellissimo» replicò con un piccolo sorriso.

La fissò per un po' senza dire una parola.

«Che c'è? Ho qualcosa sul viso?» chiese un po' a disagio

«No. Sto solo memorizzando questo momento... il fatto di essere su un terreno di mia proprietà con i miei amici, di festeggiare il matrimonio di uno dei miei ex compagni di squadra, di sentirmi soddisfatto per la prima volta dopo tanto tempo. Mi fa provare un senso di gratitudine.»

La sua espressione si addolcì. «Te lo meriti. Hai lavorato duramente per rendere questo posto così incredibile. E sei un ottimo amico, imprenditore e fidanzato.»

«Hai dimenticato amante» la stuzzicò.

Reese fece un verso esasperato. «Giusto, scusa. Anche quello.»

«Sono felice» sussurrò «E ciò mi spaventa da morire.»

«Perché?»

«Perché ogni volta che ho pensato di essere felice in passato, è successo qualcosa che ha mandato tutto all'aria.»

Gli mise una mano sulla guancia. «Non succederà nulla.»

«Ti amo, Reese Woodall, e farò tutto il necessario per

rendere felice anche te. Per far sì che tu non voglia mai lasciarmi. Se dovessi fare casini, dimmelo e li sistemerò. Mi farò in quattro per dimostrarti quanto ti apprezzo e ti amo.»

«Ho solo bisogno che tu sia te stesso. Non voglio che cambi. Sii quello che sei, perché io amo quell'uomo. Anche quando diventa autoritario e dominante. Anche quando non mi lascia comprare dodici scatole di biscotti Girl Scout perché non mi fanno bene. Perché le altre cose... dare a quelle stesse Girl Scout cinquanta dollari solo per sostenerle, prepararmi una cena piena di carboidrati senza dire una parola sul fatto che un'insalata sarebbe più sana, e amarmi esattamente come sono... mi fanno venire voglia di passare il resto della vita con te.»

«Ci sposiamo» sbottò lui.

Lei ridacchiò. «Me l'hai già detto» lo prese in giro.

«Presto. Non aspetterò fino a Natale come Tonka e Henley. Non so se sono abbastanza romantico da riuscire a farti la proposta che meriti, ma sappi che voglio stare con te e solo con te per il resto della mia vita. Voglio avere dei bambini. Una famiglia numerosa e rumorosa che ci farà impazzire, ma che non avremmo desiderato in nessun altro modo.»

Gli occhi di Reese brillarono di lacrime. «*Questo* è stato estremamente romantico, Gus.»

«Davvero? Va bene, allora. Quando?»

«Quando cosa?»

«Quando possiamo organizzare il nostro matrimonio? Sono d'accordo con ciò che ha detto Brick sul fatto che il Rifugio non dovrebbe diventare una location per cerimonie di nozze, ma voglio farlo qui. Dove viviamo, dove si è sposato tuo fratello.»

Reese sembrò scioccata.

Spike si acciglió. Merda, aveva deciso tutto troppo in fretta.

«Dici sul serio?» gli chiese.

«Sì.»

«Allora... domani parlerò con Alaska per vedere quali date potrebbero andare bene.»

Lui fece un sorriso enorme. «Davvero?»

«Sì.»

«Ti amo, Reese. Tantissimo.»

«Quella è la mia frase.»

Spike allora la baciò, e avrebbe continuato a farlo magari portandola nel suo, no, nel *loro* chalet, ma dal lodge arrivò un forte fischio che penetrò l'aria.

Alzò la testa e sospirò in modo drammatico.

Lei ridacchiò. «Immagino che vogliano che andiamo lassù.»

«Già. È Tiny. Riconoscerei il suo fischio irritato ovunque» affermò Spike. Si leccò le labbra sentendo il sapore di Reese. «Che tipo di anello vuoi?» le chiese, mentre iniziavano a camminare verso il lodge.

«Ehm... non lo so.»

«Sì, invece» ribatté. «Sai benissimo quello che ti piace, e voglio prenderti qualcosa che vorrai portare ogni giorno e non togliere mai. E non lo farai se prendo qualcosa che odi.»

«Niente di troppo costoso» disse rapidamente.

Lui sbuffò. Non se ne parlava proprio. «Che altro?»

«Qualcosa di non tradizionale. Non un solitario che sporge troppo. Si impiglierebbe nelle cose e non vorrei doverlo togliere mentre lavoro.»

Spike prese mentalmente nota. «Diamanti?»

«Sì.»

«Oro o platino?»

«Non importa.»

«Di che misura?»

«Quindici.»

Lui annuì. «Perfetto.»

«Gus?»

«Sì, tesoro?»

«È una follia... ma mi sembra giusto, sai?»

Lo *sapeva*. «Sì, lo so.»

Gli strinse la mano. «Non riesco a smettere di sorridere. Sono felice per Woody e Isabella. Per Alaska. Per noi. Per il mio lavoro. Perché trasferisco le mie cose qui. Per tutto quanto.»

Spike giurò di fare tutto il necessario per mantenerla così. Adorava che tutti vedessero la felicità risplendere sul suo viso. Amava come era spensierata e rilassata in quel momento. Certo, la vita avrebbe messo degli ostacoli sulla loro strada, ma lui sarebbe sempre stato pronto a evitare che la danneggiassero. Avrebbe volentieri fatto da scudo per *qualsiasi* cosa si fossero ritrovati ad affrontare, solo per vederla sorridere per il resto dei loro giorni.

———

Angelo non vedeva l'ora che la giornata finisse. Aveva fatto del suo meglio per far credere che si stava divertendo. Che era entusiasta di essere lì. Ma la verità era che era infelice. E impaziente. Era pronto a tornare a casa, ma Pablo non si faceva sentire da qualche giorno. Doveva ammettere che c'erano posti peggiori in cui aspettare, che il Rifugio era in una posizione bellissima. Ma lui era un ragazzo di città, non gli piaceva la tranquillità di quel posto. Non gli piaceva il rumore del vento tra gli alberi. Voleva tornare all'energia delle strade trafficate. All'eccitazione di essere nel cartello. Alle donne.

Non che non fosse contento per sua sorella. Anzi. Aveva lavorato duro per tutta la vita e vederla lì con Woody, rilassata e felice, gli aveva fatto capire quanto fosse sempre stata stressata in Colombia.

Non credeva di essere stato un bambino difficile da crescere, ma a quanto pareva era stato più faticoso di quanto avesse pensato. Odiava l'idea di essere stato un fardello per lei.

Un motivo in più per tornare a casa. Così sua sorella avrebbe potuto vivere la sua vita in America senza averlo tra i piedi.

Gli aveva parlato del Missouri e di quanto sarebbe stato bello viverci, ma lui la pensava diversamente. Annuiva e le dava ragione ogni volta che gli parlava della loro nuova vita, mentre aspettava con impazienza un messaggio di Pablo che gli dicesse che il denaro era stato trasferito alla Western Union di Los Alamos. Gli aveva dato l'indirizzo più di una settimana prima e ogni volta che lo contattava, l'altro gli diceva di avere pazienza... quando si prendeva la briga di rispondere.

Mentre era seduto a un tavolo da solo, desiderando che quello stupido ricevimento finisse per poter tornare allo chalet – Isabella e Woody sarebbero stati in uno di quelli vuoti, il che gli andava bene perché non voleva essere il terzo incomodo la loro prima notte di nozze – il suo telefono vibrò per un messaggio in arrivo.

Abbassò lo sguardo e il suo cuore cominciò a battere più forte.

* * *

Pablo: *È fatta. I soldi dovrebbero arrivare domani. Fammi sapere quando pensi di andare a ritirarli, nel caso qualcosa vada storto.*

Le dita di Angelo volarono sulla tastiera del telefono. Non era mai stato così eccitato in tutta la sua vita. Finalmente stava per tornare a casa!

Angelo: *Grazie! Ti farò sapere quando riuscirò a trovare un passaggio.*

«Sembra che tu sia di buon umore.»

Sollevò lo sguardo e vide la sorella accanto al tavolo. Spense rapidamente lo schermo e infilò il telefono in tasca. L'ultima cosa che voleva era che vedesse le sue conversazioni con un membro del cartello. Lei non conosceva Pablo, ma se avesse fatto troppe domande, se avesse saputo chi era, gli avrebbe urlato contro dicendogli che si stava rovinando la vita e si sarebbe rifiutata di lasciarlo andare via.

Ma non era più un bambino e lei non era più responsabile per lui. Non poteva dirgli di chi essere amico e dove poteva o non poteva andare. Sarebbe tornato in Colombia qualunque cosa avesse detto sua sorella.

«Sono felice per te» le disse. Era assurdo quanto gli mancasse sentire parlare la sua lingua. Sì, lui e Isabella parlavano ogni giorno, ma gli mancava sentirla per strada mentre camminava, alla televisione e alla radio.

«Grazie. Anch'io sono felice.» Prese una sedia e si

sedette accanto a lui. «Ma sono preoccupata per te, Angelo.»

«Non esserlo» replicò subito. «Sto bene.»

«Tutto questo è stato molto difficile per te.»

«Non è colpa tua.»

«Lo so, ma non posso fare a meno di esserne dispiaciuta lo stesso. Non ne abbiamo mai parlato... cosa ti è successo quando ci tenevano prigionieri?»

Angelo non voleva parlarne. Né ora, né mai. Non voleva ammettere con lei che in realtà non era stato tenuto prigioniero contro la sua volontà. Che aveva mangiato bene. Aveva spiegato perché non aveva consegnato la droga in tempo e si era scusato abbondantemente. Aveva giurato fedeltà al cartello. Sì, l'avevano chiuso a chiave dentro una stanza, ma il piccolo gruppo che c'era in quella casa lo aveva fatto uscire spesso.

Non avrebbe *mai* detto a Isabella di aver mentito sul fatto di voler andare negli Stati Uniti. Che non aveva avuto *bisogno* di essere salvato... perché lavorava con gli uomini che li avevano portati in quel covo.

«Niente» rispose infine.

«Dai, sono io. Tua sorella. Puoi parlare con me. Mi raccontavi sempre tutto» lo incitò.

«Non è successo niente. Mi hanno chiuso in quella stanza, poi sei arrivata tu e poco dopo ce ne siamo andati.»

Isabella sospirò. «Va bene, ma se mai avessi bisogno di qualcuno con cui parlare, se mai ti sentissi sopraffatto, lo affronteremo insieme.»

Angelo annuì.

«Grazie per essere qui con me oggi. Significa molto. Non c'è nessun altro che avrei voluto avere al mio fianco. Ne abbiamo passate tante insieme e non so come avrei fatto ad andare avanti se non ci fossi stato tu a darmi uno scopo.»

«Ora hai tuo marito. Non hai bisogno di me.»

«Avrò sempre bisogno di te, Angelo» disse, scuotendo la testa. «E non importa quanti anni avrai, sarai sempre il mio fratellino. Mi preoccuperò sempre per te.»

Quello non gli piaceva. Per niente.

A malincuore stava cominciando pian piano ad accettare l'idea che forse l'americano poteva prendersi cura di sua sorella, che lei doveva andare avanti con la sua vita nel Missouri. Sapeva che una volta entrato nel giro del cartello, be', quando sarebbe stato più coinvolto di così, si sarebbero aspettati che la sua lealtà e la sua attenzione fossero interamente rivolte all'organizzazione. Non alla famiglia. Non agli amici. Avrebbe dovuto vivere e respirare per il cartello. Ed era ciò che voleva.

Invece per Isabella voleva la libertà. La libertà di vivere la sua vita. Di avere dei figli con il marito americano.

«Posso prendermi cura di me stesso. Devi lasciarmi andare, Isabella.»

Lei sospirò. «Lo so. Sei un adulto adesso. Ti voglio bene, Angelo.»

«Ti voglio bene anch'io.»

Si chinò e gli baciò la guancia, poi gli sorrise ancora una volta e si alzò per andare a cercare il marito. Woody la stava osservando dall'altro lato della stanza, lasciandole spazio ma assicurandosi che fosse tutto a posto.

Angelo sospirò. Forse l'americano non era una brutta persona. La trattava con attenzione ed era evidente quanto la amasse. Non capiva quel tipo di amore, ma era comunque contento che Isabella lo avesse.

Quando rimase solo, tirò fuori di nuovo il telefono.

Pablo aveva inviato un altro messaggio mentre parlava con sua sorella.

Pablo: *Ti aspettiamo. Non vediamo l'ora che dimostri di meritare ciò che stiamo facendo per te.*

Si accigliò. Aveva detto più volte a Pablo che avrebbe fatto qualsiasi cosa per restituire il denaro che gli stava inviando. E che avrebbe fatto ciò che voleva il cartello senza fare domande. Inviò rapidamente un ultimo messaggio.

Angelo: *Lo farò. Il cartello è la mia famiglia ora.*

L'altro stava rispondendo, stando ai tre puntini sullo schermo.

Pablo: *Vedremo.*

Si accigliò ancora di più. Non gli piaceva il suono minaccioso di quella semplice parola, ma avrebbe dato prova di sé. Appena tornato in Colombia, avrebbe dimostrato a Pablo e agli altri di essere più di un ragazzino. Che era qualcuno su cui potevano contare. Non solo per consegnare la droga quando ne avevano bisogno, ma anche per garantire la sicurezza. Essere un esecutore era una delle posizioni più ambite nel cartello. Quegli uomini erano rispettati e temuti. Voleva esserlo anche lui, e avrebbe fatto di tutto per guadagnarsela.

CAPITOLO DICIOTTO

Reese sospirò soddisfatta stiracchiandosi pigramente. Dopo essere tornati a casa dal ricevimento, Gus aveva fatto l'amore con lei per ore. Aveva adorato ogni centimetro del suo corpo. L'aveva portata all'orgasmo con la bocca, con la mano, l'aveva presa in una mezza dozzina di modi diversi... mentre lei era sulle ginocchia, poi di nuovo a cavalcioni, a faccia in giù sopra la sponda del letto con lui in piedi dietro, contro il muro, e infine - il suo preferito - nella posizione del missionario, con lo sguardo fisso nel suo mentre entrambi arrivavano al culmine. Era stato rude, poi tenero, poi fuori controllo, poi amorevole.

Non ne avrebbe mai avuto abbastanza di lui e del suo modo di fare l'amore.

Il posto accanto a lei sul letto era vuoto, ma non era preoccupata. Gus se n'era andato da poco, ma non prima di averla svegliata baciandola per farle sapere che stava andando con Pipe, Stone e Brick a rimuovere dai sentieri principali i rami caduti e altri detriti provocati dalla tempesta che si era abbattuta due notti prima.

Una volta le aveva detto che lavorare al Rifugio lo

aiutava a tenersi in forma. Che era contento di non dover correre per chilometri e chilometri e di non doversi allenare così duramente come quando era nell'esercito, ma che gli piaceva fare attività fisica e qualcosa di utile allo stesso tempo.

Dopo aver deciso di essere stata pigra a sufficienza, si alzò dal letto e andò in bagno. Anche quel giorno era indolenzita, ma in un modo delizioso che le faceva ricordare quanto fosse stato fantastico Gus la sera prima.

Si fece una doccia e andò in cucina, sorridendo quando vide sul bancone un biglietto con scritto che il caffè era già pronto, anche se ormai era freddo. Aprì il frigorifero e trovò una tazza con un'etichetta adesiva con il suo nome e una girella alla cannella con un altro biglietto che diceva di scaldarla nel microonde per sessanta secondi.

Non sapeva se Gus sarebbe sempre stato così dolce e premuroso in futuro, ma aveva la sensazione che non sarebbe cambiato. Aveva i suoi difetti, ma per lei era perfetto.

Reese non aveva programmi per la giornata, a parte incontrarsi in centro con i suoi genitori, Woody e Isabella per cenare. Fece colazione con il sorriso sulle labbra e stava per andare al lodge a parlare con Alaska delle possibili date del matrimonio quando qualcuno bussò alla porta.

Aggrottando la fronte e chiedendosi chi diavolo fosse, rimase sorpresa quando la aprì e si trovò davanti Angelo.

«Ciao. *Hola*» lo salutò sorridendo.

Le disse qualcosa in spagnolo che non comprese, così sollevò un dito sperando che capisse di aspettare mentre lei andava di corsa a prendere il telefono, che era ancora sul tavolo accanto a dove aveva mangiato. Cliccò sull'app di traduzione e tornò alla porta. Gli mostrò il cellulare facendogli cenno di continuare.

Lui parlò e quando ebbe finito Reese premette un pulsante sull'app che tradusse ciò che aveva detto.

«Mi porteresti in città?»

Fu di nuovo sorpresa per la sua richiesta, ma in fondo non era strano che glielo chiedesse. Probabilmente Woody e Isabella si stavano ancora godendo la loro prima mattina da marito e moglie, e in passato lei aveva fatto parecchi tentativi per parlare e fare amicizia con Angelo. Inoltre, gli aveva già dato un passaggio fino in centro.

Non aveva idea di cosa gli servisse a Los Alamos, ma doveva creargli difficoltà non essere indipendente come lo era stato in Colombia. Annuì, parlò all'applicazione che poi lo riprodusse in spagnolo. «Ne sarei felice. Dammi un momento per scrivere un biglietto a Gus. Ci vediamo alla mia macchina, ok?»

Angelo la ringraziò con un cenno del capo, poi si voltò e tornò indietro lungo il sentiero.

Le sarebbe piaciuto poter parlare con più facilità con quel ragazzo. Tornò dentro a scrivere un biglietto per informare Gus di dove stava andando nel caso fosse tornato prima di lei. Decise anche di mettersi un paio di pantaloni cargo e le scarpe da trekking, così, una volta tornata, avrebbe potuto andare in cerca di Gus e gli altri per vedere se avevano bisogno di aiuto con i sentieri. Era una bella giornata e non voleva trascorrerla in casa, soprattutto perché quella sera era prevista un'altra tempesta che sarebbe durata qualche giorno. Voleva stare al sole il più possibile prima che l'inverno si insediasse sulle montagne.

Quando fu pronta, chiuse lo chalet a chiave e si diresse verso la macchina. Angelo era lì accanto e guardava il telefono. Lei gli parlò tramite l'app. Era un po' lento comunicare in quel modo, ma alla fine era soddisfatta di come funzionava.

«Dove dobbiamo andare?»

«Non conosco il nome del posto, ma ho l'indirizzo.»

«Va bene. Quanto tempo ci metterai? Vorrei fare un salto al supermercato mentre fai le tue cose e tornare a prenderti appena finito.»

«Puoi lasciarmi lì.»

Reese aggrottò le sopracciglia e si chiese se l'applicazione non avesse tradotto male.

«Come farai a tornare al Rifugio?» gli domandò.

«Ci penserò. Non voglio essere una seccatura.»

Avrebbe voluto protestare, dirgli che poteva aspettare, che di sicuro ciò che doveva fare non richiedeva tanto tempo. Ma era un adulto, tecnicamente, e lei non voleva fare nulla che potesse infastidirlo e fargli passare la voglia di parlarle. Le sembrava di aver fatto enormi progressi nel loro rapporto. Non erano proprio amici, ma almeno ogni tanto le parlava... attraverso l'applicazione, ovviamente.

Decise che una volta tornata al Rifugio avrebbe cercato Isabella in modo che potesse andare a prendere suo fratello, così si limitò ad annuire e aprì la portiera.

Salirono in macchina e notò che Angelo aveva con sé uno zaino che posò ai suoi piedi. Si chiese se stesse andando a comprare qualcosa e gli servisse per traportare i suoi acquisti al Rifugio. Magari aveva intenzione di prendere un regalo di nozze alla sorella; sarebbe stata una cosa carina.

Provando sollievo per quella deduzione e sentendosi felice che Angelo sembrasse finalmente andare avanti con la sua vita negli Stati Uniti, mise in moto il SUV e si diresse verso il centro città.

Ma dieci minuti più tardi Reese era di nuovo confusa. L'indirizzo che le aveva dato portava a una Western Union.

Non aveva la minima idea del motivo per cui volesse andare lì.

Quando parcheggiò, Angelo si girò verso di lei e disse: «*Gracias*.» Poi scese dall'auto e chiuse la portiera senza darle la possibilità di replicare.

Era consapevole che voleva che lo lasciasse lì, ma in tutta coscienza non poteva farlo. Lo osservò avvicinarsi al bancone attraverso la finestra dell'agenzia. Ne seguì per diversi minuti un'intensa conversazione, accompagnata da molti gesti delle mani, prima che Angelo si voltasse per andarsene.

Non si era mossa dal parcheggio e quando lui aprì la porta, Reese scese dall'auto e rimase lì ad aspettare che guardasse verso di lei.

All'improvviso, accaddero due cose contemporaneamente.

Un uomo si avvicinò ad Angelo, e qualcuno le afferrò il braccio con una presa così stretta da farle cedere le ginocchia. Le disse qualcosa in spagnolo, ma ovviamente non capì una parola.

Cercò di liberarsi, ma lui si limitò a stringere di più, facendole venire le lacrime agli occhi. La spinse via dall'auto e fu allora che si rese conto che c'era un terzo uomo. Era dall'altra parte del SUV e la fissava con occhi così neri, così spietati, che rabbrividì di paura.

Il tizio che la teneva aprì la portiera posteriore della sua auto e la spinse dentro. Proprio mentre si lanciava lungo il sedile per scappare a gambe levate dall'altra parte, la portiera si aprì e l'uomo con gli occhi spietati salì accanto a lei.

Quello che le aveva afferrato il braccio le strappò il cellulare di mano e lei si sentì sprofondare lo stomaco.

Merda! Aveva bisogno di quel telefono. Doveva chiamare Gus. Il Rifugio. La polizia. *Qualcuno*.

Ci fu del movimento fuori dalla macchina e poi vide Angelo aprire la portiera del passeggero che aveva chiuso neanche cinque minuti prima.

«Angelo!» Reese urlò. «Scappa!»

Ma non capì oppure scelse di ignorarla.

Il tizio che era con lui si chinò all'interno, afferrò la sua borsa, prese il suo telefono dall'altro uomo, poi spinse entrambi gli oggetti verso Angelo dicendogli qualcosa.

Lui indietreggiò e per un attimo i loro sguardi si incontrarono. Reese non capiva cosa stesse succedendo. Non sembrava affatto preoccupato o spaventato. C'era una leggera confusione nei suoi occhi, ma niente di più. Non parlò, si limitò a girare la testa per interrompere il contatto visivo e prese la borsa e il telefono.

Lo guardò camminare con calma verso il lato opposto del parcheggio del centro commerciale, nascondere il telefono nella borsa e gettarla in un cassonetto. Lasciò cadere a terra qualcos'altro e lo calpestò più volte. Poi ne raccolse i pezzi e gettò via anche quelli.

Tornò all'auto, salì e rimase con lo sguardo fisso davanti a sé.

Lei era schiacciata tra i due uomini nel sedile posteriore, mentre Angelo era davanti con il tizio che lo aveva avvicinato fuori dalla Western Union, che accese il motore e uscì dal parcheggio.

Reese si rese improvvisamente conto di essere in un mare di guai. Sapeva che non si doveva mai permettere a qualcuno di portarla via in un veicolo, perché se un rapitore l'avesse allontanata dalla civiltà, sarebbe stata bella che morta.

Cominciò a lottare. A lottare per la sua vita.

Non voleva morire. Voleva sposare Gus! Avere i suoi figli. Iniziare il nuovo lavoro. Vivere al Rifugio con lui e tutti i suoi nuovi amici.

L'uomo alla sua sinistra le afferrò le gambe e le braccia che stava agitando e l'altro la spinse con forza sulla nuca finché non fu piegata a metà a fissare il pavimento dell'auto. Dissero qualcosa, ma ovviamente non riuscì a capire. Ansimava e si sentiva stordita. Il fatto di essere piegata in due le rendeva difficile respirare e dal modo in cui l'uomo le teneva le braccia dietro la schiena le sembrava che gliele stesse per staccare dalle articolazioni.

Fu inondata da un senso di terrore. Stava accadendo davvero. Le avevano rubato l'auto. L'avevano rapita. Chissà cos'altro avrebbero fatto.

E Angelo era coinvolto.

Se prima del loro arrivo lui non era consapevole di ciò che sarebbe successo, di certo ora era d'accordo.

Sentiva i quattro uomini parlare sopra la sua testa. Non stavano discutendo, ma quello che guidava aveva un tono molto duro, come se fosse lui al comando, a dare gli ordini.

Reese iniziò a piangere. Non riuscì a farne a meno. Era in minoranza e in balia di qualsiasi cosa volessero fare di lei.

«Per favore, lasciatemi andare. *Por favor*» implorò.

Ma la ignorarono. La mano sul collo continuava a premere e le braccia erano ancora tenute ferme dietro la schiena con una presa ferrea. Poteva solo stare lì a fissare il tappetino sotto i suoi piedi e pregare che qualcuno avesse visto qualcosa. Avesse sentito qualcosa. Avesse chiamato la polizia e che stessero già organizzando una missione di salvataggio per andare a cercarla.

Perché se così non fosse stato, era in guai seri.

————

Spike si asciugò la fronte con il braccio e inarcò la schiena. Il lavoro di quella mattina era stato duro, ma era molto soddisfacente vedere il sentiero sgombro dai detriti e dai rami spezzati a causa della tempesta.

«Mi sembra a posto» disse Pipe, con orgoglio evidente nella voce.

«Sì» concordò Stone.

«Non dico che mi piaccia ripulire i sentieri, ma era necessario farlo. Se avessimo aspettato il passaggio della tempesta successiva, sarebbe stata ancora più dura» aggiunse Brick.

Vivendo in montagna, quella era una costante e una caratteristica dell'avere un'attività in quell'area: dovevano fare una manutenzione regolare di quel particolare sentiero. Era il più facile da percorrere e quindi il più frequentato dai loro ospiti, per cui era importante tenerlo sgombro da alberi abbattuti e altri detriti.

«Si sa qualcosa sulla data del matrimonio?» chiese Pipe a Brick.

Il sorriso soddisfatto sul volto dell'amico lo portò a pensare a Reese e a come avevano trascorso la serata precedente.

«In effetti, sì. Tra tre settimane.»

«Porca miseria!»

«Così presto? Fantastico!»

«Wow!»

«Sembra che Al sia impaziente di mettermi un anello al dito» disse Brick con un sorriso.

«Come se tu non fossi altrettanto impaziente di rivendicarla pubblicamente» replicò Stone, alzando gli occhi al cielo.

«È vero. Ma il fatto è che lei è già mia, quanto io sono suo. Non ho *bisogno* di sposarla, ma voglio farlo. Ho sempre la sensazione di essermi perso molto non rendendomi conto per tanti anni che eravamo fatti l'uno per l'altra. Avrei dovuto capirlo quando trovavo così tanta ispirazione e conforto in quel lavoretto a punto croce che mi ha regalato per la maturità. Se non fossi stato così concentrato sul mio lavoro, forse avrei visto ciò che avevo davanti agli occhi. Non voglio più aspettare il momento perfetto. Nessun momento lo sarà mai. Saremo occupati qui per il prossimo futuro, così ieri sera abbiamo deciso di infilare la nostra cerimonia tra tutte le altre cose in corso.»

«Uomo intelligente. Legarla a te prima che si renda conto di poter trovare di meglio e cambi idea» scherzò Pipe.

Tutti risero, tranne Spike. Il suo amico aveva appena espresso la sua più grande paura riguardo a Reese. Non aveva ancora idea del perché stesse con lui. Perché lo amasse. Avrebbe potuto stare con uno scienziato missilistico o un ingegnere nucleare. Lui aveva solo un piccolo chalet nel bosco, un cervello che vedeva problemi dove non ce n'erano e una vena possessiva e protettiva che una donna indipendente come lei probabilmente ora pensava fosse piacevole, ma che alla fine avrebbe potuto trovare soffocante.

«Oh-oh, Spike sta pensando troppo» disse Stone. Erano quasi arrivati al Rifugio e stava per mandare a quel paese l'amico perché non era ancora pronto a parlare delle sue insicurezze nei confronti di Reese, ma fu interrotto dallo squillo del telefono.

E così il suo umore si risollevò. Doveva essere lei, perché raramente riceveva chiamate, soprattutto quando tre delle sei persone che avrebbero potuto contattarlo erano con lui in quel momento.

Ma non era Reese. Era Woody.

Pensando che fosse strano che lo chiamasse la mattina dopo essersi sposato, si irrigidì inconsciamente mentre rispondeva.

«Spike. Che c'è, Woody?»

«Hai visto Reese?»

Smise di camminare e i suoi tre amici lo imitarono, fissandolo con vari livelli di curiosità e preoccupazione nello sguardo. «Stamattina quando sono uscito stava ancora dormendo. Perché?»

«Non riesco a contattarla.»

Spike si rilassò un po'. «Mi pare di aver visto il suo telefono sul bancone della cucina, quindi probabilmente non lo sente squillare dalla camera da letto.»

«Anche Angelo non risponde al telefono. Isabella è preoccupata, perché di solito non si muove mai. Ho chiamato Reese per vedere se poteva andare a controllarlo, visto che mi sarebbe piaciuto passare la prima mattina da sposato con mia moglie, ma non ha risposto... e ho un brutto presentimento.»

Cercò di rimanere calmo. Woody *non* poteva sapere se c'erano problemi, era solo cauto e cercava di tranquillizzare la moglie. Ma Spike sapeva benissimo che quando lui, Woody o uno qualsiasi dei loro compagni di squadra avevano avuto dei brutti presentimenti durante le missioni, nessuno li aveva mai ignorati.

«Sto andando allo chalet di Tiny per controllare Angelo. Ma, Spike, non è da Reese non rispondere quando la chiamo. Capisco che non aveva il telefono in camera, ma è tardi. È una persona mattiniera. Anche se avesse dormito di più, a quest'ora dovrebbe già essere in piedi.»

«Potrebbe aver dimenticato il telefono quando è salita al lodge» suggerì, non credendo lui stesso alle proprie parole.

«È successo qualcosa» disse Woody in tono basso.

«Vado a casa a dare un'occhiata e ti richiamerò quando l'avrò trovata. Pipe, Stone e Brick sono con me, li mando a incontrarti da Tiny» disse, riprendendo a camminare.

«Grazie.»

«Non devi ringraziarmi. La sposerò. Lei significa tutto per me.»

«Quindi saremo fratelli per davvero... non potrei chiedere un uomo migliore per mia sorella.»

Gli fece piacere sentirlo, ma faceva fatica a pensare a qualcosa di diverso dal tornare allo chalet e posare gli occhi su Reese. «Ci sentiamo presto.»

«Grazie.»

Entrambi chiusero la chiamata e Spike spiegò rapidamente la situazione agli altri.

«Io vengo con te a cercare Reese» dichiarò Pipe.

«Io e Stone andiamo da Woody. Sono sicuro che Angelo è qui da qualche parte. Il ragazzo di solito non lascia la proprietà» disse Brick.

Quando si avvicinarono al Rifugio si divisero: Spike e Pipe andarono in una direzione e i loro amici in un'altra.

Capì che Reese non c'era nel momento in cui aprì la porta dello chalet. Dava una sensazione di... vuoto. Corse comunque in camera da letto e guardò all'interno. Le coperte erano sottosopra, ma lei non c'era. La porta del bagno era aperta, quindi non era nemmeno nella doccia. Tornò in cucina e aprì il frigorifero. Il caffè freddo e la girella alla cannella che aveva preparato per lei erano spariti.

«Non è qui» confermò.

«Però non se n'è andata di gran fretta visto che si è presa il tempo di chiudere la porta a chiave» osservò Pipe.

Spike annuì e si guardò intorno. «Mancano anche la borsa e il telefono. Il che significa che non è andata solo al lodge. Di solito non prende la borsa per andare a trovare Alaska o per mangiare.»

Tornarono alla porta e quando uscirono camminarono un po' più velocemente, desiderosi di controllare se fosse andata al lodge. Il cuore di Spike batteva troppo forte e si sentiva un po' tremante. Era da molto che non provava quel genere di paura, ma era diversa, non come quella che aveva sperimentato in missione.

Si trattava di *Reese*. La donna con cui aveva fatto l'amore a lungo e lentamente appena la sera prima. Che gli aveva sorriso con uno sguardo così tenero che aveva stentato a credere fosse rivolto a lui. Era la donna che avrebbe sposato. La futura madre dei suoi figli. Il pensiero che le fosse successo qualcosa, che le avessero fatto del male, gli faceva venire da vomitare.

«Tranquillo, Spike, non pensare al peggio» disse Pipe, leggendogli nel pensiero.

Avrebbe voluto incazzarsi con lui, dirgli che non aveva idea di come si sentiva in quel momento. Come avrebbe potuto? Non aveva una donna che lo amava.

Per la prima volta provò un po' di pena per i suoi amici single. Nemmeno lui sapeva cosa si era perso finché Reese non era entrata nella sua vita. Lei lo aveva reso una persona migliore. Un uomo migliore.

Irruppero nel lodge facendo trasalire Alaska, che era seduta dietro il bancone a scrivere al computer.

«Porca miseria, mi avete spaventata!» esclamò. «Cos'è successo?»

«Reese è qui?» sbraitò Spike.

«Reese? Non l'ho vista stamattina. Perché?»

Non si soffermò a spiegare. Se non l'aveva vista, non era lì.

Si girò, tornò fuori e si diresse verso la stalla. Si fermò a metà strada, fissando l'area dove la maggior parte di loro parcheggiava le auto.

L'Escape non c'era.

«Merda.»

«La sua macchina non c'è» disse inutilmente Pipe.

«L'avete trovata?» chiese Brick, avvicinandosi con Stone. «Angelo non è allo chalet. Woody lo sta cercando nella proprietà.»

«La macchina di Reese non è qui» li informò Pipe, indicando il parcheggio.

«Che succede?» domandò Tonka, arrivando dalla stalla.

Sentendo dei passi dietro di lui, Spike si voltò e vide Alaska, Robert, Ryan e Jess andare verso di loro, provenienti dal lodge. Si stava spargendo la voce che era successo qualcosa.

«Non riusciamo a trovare né Reese né Angelo» spiegò Brick a Tonka, in risposta alla sua domanda.

«Li ho visti salire sull'Escape e andarsene» disse lui al gruppo.

«Quando? Quanto tempo fa?» chiese Spike con urgenza.

«Circa un'ora e mezza fa, credo.»

«Merda.»

«Pipe, tu vai con Spike. Tonka, Stone e io andremo con la mia Jeep. Cercheremo a Los Alamos. Non possono essere andati lontano. Probabilmente sono al supermercato o lì in giro» disse Brick.

«Non rispondono al telefono» ricordò Spike all'amico.

Brick strinse le labbra. Di certo non gli era sfuggito

quel particolare, ma ovviamente non aveva voluto accennarlo.

«Pensiamo noi alle cose qui» disse Alaska. «Contatterò Owl e Tiny e farò sapere loro che dovranno occuparsi degli ospiti.»

Senza indugiare oltre, i cinque uomini si diressero verso il parcheggio.

Spike non riusciva a pensare. Dove poteva essere andata Reese insieme ad Angelo? Si voltò verso Tonka. «Ti è sembrata turbata?»

«No. Se lo fosse stata non l'avrei lasciata andare via. Lei e Angelo hanno avuto una breve conversazione, mi è sembrato che usasse l'app per parlare con lui, poi sono saliti ed è partita tranquillamente.»

«Cazzo. Dobbiamo rintracciare il suo telefono.»

«Chiamo Tex» affermò Brick portandosi il cellulare all'orecchio.

Spike si rilassò un po'. Ma veramente poco. Se qualcuno poteva trovare Reese, quello era Tex. Negli anni aveva sentito le storie di tutte le donne che aveva contribuito a salvare. Doveva credere che ci sarebbe riuscito anche con la sua Reese. L'alternativa era inaccettabile.

«Guido io» lo informò Pipe con fermezza, mentre si avvicinavano al parcheggio.

Spike non aveva intenzione di discutere con lui. La Dodge Challenger era molto più potente della sua vecchia berlina scassata.

Gli uomini salirono sui veicoli e uscirono dal parcheggio, dirigendosi verso il centro città. Per la prima volta nella vita non aveva un piano. Non cercò nemmeno di coordinarsi con i suoi amici. Riusciva solo a pensare a Reese. Dov'era? Era spaventata? Era ferita? Si era almeno resa conto che avrebbe fatto preoccupare tutti non lasciando un biglietto? Sperava di trovare il suo SUV nel parcheggio del supermercato. Sarebbe stata mortificata per aver causato a tutti tanta preoccupazione.

Ma nel profondo era d'accordo con Woody: c'era qualcosa che non quadrava. Reese era troppo gentile per non rispondere al telefono. Non aveva idea di cosa stesse succedendo, ma non era niente di buono. Se lo sentiva fin nel midollo.

Mentre andavano verso la città, gli passò davanti agli occhi la sua vita futura. Il loro matrimonio, i figli non ancora nati, l'invecchiare con Reese... tutto quanto. Gli sembrava che le sue speranze e i suoi sogni stessero scomparendo in una nuvola di fumo, e non c'era nulla che potesse fare per fermarli.

Poi si riscosse. No. L'aveva appena trovata, non poteva perderla adesso. Avrebbe combattuto il diavolo in persona per riaverla sana e salva. Gli serviva solo un indizio su dove si trovasse e quale nemico avrebbe dovuto combattere. Solo uno. Sarebbe partito da lì.

CAPITOLO DICIANNOVE

ERANO DIRETTI A SUD. Avevano superato Santa Fe e stavano viaggiando verso la periferia di Albuquerque. Gli uomini accanto a lei le avevano permesso di raddrizzarsi e Reese teneva lo sguardo fisso sul parabrezza, rimanendo il più immobile possibile.

Non aveva idea di cosa volessero da lei quei tizi. Parlavano tra loro in spagnolo ed era estremamente frustrante non sapere cosa stessero dicendo. Magari stavano pianificando ciò che le avrebbero fatto e lei era seduta lì senza sapere nulla.

Per la prima volta capì esattamente cosa doveva aver provato Angelo per tutto il tempo. Giurò che se ne fosse uscita viva avrebbe studiato e imparato lo spagnolo. Era un pensiero folle, tutto considerato, ma in quel momento era preferibile pensare a qualsiasi cosa che non fosse la sua potenziale morte.

Angelo non aveva detto molto, ma di tanto in tanto rispondeva alle domande degli altri uomini. Reese pensò a Isabella, a quanto sarebbe stata preoccupata per suo fratello. Quanto le sarebbe dispiaciuto sapere che lui aveva a che fare con quello che stava accadendo.

Non sapeva se fosse stato nelle sue intenzioni coinvolgerla. Le aveva detto che non era necessario che rimanesse quando lo aveva accompagnato. E ricordava la sua espressione quando l'autista gli si era avvicinato fuori dalla Western Union. Era stato confuso, sorpreso di vederlo. Da quello che poteva intuire, era andato lì aspettandosi di ritirare il denaro che qualcuno gli aveva spedito. Per quale altro motivo si andava in quelle agenzie? Pensò inoltre che volesse prendere un biglietto dell'autobus per tornare a casa, in Colombia. Non ne era certa, ovviamente, ma era l'unica cosa che aveva senso.

Purtroppo, invece dei soldi aveva trovato quegli uomini ad aspettarlo. Li conosceva? Non era sembrato ansioso di allontanarsi da loro. Ma perché portare via anche lei? Perché non rubarle la macchina e andarsene? Non aveva senso rapirla.

Per quanto ci pensasse, Reese non riusciva a trovare un valido motivo per cui avrebbero dovuto prendere anche lei... tranne quelli più ovvi e terrificanti.

L'idea che qualcuno la toccasse, che la violasse contro la sua volontà, le faceva venire voglia di piangere. O vomitare. O entrambe le cose. Se avevano quell'intenzione, non avrebbe reso loro la vita facile. Anche se erano in quattro, avrebbe combattuto con tutte le sue forze. Avrebbe catturato il loro DNA sotto le unghie. Li avrebbe marchiati, così se li avessero presi la polizia avrebbe capito che mentivano quando avrebbero detto di non sapere nulla di lei.

Il pensiero che avrebbero potuto violentarla e ucciderla per poi lasciare il suo corpo a marcire da qualche parte nella natura selvaggia del New Mexico, le fece riempire gli occhi di lacrime. Tuttavia si rifiutò di lasciarle cadere. Si costrinse a trattenerle. Non voleva che vedessero quanto era spaventata.

Andò con la mente a Gus. Sapeva che lei non era più al Rifugio? Gli aveva lasciato un biglietto, quindi se fosse tornato allo chalet dopo aver ripulito i sentieri, l'avrebbe visto. Ma come poteva sapere dov'era? Avevano gettato il suo cellulare nella spazzatura e aveva visto abbastanza telefilm per sapere che i poliziotti usavano quelli per rintracciare le persone.

Fu pervasa dalla disperazione. Se voleva sopravvivere a qualsiasi cosa stesse accadendo, avrebbe dovuto farlo da sola. Era ovvio che Angelo non l'avrebbe aiutata, non l'aveva nemmeno guardata da quando si erano messi in viaggio. Faceva praticamente finta che lei non ci fosse, che ora non fossero imparentati grazie al matrimonio.

La paura che provava da quando era stata costretta a salire su quel sedile posteriore cominciò a trasformarsi in qualcosa di nuovo. Rabbia.

Lei e Gus avevano parlato di avere dei figli proprio la sera prima. Era entrato in lei e le aveva chiesto quanti ne volesse. Avevano valutato i pro e i contro delle famiglie numerose rispetto a quelle piccole e deciso insieme che tre bambini sarebbero stati perfetti.

Lei gli aveva anche detto che avrebbe smesso di prendere la pillola anticoncezionale per lasciare che la natura facesse il suo corso. Era così felice. Quasi sconvolta che l'uomo per cui aveva avuto un'enorme cotta stesse discutendo di quanti figli volesse con lei.

Era ciò che Reese desiderava. Voleva un futuro con lui. Voleva vederlo tenere in braccio i loro bambini, mentre li cullava per farli addormentare. Se avessero avuto delle femmine, lo avrebbero tenuto in pugno, e i maschi sarebbero stati dei Gus in miniatura. Il dolore che provò al cuore al pensiero che forse quella gente stava per strappare via il loro futuro prima ancora che iniziasse, le faceva così male che avrebbe voluto raggomitolarsi e piangere.

Ma non poteva cedere. Doveva stare attenta alla minima opportunità di scappare che avrebbe potuto presentarsi. Non potevano viaggiare per sempre, prima o poi avrebbero dovuto fermarsi a fare benzina. Ci sarebbe stata gente in giro, avrebbe potuto urlare, fare una scenata. O dire ai suoi rapitori che doveva fare la pipì e scrivere un biglietto mentre era in bagno. O meglio ancora, correre a gambe levate. Qualsiasi cosa pur di scappare. Avrebbe pensato a come tornare al Rifugio una volta lontana da quei bastardi.

Si sentì meglio ora che aveva in mente una sorta di piano, anche se vago, e fece un respiro profondo. Studiò l'autista, memorizzandone ogni singola cosa per poterlo descrivere alla polizia. I capelli, la forma del naso, il neo sotto l'orecchio. Avrebbe fatto lo stesso anche con gli uomini seduti al suo fianco quando ne avesse avuto l'occasione. Non sarebbe stata una vittima. Non se ne parlava proprio.

———

«Trovato qualcosa?» chiese Spike a Tonka.

Erano passati trenta minuti da quando erano partiti dal Rifugio. Avevano cercato l'auto di Reese in ogni angolo di Los Alamos... senza fortuna. Il suo amico aveva appena chiamato per un aggiornamento.

«Niente. Dobbiamo smettere di girare in tondo e incontrarci per pianificare le nostre prossime mosse.»

Non voleva fermarsi. Continuava a sperare che alla strada successiva, al parcheggio successivo, avrebbero trovato Reese. Ma non c'era traccia della sua auto. Era come se fosse scomparsa nel nulla. «Dove?»

Tonka fece una rapida conversazione con gli altri in macchina, poi disse: «East Park, vicino alla strada principale.»

Sapeva dove si trovava. Era sul lato est della città e c'era un sentiero, un parco giochi e un parco per cani. «Saremo lì tra tre minuti.»

«D'accordo.»

Disse a Pipe dove andare e mantenne lo sguardo davanti a sé mentre proseguivano, sforzandosi di non lasciarsi sopraffare dagli scenari peggiori.

Arrivarono più o meno insieme a Brick e gli altri, e dietro di loro c'era Woody.

Scesero tutti dalle auto e si riunirono in cerchio.

«Brick mi ha chiamato dieci minuti fa» disse Woody, chiaramente agitato. «Nessuna traccia di Angelo o Reese?»

Tutti scossero la testa.

«Ho parlato con Tex» disse Brick.

Spike si preparò alla notizia.

«Ha rintracciato il telefono di Reese alla Western Union in centro. Quando siamo andati lì, speravo di trovarla, ma non c'era traccia di lei.»

«E il suo telefono?»

Il suo amico gli lanciò un'occhiata sconsolata. «La sua borsa era nel cassonetto del parcheggio. Con il telefono dentro.»

«Maledizione!» imprecò Spike, voltandosi e dando un calcio alla ruota della Jeep di Brick. Non lo fece sentire meglio, sentì solo male al piede. Si voltò di nuovo verso di lui. «Che altro?»

«C'era anche il telefono di Angelo.»

«Quindi qualcuno li ha rubati e li ha gettati via?» dedusse Pipe.

«Non esattamente. Tex mi ha anche mandato un video di sorveglianza.» Armeggiò con il telefono e cliccò su alcuni tasti. «Ve l'ho appena inviato.»

Spike tirò fuori il cellulare e con impazienza cercò il video. Le immagini erano sgranate e riprese dall'estremità opposta del parcheggio, ma vide l'Escape di Reese fermarsi, Angelo scendere dall'auto per entrare alla Western Union e uscire poco dopo. Un uomo avvicinarsi a lui. Reese scendere dalla macchina e venire subito afferrata da un altro uomo che la fece salire sul sedile posteriore della sua stessa auto, e un terzo scivolare rapidamente accanto a lei, mentre Angelo e il tizio che lo aveva avvicinato andavano verso la macchina. Passò un minuto prima che il filmato mostrasse Angelo dirigersi con calma verso il cassonetto e gettare la borsa di Reese. A quel punto il video si bloccò un attimo e la scena successiva che videro fu Angelo risalire nell'auto che partì subito.

«Ma che cazzo? Angelo è coinvolto in questa storia?» esclamò Woody.

La mascella di Spike era così serrata che non riusciva a parlare.

«Isabella ne sarà devastata.»

Dovette trattenersi per non picchiare a sangue il suo amico. *Isabella* ne sarà devastata? Suo fratello aveva appena rapito Reese, cazzo! A Spike non fregava niente di quello che stavano provando gli altri, ma solo di quello che stava passando *Reese*.

Fece un respiro profondo. Poi un altro. Non era il

momento di litigare con il suo vecchio compagno di squadra. La sua unica preoccupazione era lei.

Il telefono di Brick squillò e Spike si irrigidì, pregando che fosse Tex con la notizia di avere una pista che li avrebbe indirizzati dove gli uomini l'avevano portata.

«Brick. Sì... no, non si arrabbierà... l'hai letto? Cosa dice? Bene, ok... l'avevamo capito... ottimo lavoro, Al. Lo faremo... devo andare... ti amo anch'io.»

Spike curvò le spalle deluso. Era ovviamente Alaska che aveva chiamato.

«Era Alaska» disse Brick inutilmente. «È preoccupata per Reese ed è andata nel tuo chalet, Spike, usando la chiave di riserva per entrare. Pensava che magari fosse andata a fare una passeggiata e fosse tornata dopo che tutti se n'erano andati.»

Sospirò. Reese non era a casa. Non aveva dubbi.

«Comunque, ha trovato un biglietto che aveva lasciato per te.»

«Mi ha scritto un biglietto? Non l'ho visto.»

«Ha detto che era sul pavimento sotto il tavolo della cucina. Deve essere volato via quando è uscita. Era breve, diceva solo che stava portando Angelo in centro e che sarebbe tornata presto.»

«Probabilmente pensava che sarebbe tornata prima di te» disse Woody.

Spike si sentì un po' meglio sapendo che gli aveva lasciato un biglietto, ma ora non era di aiuto. E se lo avesse visto quand'era andato a casa probabilmente non sarebbe andato a cercarla subito, e si sarebbero trovati ancora più in svantaggio di quanto già non fossero.

Pensare che avrebbe potuto scoprire che era stata rapita con due ore di ritardo gli fece salire un brivido lungo la schiena. Era già preoccupante che fossero indietro di un'ora e mezza... quattro ore sarebbero sembrate insormontabili.

«E adesso?» chiese Stone. «Dove stavano andando? Cosa volevano quegli uomini?»

«Non lo so. Senza i telefoni Tex non può rintracciarli. Sta lavorando sulle telecamere del traffico di Santa Fe e di Albuquerque, ma ha ammesso che con un'auto comune come quella di Reese e con tutte le telecamere che ci sono, potrebbe volerci un bel po'» rispose Brick.

«Non c'è tempo» sbottò Spike. «Se la scaricano in qualche landa selvaggia, non la troveremo mai.»

«La troveremo» lo rassicurò Tonka.

«Come?» Non poté fare a meno di chiedere. Si sentiva impotente. Peggio che impotente. La donna che amava più di quanto avesse mai pensato di poter amare un altro essere umano aveva bisogno di lui, e non poteva fare nulla per aiutarla perché non avevano idea di dove l'avessero portata.

Tutti gli uomini si guardarono tra loro. Nessuno parlò. Nessuno aveva un'idea. Chiunque fossero i suoi rapitori, avevano un enorme vantaggio. E una volta raggiunta Albuquerque, avrebbero potuto andare a est, a ovest, o addirittura a sud, verso il Messico.

Poi a Spike venne in mente una cosa. «Abbiamo il telefono di Angelo, giusto? Possiamo vedere se Tex riesce a craccarlo. Scoprire se ci sono messaggi scritti o vocali che ci possono aiutare.»

«Sarebbe un'ottima idea» disse Tonka, «se non fosse che è stato fatto a pezzi. A quanto pare non volevano che lo facessimo.»

«Merda!»

«Posso chiamare Owl» suggerì Stone dopo un lungo

momento, «e vedere se riesce a mettere le mani su un elicottero per cercare dall'alto.»

«Owl non vola dalla missione in cui siete finiti entrambi prigionieri» gli ricordò Brick.

«Lo so, nemmeno io, ma abbiamo tenuto le licenze aggiornate e non ho dubbi che farebbe qualsiasi cosa per trovare Reese.»

Spike chiuse gli occhi. Era un incubo e non sapeva come uscirne. Il pensiero di non vederla più, di non sentirla più ridere, di non toccarla più, era così ripugnante che lo fece piegare in due per il dolore. Chinandosi con le mani sulle cosce sentì aumentare la saliva per la nausea. Sputò per terra e cercò di non vomitare la colazione.

Il suono dell'arrivo di una notifica sul telefono di Pipe penetrò il silenzio che circondava gli uomini.

«Ma che cazzo!» esclamò.

Spike si raddrizzò. «Che c'è?»

«Ho appena ricevuto un messaggio. Poche parole e una mappa con un puntino rosso che si muove verso sud» disse con evidente perplessità nel tono.

«Da Tex?» chiese Brick.

«No, da un numero sconosciuto.»

«È lui» disse Tonka.

«Lui chi?» domandò Stone confuso.

«Il tizio che ha trovato Jasna. Che l'ha portata nel bunker.»

«Non possiamo saperlo...» cominciò Brick, ma Spike lo ignorò e strappò di mano il telefono a Pipe.

Sconosciuto: *Sto seguendo il suo localizzatore.*

. . .

Il testo non diceva altro. Per la maggior parte delle persone non avrebbe avuto senso, ma Spike aveva visto il portachiavi di Reese e sapeva cosa significava. Gli aveva detto che perdeva continuamente le chiavi, così aveva comprato uno di quegli aggeggi che si collegavano a un'applicazione sul telefono e rintracciavano il portachiavi.

«Porca puttana. È Reese» disse, osservando il puntino rosso che si dirigeva verso sud, sulla statale 25, appena fuori da Albuquerque.

Brick stava parlando con qualcuno al telefono e lo sentì pronunciare il nome di Tex, ma tutta la sua attenzione era rivolta a quel puntino rosso.

«Chiamo Owl» annunciò Stone deciso.

Spike era favorevole al fatto che i suoi amici usassero le loro abilità di piloti di elicottero per rintracciarla, ma nel frattempo non aveva intenzione di starsene con le mani in mano ad aspettare che ne trovassero uno, ottenessero l'autorizzazione a usarlo e poi andassero a cercarla. Doveva ritrovarla *subito*.

«Sali» disse Pipe, leggendogli nel pensiero. «Seguiamo il segnale.»

Spike annuì e si girò per andare verso la Challenger Hot Rod dell'amico.

«Aspetta!» lo fermò Tonka.

Si voltò per dirgli che non avrebbe aspettato un altro secondo, ma lui si stava già dirigendo verso la Jeep di Brick. Tornò pochi secondi dopo con uno zaino. «Non possiamo andare disarmati» affermò cupo.

«Tex sta cercando di collegarsi alla stessa rete» li informò Brick.

Al momento non gli importava. Non gli interessava nemmeno chi fosse il responsabile del messaggio. Gli importava solo che avessero un modo per rintracciare

Reese. I suoi rapitori avevano fatto del loro meglio per sbarazzarsi di tutto ciò che poteva lasciare una traccia, ma non avevano considerato minimamente il portachiavi. Be', nemmeno lui l'aveva fatto.

Chiunque avesse scoperto di poterla trovare grazie a un innocuo gadget attaccato alle sue chiavi era stato un fottuto genio.

Poco dopo, con Pipe al volante, Tonka sul sedile posteriore che si assicurava che le armi fossero cariche e pronte a sparare e Spike che guardava lo schermo del telefono, partirono in direzione sud.

———

Alla fine, Reese non aveva avuto la possibilità di fare un bel niente quando si erano fermati a fare benzina. Gli uomini accanto a lei non si erano mossi. Anche quando li aveva supplicati dicendo loro che avrebbe fatto la pipì sul sedile se non l'avessero lasciata andare in bagno, l'avevano guardata a malapena.

Peggio ancora, la stazione di servizio in cui si erano fermati era letteralmente nel mezzo del nulla. Una volta superata la periferia di Albuquerque, le città e le case erano poche e distanti tra loro. I rotolacampo vorticavano sulla strada, e anche se fosse stata in grado di correre, non c'era nessun posto dove nascondersi.

Erano state le uniche persone alla pompa di benzina e l'autista non aveva perso tempo: aveva fatto il pieno, era risalito sul SUV e si era rimesso in viaggio.

A un certo punto aveva sentito gli uomini parlare di El Paso e pensato che quella fosse la loro destinazione. Il viaggio da Albuquerque a El Paso durava circa quattro ore, e temeva quello che sarebbe successo una volta arrivati lì.

La sua ansia era alle stelle e si sentiva stordita dal terrore mentre percorrevano tutti quei chilometri di strada.

Quando si avvicinarono alla città, gli uomini cominciarono a parlare un po' di più tra di loro e le sembrò che stessero discutendo. Reese pensò che se stavano litigando per qualcosa, forse avrebbe potuto usarlo a suo vantaggio. Per non parlare del fatto che una città significava altra gente. Se anche una sola persona avesse sentito le sue urla, si fosse preoccupata e avesse chiamato la polizia, avrebbe potuto salvarsi.

Ma ancora una volta rimase delusa quando non si fermarono e cambiarono invece autostrada, dirigendosi verso est sulla I-10. A Reese faceva male il sedere per essere stata seduta così a lungo e aveva i muscoli indolenziti per la tensione. Avrebbe voluto uscire e camminare, sgranchirsi le gambe, ma le probabilità che ciò accadesse erano scarse o nulle. I suoi rapitori avevano in mente una destinazione e aveva la sensazione che non si sarebbero fermati finché non l'avessero raggiunta.

Stavano viaggiando da quasi tutto il giorno e la seconda sosta per il rifornimento fu altrettanto deludente della prima. Gli uomini le permisero di usare il bagno, ma l'esperienza fu umiliante. Il tizio che l'aveva afferrata la prima volta andò con lei e la guardò mentre faceva pipì. Non le permise nemmeno di lavarsi le mani, la trascinò subito in macchina.

Era stupido arrabbiarsi per non avere le mani pulite mentre si trovava nel bel mezzo di un rapimento, ma ormai non era più lucida. Il terrore, la fame e l'adrenalina continua le rendevano difficile mantenere la razionalità. Riusciva solo a immaginare tutti i possibili scenari terribili che la aspettavano alla fine del viaggio.

Quando il veicolo uscì dall'autostrada e si diresse verso

sud passando davanti a un cartello che indicava la piccola città di Marfa, le venne quasi da ridere pensando alle famose "luci di Marfa". Sperava davvero che un alieno li stesse osservando, pronto a risucchiare la sua auto e a salvarla da qualsiasi cosa sarebbe accaduta quando si fossero fermati.

E Reese sapeva che stava per succedere *qualcosa*. Gli uomini intorno a lei erano impazienti, come se sapessero che qualcosa era imminente. Pregò che non fossero eccitati all'idea di avere finalmente la loro occasione con lei dopo il lungo viaggio.

La sua determinazione si risvegliò. Non l'avrebbero toccata. Non voleva che i suoi ultimi momenti, i suoi ultimi pensieri fossero quelli di uomini sconosciuti che la violavano. Voleva ricordare solo Gus dentro di lei, solo il suo tocco. Desiderava tornare al Rifugio. Nel loro letto. Ridere mentre lui la solleticava facendo scorrere le mani sul suo corpo.

Vide un cartello che indicava il Parco Nazionale di Big Bend e poco dopo si immisero in una strada sterrata. Era buio e l'unica luce proveniva dai fari dell'auto.

Gli uomini avevano ricominciato a parlare, a bassa voce, come se l'oscurità li avesse spaventati in qualche modo. Ancora una volta, si preparò ad affrontare qualsiasi cosa stesse per accadere. A quel punto quasi non vedeva l'ora che ci fosse un cambiamento. Aveva bisogno di uscire dalla macchina. Aveva bisogno di combattere e non poteva farlo mentre era circondata da tre uomini.

No. Quattro. Reese aveva ormai incluso anche Angelo tra i suoi rapitori. Nelle ultime ore non aveva mai tentato di aiutarla o di guardarla. Ciò la feriva molto. Lei aveva fatto il possibile per farselo amico e lui la ripagava così?

Be', fanculo a lui. Fanculo a *tutti*. Sarebbe scappata, si

sarebbe nascosta finché non se ne fossero andati, e poi in qualche modo sarebbe tornata a casa. Da Gus.

———

Angelo fissava dritto davanti a sé. Aveva paura. Non era così che dovevano andare le cose. Quando era entrato alla Western Union e l'impiegata gli aveva detto che non c'erano soldi a suo nome, era rimasto sorpreso. Se n'era andato disgustato... poi era arrivato Pablo.

«Siamo venuti per riportarti a casa» gli aveva detto.

Ne era stato felice... finché non aveva visto gli altri due uomini. Sapeva che erano esecutori, ma non conosceva i loro nomi. Quando avevano spinto Reese sul sedile posteriore della sua auto era stato ancora più confuso.

«Prendi la sua borsa e il suo telefono e gettali via» gli aveva ordinato Pablo, dopo essere salito nella macchina di Reese. «Poi fai a pezzi il tuo e butta via anche quello. Non vogliamo che qualcuno ci rintracci.»

Angelo aveva eseguito gli ordini quasi come un robot, cercando di capire cosa stesse succedendo. Perché Pablo e gli altri uomini erano andati lì? Non si fidavano di lui? Doveva essere così. Non volevano dargli dei soldi perché non si fidavano.

Quando era tornato in macchina, gli aveva chiesto: «Perché abbiamo bisogno di lei?»

«Perché no?» gli aveva risposto lui con un ghigno. «Il viaggio è lungo, potremmo divertirci un po' prima di arrivare a casa.»

In quel momento gli si era gelato il sangue.

Angelo non aveva problemi a vendere droga. Erano affari. Non gli dispiaceva nemmeno usare la violenza per assicurarsi che i soldi guadagnati non venissero rubati. Ma fare del male alle donne? Quello non gli andava per niente bene. E Reese era stata gentile con lui. Non era una sua amica, ma sorrideva sempre e rendeva felice sua sorella.

Quando Pablo aveva lasciato il parcheggio dirigendosi fuori città, era stato troppo tardi per cercare di cambiare la situazione.

Non aveva osato guardare sul sedile posteriore, ma aveva praticamente sentito gli occhi di Reese su di lui che lo imploravano. Che chiedevano spiegazioni. La verità era che non aveva una risposta. Non l'aveva pianificato così.

Aveva fatto in modo che nessuno sapesse dove stava andando e perché. Aveva scritto una lunga lettera a Isabella e l'aveva consegnata all'impiegata della Western Union perché la spedisse, prevedendo di essere già oltre il confine messicano quando l'avrebbe ricevuta. Non voleva che sua sorella si preoccupasse per lui. Sarebbe stato bene. Il suo posto era in Colombia, non negli Stati Uniti.

Durante il viaggio il suo umore si era fatto sempre più cupo. Lui e Reese erano in qualche modo legati per via del matrimonio. Non voleva vederla soffrire, ma non voleva nemmeno avere la responsabilità di prendersi cura di lei. Doveva essere un uomo duro ora. Ma non poteva esserlo, non poteva dimostrare a Pablo che era disposto a fare qualsiasi cosa per il cartello se si fosse mostrato debole per quanto riguardava Reese.

Così era rimasto lì con lo sguardo fisso davanti a sé, fingendo che lei non ci fosse. Che tutto andasse bene.

Quando erano arrivati a El Paso aveva pensato che si sarebbero fermati e avrebbero passato la notte in un hotel prima di incontrarsi con chi li avrebbe aiutati a passare il confine. Invece Pablo aveva continuato a guidare. Avrebbe voluto chiedere dove stavano andando e come sarebbero tornati in Colombia, ma aveva tenuto la bocca chiusa.

Finalmente, a un certo punto, Pablo decise di spiegare il piano. Disse che non potevano attraversare il confine del New Mexico a causa del muro che avevano eretto. L'area era troppo aperta, troppo rischiosa ed eccessivamente monitorata. Ma il territorio del Texas, intorno al Parco Nazionale di Big Bend, non era affatto monitorato. Avrebbero dovuto attraversare il Rio Grande, ma poi sarebbero stati liberi. E si sarebbero incontrati con alcuni membri del cartello, i corrieri che trasportavano regolarmente e illegalmente i loro uomini e la droga attraverso il confine. Da lì, avrebbero attraversato il Messico per raggiungere il Sud America e tornare in Colombia.

«E la ragazza?» chiese Andres. Era l'uomo che aveva afferrato e costretto Reese a salire sul sedile posteriore.

«Lei attraverserà il fiume con noi. Una volta arrivati in Messico ci fermeremo a riposare per la notte...» Pablo fece un sorrisetto. «E potremo divertirci un po' con lei. Poi lasceremo che il deserto reclami il suo corpo e torneremo a casa.»

«Voglio essere il primo» dichiarò Diego.

Angelo deglutì a fatica. Non conosceva i due uomini che Pablo aveva portato con sé, ma erano grossi. E malvagi. E aveva visto la lascivia nei loro occhi. Supponeva che il loro comportamento spietato li rendesse dei buoni esecutori, ma non voleva pensare a ciò che avrebbero fatto a Reese.

«Penso che dovrebbe essere Angelo ad avere questo privilegio» disse Pablo con un ghigno. «Ti sei fatto qualche fica in passato, vero ragazzo?»

Non gli piaceva essere chiamato *ragazzo*. E sicuramente non gli piaceva che l'altro insinuasse che fosse vergine. Sì, era stato con una sola ragazza, ma non era un idiota.

«Sì» rispose semplicemente.

«Bene, allora è deciso. Angelo sarà il primo a farsi la fica americana. Poi toccherà a me. Poi puoi fartela tu, Diego. E, Andres, tu puoi finirla.»

«Per me va bene» affermò Andres, con un tono soddisfatto.

«Allora voglio il suo culo» disse Diego. «Non voglio gli avanzi degli altri.»

«Come vuoi.»

Angelo deglutì a fatica. Parlavano di stuprare Reese come se non fosse una persona in carne e ossa. Come se non avesse un fratello che le voleva bene. Immaginare Isabella al suo posto gli fece venire voglia di vomitare. Sapeva che essere coinvolto nel cartello lo avrebbe cambiato, che avrebbe dovuto fare cose che non gli sarebbero piaciute... ma non quello. Non fare del male a una donna che *conosceva*.

«Hai qualche problema con il piano?» gli chiese Pablo in tono tagliente, cancellando ogni finta cordialità.

«No.»

«Perché non volevo venire a prendere il tuo stupido culo. Ma non era possibile mandarti dei soldi dopo la cazzata che hai fatto. *Appartieni* al cartello ora e ti useremo come esempio.» Quando Angelo lo guardò, Pablo sorrise. «Non preoccuparti, non ti uccideremo. Ma ci assicureremo che gli altri sappiano che quando viene affidato loro un compito da svolgere, ci aspettiamo che lo portino a termine. Capito?»

Fece un respiro profondo e annuì. Non poteva protestare. Aveva fatto una cazzata. Se avesse consegnato la droga come avrebbe dovuto, ora non sarebbe in quella situazione.

D'altra parte, nemmeno Isabella sarebbe stata sposata e al sicuro negli Stati Uniti. Qualsiasi cosa gli avessero inflitto ne sarebbe valsa la pena, se sua sorella poteva essere libera e felice.

Mentre proseguivano nell'oscurità verso il confine, giurò di fare di tutto per salvare Reese. Non meritava di essere lì. Era colpa sua se era stata rapita... e se avesse avuto la possibilità di aiutarla a fuggire, l'avrebbe colta.

CAPITOLO VENTI

«GUIDA PIÙ VELOCE» implorò Spike.

Era una cosa irragionevole da chiedere, perché Pipe stava già superando di molto i limiti di velocità. Era davvero solo questione di tempo prima che un agente di polizia li notasse e li facesse accostare, ma se ne sarebbero preoccupati se fosse successo.

Spike aveva guardato il puntino rosso sullo schermo attraversare El Paso e dirigersi verso est. Aveva un continuo senso di nausea. Aveva pensato che i bastardi si sarebbero fermati in quella città, magari per passare la notte, dando così il modo a lui, Pipe e Tonka di raggiungerli, invece avevano proseguito imperterriti verso est.

Finché a un certo punto avevano svoltato a sud, in direzione del Big Bend.

Il parco del Texas era letteralmente nel mezzo del nulla. Non c'erano città intorno, solo chilometri e chilometri di natura selvaggia. Ed era una natura diversa da quella che circondava il Rifugio. Non c'erano boschi e piante: il Big Bend si trovava esattamente nel bel mezzo del deserto. C'erano delle colline basse che alcuni avrebbero addirittura potuto chiamare piccole montagne... ma non c'era molta ombra o erba.

Soprattutto, e la ragione per cui Spike pensava che fossero diretti lì, in quell'area l'unica cosa che separava gli Stati Uniti dal Messico era il Rio Grande.

Un fulmine illuminò il cielo e trasalì.

«La mia app del meteo mostra una forte perturbazione in arrivo dal Messico» disse Tonka dal sedile posteriore. L'ultima cosa di cui avevano bisogno era una tempesta che ostacolasse la ricerca. Spike aveva la sensazione che se quegli uomini avessero portato Reese oltre il confine, sarebbe stato praticamente impossibile ritrovarla.

Pipe aveva recuperato un po' di tempo guidando a quella velocità, ma non era abbastanza. Mancava ancora almeno un'ora per raggiungere il luogo in cui il puntino rosso lampeggiava sul cellulare, e mentre i rapitori stavano rispettando i limiti per non attirare l'attenzione, Pipe aveva chiesto il massimo alla sua auto sportiva.

Il telefono di Tonka squillò dal sedile posteriore, spaventando a morte Spike.

«Tonka... ok... sì, siamo nella parte est del Texas e ci muoviamo velocemente... il Big Bend, sì... va bene, ma il tempo qui non sembra buono... nessuno dei due vorrebbe che ti schiantassi... lo so... ok, sì. A dopo.»

Il suo amico non li fece aspettare e riferì subito loro con chi aveva parlato. «Era Brick. Stone e Owl, grazie all'assistenza di Tex, stanno arrivando con un elicottero.»

«Porca puttana, sul serio?» chiese Pipe.

«È quello che ha detto Brick.»

Spike chiuse gli occhi. Pensava di sapere cosa fosse l'amicizia. Pensava di essere lui stesso un buon amico. Ma quello... quello andava oltre tutto ciò che si sarebbe mai aspettato, tutto ciò che avrebbe mai potuto ripagare.

Stone e Owl erano due dei migliori piloti di elicottero che l'esercito avesse mai avuto. Erano i leggendari Night Stalkers. Durante una missione in Medio Oriente erano stati colpiti da un lanciarazzi. Il loro mezzo era precipitato e in qualche modo Owl era riuscito a evitare che si disintegrasse, ma sia lui sia Stone erano rimasti feriti nell'incidente. Erano riusciti a uscire dall'ammasso di metallo distrutto, ma non a sfuggire alla cattura da parte dei militanti che li avevano abbattuti.

Erano stati tenuti in ostaggio per due settimane. Quattordici giorni infernali di torture trasmesse al mondo intero, prima che una squadra di operatori della Delta Force riuscisse a salvarli. Da allora nessuno dei due aveva più volato.

Il fatto che lo stessero facendo ora, per Reese, con quel tempo orribile, gli fece venir voglia di piangere per la gratitudine.

«Nessuno prende uno dei nostri e la fa franca» disse Pipe con durezza, mentre fissava la statale davanti a loro.

«Puoi dirlo forte» concordò Tonka.

Avrebbe voluto affermarlo anche lui, ma non riusciva a parlare. Era troppo preoccupato, troppo nauseato, troppo sopraffatto dalla riconoscenza di avere un gruppo di uomini così straordinari che lo supportavano. Poteva solo pregare che non arrivassero troppo tardi. Che Reese stesse bene. Che gli uomini che l'avevano rapita non le stessero facendo del male. E non si sarebbe rilassato finché non l'avesse vista con i suoi occhi, finché non fosse riuscito a toccarla per assicurarsi che fosse viva e vegeta.

———

Ormai era buio pesto, e con l'oscurità la paura di Reese si decuplicò. In un certo senso alla luce del giorno le cose non erano sembrate così brutte. Ma ora che non riusciva a vedere a più di tre metri davanti all'auto, il terrore la avvolse come una coperta pesante.

Il buio portava malvagità. Tirava fuori il peggio dalle persone. E l'ultima cosa che voleva era trovarsi in qualche posto con quegli uomini. Angelo non l'aveva ancora guardata, neanche una volta, quindi sapeva di non poter contare sul suo aiuto. Non riusciva ancora a capire se sapeva cosa sarebbe successo quando le aveva chiesto di accompagnarlo a Los Alamos, ma se così non era, non aveva ancora fatto nulla per rassicurarla da quando era iniziato quell'incubo.

Era da sola. Era impossibile che Gus e gli altri sapessero dove si trovava. Di certo ormai avevano capito che era successo qualcosa, ma non avrebbero potuto fare nulla.

La pioggia batteva sull'auto e il vento faceva ondeggiare la Ford Escape a ogni raffica, mentre l'uomo alla guida proseguiva con decisione. Ovunque stessero andando, sembrava intenzionato ad arrivarci, non ad aspettare da qualche parte che il tempo migliorasse.

Svoltò lungo un altro sentiero nel deserto, che non era altro che due solchi nella terra. La parte inferiore dell'auto strisciò su una roccia e Reese trasalì. Viaggiarono per altri quindici minuti circa, poi l'autista si fermò e disse qualcosa ai suoi amici.

Sotto quella pioggia scrosciante e con il vento che scuoteva l'auto, i tre sconosciuti ebbero una sorta di discussione e lei strinse le labbra preoccupata. Non le piaceva la rabbia che sentiva nel loro tono. Fino a quel momento erano stati tutti abbastanza calmi, il che l'aveva aiutata a non impazzire del tutto.

Ma ora l'autista sembrava stesse istigando Angelo in qualche modo, mentre l'uomo alla sua sinistra protestava con veemenza.

Per la prima volta da quando lo conosceva, il ragazzo alzò la voce. Gridò qualcosa e gli altri tacquero per un attimo. Poi l'autista si mise a ridere. Sogghignò dicendogli qualcosa che lo portò ad afferrare la maniglia della portiera e a scendere dalla macchina per allontanarsi di corsa.

Scioccata che avesse lasciato la sicurezza dell'auto nel bel mezzo di una terribile tempesta, Reese sussultò quando il tizio alla sua sinistra le afferrò la nuca e la strinse con forza.

Ansimò per il dolore e cercò di allontanarsi, ma con l'uomo alla sua destra seduto così vicino, non poteva muoversi. Cercò di staccargli le dita dal collo, ma lui ignorò i suoi deboli tentativi e le afferrò un seno, glielo strinse e disse qualcosa che fece ridere gli altri due.

Stava tremando in modo incontrollabile per la paura. Era finita? Stava per essere violentata da quegli uomini? Il terrore minacciò di irrigidirla, ma poi cominciò a lottare. L'adrenalina salì alle stelle. Non avrebbe ceduto facilmente. Era stata calma e docile per tutto il giorno, ma era ora di reagire.

Si girò verso il tipo alla sua sinistra e lo graffiò sul viso, cercando di usare le dita per cavargli gli occhi.

Lui lanciò un urlo sorpreso, e le lasciò il collo per alzare la mano e difendersi. Quello alla sua destra le avvolse un braccio intorno al petto bloccandole le braccia, impedendole di utilizzare le mani. Ma poteva ancora usare i piedi, così lo fece.

Felice di aver deciso di indossare gli scarponi da trekking prima di andare in centro, Reese sollevò le ginocchia e scalciò con tutte le sue forze verso l'uomo che le aveva toccato il seno. I tre bastardi stavano tutti gridando, ma lei li ignorò. Tanto non riusciva a capirli. Urlò a squarciagola, imprecò contro di loro dicendo che non avrebbero ottenuto facilmente qualsiasi cosa volessero da lei.

Lottò come se la sua vita fosse dipesa da quello, e probabilmente era così. Non si illudeva di poter sconfiggere tre uomini da sola, ma ci avrebbe provato.

Il tizio che stava prendendo a calci annaspò cercando la maniglia della portiera e praticamente cadde fuori dall'auto quando si aprì. La pioggia e il vento bagnarono subito il sedile che aveva lasciato.

Reese ebbe solo un attimo per sentirsi orgogliosa di averne battuto almeno uno, prima che il suo cuore sprofondasse quando lui si appoggiò all'auto e le afferrò le caviglie. Era incastrata tra i due uomini, e per quanto si dimenasse e lottasse per liberarsi, era del tutto inutile.

L'autista si girò sul sedile. Lo sguardo di Reese guizzò verso di lui e vide che stava ridendo. *Rideva* di lei. Disse qualcosa e lo stronzo che le teneva le braccia cominciò a spostarsi verso la portiera aperta. Il suo amico lo aiutò tirandole le gambe.

La pioggia le fece male quando le colpì il viso, ma se ne accorse appena. La stavano portando via dal suo SUV. Non aveva idea di quello che stava per accadere, ma sapeva fin nel profondo che non sarebbe stato per niente piacevole.

———

Angelo ignorò la tempesta che infuriava all'esterno. Gli veniva da vomitare. Quando si erano fermati Pablo lo aveva informato di aver cambiato idea. Si sarebbero divertiti con l'americana prima di entrare nel Messico. Avevano tempo e nessuno li avrebbe trovati con quella tempesta.

Gli aveva detto di andare nel bagagliaio del SUV, che Diego e Andres avrebbero abbassato i sedili posteriori e tenuto ferma la donna in modo che lui avesse il suo turno con lei.

Diego aveva chiesto ancora una volta di essere il primo, ma Pablo gli aveva detto di chiudere quella cazzo di bocca altrimenti non avrebbe avuto affatto il suo turno. La situazione si era trasformata in una violenta discussione e Angelo aveva cercato freneticamente di trovare una via d'uscita. Non voleva fare del male a Reese. E non voleva nemmeno che lo facessero gli altri.

Ma non aveva idea di come aiutarla. Come fermare quel casino. Stava male per averla messa in quella situazione. Nelle ultime nove ore aveva avuto un sacco di tempo per pensare.

Sapeva di aver fatto un'altra cazzata: aveva condotto il cartello proprio da sua sorella. Se ci fosse stata Isabella con lui invece di Reese, avrebbero potuto fare del male a *lei*. Rapire *lei*. Magari si sarebbero aspettati addirittura che lui *stesse* con sua sorella. Per quanto ne sapeva, dato che aveva detto loro il nome del Rifugio, potevano aver mandato qualcun altro a prelevarla.

E nel frattempo aveva messo in pericolo la vita di Reese.

«È deciso» disse Pablo con fermezza. «Angelo, io, Diego e poi Andres. Diego, ti ho già detto che puoi avere il suo culo, visto che hai rotto le palle perché non vuoi essere il terzo.» Poi si rivolse ad Angelo. «Vai dietro. Ho il cazzo duro da ore, facciamolo così possiamo andare a casa.»

«E dopo che succederà?» chiese.

«Ho deciso di portarla con noi. Il viaggio fino in Colombia è lungo... avremo bisogno di qualcosa da fare lungo la strada.»

L'uomo che aveva ammirato, che aveva voluto emulare, si leccò le labbra e fissò il sedile posteriore con uno sguardo lascivo che gli fece gelare il sangue. Era terrorizzato e la sensazione non gli piaceva.

«No» sbottò.

«No cosa?» domandò Pablo con voce dura e letale. «Non mi stai dicendo cosa fare, vero? Perché non sarebbe intelligente, non dopo che ho fatto tutta questa strada per riportarti a casa come mi hai chiesto, no, mi hai implorato di fare.»

«Non la voglio!» gridò Angelo spaventato a morte. Non aveva mai avuto paura di Pablo prima di quel momento, ma vedere lo sguardo nei suoi occhi gli fece rimpiangere di essersi unito al cartello.

Isabella aveva ragione. Quegli uomini erano malvagi.

Ma la consapevolezza era arrivata troppo tardi.

«Bene. Vai fuori. Noi tre ci divertiremo e poi ce ne andremo da questo Paese del cazzo.»

Angelo non sapeva cos'altro fare se non quello che gli era stato ordinato. Da vigliacco qual era, uscì dal veicolo nel mezzo della tempesta e si allontanò, non volendo vedere o sentire quello che stava per accadere.

Il senso di colpa gli rendeva difficile respirare. Sentiva un dolore nel petto. Era colpa sua. La donna che era sempre stata così gentile con lui, per quanto l'avesse trattata male, stava per essere brutalizzata.

Angelo sentì Reese urlare e le lacrime iniziarono a scendergli sulle guance, mescolandosi alla pioggia. Se fosse vissuto fino a cento anni, e sapeva che non sarebbe successo, non avrebbe mai dimenticato l'angoscia, il dolore e la paura che percepì in quelle grida.

Non riuscì a trattenersi dal gettare uno sguardo all'auto e, con sua grande sorpresa, la portiera di Diego si aprì di scatto e quell'uomo grande e grosso uscì barcollando con una mano sul viso, urlando per il dolore. Poi la parte superiore del suo corpo scomparve di nuovo all'interno.

Un attimo dopo si accorse che Diego e Andres stavano trascinando fuori dal sedile posteriore Reese, che si contorceva e lottava. Pablo scese dal posto di guida ed esclamò: «Non lasciatela andare! Portatela lì, sotto quell'albero vicino al fiume!»

Guardando verso il punto che aveva indicato, Angelo si rese conto per la prima volta di quanto fossero vicini al Rio Grande. Era così buio che non lo aveva notato. Ma ora non riusciva a distogliere lo sguardo dall'acqua che scorreva. Era *lì* che Pablo si aspettava che attraversassero per arrivare in Messico? L'acqua era agitata e schiumosa. Più che un fiume, sembrava l'oceano durante una tempesta tropicale.

Angelo sentì Reese urlare di nuovo e si voltò in tempo per vedere Diego e Andres lasciarla cadere a terra, proprio sul sedere. Fece una smorfia, sapendo che doveva essersi fatta male, anche se lei non lo diede a vedere. Anzi, rotolò subito, si mise in ginocchio e cercò di alzarsi.

Diego la placcò e lei atterrò a faccia in giù sulla riva fangosa.

«Tienila, Diego!» gridò Andres, in tono eccitato.

«Prendile le braccia» disse Pablo ad Andres, estraendo un coltello dal fodero della cintura. Lo tenne sollevato e fece un ghigno. «Bisogna togliere di mezzo i pantaloni. Se non sta ferma, la ferirò.»

Angelo ingoiò la bile che gli salì in gola. Aveva davvero intenzione di starsene lì a guardare?

Ma che scelta aveva? Non poteva sopraffare i tre uomini. Lo avrebbero ucciso, e poi le avrebbero fatto comunque ciò che volevano.

Diego ora era a cavalcioni su di lei e la teneva ferma mentre Pablo le si inginocchiava accanto con il coltello pronto. Reese continuava a dibattersi, a lottare con tutta se stessa, anche quando il bastardo fece il primo taglio.

Angelo voltò le spalle a quella scena orribile, incapace di guardare...

Ma sentì qualcos'altro sopra il vento, la pioggia e le urla disperate di Reese.

Il forte rombo di un motore.

Si girò e si rese conto che anche gli altri lo avevano sentito. I tre uomini si guardarono intorno, cercando di capire da dove provenisse.

Un elicottero apparve dal nulla lasciando tutti scioccati, e stava andando dritto verso di loro lungo il fiume, con un riflettore che sporgeva dal portellone aperto sul lato.

Rimase sospeso sopra Diego e gli altri, e tutti si bloccarono.

La luce intensa permise ad Angelo di vedere ciò che l'oscurità aveva nascosto: il volto di Reese bagnato di lacrime mentre sollevava la testa, la maglietta tagliata gettata accanto a lei, il sangue che sgorgava dalle ferite sul braccio e sulle spalle causate dal coltello. Andres con una mano sulla sua nuca mentre con l'altra le stringeva entrambi i polsi. Diego a cavalcioni sulle sue cosce, con una mano sulla cintura dei suoi pantaloni, segno evidente che glieli stava per togliere. E Pablo che si era già abbassato i jeans, e teneva il coltello in una mano e il cazzo nell'altra, preparandosi a violentare la donna che si dibatteva nel fango.

«*Merda!*» ringhiò Pablo con ferocia, mentre si infilava in fretta l'uccello nei pantaloni. «Al fiume! In Messico la polizia di frontiera non può toccarci!»

Angelo aveva la sensazione che su quell'elicottero non ci fosse una pattuglia di frontiera. Non pensava che qualcuno sarebbe stato così pazzo da volare con quel tempo... tranne una persona.

Spike.

Isabella gli aveva detto che lui e Woody un tempo lavoravano per l'esercito americano e facevano parte delle forze speciali. Era stata così eccitata quando era diventato ovvio che Reese e Spike si stessero frequentando.

Angelo aveva visto il modo in cui quell'uomo guardava Reese. Era lo stesso modo in cui Woody guardava sua sorella. Con un amore così potente che avrebbero affrontato il diavolo in persona se si fosse trattato di proteggerle.

E in quel momento Pablo era il diavolo.

Merda... anche *lui* lo era.

L'ultima cosa che voleva fare era attraversare quel fiume impetuoso, ma non aveva scelta. Si era bruciato tutte le possibilità lì negli Stati Uniti. Anche se avesse voluto restare, non era più possibile. Non dopo essere stato responsabile del rapimento di Reese. Si era scavato la fossa, ora doveva comportarsi da uomo e affrontare le conseguenze delle sue azioni.

Pablo corse per diversi metri lungo la riva e afferrò una corda che Angelo non aveva notato prima. Era chiaro che fosse stata messa lì per aiutare le persone ad attraversare. Non era un posto in cui ci si fermava per caso. Probabilmente il cartello usava sempre quel punto per traghettare la gente.

Lo stronzo entrò in acqua senza aspettare di vedere se gli altri lo seguivano, senza nemmeno dare un'occhiata dietro di sé, intenzionato solo a salvarsi il culo.

Iniziò a sperare. Era l'occasione di Reese. Sicuramente

l'avrebbero abbandonata lì nella fretta di arrivare in Messico.

Ma le sue speranze furono subito distrutte quando Diego la afferrò e la tirò in piedi. Le diede un pugno e poi un altro, prima di strattonarle il braccio dietro la schiena con tanta forza che temette glielo avesse rotto.

«Se non vieni di tua spontanea volontà, te ne farò pentire» le ringhiò in faccia.

Ovviamente Reese non aveva idea di cosa stesse dicendo, ma era così stordita dai pugni che non si oppose nemmeno quando la trascinò verso il fiume.

Angelo si affrettò dietro di loro, senza sorprendersi quando Andres oltrepassò Diego e iniziò l'attraversamento senza offrirsi di aiutarlo con Reese.

«Ragazzino» ringhiò Diego. «Tienila d'occhio. Se non ce la fa ad arrivare dall'altra parte, scoperò *te* al posto suo. In un modo o nell'altro mi farò un culo, capito?»

Lo fissò con orrore.

L'uomo spinse Reese verso di lui, si aggrappò alla corda ed entrò nelle acque impetuose.

Non aveva idea di come diavolo avrebbe dovuto attraversare il fiume e allo stesso tempo reggerla. Era grande, ma non sapeva se era abbastanza forte da riuscire a tenere entrambi in piedi con quella corrente.

L'elicottero stava girando sopra di loro e il riflettore illuminava l'area a intervalli di pochi secondi.

Reese gli disse qualcosa e Angelo abbassò lo sguardo su di lei. Il suo volto era insanguinato a causa dei pugni e aveva un'espressione terrorizzata. Ma poi fece qualcosa che non avrebbe mai dimenticato, che fosse vissuto per molti anni o per pochi minuti.

Gli accarezzò il braccio come per tranquillizzarlo.

Lo stava *confortando*.

Era stata rapita, picchiata, quasi violentata, l'aveva ignorata per tutto il giorno senza fare la minima cosa per aiutarla... e lei lo stava rassicurando.

Fu travolto dal rimorso. Doveva rimediare. Ma non aveva idea di come fare.

«Muoviti, Angelo! *Ora*! O ti sparo io stesso, cazzo!»

Non sapeva chi avesse urlato quelle parole, le aveva sentite a malapena sopra tutto quel rumore, ma capì che diceva sul serio. Sospingendo Reese, prese la corda, gliela mise in mano e le strinse con cura le dita intorno.

«Dobbiamo attraversare» disse, sapendo comunque che lei non lo avrebbe compreso.

Invece sembrò capire perché fece un passo traballante verso l'acqua e afferrò la corda con l'altra mano; le nocche sbiancarono sotto la luce del riflettore, mentre si teneva più stretta che poteva.

Angelo guardò davanti a lui e vide che Diego si trovava al centro del fiume con l'acqua che gli arrivava quasi fino ai fianchi. Fu sorpreso che fosse così bassa, ma il cartello e le altre persone che entravano e uscivano dagli Stati Uniti ovviamente sapevano che quello era il posto ideale per attraversare quel fiume notoriamente pericoloso. Poteva essere relativamente bassa in quel punto, ma aveva la sensazione che diventasse sempre più profonda man mano che scorreva a valle. Se fosse scivolato, se la corrente lo avesse travolto, sarebbe sicuramente annegato, acqua profonda o meno, dato che non sapeva nuotare.

Deglutì a fatica e iniziò ad attraversare il fiume, tenendo la corda con una presa disperata.

La tempesta creava una risacca particolarmente forte e Angelo faticava a rimanere in piedi. Aveva una mano sul passante della cintura di Reese, e si teneva a lei e alla corda mentre si trascinavano a stento verso l'altra parte.

Quando furono a metà percorso, l'elicottero si abbassò fino a trovarsi a circa tre metri sopra l'acqua. Il pilota doveva essere pazzo, ma aveva delle abilità che Angelo aveva visto solo nei film. Quando il mezzo si girò e si posizionò in parallelo al fiume, riuscì a vedere due uomini accanto al portellone aperto. Uno teneva un fucile puntato direttamente su di lui e l'altro il riflettore.

Aveva preso tante decisioni nella sua vita, molte delle quali sbagliate. Era stato un fratello di merda che pensava solo a se stesso, e solo adesso aveva capito tutti i sacrifici che Isabella aveva fatto per lui. L'aveva data per scontata, senza apprezzare quanto lavorasse duramente per farli mangiare e stare al sicuro.

E la decisione peggiore era stata chiedere a Pablo di aiutarlo a tornare nel cartello.

Era giunto il momento di prendere quella giusta per una volta nella vita.

Si chinò in avanti, tenendo lo sguardo fisso sull'uomo con il fucile e urlò all'orecchio di Reese: «Mi dispiace! Di' a Isabella che le voglio bene.»

Poi tolse le dita dal passante dei suoi pantaloni, sollevò il braccio e le colpì il polso di taglio con la mano. Con forza.

Quando lei perse la presa sulla corda, le diede una spinta sulla spalla...

E Reese cadde nel fiume, dove fu immediatamente trascinata a valle.

Fu pervaso dal sollievo. Era libera.

L'elicottero virò a sinistra, e la luce che avevano puntato su di lui scomparve per una frazione di secondo, prima che un grosso albero caduto nel fiume sbattesse contro le sue gambe rovesciandolo e facendolo portare via dalla corrente, subito dietro di lei.

CAPITOLO VENTUNO

STONE AVEVA CHIAMATO Spike mentre svoltavano sulla strada desolata che portava al Big Bend, informandolo che lui e Owl erano a cinque minuti dalla loro posizione e chiedendogli se voleva che lo andassero a prendere.

Risposta scontata.

Era assurdo volare in elicottero con quel tempo, ma non dovette nemmeno rifletterci dato che gli avrebbe permesso di raggiungere Reese più velocemente.

Anche Tonka era andato con lui, lasciando Pipe a seguirlo con la sua Challenger.

Spike aveva lasciato il telefono in auto, dato che comunque il suo amico lo stava usando per seguire il puntino rosso. Pipe era anche rimasto sempre in linea con Stone e li aveva avvisati quando il puntino aveva smesso di muoversi. E non era più ripartito, facendogli sprofondare lo stomaco per le implicazioni.

L'auto non stava più viaggiando, il che poteva significare molte cose.

Tonka preparò uno dei fucili che aveva nello zaino, mentre Spike teneva un faro ad alta potenza puntato fuori dal portellone, alla ricerca dell'auto di Reese e dei bastardi che l'avevano rapita.

L'elicottero si muoveva e ondeggiava con il vento e Spike rimase aggrappato al mezzo con una presa ferrea. Non aveva mai volato con Owl e Stone, ma erano uomini a cui avrebbe affidato tranquillamente la sua vita. Anche quella di *Reese*.

Quando comparve il fiume e Spike puntò la luce verso il basso, poté solo fissarlo sbigottito; era... burrascoso. Fu l'unica parola che gli venne in mente. Le rapide si scontravano con le rocce, e mentre un grosso albero veniva trascinato a valle poté rendersi conto dell'impressionante velocità dell'acqua.

Solo un pazzo avrebbe rischiato di attraversarlo. Ma aveva la sensazione che gli uomini che stavano cercando, probabilmente gli stessi da cui erano fuggiti in Colombia, quelli che avevano rapito Woody e Isabella, non ci avrebbero pensato due volte a farlo pur di entrare in Messico. Di sicuro pensavano che Spike non li avrebbe seguiti nell'altro Paese.

Si sbagliavano. Avrebbe infranto qualsiasi legge, provocato un incidente internazionale, fatto *qualsiasi* cosa, pur di riportare a casa Reese sana e salva.

Volarono lungo il fiume e quando finalmente Spike individuò un movimento vicino alla riva, puntò il potente riflettore e perse quasi la testa. Riuscì a scorgere la sua Reese... distesa a terra, circondata da tre uomini... uno di loro aveva il cazzo in mano mentre la guardava.

In quel momento avrebbe voluto sparare a tutti, ma gli uomini, dopo essersi bloccati per una frazione di secondo sotto luce accecante, fuggirono come topi verso il fiume.

Li seguì con il riflettore, e gli sembrò che uno dei bastardi avesse afferrato una sorta di cavo o corda per aiutarsi ad attraversarlo. L'acqua non era profonda come si aspettava, gli arrivava alle cosce. Subito dopo arrivò un altro uomo.

Riportando l'attenzione sulle tre persone ancora sulla riva, osservò una delle figure tirare un pugno a un'altra. Due volte.

Ci volle un attimo perché la sua mente elaborasse ciò che stava vedendo. La persona colpita era molto più piccola dell'altra.

Era *Reese*.

Il primo impulso del suo cervello fu quello di inondargli il corpo di un senso di sollievo. Era viva! Ma il fatto che la stessero prendendo a pugni gli fece vedere rosso altrettanto rapidamente.

L'uomo che l'aveva colpita iniziò ad attraversare il fiume e quello rimasto indietro portò la mano di Reese sulla corda e lentamente iniziarono a muoversi anche loro.

«Mi avvicino di più!» urlò Owl. «Non permettetegli di portarla dall'altra parte!»

«Ci penso io!» gridò Tonka, puntando il fucile verso l'uomo dietro a Reese.

Spike si sentì pervadere dal terrore. «*Non* sparare finché non hai una buona visuale!» lo avvertì.

«Ricevuto» rispose l'amico, senza alzare lo sguardo dal mirino. Le possibilità che colpisse il bersaglio erano scarse o nulle. Con il modo in cui l'elicottero veniva sballottato dal vento, era impossibile tenere la mira ferma sull'uomo.

Era frustrante non poter fare altro che puntare una luce verso la coppia e guardarla attraversare il fiume impetuoso. Owl librò l'elicottero proprio sopra Reese e il suo rapitore, e anche se tutta l'attenzione di Spike era rivolta alla donna che amava più della vita, era comunque consapevole dell'abilità necessaria per tenerli in volo in quel modo.

All'improvviso i due si fermarono quasi al centro del fiume. L'acqua li colpiva con forza rendendo loro difficile rimanere in piedi. L'uomo alzò lo sguardo e Spike si rese conto che era Angelo. Si fissarono per un momento, poi il ragazzo sollevò il braccio, lo abbassò con forza e colpì Reese.

E lei cadde in acqua, scomparendo subito sotto la superficie.

«*No! Reese!*» urlò Spike in preda alla frustrazione, alla rabbia e alla paura.

«Tenetevi!» gridò Owl prima di virare verso sinistra.

Perse di vista per un attimo il punto in cui era caduta, prima che il fiume apparisse di nuovo sotto di lui.

«Abbassati di più. Vado giù!» urlò a Owl.

«No! È un suicidio!» gli disse Stone.

«Fallo!» ruggì.

Con suo grande sollievo, l'elicottero si avvicinò ancora di più all'acqua. Poteva praticamente vederla lambire i pattini. Senza nemmeno riflettere su ciò che stava per fare e pensando solo a raggiungerla, Spike saltò.

L'acqua fredda si chiuse sopra di lui e fu immediatamente sbalzato sottosopra come se fosse stato dentro a una lavatrice. La sua testa uscì per un attimo dalle rapide e lui ne approfittò per fare un respiro profondo prima di sbattere contro un masso e andare di nuovo a fondo.

Quando riemerse, si guardò freneticamente intorno. Non la vedeva da nessuna parte. Il panico stava quasi per avere la meglio su di lui, ma lo ignorò. Se avesse perso la lucidità, Reese sarebbe morta. Se lo sentiva. L'acqua cercò di risucchiarlo ancora una volta, ma riuscì a mantenere la testa al di sopra delle onde usando tutte le sue forze.

Qualcosa attirò la sua attenzione sulla sinistra. Nuotò verso quel punto più in fretta che poté. Era Reese! Era ancora cosciente e lottava con tutta se stessa per tenere la testa fuori dall'acqua.

«Resisti!» urlò, ma era impossibile che potesse sentirlo sopra il fragore del fiume.

Proprio quando fu abbastanza vicino da poterla afferrare, gli si impigliò un piede in alcuni detriti. Lottò per liberarsi mentre guardava Reese allontanarsi sempre di più. Grugnì frustrato e strattonò la gamba per liberarsi, ignorando il dolore lancinante che gli provocò.

Nuotò più velocemente di quanto avesse mai fatto prima, ma poi sentì qualcosa che gli fece gelare il sangue. Non era il normale rumore del fiume e del vento. Era qualcosa di peggio. Le rapide. Solo dal fragore capì che erano più pericolose di quelle che avevano già superato. Doveva arrivare a Reese prima che entrambi le raggiungessero.

La vide tentare di spingersi verso l'argine sul lato sinistro. Ce l'aveva quasi fatta, ma fu nuovamente trascinata dalla corrente.

Spike piombò su di lei proprio in prossimità delle rapide.

Le afferrò la mano e lei urlò spaventata.

«Sono io! Ti tengo!»

L'espressione incredula e sollevata sul suo viso sarebbe rimasta impressa nella sua mente per sempre. Spike le mise un braccio intorno alla vita, rendendosi subito conto che era a torso nudo nel fiume gelato, e le gridò: «Tieni i piedi in avanti qualunque cosa accada! Testa alta, sedere basso, piedi in avanti, Reese!»

Lei annuì e poi si ritrovarono in mezzo alle rapide. L'acqua in quel punto scorreva molto più velocemente e li travolse come se non fossero stati altro che giocattoli per il bagnetto dei bambini. Spike si rifiutò di lasciarla andare. Non l'avrebbe persa. Per niente al mondo.

L'acqua scrosciò sulla loro testa, sul viso, dei rami li colpirono, i loro corpi rimbalzarono sulle rocce... ma riuscirono a superare le rapide. Il fiume lì non era affatto calmo, ma sapeva che ce l'avrebbe fatta a portare entrambi a riva ora che c'era meno corrente e non si intravedevano massi enormi contro cui avrebbero potuto spaccarsi la testa.

Usando tutta la sua forza, nuotò con un braccio, spingendo entrambi verso la sponda del fiume. Lei cercò di aiutarlo, ma Spike capì che era debole. Se non fosse arrivato, c'era una buona possibilità che non sarebbe stata in grado di salvarsi.

«Ci siamo quasi!» le disse.

Quando i suoi piedi toccarono terra, avrebbe voluto piangere. Faticò a uscire dall'acqua che minacciava ancora di tirarli sotto. Lei rimase accasciata tra le sue braccia mentre lui a carponi la trascinava sul fango. La pioggia continuava a cadere e il vento ululava intorno a loro, ma Spike se ne accorse appena.

Abbassò lo sguardo e la fissò, respirando a fatica come se avesse appena corso i mille metri piani.

«Reese?» urlò agitato.

«Mi hai trovata» ansimò lei.

«Non avrei smesso finché non ci fossi riuscito» giurò, mettendole una mano sulla guancia. Quando trasalì, lui si acciglìò e la tolse.

«Sto bene» lo rassicurò.

Non era vero, ma era viva. Per il momento gli sarebbe bastato.

«Mi ha salvata.»

«Chi?»

«Angelo. Mi ha spinta nel fiume.»

«Non credo che quello possa essere considerato salvarti» ringhiò Spike.

Ma Reese scosse la testa. «Stavano per violentarmi, tutti e tre. Poi è arrivato il vostro elicottero. Sono abbastanza sicura che uno degli uomini gli abbia detto di farmi attraversare altrimenti lo avrebbe ucciso. Gli altri sono scappati come vigliacchi. Angelo mi ha aiutata a reggermi in piedi. Avremmo potuto farcela» disse, aggrottando la fronte. «Ma si è fermato, ha alzato lo sguardo e mi ha staccato la mano dalla corda.»

«Stronzo.»

«No, non capisci» continuò, scuotendo debolmente la testa.

Ma Spike gliela bloccò. «Non muoverti, piccola. Rischi di ferirti ancora di più.»

Lei gli afferrò i polsi. «Ce l'avremmo fatta ad arrivare dall'altra parte» insistette. «Spingermi in acqua era l'*unica* cosa che poteva fare per salvarmi.»

Spike fece un respiro profondo. Non era pronto ad avere pensieri indulgenti su Angelo, ma aveva visto con i suoi occhi ciò che Reese stava descrivendo. «Dove sei ferita? Ti hanno...» Dovette interrompersi perché gli si chiuse la gola. Non voleva nemmeno pensare a quello che potevano averle fatto, figuriamoci a dire quelle parole ad alta voce.

«No. Non ne hanno avuto la possibilità. Stavano cercando di togliermi i pantaloni quando è arrivato l'elicottero.»

«Grazie, cazzo!» Sospirò.

«Mi fa male il viso. Uno dei ragazzi mi ha tirato due pugni. Ho alcuni tagli che bruciano. Ma sono viva. Posso sopportare bernoccoli e lividi. Tu stai bene?»

«Sì.» Si spostò accanto a lei e sentì un dolore lancinante lungo la gamba.

«Non è vero!» disse Reese, cercando di alzarsi a sedere. «Cosa ti sei fatto?»

Spike la aiutò a mettersi seduta prima di abbassare lo sguardo e tirarsi su i pantaloni per controllare la caviglia. Era già gonfia il doppio del normale, e fece una smorfia quando cercò di muoverla. «Si è impigliata in qualche ramo o altro nel fiume. Devo essermela storta quando l'ho strattonata per liberarmi.»

«Merda. Tra la tempesta e noi che siamo conciati così, come faremo ad andarcene? Almeno sai dove siamo?»

«I ragazzi ci troveranno» le disse, cingendola con un braccio.

Anche se erano seduti nel fango, con la pioggia che cadeva a dirotto, il vento che ululava e il fiume che infuriava, entrambi contusi e indolenziti, Spike si sentì meglio di quanto non fosse stato tutto il giorno. Aveva Reese tra le braccia. Non era stata ferita in modo irreparabile, e sapeva che la sua squadra – sì, pensava agli altri uomini che possedevano il Rifugio come a una squadra, piuttosto che a semplici amici – li avrebbe trovati.

Se la tirò sulle gambe. Lei si mise a cavalcioni e si rannicchiò contro il suo petto, appoggiando la testa sulla sua spalla e avvolgendo le braccia intorno a lui così forte da fargli quasi male.

«Ok» gli mormorò all'orecchio.

Le emozioni che provò per la sua fiducia in lui e nei loro amici, per la sua resilienza, e per il fatto che fosse viva... lo travolsero tutte in una volta. Le lacrime scesero sul suo viso mescolandosi alla pioggia. Erano stati entrambi estremamente fortunati e lo sapeva.

CAPITOLO VENTIDUE

Reese era seduta su uno dei divani in pelle all'interno del lodge, circondata da… be', da tutti. I ragazzi, Woody, Isabella, Alaska, Henley, Jasna, Luna, Robert, Ryan, Jess, Carly, Hudson, i suoi genitori e persino Savannah, la contabile del Rifugio. Nessuno aveva dormito da quando avevano scoperto che le avevano rubato l'auto, e anche se aveva vissuto in prima persona l'accaduto, Reese aveva ancora difficoltà a capacitarsi degli eventi successi il giorno prima.

Era difficile credere che solo la mattina precedente si era svegliata appagata e soddisfatta dopo un'altra notte meravigliosa con Gus, per ritrovarsi rapita nella sua stessa auto poche ore dopo.

Il loro salvataggio era stato surreale. Quando Owl e Stone erano volati lì con l'elicottero e Tonka li aveva individuati con una luce estremamente intensa, erano raggomitolati sulla riva del fiume, bagnati fradici, tremanti per l'adrenalina e il freddo. Con suo grande stupore, Owl aveva fatto atterrare il mezzo in una piccola – *piccolissima* – radura non troppo lontana da dove si trovavano lei e Gus

In pochi minuti si erano ritrovati al sicuro all'interno dell'elicottero. Successivamente Tonka si era calato con una corda vicino a dove i rapitori avevano lasciato la sua auto, e poi si era incontrato con Pipe per fare il viaggio di ritorno al Rifugio.

Owl e Stone invece avevano portato lei e Gus a nord, in un piccolo aeroporto dove erano stati raggiunti da Brick, Woody e Tiny. Dopo il ricongiungimento strappalacrime di Reese con suo fratello e gli altri, Gus aveva insistito perché andasse alla clinica medica di Los Alamos per un controllo. Aveva accettato di andarci a patto che lui si fosse fatto guardare la caviglia. In attesa di essere visitata, aveva raccontato agli uomini ciò che era successo. Purtroppo non aveva dato molte informazioni, visto che i suoi rapitori avevano parlato in spagnolo.

Poi Gus l'aveva portata a casa, spogliata teneramente e attirata con dolcezza contro il suo fianco nel loro letto, tenendola stretta per tutta la notte.

Avevano dormito quasi fino all'ora di pranzo, quando lui l'aveva svegliata per dirle che sarebbero andati al lodge. Reese non avrebbe voluto andare, non essendo sicura di poter affrontare Isabella e non volendo che la gente vedesse i terribili lividi sul suo viso. Ma lui aveva insistito e lei non aveva avuto la forza di negarglielo.

Così eccola lì, ed era davvero grata a Gus per non averle permesso di rimanere nello chalet. Aveva bisogno del sostegno e la preoccupazione dei suoi amici. Era stata terrorizzata per tutto il tempo in cui l'avevano tenuta prigioniera, soprattutto verso la fine, quando era stata a pochi secondi dall'essere violentata. Eppure, incredibil-mente, ora era lì.

Ma come aveva temuto, il ricongiungimento con Isabella era stato... difficile. Molto prima che Reese e gli altri tornassero al resort, qualcuno le aveva dato la notizia che suo fratello era coinvolto nel rapimento, e a quanto pareva non l'aveva presa bene.

Ora sua cognata era seduta su uno degli altri divani con Woody incollato al suo fianco. Aveva il viso gonfio e gli occhi arrossati, nonostante tutti la stessero confortando come potevano. Nessuno la incolpava per ciò che era successo.

«Vorrei che aveste visto Owl e Stone» disse Reese seria. «Pensavo di essere spacciata, che quegli uomini mi avrebbero portata in Messico e che nessuno mi avrebbe più rivista. E poi, nel bel mezzo della tempesta, è arrivato questo elicottero dal nulla. Il vento lo sballottava, ma Owl è riuscito a tenerlo perfettamente fermo.»

Guardò lui e poi Stone. «Grazie» sussurrò. «Dubito che fosse sicuro per voi stare lassù con quel tempo, e penso che probabilmente avrete infranto almeno dieci regole di volo stando lì, ma senza di voi...»

Rabbrividì e Gus strinse il braccio attorno alle sue spalle, attirandola meglio contro il suo fianco.

«E tu» disse, staccandosi un po' e lanciandogli un'occhiataccia. «Cosa diavolo ti è venuto in mente? Non posso credere che ti sei buttato nel fiume per prendermi. Sei impazzito?»

Lui la fissò con tanto amore e devozione che le si bloccò il fiato in gola. «Non l'hai ancora capito? Senza di te non sono niente. Non ho uno scopo nella vita. Avrei preferito morire piuttosto che continuare a vivere senza di te.»

«Non dire così» sussurrò. «Sul serio... non *dire* così!»

«È vero» replicò, con una piccola scrollata di spalle.

Gli occhi di Reese si riempirono di lacrime mentre fissava l'uomo che amava più di quanto avesse mai pensato fosse possibile amare qualcuno. L'infatuazione che aveva avuto per lui le sembrava così sciocca e superficiale ora che lo conosceva.

Un telefono squillò, interrompendo quel momento intenso, e Reese si voltò a guardare i suoi amici. Woody si portò il cellulare all'orecchio. Non riuscì a capire cosa stesse dicendo la persona all'altro capo, ma dall'espressione del viso di suo fratello non era niente di buono. Lui ringraziò chiunque avesse telefonato, poi chiuse la chiamata e si voltò verso Isabella.

Reese si irrigidì, temendo ciò che stava per dire.

«Era il Texas Ranger incaricato del caso» disse con dolcezza alla moglie. «Hanno trovato Angelo. Dio... mi dispiace tanto, tesoro. Il suo corpo è stato ritrovato lungo il fiume, a circa due chilometri dal punto in cui sono usciti dall'acqua Spike e Reese. È morto.»

Isabella crollò tra le braccia di suo marito e Reese chiuse gli occhi addolorata.

«Non era più lui» singhiozzò devastata. «Non so cosa sia successo, ma non era da lui fare una cosa del genere! L'ho cresciuto meglio di così, lo giuro!»

«Lo so, tesoro. Lo so. Tranquilla» cercò di consolarla Woody, accarezzandole i capelli scuri.

Si sentiva malissimo per la cognata. Avrebbe dovuto essere al settimo cielo, festeggiare il suo matrimonio e il nuovo marito. «Per quello che vale, Isabella» le disse Reese in tono gentile, «credo che si sia ritrovato in qualcosa più grande di lui. È stato angosciato per tutto il viaggio in macchina.»

Rimasero tutti in silenzio ad ascoltarla, ma lei era concentrata solo su Isabella. Si alzò e sentì la mano di Gus sorreggerla finché non riuscì a trovare l'equilibrio. Si avvicinò alla cognata e si sedette al suo fianco, prendendole le mani tra le sue.

«Non mi ha fatto del male. Quando gli altri hanno cercato di... *farlo*... lui si è rifiutato. Non ho capito cosa si sono detti, ma era chiaro che non fosse d'accordo con loro. Credo che volesse semplicemente tornare in Colombia, a casa. Non si aspettava che quegli uomini fossero alla Western Union. Ho visto la sua espressione sorpresa. Mi aveva anche detto di tornare al Rifugio dopo averlo accompagnato, ma non ho voluto lasciarlo lì tutto solo.»

«Abbiamo esaminato i nastri della sorveglianza» disse Brick. «Gli uomini non sono arrivati in auto, sono semplicemente apparsi nell'inquadratura a piedi. La nostra migliore ipotesi è che siano arrivati con un autobus.»

Reese annuì e tornò a guardare Isabella. «L'uomo che sembrava essere al comando era così preoccupato di allontanarsi dall'elicottero che ci ha lasciati indietro senza degnarci di uno sguardo. Gli importava solo di se stesso. Uno degli altri uomini ha ordinato ad Angelo di portarmi sull'altra sponda. Il fiume era impetuoso, davvero difficile da attraversare anche da soli, ma lui si è assicurato che avessi una presa forte sulla corda e si è aggrappato al passante della mia cintura perché non venissi trascinata via.»

«Ma *sei* stata trascinata via» disse Isabella confusa, con le lacrime che continuavano a scenderle sul viso.

«No, non è così. Ci siamo fermati in mezzo al fiume. Ero confusa, non capivo perché non proseguisse. Ho alzato lo sguardo e ho visto Gus che si sporgeva dalla fiancata dell'elicottero... e subito dopo tuo fratello mi ha gridato che gli dispiaceva e mi ha chiesto di dirti che ti voleva bene.»

«Ha detto così? In inglese?» chiese sorpresa.

Reese le rivolse un tenero sorriso. «No. Ma so cosa significa *lo siento*, e ho sentito te e Woody dirvi che vi amate così tante volte da capire anche quello. Ho solo dovuto cercare la parola che non conoscevo. 'Dire'. Ti voleva tanto bene, Isabella. Credo che rimpiangesse davvero ciò che è successo e ha fatto l'unica cosa *possibile* per rimediare.»

«Cos'ha fatto?» chiese in un sussurro.

«Mi ha fatto lasciare la corda e poi mi ha spinta in acqua.»

«*Madre de Dios*» mormorò.

«Era l'unico modo» insistette Reese. «Se avessi attraversato il fiume, quegli uomini avrebbero finito ciò che avevano iniziato. Avrebbero abusato di me così tanto che non so se sarei sopravvissuta. Angelo ha fatto l'unica cosa che gli è venuta in mente per salvarmi.»

«Ma il fiume... avresti potuto...» La voce di Isabella si spezzò e pianse più forte.

«Ma non è successo. Gus mi ha presa in tempo e ce l'abbiamo fatta entrambi.»

«Subito dopo aver spinto Reese, Angelo è stato colpito da un albero trascinato dalla corrente» spiegò Stone. «L'ho visto dalla cabina di pilotaggio. L'ha travolto, non c'era nulla che potesse fare per evitarlo... tranne forse non fermarsi in mezzo al fiume. Ma anche se fosse riuscito ad arrivare dall'altra parte, non credo sarebbe sopravvissuto.»

«Perché? Che cos'hai visto?» chiese Woody.

«Tutti e tre gli uomini stavano aspettando sull'altra riva con i coltelli in mano. Credo che lo avrebbero ucciso non appena uscito dall'acqua.»

Tutti rimasero in silenzio per un momento.

«Sono orgogliosa di Angelo» affermò Reese, rompendo il silenzio. «Ha commesso un errore contattando i suoi amici e chiedendo il loro aiuto per tornare in Colombia, ma alla fine ha fatto il possibile per salvarmi. Per farsi perdonare.»

«Mi dispiace tanto!» disse Isabella, mentre altre lacrime scendevano sulle sue guance.

«No, è a *me* che dispiace» ribatté Reese.

«Pensavo che mi avresti odiata» ammise.

«E io pensavo che tu avresti odiato *me*.»

Le due donne si abbracciarono forte.

Reese sentì qualcuno alle sue spalle e capì subito che si trattava di Gus. Era lì per lei, nel caso avesse avuto bisogno del suo conforto.

Si scostò da Isabella e le rivolse un sorriso triste.

L'atmosfera era malinconica, il giorno precedente aveva fatto sentire il suo peso, ma Reese non era mai stata così grata ai dipendenti del Rifugio come in quel momento.

Nelle due ore successive, tutti si avvicinarono a uno a uno per dirle quanto fossero sollevati che stesse bene e che fosse tornata a casa. Le ordinarono di rilassarsi e di non lavorare troppo. Robert minacciò che se l'avesse vista fare qualcosa, l'avrebbe legata a una sedia in cucina per poterla tenere d'occhio.

Furono altrettanto gentili con Isabella, offrendole parole di conforto e le condoglianze.

Carly e Luna piansero osservando il volto ammaccato di Reese, ma Jess sembrò arrabbiata. *Molto* arrabbiata. Era ovvio che volesse che le persone che le avevano fatto del male pagassero, ma dato che non era possibile visto che al momento, per quanto ne sapevano, erano da qualche parte in Messico o forse addirittura a Bogotà, andò a sfogare la sua frustrazione sul bucato che doveva essere fatto. Uscì di corsa dal lodge dopo averle detto di essere sollevata per il suo ritorno.

Ryan diede a Reese un lungo e sentito abbraccio e

sembrò che volesse dirle qualcosa, ma alla fine si limitò a sorriderle e a seguire la collega.

Amava stare con gli amici, ma anche se aveva dormito fino a tardi, all'ora di cena era esausta e non riusciva quasi più a tenere gli occhi aperti.

Gus se ne accorse, ovviamente, e disse agli altri che l'avrebbe riportata allo chalet.

Tutti la abbracciarono con cautela perché era ancora molto indolenzita. Quando arrivò il momento di Woody di salutarla, la tenne stretta per un tempo incredibilmente lungo. Poi si tirò indietro e le accarezzò teneramente la guancia dolorante. «Ti voglio bene, Reesie.»

«Ti voglio bene anch'io. Ma non chiamarmi così.»

Lui sorrise con tristezza. «Mi mancherai nel Missouri. Non so se riuscirò a lasciarti qui, soprattutto adesso.»

«Non hai scelta, fratellone. Inoltre, credo che Gus non mi perderà di vista per un bel po'. Con lui sono al sicuro.»

Woody annuì. «Sì, è così. È sempre stato l'uomo su cui contavamo quando le cose andavano male in missione. Sono contento di sapere che non è cambiato. È quello giusto per te, sorellina.»

«Lo amo tanto» sussurrò Reese.

«Lo so. È l'unico motivo per cui me ne vado senza di te.»

«Ma tra qualche giorno, vero?» All'improvviso non voleva più che se ne andasse. «Isabella è distrutta per la perdita di Angelo, e non vorrei che dovesse affrontare il trasferimento in una nuova città e l'assenza di amici mentre cerca di elaborare il lutto.»

«Rimarremo ancora per un po'. Voglio che passi del tempo con Henley» la rassicurò. Sollevò lo sguardo verso qualcuno alle sue spalle, poi tornò di nuovo a guardare lei.

«Inoltre, credo che potremmo avere un altro motivo per restare...»

Reese aggrottò le sopracciglia. «Che significa?»

Ma Woody si limitò a sorridere, si chinò in avanti e le diede un bacio sulla fronte, prima di voltarsi verso il punto in cui Isabella stava parlando con Jasna e Henley.

Un braccio le circondò il petto e Reese si appoggiò a Gus con riconoscenza. «Che cosa voleva dire?» chiese.

«Dai, andiamo a casa che devi far riposare le gambe.»

«Sei tu che dovresti far riposare le gambe. So che la caviglia deve farti male. Ma, Gus? Perché non me lo dici?»

«A casa, tesoro. Poi ne parleremo.»

Non c'era modo di smuoverlo quando si intestardiva così. E a lei non dispiaceva affatto il suo essere protettivo. «Bene» disse, sbuffando infastidita.

Ma il suo finto disappunto non spaventò il suo uomo. La guidò tenendola saldamente per la vita mentre andavano verso la porta.

I genitori di Reese, ancora sopraffatti dall'emozione per il fatto che la loro bambina stesse bene, li trattennero per un attimo. Alla fine Gus riuscì a liberarla da loro e si avviarono di nuovo verso lo chalet.

Prima che se ne rendesse conto, era seduta sul divano avvolta in una coperta, mentre Gus si dava da fare per scaldare la cena. Provò a protestare dicendogli che era lui ad avere una caviglia ferita, ma la ignorò insistendo di voler preparare qualcosa da mangiare. Una zuppa di pollo, tra l'altro. Le disse che la mangiava sempre quando era malato e che era un toccasana meraviglioso per "curare ciò che ti affliggeva".

Come avrebbe potuto contestare? Non poteva. Il fatto era che non era l'unica a soffrire in quel momento. Gus aveva preso la sua bella dose di botte mentre erano nel fiume. Certo, non era stato preso a pugni in faccia prima di essere gettato in acqua, ma comunque...

Lei gli permise a malincuore di coccolarla perché, così facendo, stava coccolando se stesso. Mangiarono la zuppa in un amorevole silenzio e non sentì il bisogno di riempire la quiete con le chiacchiere. Era al sicuro, al caldo e con Gus al suo fianco.

Tutte le cose di cui si era preoccupata in precedenza le sembravano stupide adesso. Non avrebbe mai più dato per scontati i suoi cari. Non si sarebbe più preoccupata dei piatti sporchi, del letto sfatto o del fango sul pavimento. Erano cose insignificanti rispetto a quello che le era quasi successo.

Quando finirono di mangiare, Gus portò le loro ciotole in cucina e tornò subito a sedersi. Poi la prese e se la mise sulle ginocchia, ma a lei non dispiacque. Si accoccolò contro di lui, appoggiò la testa sul suo petto e ascoltò il battito ritmico del suo cuore sotto la guancia.

«Allora... stavo pensando...» iniziò lui.

Quando non continuò, Reese sollevò la testa e lo guardò. «Sì?»

«Che ne pensi se ci sposiamo domani?»

Sbatté le palpebre e lo fissò scioccata. «Cosa?»

«Se ieri mi ha insegnato qualcosa, è che non bisogna dare la vita per scontata. Ti amo e voglio che tu sia mia moglie. Perché aspettare? Tuo fratello e Isabella sono qui, così come i tuoi genitori. Non serve un periodo di attesa; non appena avremo la licenza potremo celebrare la cerimonia. Domani posso chiamare e organizzarne una civile subito dopo aver ottenuto la licenza.»

«Stai dicendo sul serio?»

«Sì.»

Reese si morse il labbro. «Ma il mio viso... i lividi...»

Gus le prese la testa tra le mani e la baciò con dolcezza. Non staccò la bocca dalla sua e ad ogni parola pronunciata, le sfiorò le labbra. «Quei lividi sul tuo viso mi fanno male al cuore ogni volta che li vedo, ma mi rendono anche dannatamente grato che tu sia ancora qui. Con me. Tra le mie braccia. Se vuoi puoi chiedere ad Alaska e Henley di aiutarti a truccarti per nasconderli, ma non farlo per me. Possiamo aspettare che tu guarisca per fare delle foto, se questo ti fa sentire meglio. Tutto ciò che voglio è che tu sia mia e che io ti appartenga a mia volta. Per sempre. Cosa ne pensi? Se vuoi davvero aspettare, non c'è problema, ma tutto dentro di me spinge per farlo. Per metterti l'anello al dito.»

Si tirò indietro per poterla vedere in volto, ma non la lasciò andare.

Reese gli afferrò i polsi mentre lo studiava. «E se questa fosse una reazione impulsiva a ciò che è successo? Se poi te ne pentissi?»

«Non lo è, e non mi pentirò.»

«Non ho un anello da darti» replicò lei accigliata.

«Possiamo fermarci a prenderne uno domani, mentre andiamo in comune. Non ho ancora il tuo anello di fidanzamento, ma possiamo scegliere insieme le fedi.»

«Dici veramente sul serio.»

Gus annuì.

E per la prima volta vide l'incertezza negli occhi del suo uomo. Era sicuro di sé in tutto e aveva un'attitudine al comando. Ma ora... era davvero preoccupato.

«Sì» sussurrò lei.

«Sì?» le chiese, come se non avesse sentito bene.

Reese annuì. «Sì, facciamolo. Ci sposeremo domani e faremo una festa più avanti, quando avremo il tempo di organizzarla. Con foto, torta, vestiti eleganti: una celebrazione della vita. Per ora, lo faremo per noi.»

«Ti amo» le disse, con il labbro tremante per l'emozione.

«Ti amo anch'io» replicò Reese con un grande sorriso. Per la prima volta in oltre ventiquattro ore non aveva voglia di piangere. Lo abbracciò con forza, sentendo una fitta di dolore sul polso che le aveva colpito Angelo.

Ma la ignorò. Niente poteva offuscare la sua felicità in quel momento. Stava per diventare la signora Reese Fowler. L'indomani. Era letteralmente un sogno che diventava realtà.

EPILOGO

«QUANTO MANCA?» chiese Reese, che sembrava incredibilmente impaziente.

Spike sorrise. «Sei già stata lì» le ricordò.

«Lo so, ma era diverso. Non sapevo dove stavamo andando e cosa mi aspettava. E» aggiunse con un luccichio negli occhi, «non sapevo cosa sarebbe successo quando saremmo arrivati.»

«Potresti non essere altrettanto eccitata una volta lì» la avvertì.

«Fare l'amore con te nella "nostra" grotta, con il tuo anello al dito e il mio al tuo? Non credo proprio.»

L'ultimo mese era stato pieno di alti e bassi. Il loro matrimonio era stato tutto ciò che Spike avrebbe potuto chiedere e anche di più. Woody e Alaska erano stati i testimoni ufficiali, ma la sala era stata piena di amici. I genitori di Reese avevano pianto ed erano entusiasti che entrambi i loro figli si fossero sposati.

Reese aveva iniziato il suo nuovo lavoro al Los Alamos National Laboratory e lo adorava. Gli affari al Rifugio andavano bene più che mai.

La cosa meno positiva erano gli incubi di Reese. Era rimasta sorpresa dal primo, e gli aveva detto che onestamente non sapeva perché l'avesse avuto dato che, tutto sommato, quello che le era successo non era stato così grave. Lui aveva insistito perché parlasse con Henley, e anche se quello l'aveva aiutata, ogni tanto si svegliava ancora lottando e urlando.

C'era anche la questione dei membri del cartello che erano scomparsi in Messico. Sapevano dove viveva Reese e ciò non piaceva né a Spike né agli altri proprietari del Rifugio. Pur essendo fiduciosi nelle misure di sicurezza che avevano implementato, non potevano tenere d'occhio le loro donne in ogni momento e non erano disposti a confinarle nella proprietà.

Brick e Alaska avevano deciso di rimandare il loro matrimonio fino a quando le acque non si fossero calmate un po' e fossero stati sicuri che il cartello non sarebbe tornato per nessun motivo. Spike sapeva che Reese odiava che la sua amica dovesse aspettare, ma Alaska l'aveva rassicurata sul fatto che essere sposati o meno non cambiava nulla nel rapporto tra lei e Brick. Avevano già aspettato tanto, potevano farlo ancora un po'.

Spike e i ragazzi avevano anche parlato con Tex di chiunque avesse rintracciato il gadget sul portachiavi di Reese, e non erano più vicini a scoprire chi li avesse aiutati di quanto lo fossero stati quando Tonka aveva ricevuto l'SMS che diceva che Jasna era sana e salva in uno dei bunker.

Chiunque fosse quella persona era estremamente abile nel coprire le proprie tracce, cosa che Tex ammetteva essere frustrante non solo a livello personale, dato che si vantava delle proprie capacità, ma anche perché un'abilità come quella spesso si verificava quando qualcuno aveva un'ottima ragione per rimanere anonimo.

Ma quel giorno Spike *aveva* ricevuto una buona notizia e voleva condividerla con Reese.

Quello precedente invece si era recato alla grotta per prepararla mentre lei era al lavoro. Aveva sicuramente trovato la donna dei suoi sogni dato che lei, invece di storcere il naso e dirgli che era pazzo a voler passare la notte in una grotta fredda e buia, era eccitatissima.

Stavano camminando mano nella mano, e anche se faceva freddo ora che l'inverno si stava avvicinando, non lo sentiva affatto.

«Non avrei mai pensato che sarei finita qui quando ho preso la decisione di andare a Bogotà a cercare Woody» disse.

«Nemmeno io» concordò Spike, sollevando le loro mani intrecciate e baciando le dita avvolte intorno alle sue.

Man mano che si avvicinavano cominciò a diventare nervoso. Sperava che le piacesse quello che aveva preparato, ma non era sicuro che fosse sufficiente a rendere quel giorno speciale. Quella era essenzialmente la loro luna di miele. Erano stati impegnati fin dalla cerimonia civile. Accidenti, non aveva nemmeno voluto rischiare di fare l'amore con lei finché non fosse guarita completamente.

Reese, però, aveva avuto altre idee. Aveva tollerato che si trattenesse solo per qualche giorno dopo la cerimonia, poi gli aveva detto senza mezzi termini che se non avesse fatto subito l'amore con sua moglie, gliel'avrebbe fatta pagare cara.

Nelle ultime settimane era stato cauto con lei, volendo che i suoi muscoli indolenziti guarissero e i lividi svanissero, ma quella sera erano entrambi più che pronti a far volare in alto la loro passione.

Quando raggiunsero la grotta Spike fece un respiro profondo, le lasciò la mano e la spinse in avanti. «Vai. Dimmi cosa ne pensi» la esortò.

Reese non esitò, e con un enorme sorriso corse dentro. Lui la seguì e la trovò appena dopo l'ingresso, a bocca spalancata.

Il giorno prima aveva portato un materasso gonfiabile, alcune coperte, due cuscini, dei fiori e una dozzina di candele. Le passò accanto, posò lo zaino che conteneva cibo, vestiti e un'altra coperta in più per ogni evenienza, e tirò fuori un accendino. Accese tutte le candele che aveva posizionato strategicamente e si mise in disparte.

La luce che danzava sulle pareti metteva in risalto i petroglifi, rendendoli quasi vivi.

«È... oh, Gus... è stupendo!»

Lui sorrise sollevato e si voltò per abbracciare la moglie. «Ti amo, signora Fowler.»

«Anch'io ti amo, signor Fowler» replicò, con un piccolo sorriso, mentre lo fissava.

«Una volta ti ho detto che ti avrei riportata in questo posto per onorare gli uomini e le donne che sono stati qui prima di noi. Che forse si sono sdraiati in questo stesso punto, anche se non su un materasso gonfiabile con cuscini e coperte, e hanno fatto l'amore con la persona di cui non potevano fare a meno.»

«È vero. Credo che questa sia la cosa più romantica che qualcuno abbia mai fatto per me. No, *so* che lo è.»

«Bene. Voglio che tu sia felice, Reese.»

«Lo sono.»

Le sorrise. Non c'era niente che desiderasse di più in quel momento che farla sdraiare, toglierle tutti i vestiti e fare l'amore con lei, ma prima doveva dirle una cosa. La notizia che aveva ricevuto quella mattina.

«Siediti, tesoro» la esortò, conducendola verso il letto.

Lei si accigliò. «Cosa c'è che non va?»

«Niente. Ma devo parlarti di una cosa prima di mangiare.»

Lei si sedette. «Che c'è? Sputa il rospo perché vedo che ti turba.»

«In realtà è una cosa bella. Ho parlato con Tex stamattina.»

Reese aggrottò la fronte. «Il tuo amico hacker?»

«Esatto. Ti avevo accennato che era un Navy SEAL e che ha dedicato la sua vita ad aiutare gli altri. Ha un amico che vive alle Hawaii. Un altro SEAL. Si chiama Baker.»

«Baker. È il suo cognome?» chiese.

«No, è il nome di battesimo.»

«È unico. Mi piace.»

Spike ridacchiò. «Ok. Comunque, Baker ha delle conoscenze. Non ai livelli di Tex, ma ne ha parecchie. Conosce persone che conoscono persone. Gente che non è necessariamente dalla parte giusta della legge. Quello che sto cercando di dire, facendo un pessimo lavoro, è che non dovremo più preoccuparci che un giorno il cartello si presenti per vendicarsi o per mettere le mani su di te.»

«Perché?» sussurrò.

«Questo tizio, Baker, ha riscosso dei favori da gente di potere che era in debito con lui, facendo capire che il Rifugio e chiunque vi sia in qualche modo collegato sono off limits.»

«Ed è bastato quello? Hanno semplicemente accettato?» chiese con un po' di scetticismo.

«Be'...no. Baker conosce persone...»

Reese aggrottò le sopracciglia con aria frustrata. «Non capisco.»

«Non ne hai bisogno. Stai solo certa che è finita. Pablo

e i suoi uomini non torneranno. Sono stati puniti come avvertimento per il resto del cartello. È stato reso molto chiaro che se *qualcuno* dovesse decidere di rimettere piede nel New Mexico, l'intero cartello così come lo conoscono imploderà dall'interno.»

«Questo Baker è *così* influente?»

«Sì.» Spike trattenne il respiro, non volendo spiegare altro. Meno sapeva, meglio sarebbe stato per lei. Non serviva che sapesse come funzionava il lato oscuro del mondo. Odiava che fosse stata toccata dalla lascivia, dai soldi e dal potere ispirati da certe organizzazioni. E il cartello era proprio quello: un'azienda nel senso più semplice del termine. Il denaro era il loro obiettivo finale. Baker aveva ovviamente un'influenza su coloro che potevano far crollare il cartello come un castello di carte.

«Ok» disse Reese, dopo aver studiato il suo volto per un momento.

«Ok?»

«Sì. Se dici che siamo al sicuro, ti credo. Mi fido di te, Gus. Tanto che ti affiderei ciecamente la mia vita e quella di tutti coloro che vivono al Rifugio. I nostri amici.»

Spike chiuse gli occhi sollevato. Amava quella donna. Da morire. Li riaprì e la fece sdraiare sul materasso. «Quanta fame hai?»

«Stiamo parlando di cibo o di qualcos'altro?» gli chiese con un luccichio negli occhi, facendo scivolare le mani sotto l'orlo della maglia per accarezzargli la parte bassa della schiena.

Il cazzo gli diventò subito duro, desideroso del suo tocco, della sua bocca. Non aveva bisogno di chiarire cosa avesse inteso; aveva già ricevuto la risposta. Si alzò bruscamente portandosi le mani alla cintura. «Spogliati» ringhiò.

Ma non dovette preoccuparsi perché lei si stava già togliendo i vestiti, tenendo lo sguardo incollato al suo.

Sarebbe stato bellissimo. Fare l'amore con Reese lo era sempre.

———

«Non posso credere che Alaska ci abbia convinti a farlo» brontolò Pipe mentre si raddrizzava il papillon. Gli sembrava che lo strangolasse. Era passato molto tempo dall'ultima volta che aveva indossato uno smoking e non era esattamente entusiasta di farlo ora.

«Infatti!» replicò Owl con una smorfia. «Penso che se c'è qualcuno che dovrebbe essere qui, quello è Brick. O Tiny. Sono loro i più belli.»

Pipe annuì. Le maniche lunghe gli coprivano la maggior parte dei tatuaggi, ma quelli sulle mani e sulle dita erano ancora visibili oltre i polsini della giacca. Dava nell'occhio in quella stanza piena di pezzi grossi e uomini e donne eleganti. Aveva i capelli troppo lunghi, la barba troppo folta, l'accento diverso.

In pratica, era l'ultima persona che avrebbe dovuto partecipare a quella festa di beneficienza.

Quando Alaska aveva tirato fuori l'argomento della raccolta fondi per i veterani, era stato favorevole. Aveva detto che sarebbe stato felice di fare tutto il necessario. Finché non aveva saputo che non solo si svolgeva dall'altra parte del Paese, a Washington, ma che prevedeva anche un'asta degli scapoli.

A quel punto era troppo tardi per rifiutare. Alaska, Henley, la piccola Jasna e persino Reese avevano già organizzato tutto ed erano molto eccitate.

Quindi, eccolo lì, insieme a Owl.

«Quanto tempo dobbiamo restare ancora?» gli chiese il suo amico.

Pipe sospirò. «Sei uno spettatore, puoi andartene in qualsiasi momento. Anche se apprezzo che tu abbia fatto tutto questo viaggio per supportarmi. Io purtroppo sono il terzultimo a essere messo all'asta. Poi dovrò fare buon viso a cattivo gioco con chi mi ha comprato prima di potermene andare.»

Owl ridacchiò. «Tutto ciò mi suona così sbagliato.»

Le labbra di Pipe si curvarono in una smorfia. Era vero. Secondo lui l'idea di quelle aste, cioè di "comprare" chiunque per qualsiasi motivo, era ridicola e obsoleta.

Il suo telefono vibrò e lo tirò fuori, pregando che si trattasse di un messaggio di emergenza di Brick per cui lui e Owl sarebbero dovuti tornare immediatamente al Rifugio, nel New Mexico, per occuparsene.

Non fu così fortunato.

Alaska: *Grazie per averlo fatto. Raccoglierai molti soldi, lo so!*

Pipe sospirò. L'unica persona che avrebbe potuto farlo andare lì, vestito con quello smoking, a sfilare davanti a un gruppo di donne che lo spaventavano a morte perché totalmente fuori dalla sua portata, era Alaska. O una delle altre donne che ora vivevano al Rifugio con i suoi amici.

Pipe: *Mi devi un favore.*

· · ·

Lei inviò una serie di emoji in risposta e Pipe si rimise il telefono in tasca.

«Alaska o Henley?» chiese Owl.

«Alaska.»

L'amico annuì e si passò un dito sotto il colletto. «Devi ammettere che le donne sono un bel vedere» osservò, mentre si guardavano intorno nella sala da ballo affollata.

All'evento erano presenti circa trecento persone. Pipe avrebbe dovuto mescolarsi con gli ospiti, chiacchierare con le donne, e forse con gli uomini, che avrebbero potuto fare delle offerte per lui in seguito. Avrebbe dovuto essere un'occasione per conoscere le persone e permettere loro di conoscere lui, per sperare di aumentare le offerte all'asta.

Ma non era mai stato bravo a chiacchierare. Era un uomo un po' grezzo. Così era rimasto in disparte, appoggiato al muro, pregando che la notte passasse in fretta.

Quella sera sarebbero stati messi all'asta venti uomini. Chiunque li avesse vinti avrebbe ottenuto una cena a tu per tu con lo scapolo. Almeno era ciò che era stato promesso, ma Pipe aveva la sensazione che alcune delle donne che giravano per la sala con l'aria da iene a caccia del loro pasto successivo, sperassero in qualcosa di più.

Non l'avrebbero ottenuto da lui. Aveva sottoscritto solo per la cena. Non aveva bisogno di una donna, né la voleva. No, era totalmente felice di essere single.

Dopo essere uscito dalla SAS, le forze speciali britanniche, si era sentito perso. Aveva visto e fatto troppe cose per tornare a una vita "normale". Vedeva nemici dietro a ogni angolo. Aveva iniziato a tatuarsi il giorno in cui aveva lasciato l'esercito e non gli importava che a causa di quello molte persone lo guardassero dall'alto in basso. E decisamente non gli fregava niente che la gente fosse diffidente e di conseguenza lo evitasse. Anzi, preferiva così.

Essere invitato a far parte del Rifugio era stata la sua ancora di salvezza. Era andato in America, nel New Mexico, senza pensarci due volte. Amava ciò che lui e i suoi amici avevano costruito. Era davvero un rifugio. Non solo per loro, ma anche per gli uomini e le donne che andavano lì per prendersi una pausa dalla loro vita per un breve periodo.

E dato che credeva davvero nella missione del Rifugio, cioè aiutare coloro che soffrivano di disturbo post-traumatico da stress, indipendentemente dal fatto che fossero militari o civili, ora si trovava in quel posto. Per raccogliere fondi e aiutare ancora più persone.

«Che ora è?» chiese a Owl.

Il suo amico ridacchiò. «Due minuti in più dell'ultima volta che l'hai chiesto.»

«Porca puttana» imprecò.

«Forza. Andiamo in giro. Forse, se mantieni quel cipiglio, spaventerai tutte le signore e nessuno farà offerte per te.»

«Oh, sarebbe fantastico.» Fece un respiro profondo e si allontanò dalla parete. Poteva farlo. Lo aveva promesso ad Alaska.

Cora Rooney fece un respiro profondo. Non voleva essere lì. Non si sentiva a suo agio. Lo sapeva lei e anche tutti quelli che incontrava. Aveva speso un sacco di soldi che non poteva permettersi di sprecare per il biglietto del gala, solo per avere la possibilità di vincere un appuntamento con Bryson "Pipe" Clark. Aveva letto tutto quello che era riuscita a trovare su quell'uomo e sul Rifugio. Sapeva tutto del suo periodo nell'esercito, così come del passato degli altri uomini che possedevano quel resort. Erano stati tutti membri delle forze speciali, di un tipo o dell'altro.

E aveva bisogno di loro.

Aveva inviato diverse mail implorando di poter parlare con uno di loro, ma erano rimaste tutte senza risposta. Aveva anche telefonato un paio di volte, ma nessuno l'aveva mai richiamata. Cora supponeva che non fossero interessati a parlare con qualcuno che aveva bisogno del tipo di aiuto che solo loro, in quanto ex militari, potevano offrire. E lo capiva. Ma era comunque estremamente frustrante.

Gli ultimi tre mesi non erano stati altro che una delusione dopo l'altra e lei era disperata. Ecco perché era lì. I suoi vestiti non erano firmati, il trucco era a livello amatoriale, i capelli non erano acconciati in modo elegante come quelli della maggior parte delle altre donne. Non aveva diamanti intorno al collo o ai polsi.

Aveva venduto tutti i suoi averi per procurarsi il denaro che pensava le sarebbe servito per avere successo quella sera. Aveva lesinato e risparmiato e fatto tutto il possibile per trovare altri soldi. Per pura fortuna aveva visto il volantino che annunciava l'asta degli scapoli. Avrebbero raccolto fondi per aiutare i veterani, e quando aveva visto che sarebbe stato presente uno degli uomini dell'ormai noto e affermato Rifugio, era stata determinata a fare tutto il necessario per partecipare.

Ed eccola lì.

Era nervosissima. Gli incontri mondani non erano il suo forte, ma se voleva vincere, doveva ingoiare il rospo... ed essere gentile. Un'altra cosa che non era un suo punto di forza. Era troppo schietta. Troppo impaziente. E non si fidava di nessuno in quella sala. Lo aveva imparato a sue spese. Si fidava di una sola persona nella sua vita... e quella donna era il motivo per cui era lì quella sera.

Fece un altro respiro profondo e scrutò la stanza. Non aveva ancora visto Pipe né nessun altro del Rifugio, e sperava che lui non si fosse tirato indietro. Proprio quando cominciava a pensare che tutti i suoi piani fossero stati inutili, intravide un uomo con la barba dall'altra parte della stanza.

Il respiro le si bloccò in gola.

Bryson Clark era incredibilmente bello, anche con l'espressione corrucciata che aveva in quel momento. Forse proprio per quello. Non stava sorridendo e non soccombeva al fascino delle donne svenevoli della sala. Aveva l'aria di chi avrebbe preferito essere ovunque tranne lì.

Per qualche motivo ciò la attirò ancora di più. Forse sarebbe riuscita a parlargli prima dell'asta. A perorare la sua causa. E non avrebbe dovuto spendere i soldi che aveva risparmiato per comprare un appuntamento con lui.

Si avviò per avvicinarsi, ma fu troppo tardi. Dagli altoparlanti una voce maschile disse a tutti gli scapoli che avrebbero partecipato all'asta di raccogliersi dietro il piccolo palco allestito a un'estremità della sala.

Cora maledisse la sua sfortuna. Il treno che aveva preso per raggiungere quel posto aveva avuto un guasto meccanico ed era arrivata molto tardi. Troppo per cercare di riuscire a parlare con Pipe o con chiunque altro del Rifugio fosse andato con lui.

La sua determinazione si fece più forte. Doveva vincere quell'appuntamento. Avrebbe speso ogni dollaro che possedeva se fosse stato necessario. Avere la possibilità di parlargli a tu per tu, di spiegargli perché aveva bisogno di lui e dei suoi amici, era letteralmente una questione di vita o di morte. Doveva aiutarla... Se non lo avesse fatto, non aveva la minima idea di cos'altro fare. Si era rivolta alla polizia, all'FBI e ai media, ma nessuno le aveva creduto.

Aveva solo un'altra possibilità per convincere qualcuno ad ascoltarla, a *crederle*.

Chiuse gli occhi per un momento e sussurrò: «Deve funzionare. Ti prego, fa che funzioni.» Poi li riaprì, raddrizzò le spalle e si diresse verso il palco insieme a tutti i presenti in sala.

<u>Also by Susan Stoker</u>

<u>Il Rifugio</u>
Meritare Alaska
Meritare Henley
Meritare Reese
Meritare Cora (14 Nov)
Meritare Lara
Meritare Maisy
Meritare Ryleigh

<u>Forze Speciali alle Hawaii</u>
Trovare Elodie
Trovare Lexie
Trovare Kenna
Trovare Monica
Trovare Carly
Trovare Ashlyn
Trovare Jodelle (22 Luglio)

<u>Ricerca e soccorso Eagle Point</u>
In cerca di Lilly
In cerca di Elsie
In cerca di Bristol
In cerca di Caryn (4 Aprile)
In cerca di Finley
In cerca di Heather
In cerca di Khloe

<u>Delta Duo</u>
La forza di Gillian
La forza di Kinley

La forza di Aspen
La forza di Jayme (15 Giugno)
La forza di Riley (15 Agosto)
La forza di Devyn (15 Settembre)
La forza di Ember (1 Novembre)
La forza di Sierra (7 Dicembre)

<u>Armi & Amori: verso il futuro</u>

Soccorrere Caite
Soccorrere Brenae
Soccorrere Sidney
Soccorrere Piper
Soccorrere Zoey
Soccorrere Avery
Soccorrere Kalee
Soccorrere Jane

<u>Mercenari di Montagna</u>

Difendere Allye
Difendere Chloe
Difendere Morgan
Difendere Harlow
Difendere Everly
Difendere Zara
Difendere Raven

<u>Delta Force Heroes</u>

Salvare Rayne
Salvare Emily
Salvare Harley
Il Matrimonio di Emily
Salvare Kassie
Salvare Bryn

Salvare Casey
Salvare Sadie
Salvare Wendy
Salvare Mary
Salvare Macie
Salvare Annie

Armi e Amori

Proteggere Caroline
Proteggere Alabama
Proteggere Fiona
Il Matrimonio di Caroline
Proteggere Summer
Proteggere Cheyenne
Proteggere Jessyka
Proteggere Julie
Proteggere Melody
Proteggere il Futuro
Proteggere Kiera
Proteggere i figli di Alabama
Proteggere Dakota

Ace Security

Il riscatto di Grace
Il riscatto di Alexis
Il riscatto di Bailey
Il riscatto di Felicity
Il riscatto di Sarah

Una raccolta di storie brevi

Un momento nel tempo

CAPITOLO UNO

FOR THE END OF THE BOOK

A quanto pare Spike sta andando fuori città per capire cos'è successo al suo ex compagno di squadra... ma si SA che le cose non vanno mai come previsto, e lui e Reese molto presto si conosceranno MOLTO meglio! Ah! Acquistate Meritare Reese, il prossimo libro della serie Il Rifugio.

E prima che lo chiediate... Raiden AVRÀ la sua storia. Fa parte della serie Ricerca e soccorso Eagle Point. Manca un po' di tempo all'uscita del suo libro (si chiamerà In cerca di Khloe), ma sì, in quello rivedrete Tonka! Raiden e Tonka sono legati dall'esperienza che hanno vissuto ed era impossibile scrivere la storia di Raid SENZA includere Tonka. Continuate a seguirmi!